ギリシア神話物語

JN167311

楠見千鶴子

角川文庫
20907

はじめに

太古から何千年もの間、主として口伝で語り継がれたギリシア神話は、いったいどのような物語なのであろうか。

神話というと、神々を中心とした民族の、歴史以前から伝えられた空想的な物語だと一般には思われよう。ところがギリシア神話では、人々の信仰の対象だった天界の神々、地上の人間、加えて半獣神や半人半獣のおびただしい怪物たちが渾然《こんぜん》一体となって活躍し、神々の物語よりも人間を中心としたドラマティックな物語の方が圧倒的に多いのである。

しかも神々の性格付けがユニークで、人間と変わらない欲望に悩まされ、争いに身を投じ、権力を振りかざすかと思えば恋にうつつを抜かし、失策を犯したり身も傷ついたりと、実に赤裸々《せきらら》な人間性を発揮する愛すべき存在である。ギリシア神話における神々と人間を区別する唯一のもの、それは神々が永遠の命をもつ不死身《ふじみ》の存在であるのに対し、人間は命に限りがあって、必ずや〝死すべき身の〟存在であること。これだけは繰り返し語られていて、ギリシア神話の重要な点となっている。

では、そのような構成要素で語り伝えられる神話は、いったいどんな内容の物語なのかといえば、世の中で起こるありとあらゆる事件に、古代人の生き生きとした想いや破天荒なまでの想像力が加わり、それからそれへと話が発展していく、そんな傾向の強い伝承物語、とでもいえばよいであろうか。

天地創造から始まり神々の暗闘、人間の誕生、自然災害、さまざまな戦い、建国、民族間の争いや融和、恋や離別や家庭内の諸問題に至るまで、あるときは雄大なスケールで、またあるときは心の琴線にふれる細やかさで、すべてはあるがままの率直さで人間の所業を語りつくす。

いってみればギリシア神話は究極の人間の物語であって、人間の心理についての透徹した洞察力と、巧みな表現力には舌を巻かずにはいられないものがある。そうして妙に現実的な迫力を感じさせるのは、先にも述べたように実際に起こった事件の生々しさに、伝承の過程でそれを語る人々の想像力や意見や、飛躍などが加わったせいなのである。

この現実《アリシア》(真実)と想像力《ファンダシィア》のみごとな調和こそが、ギリシア神話が第一級の文学として、西欧文学の礎《いしずえ》とされるゆえんであり、また大胆かつ普遍性に富んだ人間描写が、宗教や国境を超えて世界の人々に感動を与え、愛される原因でもあろう。

人間描写とともに、ギリシア神話は意外とも思えるほど大自然とのかかわりが深い。自然および自然現象のすべてが神格化されているといってもいいすぎではないほどである。

まず最初に出現するのが万物の産みの親の大地の女神ガイアなら、夫となるのが天の神ウラノスで、両神からさらに多くの自然を表す神々と異形の神々が産み出されていく。それらのうちで系譜の中心となるのが〝時〟の神クロノス、その子の雷神ゼウスである。太陽、月、星、風、地震や津波、嵐も含めもろもろの海洋にかかわる神々、大地の緑の生成や山河や泉など、すべてが神々に帰せられているといってもよいほどである。

それればかりか、物語の基盤、動機、背景に余すところなく大自然をはじめとする森羅万象がかかわるのである。これは往時、科学も医学も発達せず、交通や情報手段も極めて劣悪だったことを思えば、大自然に対する驚異の念がいかに深く大きなものであったかがわかろう。原始の闇《やみ》に包まれる夜、征服不可能な大海、不毛の原野、不可解な天体現象などについての、人々の想像力はいかばかりであったことか。

また、農耕と狩猟が半々くらいだったとされる古代ギリシアの人々の暮らしの中から、かくも多くの海山に住む半人半獣の怪物が出現したものと思われる。たとえば、神話で大きな比重を占める半人半馬のケンタウロス族は、馬の産地として名高いテッサリア地方の出身とされる。これは緑なすテッサリア平原で、朝まだきか夕暮れに馬に乗った人の姿が人馬一体のように見え、上半身が人間、下半身が馬、両腕と四肢をもつ不可思議な姿の怪物として想像されたものと思われる。

二三九〇メートルの、美しい裾《すそ》をひくキュレーネ山をはじめ、一〇〇〇メートルを超える山々が連なるペロポネソス半島中央部のアルカディア地方を拠点とする森の神パーンは、二本の曲がった角《つの》や蹄《ひづめ》があり、全身毛むくじゃらの山羊《やぎ》とも人間ともつかぬ姿である。彼が羊の姿でないのは、寒冷な山岳地帯で生きることができるのは山羊だからであろう。といったぐあいに、神話は古代の人々の生活の営みと不可分に結びついているのである。

ギリシア神話のいまひとつの特色として、物語の流れが幾世代にもわたり連綿とつながっていくことである。別名神話時代ともいわれるミュケナイ時代の強国であるテーバイ王家の神話は、カドモスの建国に始まり、オイディプス王のドラマをハイライトとして、娘アンティゴネの死まで、因果応報的に重厚に語られる。これが縦糸となり、その間には、カドモス一族に、傍系のスパルトイ一族も絡《から》みあい、横糸となるそれぞれの神話も展開していく。その中には、ゼウスとカドモスの娘の一人セメレとの間に生を受けた酒神ディオニュソスの数々の神話や、両親がたまたまこの地に滞在していた間に生まれた最大の英雄ヘラクレスの生誕神話なども加わって、その物語は茂りあう大樹のようになる。

系譜といえば、アイギュプトス、ダナオス兄弟に始まり、英雄ペルセウスやヘラクレス一族につながっていくアルゴス王家のそれも膨大なもので、その神話は多種多彩。そのほかタンタロス、ペロプス、アトレウスと続く系譜にも、オリンピックの発祥、トロイア戦争の悲劇による家庭崩壊ともいえるドラマに満ちた神話が語られている。

系譜じたいは一見しても容易に頭に入るものではないが、ある程度の神話が記憶されたとき、神話の人物の動きとか、かかわり合いにおいて、物語の流れを摑《つか》み、味わううえでは欠かせないものとなろう。系譜を知って初めて人間関係やドラマの事情が深くのみ込めることは度々あり、ギリシア神話に血族問題は重要な地位を占めている。

ところで今日、我々がギリシア神話、と一口にいう物語の中には、太古のとき名も知れぬ人々が語り伝えた神話伝説に加え、歴史時代に入ってからも、数多《あまた》の詩人や悲劇作家の手になる作品が混入している。

紀元前八世紀、一介の羊飼いからムーサ（ミューズ、アポロンに仕える学芸の女神）の啓示を受け、神々の系譜を詠《うた》い出したといわれるヘシオドスの「神統記」、盲目の吟遊詩人ホメーロスが詠い語ったトロイア戦争の英雄叙事詩「イーリアス」と「オデュッセイア」、前七世紀から前四世紀にかけての諸詩人らが、ホメーロス風に神々と英雄の物語を詠った「ホメーロス讃歌《さんか》」、やや下って前八世紀末か前七世紀中頃の人とされる最古の抒情《じょじょう》詩人アルキロコスや前七世紀の女流詩人サッフォー、アルカイオスやアルクマイオンら、オリンピック優勝者を称《たた》える祝典合唱詩で有名な前六世紀の詩人ピンダロス、シモニデスやバッキュリデスら数多の詩人が神話伝説を詠い、誌記作家といわれる一群の人々、ヘラニコスやアクシラオスらも加えられる。

一方では、紀元前六世紀のアテナイの僭主《せんしゅ》ペイシストラトスの手によりギリシア神話の系譜の再統合、体系化が行われている。この有能な僭主はまた、全土に広がった酒神ディオニュソス（バッコス）の乱れた祭儀を国家行事に組み入れ、王制崩壊により怒濤《どとう》のごとく台頭する庶民のエネルギーを芸術的な祭儀へと転換させた。オリュンポス十二神の座にディオニュソスが連なり、かわりに竈《かまど》の女神ヘスティアが座を下りたのもこの頃である。ちなみに、神々の座や職掌といえども、何千年もの古代の歴史の移り変わりにおいては、常に一定ではない。

海神ポセイドンはむろん海にかかわる職掌をもつが、古くは泉など水まわりの神で競馬や馬造りの神であり、諸神との土地争いに敗れる多くの神話があって、陸地から海へと移行した様子が推察される。

ところで僭主ペイシストラトスの功績の一つに、酒神ディオニュソスの祭礼で、行列のほかに古代の祭儀をもととした歌舞や軽演劇を演じさせたことから、世界に名高いギリシア悲劇の誕生をみたことである。

重厚なギリシア悲劇誕生についてはなお、解明されていない点も多々あるものの、悲劇が酒神の祭礼に上演され、葡萄《ぶどう》の育成と酒造りの神ディオニュソスは、演劇の神ともなっていく過程は、ほかの神々には見られない現世的な側面があり、歴史時代の政治と祭儀のかかわりについても大変に興味深いものがある。

ギリシア悲劇はこうして紀元前六世紀に始まり、前五世紀に三大悲劇作家——アイスキュロス、ソフォクレス、エウリピデスらの活躍を中心に、多くの作家が出現し、今日でも全国津々浦々まで古代円形劇場の跡を見ることができるほどに普及した。

ギリシア悲劇は、わずかな歴史物を別として、大半はギリシア神話を劇化したもの。現在我々が読みかつ上演可能な約三三編の作品も、神話の範疇《はんちゅう》に入っている。それらは詳細に検討すると、作家自身の神話観とか、物語の筋の前後の入れ替えなど意図的になされていて興味深い。けだしひとえに悲劇作家に限らず、幾多の世代の人々の心を反映し、それゆえにおびただしい別伝も産み出しながら、大河のように流れ続けてきたのがギリシア神話ではあるまいか。

古典時代に続くヘレニズム時代には、神話はかなり主情的な傾向をもって語られ、やがて異国ローマに受け継がれてその神々と習合、中世を経てキリスト教の波に洗われルネッサンス時代に再び蘇《よみがえ》る。

本書は、ヘレニズム時代以前の神話を受け継ぐ作家アポロドロス（推定、紀元一～二世紀）の作品を基とした。ほかの継承者に比べ力強く、動機付けが明解で真実性があり、かつ言葉に装飾が少ない。ただし、古代社会では重要であった登場者の出自と名が延々と記されたり、深く長いドラマが数行でまとめられていたりするところはいかんともし難く、ほかのさまざまな文献を参考に物語をまとめさせていただいた。

目次

Ⅳ. ホメーロス物語　357

ブルガリア
黒　海
トラキア
カヴァラ
アレクサンドロポリス
マルマラ海
サモトラケ島
アトス山
トロイア
リムノス島
エーゲ海
ミュティレーネ
レスボス島
スキュロス島
トルコ
キオス
キオス島
アンドロス島
サモス島
ケア島
ティノス島
ミコノス島
スポラデス諸島
キトノス島
シロス島
パロス島
ナクソス島
セリフォス島
アモルゴス島
ミロス島
キクラデス諸島
コス島
アスティパレア島
テラ島
ロドス島
レティムノン
イラクリオン
カルパトス島
クレタ島

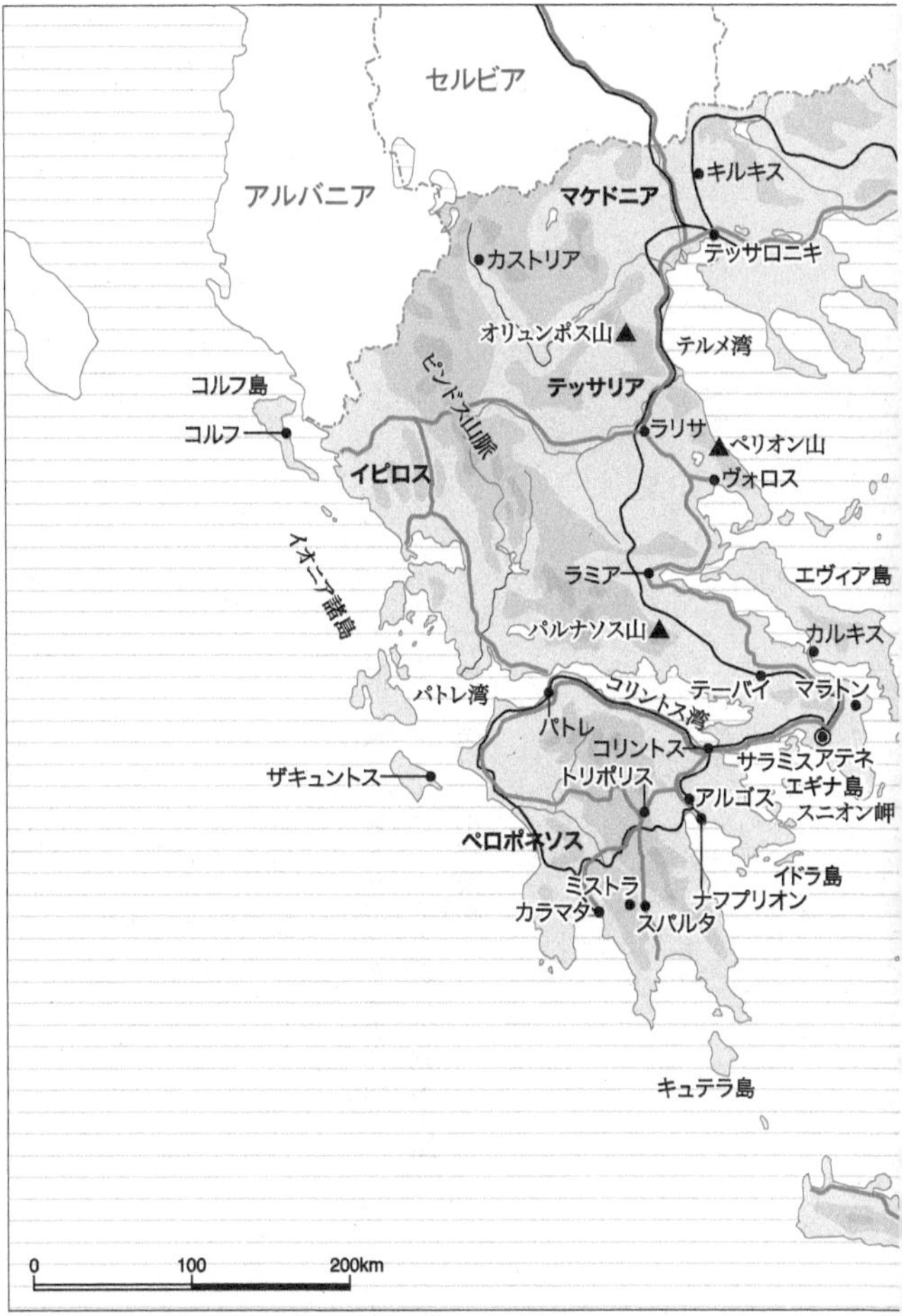

セルビア
アルバニア
マケドニア
キルキス
テッサロニキ
カストリア
オリュンポス山
テルメ湾
ピンドス山脈
テッサリア
コルフ島
コルフ
ラリサ
ペリオン山
ヴォロス
イピロス
イオニア諸島
ラミア
エヴィア島
パルナソス山
カルキス
テーバイ
マラトン
パトレ湾
コリントス湾
パトレ
コリントス
アテネ
サラミス
エギナ島
ザキュントス
トリポリス
アルゴス
スニオン岬
ペロポネソス
イドラ島
ミストラ
ナフプリオン
カラマタ
スパルタ
キュテラ島
0
100
200km

図版　メトロポリタン美術館
　　　アムステルダム国立美術館
地図　小林美和子

I．天地創造のとき

ギリシア神話の神々といえば、我々はつい最高神ゼウスを頂点とした美身の神々を思い浮かべる。彼らは理想化されているもののその姿がきわめて人間に似ており、思念や行動もただ崇高、高貴とばかりはいえなくて、欲望に身を委《ゆだ》ね、愚かな戦いをしたり、失策をもときには犯すという愛すべき側面をもっている。神々が身近なのが、ギリシア神話の大きな特性であることは、これまでにも述べてきたとおりである。

しかしながらいま、その創世記を眺めわたしてみれば、ゼウスの世代の前にも、数多《あまた》の神々が存在したことがわかろう。しかもこれら始原の神々の奇怪なこと。奇想天外な姿をしており、神々とも思えない獣的な役割しか果たさず、後々のティタン神族や、ゼウスを最高神とするオリュンポス十二神との落差がありすぎる。かくして創世記に登場してくる神々は、実にバラエティーに富む、というよりも、かなり無秩序な現れかたをし、それぞれが自由奔放に神話の中へと拡散していくように感じられる。

順を追ってみよう。

最初、無限の空間に出現する第一の神。それは一見してしごくまっとうな万物の産みの親、母なる大地の女神ガイアである。ガイアは、独力で大地に対抗する天空の男神ウラノスを産み出す。そうして我が息子ウラノスと合体することにより、さまざまな神を産んでいく。

天と地に続く神々なら、大自然の神々かと思いきや、五〇の頭と一〇〇本の手をもつ三柱のヘカトンケイル、続いて一つ目の巨神キュクロプスもやはり三柱。そして夫たるウラノスはこれらの神々を嫌い、幽閉してしまう。

するとガイアは、再び独力で山々と海洋の神を産み、またウラノスと交わって今度はまともなティタン神族の神々を現出させる。そうしておいて、ティタン神族の末子クロノスに命じてウラノスに復讐《ふくしゅう》させ、幽閉された異形の神々を解放させただけでなく、王権をクロノスに移させる。

クロノスは、次世代の我が息子ゼウスによって倒されるが、このときガイアは、またしてもあらたに異形の神々ギガンテスを産んでゼウスに立ち向かわせる。とほうもない巨体の戦士たちで、狂暴、恐るべき醜さ、大蛇の下半身をもつ神々で、俗に〝巨人族〟ともい い、最初の巨神と区別している。

これら無秩序に出現するさまざまな神もさることながら、産みの親にして根源的支配者でもあるガイアの意図も、一目瞭然《りょうぜん》とはいかない複雑なものになっている。

さらに、ティタン神族の一柱プロメテウスの箇所では、この時代すでに人間界が存在していて、そこへ初めての女性が贈られるが、当初の人間はいつ、どのようにして生じたか詳細は不明である。

また異形に関しては、創世記の神々だけでなく、その後も神とも人間ともつかない半獣神や半人半獣や、怪物が続々と登場する。主として海洋神ポントスの系譜から、おびただしい怪物が生まれ出て、神々や人間、英雄のドラマにミステリアスな色づけをするのも、考えてみれば天空の神々のロマンあふれる神話と対照的だ。

海洋が、太陽や月のように日々目《ま》のあたりにできず征服不可能で、太古には不気味な、命をおびやかす存在であったことと関係もあろう。

ギリシア神話の魅力が、系統的な説明がむずかしい部位をすでに創世記からはらみつつも、圧倒的な身近さ、面白さを発揮するのは、まさしくこうした現実と非現実の産物の混在を堂々と、ひるむことなく行っている点にあると思う。大自然の素朴な営みからつむぎ出された古代人の想像力は、創世記の神々にもあますところなくおよんでいる。

1　神々の誕生

天界に神々が生まれ出る以前、宇宙にはただ、無限の空間であるカオスが広がっているばかりだった。

そこへ、最初に生じたのがガイア。広い胸をもち、やがて万物の産みの親となる大地の女神である。ガイアは、まず天空の神ウラノスを産むと、彼を夫として我が身をすきまなくおおわせた。天と地の合体により、ガイアは次から次へと永遠の命を誇る〝不死なる〟神々を産み始めたのである。

ウラノスとの間に生まれた神々は、初めは皆異形の神だった。五〇の頭と一〇〇もの手をもつ巨神ヘカトンケイルで、おのおのの名はブリアレオスにギュエスにコットス。全員たいそうな力持ちでもあった。

続いてやはり異形の額に一つ眼しかない巨大な身体をもつキュクロプスたち。アルゲス、ステロペス、ブロンテスと名付けられた三柱の神だった。

ところが、奇怪な姿の神々を見たウラノスはその子らを縛《しば》りあげ、大地の遥《はる》か奥深くにあるタルタロスに投げ込んでしまった。

この後にも、ガイアは山々や大海原のポントスを産んだ。さらにティタン神族と呼ばれる神々——男神ではオケアノス、コイオス、ヒュペリオン、クレイオス、イアペトス、そして末子クロノスを、女神ではテテュス、レア、テミス、ムネモシュネ、ポイベ、ディオネ、ティアを産んだ。

こちらは異形ではなく、幽閉されることもなくて皆無事だったが、ガイアは先の子供らへの夫の仕打ちに憤り、末子のクロノスに金剛の斧《おの》を与えると、父親を襲って倒すようにと説得した。クロノスは、これを引き受けた。彼はウラノスのもとへ忍び寄り、金剛の斧をふるって父の生殖器を断ち落とすと、海へ投げ入れた。

このとき流れる血から三柱の復讐《エリニュス》の女神、アレクト、ティシポネ、メガイラが生まれ、精液のしたたり落ちた海の泡の中からは愛と美の女神アフロディテが生まれたと伝えられている。

クロノスとレア

父権を奪い、父を王座から追い落としたクロノスは、タルタロスから異形の兄弟神らを救い出したが、自分が支配権を握るや、再び彼らをタルタロスに戻してしまい、自らは同じティタン神族の姉妹に当たるレアと結婚した。

両神の間に次々と子が生まれた。しかしクロノスは、生まれてくる子によって王座を奪われるという予言を受けたので、どの子も誕生するやいなや呑《の》み込んでしまった。

妻のレアは怒りがおさまらない。夫はそれまですでに、竈《かまど》の女神ヘスティア、穀物の女神デメテル、後にゼウスの妃《きさき》となるヘラ、冥界《めいかい》の王ハデス、海神ポセイドンを呑み込んでしまっていた。そこで彼女は末子ゼウスを孕《はら》むと、ひそかにクレタ島へ渡った。ディクテ山の洞窟《どうくつ》でお産をすませると、山のニンフたちに養育するよう赤子を預けた。自分はクロノスのもとへ戻ると、ほどよい石を襁褓《むつき》でくるみ、ゼウスだと偽って夫に差し出した。クロノスは、すぐさまこれを呑み込んだ。

いっぽう、クロノスの兄弟姉妹の神々も、後にそれぞれに結婚し、各所に支配権を確立していった。

オケアノスは、姉妹に当たるテテュスと結婚し、世界の大地のすべての周辺をめぐる大洋を支配した。各地の河や泉は、すべて地下からこれらの水が地上に湧きあがっていた。彼らにはまた、三〇〇〇人もの娘が生まれた。ゼウスの最初の妃となるメティスや、神々が誓いをたてる黄泉《よみ》の河ステュクス、泉の精アレトゥサらはみな両神の娘である。

ヒュペリオンもまた姉妹の一柱であるティアを娶《めと》り、こちらはもっぱら天空を支配する神々を産んだ。太陽神ヘリオス、月の女神セレネ、曙《あけぼの》の女神エオスらで、これらの神々はみな一日の夜明けから日没、夜中と仕事の役割を分担し、人間界の暮らしとも深くかかわった。

コイオスと女神ポイベのカップルも兄妹婚《きょうだい》である。両神からは二柱の女神、アポロン、アルテミス兄妹の母となるレートーと、女神ヘカテの母となるアステリアが生まれている。クレイオスとイアペトスだけは、妃を血続きの縁戚《えんせき》からもらった。前者はエウリュピアと、後者はアシアと結婚したが、特にイアペトスの系譜には、アトラス、プロメテウス、エピメテウスが次世代に連なり、それらの子孫であるデウカリオンとピュラは、ギリシア人の先祖とされる三部族、ドリス、イオニア、アイオリス族の象徴ヘレンを産む。

海洋神ポントス

他方、ガイアがウラノスの力を借りることなく産み出した海洋神ポントスの系譜も、特筆すべき大きな流れを形成した。ポントスは自らの母ガイアとの間に、古い海神ネレウス、タウマス、ポルキュス、ケト、エウリュピアをもうけた。

このあたりまでは海神であるが、これらの子孫はゴルゴンおよびグライアイらのおのおの三姉妹、加えてハルピュイア、ペガサス、エキドナ、キマイラ、スフィンクスと、いずれも半人半獣の怪物に変わっていく。また風神たち、権力、暴力などの擬人化された二線級の神々も生まれ、神々が織りなすさまざまなドラマにおいて、重要な脇役を果たしている。

2 天空をゆく神々のロマン

天空を支配する神々太陽神ヘリオス、曙の女神エオス、月の女神セレネらは、みなティタン神族のヒュペリオンとティア兄妹の子供である。三柱の神にはロマンチックな神話が語り継がれてきた。

一日のはじまり。曙の女神エオスが、二頭の天馬にひかれた戦車に乗り、サフラン色の衣をひるがえしながら天空の扉を開き、東の空に現れる。

エオスは、やはりティタン神族の流れを汲《く》むアストライオスを夫として、風神と星々の神を産んだ。しかしあるとき、愛と美の女神アフロディテの情人として知られた、軍神アレスとも親しくなった。これを知るところとなったアフロディテは怒り、仕返しにエオスを恋狂いの女神にした。以来エオスは、次から次へと恋人をかえ、オリオン、ケパロスらはわけても有名な相手である。

なかでも、特に深入りしたティトノスは若い青年で、エオスは彼から息子メムノンとエマティオンを産み、メムノンをトロイア戦争で亡くすという不幸を味わった。女神は終生ティトノスに執着した。彼が不死なる神ではなく、死すべき身の人間だったことから、死別を心配し、ゼウスに不死を願い出る。ゼウスは、ティトノスに永遠の命を与えた。が、女神が永遠の若さを願わなかったため、生きはしても老衰していき、ついには声だけになってしまった。

さてエオスに続き、東の空には太陽神ヘリオスが現れる。ヘリオスは、四頭立ての天馬で燃えさかる火炎車を引かせ、西の果ての国オケアノスへと天翔《あまがけ》ていく。最高所を、長時間走行するために、神話のなかではしばしば下界で起こる事件の目撃者となり、証人としても登場する。

この神には、正妻ペルセイスのほかにロデにより七男があったが、他所《よそ》にもクリュメネといった女性との間に何人もの子供がある。そのなかに、クリュメネとの子パエトンがいた。

天翔るパエトン

パエトンは、成人してすぐにヘリオスに会いにやってきた。ヘリオスはたいそう喜び、パエトンの望みなら何でも叶《かな》えてやろうと約束した。血気盛んな息子は、かねがねヘリオスの火炎車を操縦してみたいと熱望していた。

ヘリオスは、火炎車を引く四頭の荒馬を御すのは並たいていではなく、パエトンの技術ではまだ無理といったが、パエトンは聞きいれなかった。

はたして、いざ手綱《たづな》を取ってみると、いきりたつ荒馬はそれぞれが勝手な方向へと狂ったように走り出した。燃えさかる戦車は大揺れに揺れる。それに天空の高みに昇ってみると、下界は気が遠くなるほど遥かな眼下にあった。

めまいと恐怖に襲われながら、パエトンは死に物狂いで手綱を握りしめたが、そのうち天馬どもは、上空へと駆《か》けあがったかと思えば、どっとばかり下降していく。父ヘリオスから、くれぐれも地上には近づきすぎないようにと注意を受けていたが、もはや手のほどこしようもなかった。

アフリカのリュビアでは、あまりにも地上に接近したので、山野も町も焼けて一面の砂漠に変わってしまった。近くのアイティオピアでは、火炎は免れたものの人々の顔も手足も真っ黒になった。走っても走っても、道ははてしなく続いていた。焦《あせ》りとたびかさなる衝撃に疲れはてた、パエトンの力はつきた。とうとう手綱から手が離れるや、まっ逆さまに墜落、エリダノス河へと落ちていった。彼の死を知った姉妹たちは、葬儀のとき嘆きすぎてポプラの樹に変身し、あふれる涙は琥珀《こはく》と化したという。

内気な月神セレネの恋

次にヘリオスとエオスの姉妹である月の女神セレネは、ひどく内気で孤独な性格であった。彼女は毎夜、兄ヘリオスが西のオケアノスの国に没して火炎車を納めると、かわって東の空に銀の船を浮かべ、漕《こ》ぎ始めた。

　律儀に脇目もふらず、ただただ人々が寝静まった夜どおし、一心不乱に仕事に精出すだけの毎日。神々は、青ざめて冷たいこの処女神をからかったり、誘惑したりしたがなんの反応もなかった。

　ある晩、といってももう真夜中に近く、セレネの船も中天にさしかかっていたが……、女神はふと船の中から、地上の寂しい平原に目をおとした。するとそこには、たくさんの羊の群れに囲まれた青年が、ぐっすりと眠っている光景があった。

　その青年、羊飼いのエンデュミオンの、美しくもしどけない寝姿に女神はなぜか目が釘《くぎ》づけとなった。彼女は彼をもっと見るために船を下界に近づけたが、魅せられて船から草原に下りてしまった。そっと傍らに近寄ると、無心に眠りをむさぼる青年の顔をまじまじと見つめた。

　翌晩もまた翌晩も、エンデュミオンの虜《とりこ》になったセレネは道草をし、しだいに大胆になっていった。眠ったままの青年にキスを繰り返し、抱擁し、とうとう抜きさしならぬ仲になった。が、青年のほうはといえば、毎夜夢の中に世にも美しい女が現れては自分を求めるのだった。

　何年かすぎて、セレネはエオス同様、ゼウスの前に進み出て、エンデュミオンの永遠の命を乞《こ》うた。ゼウスは承諾したが、青年は生涯眠ったままになった。セレネは彼をラトモ

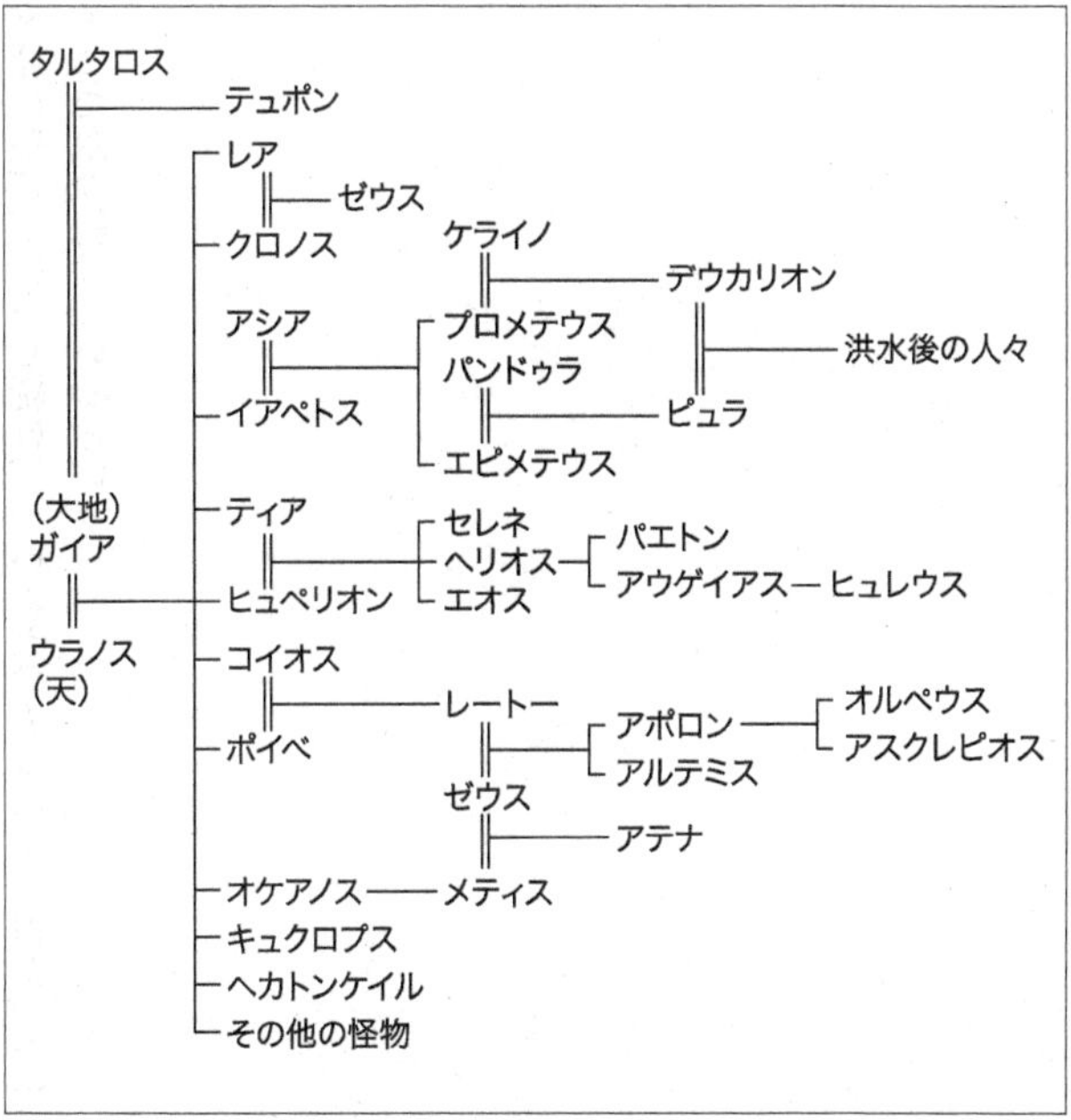
タルタロス
テュポン
レア
ゼウス
クロノス
ケライノ
デウカリオン
アシア
プロメテウス
洪水後の人々
パンドゥラ
イアペトス
ピュラ
エピメテウス
(大地)
ガイア
ティア
セレネ
パエトン
ヘリオス
アウゲイアス
ヒュレウス
ヒュペリオン
エオス
ウラノス
(天)
コイオス
レートー
オルペウス
アポロン
アスクレピオス
ポイベ
アルテミス
ゼウス
アテナ
オケアノス
メティス
キュクロプス
ヘカトンケイル
その他の怪物

神々の系譜

ス山の洞窟に運び、独占し続け、ついに五〇人もの子を得た。今でも、美しいエンデュミオンはそこで眠り続けているという。

3 ゼウス、ティタン神族と争う

クレタ島に隠された末子のゼウスは、ディクテ山の洞窟内で生き延びていった。牝山羊《めやぎ》のアマルティアが乳を与え、山のニンフらが蜂蜜《はちみつ》などを与えて赤子を養い、彼が大声をあげて泣くと、皆して槍《やり》で楯《たて》を叩《たた》いてクロノスの耳に声が届かないよう気を配った。

ゼウスは成年に達したとき、ガイアの計らいで兄弟姉妹をすべて呑み込んでいるクロノスに復讐しようと思いたった。その方策を思案していると、オケアノスの娘メティスがすばらしい秘薬を授けてくれた。彼らは欺《あざむ》いてクロノスに薬を飲ませた。すると最初にレアが与えた石を、ついでゼウスの兄弟姉妹をすべてクロノスは吐き出した。

ゼウスは彼らと団結し、父クロノスに立ち向かおうとした。クロノスは、自分の兄弟姉妹であるティタン神族を味方につけ、応戦するかまえをみせた。神界は二分され、旧世代と新世代との壮絶な権力争いに発展した。戦いは、一〇年にもおよんだが、決着がつかなかった。

ガイアは、ゼウスを呼び、ウラノスとクロノスによってタルタロスに幽閉された異形のヘカトンケイルやキュクロプスらを解放し、味方にすれば、勝利はまちがいないという予言を授けた。ゼウスはすぐさまタルタロスに赴き、番兵のカムペを殺すと皆を解放して連れ戻った。彼らは感謝のしるしとして、ゼウスに雷霆《らいてい》を、ハデスにはかぶると姿が隠れる帽子を、ポセイドンには三叉《みつまた》の鉾《ほこ》を差し出した。

ゼウスと妻たち

これら強力な武器を振るってゼウスの世代はティタン神族を屈服させ、タルタロスに閉じ込めてしまった。異形のヘカトンケイルとキュクロプスたち六柱の神々は、かわってタルタロスの牢番《ろうばん》になった。このとき新世代の男神たちはくじを引き、ゼウスは空の支配権を握り、ポセイドンは海を、ハデスは冥界を支配することに決めた。

さてゼウスは、ティタン神族制覇のきっかけを作ってくれた、メティスを最初の妻として子ができたが、ガイアの予言で、その次の男子が支配者になると聞くと、妻を頭から呑み込んでしまった。しかしそのまま月満ちて、ゼウスは頭に割れるような痛みを覚えた。ティタン神族のイアペトスとアシアの子プロメテウスは、ゼウスの額を斧で打ち破った。額からは、全身を兜《かぶと》や胸当てで武装した女神アテナが、成人の姿で勢いよく飛び出してきた。

次にゼウスが娶ったのも、いかめしい掟《おきて》の女神テミスだった。テミスは、女神ばかり五柱、季節を司《つかさど》るホライ、平和のエイレネ、秩序のエウノミア、正義のディケ、そして運命のモイラを産んだ。

三番目の妻が、正妻とされる姉妹のヘラだった。ヘラは家庭の平和と女性の守り神だが、彼女の職掌ほど皮肉な役割はない。なぜといって、ここに至る間にも、夫となるゼウスは数多の女神たちと交わり、記憶の女神ムネモシュネからは、後にアポロンに仕える九柱のムーサイを、レートーからはアポロンとアルテミス、デメテルからはペルセポネ、エウリュノメからは三柱の美の女神たちカリスを、マイアからはヘルメスを得た。ヘラと結婚後はまた、数えきれないほどの人間の女たちから英雄を得ていて、彼女は常に嫉妬《しっと》に悩まされ、ほかの女神や女たちを迫害し、生まれた子供たちの命をねらうなどあたかもそれが当然の仕事のようになってしまった。

ヘラが産んだ正嫡《せいちゃく》の子は、鍛冶《かじ》の神ヘファイストス、お産の女神エイレイテュイア、青春の女神ヘベ、軍神アレスだけだった。

巨人族

かくして諸神の系譜に、我が血を引く庶子を加えては勢力を拡大させていくゼウスに、主権を取らせまいとガイアが立ちはだかった。女神は、自分の産んだティタン神族をゼウスらがタルタロスに幽閉したのをいたく怒り、新たに巨人族を産み出しゼウスの世代と戦わせた。

なにしろ、背丈は山よりも高く、はかりしれない力にあふれ、髯《ひげ》におおわれた恐ろしい貌《かお》と、大蛇の下半身をもつ巨人族は、狂暴きわまりない。なかでも、エンケラドスとポルピュリオンは筆頭格であった。ほかにもパラス、ミマス、エピアルテス、アルキュオネウスなど総勢一七人。

《王座のゼウス》紀元前５世紀の陶器の断片

もはやゼウス、ポセイドン、ハデス兄弟だけでは応戦しきれず、アテナをはじめとする女神たち、それにアポロンから酒神ディオニュソス、ヘラクレスまで呼んで一団となり戦った。

ゼウスは、最強の武器の雷霆から縦横無尽に稲妻《いなずま》を放って相手方を殺傷、ポセイドンは三叉の鉾を突き立て、ディオニュソスは祭儀の杖《つえ》で打ちのめし、ヘラクレスは得意の弓を引いた。女神アテナは、エンケラドスにシチリア島を投げつけて殺し、パラスを捕らえてその皮を剝《は》いだ。

ガイアは、絶対負けない薬草を生じさせ巨人族に与えようとした。ゼウスは天空の神々に光を消させ、闇《やみ》の中でそれらを片付けてしまった。そこでガイアはタルタロスと交わり、両腕を広げれば世界の両端に届き一〇〇の頭は星座に触れ口からは火を吹く怪物テュポンを産み戦場へ送った。

しかしゼウスは一〇〇の頭を雷霆で焼き滅ぼし、ついに勝利を宣言した。それからオリュンポス山を拠点として神々の壮麗な宮殿を構え、自らは最高神として君臨した。

4 プロメテウスの反逆とパンドゥラ

王権を握ったゼウスは、自ら最高神としてオリュンポス十二神を構成した。

兄弟姉妹から、海神ポセイドンと穀物の女神デメテル、妃のヘラ。次に我が子では、正嫡の軍神アレスに鍛治の神ヘファイストス。最初の妻メティスとの娘で技芸や戦略の女神アテナ。庶子から、ティタン神族のレートーとの間に生まれた双子、音楽、予言の神アポロンと狩猟の女神アルテミス。同じくティタン神族の女神マイアとの子で使神ヘルメス。それにテーバイ王カドモスの娘セメレとの子、酒神ディオニュソス、ウラノスの生殖器が落ちた海の泡から生まれた、愛と美の女神アフロディテという、個性豊かな神ばかり。ついでながら、ティタン神族との戦いでともに奮戦した兄弟ハデスが入らなかったのは、ひとえに彼の職掌が忌み嫌われる冥界にかかわるせいといわれている。

かくして最も身近な血族で固めたゼウスの王座は、しかし必ずしも平穏とはいえなかった。なかでも、ゼウスがタルタロスに幽閉したクロノスの兄弟イアペトスの息子、プロメテウスの反逆には手を焼いた。

青銅時代の人間族

彼は、ゼウスがあまり好感を抱いていない青銅時代の人間族を、こよなく愛していた。神々と人間が、犠牲獣の分け前を決めるとき、プロメテウスは素早く骨を厚い脂肪で包んだものと、肉と内臓を皮で包んだものとをこしらえた。そして巧みに欺いて、ゼウスに前者を選ばせ、人間には身のあるほうを与えた。後で気づいたゼウスは、プロメテウスに激しい怒りを覚えた。

ゼウスは、日ごとに増長していく人間族に対し、火を与えるのをやめた。この頃まだ、未開の生活を営んでいた人間族は、大いに困窮した。見かねたプロメテウスは野から一本の大きな茴香《ういきょう》を抜き、その中へ火炎車を運転する太陽神の火を盗み隠すと、人間界へと運んでやった。このときを境に、人間界は急速な進歩を遂げ始めた。

ゼウスは仕返しに、念の入った復讐方法を思いついた。人類に初めての、女性を創《つく》ることにしたのである。彼は息子の鍛冶の神ヘファイストスに命じ、泥をこねて世にも若く美しい女パンドゥラを造り出させた。

プロメテウスの弟エピメテウスが、彼女を見ると夢中になった。先見の明があり、予言能力をもつプロメテウス（先に考える、の意味）は、エピメテウス（後から考える、の意味）の想いを危険だと阻止しようとしたが、弟は彼女と結婚してしまった。神々はこぞって、パンドゥラのために祝いの贈り物をした。それらは一つの壺《つぼ》（函《はこ》とも）に納められた。

《壺（匣）をかかえたパンドゥラ》18 世紀の銅版画

「壺の蓋《ふた》を、けっして開けてはならない」と、神々は彼女に念を押した。

嫁入り後、パンドゥラは壺の中身が気になってしかたがない。とうとうある日、こっそりと禁断の壺の蓋を開けてしまった。すると中からは、これまで人間界では見られなかった憎しみや恨み、嫉妬、争いなどが続々と出てきた。パンドゥラはあわてて蓋を閉じたが、ときすでに遅く、後に残ったのは希望だけ。人間界はたちまち災禍だらけになってしまった。

復讐と反逆

ゼウスの復讐は、それだけでは済まなかった。プロメテウスを捕らえると、黒海《こっかい》の東北にそびえるカウカソス（コーカサス）山脈の岩に鎖で縛りつけた。怪物エキドナとテュポンの子で、ゼウスの聖獣でもある大鷲《おおわし》が飛んでくると、縛られたプロメテウスの肝臓を食いちぎった。

夜になると、肝臓はもとどおりに回復し、翌日になるとまた大鷲がやってくる。プロメテウスの苦しみは、この先何代も何代も王家の主が変わるまで続いた。最後に、一五代目に当たるヘラクレスがやってきて、弓矢で大鷲を射落とし、プロメテウスを解放した。

ゼウスへの反逆といえば、もっと油断のならない事件も起こった。ゼウスの専横ぶりに不満を抱いていた息子の一人アポロンは、ポセイドン、ヘラ、アテナらと共謀して、父王を追い落とす工作をひそかにすすめた。彼らは隙をみて、眠っていたゼウスを縛りあげ、一〇〇もの結び目を作ってがんじがらめにすると宙に吊《つる》した。無抵抗となった最高神から最強の武器である雷霆《らいてい》を奪うと、彼らは誇らかに勝利の宣言をした。ところがここに伏兵

《プロメテウス》17-18世紀の銅版画

がいた。かつてゼウスらに解放された一〇〇の手をもつ異形の神ヘカトンケイルの一柱の神ブリアレオスで、彼は縛りあげられたゼウスの一〇〇の結び目を一挙にほどいて恩に報いた。

ゼウスはアポロンとポセイドンをトロイアの王ラオメドンに奴隷として売り、城壁を築く仕事に明け暮れさせた。貞節、従順を疑わなかった夫をみごとに裏切った妃ヘラは、逆さ吊りにして苦しめ、山ほどの詫《わ》びを入れさせた。

ヘラはその後結局、多情な夫と事あるごとに揉《も》めながらも、正妻の地位を保持した。一度など彼らはひどい争いをした。ヘラは愛想づかしにキタイロン山に隠れてしまった。しかしそれをみたゼウスが、ほかの女神と結婚すると宣言し、木像に花嫁衣裳《いしょう》をまとわせて行列をしてみせると、ヘラは血相を変えて飛び出してきた。衣裳を取ってみると彫像だったのでヘラは安心し、たちまちもと通りの仲に戻ったのである。

5 デウカリオンの箱船

プロメテウス

プロメテウスの火でいちだんと栄えだした青銅時代の人間界は、ゼウスの目にはひどく堕落して見えた。

神は人間びいきのプロメテウスを罰した後も、なおも執拗《しつよう》にこれを滅ぼそうとした。そこで、ゼウスは大洪水を起こした。まず雨をもたらす南風に働きかけ、しのつく豪雨を日夜やむことなく降らせ続けた。次に水回りを支配する神、海神ポセイドンに協力を求め、大雨に加えて国中の泉をあふれさせ、同様に河川を氾濫《はんらん》させていった。

各地で猛《たけ》り狂う洪水の激しさにはただならぬものがあり、たちまちにして、人間が営々と拓《ひら》いた耕地は跡かたもなくなった。町や村が、人間も家畜もろともに滅んでいき、森の野獣も溺《おぼ》れ死に、天飛ぶ鳥類たちも羽を休める場所すらなくなった。

これをみたプロメテウスは、息子夫婦のデウカリオンとピュラに、急いで大きな箱船を造るようにと知恵を授けた。父の助言で箱船を建造すると、彼らはそこへ積める限りの食糧、家畜、生活道具などを運び入れ、自分たちも乗ると、あてどもなく流されていった。

箱船は、九日九夜洪水の最中をさまよったが、一〇日目に、アポロンの聖所として名高いデルフォイにそびえたつパルナソス連山に漂着した。

二人が船を下りて下界一帯を眺めわたしてみると、人間が生活を営んだ痕跡《こんせき》はあとかたもなく消え去り、ありとあらゆる人々が死滅したことがわかった。心細さに二人は気が狂いそうになった。

敬虔な二人

彼らはとりあえず奇跡的に命永らえることを許されたことに感謝してゼウスに犠牲《いけにえ》を捧《ささ》げ祈った。

敬虔《けいけん》な二人に、ゼウスは使神のヘルメスを遣わした。ヘルメスは、二人にいかなることでも望みを叶えようといったので、彼らはこの世に再び人間が復活するよう取り計らってほしいと訴えた。

「それならば、おまえの母の骨を、自分の肩越しに背後へ投げよ」そういうと、ヘルメスは去った。

はじめ若い夫婦は、ヘルメスの言葉にひるんだ。母親の骨を投げるなど、ひどい冒瀆《ぼうとく》ではあるまいか……。それとももしかすると、〝母の骨〟は何か別の意味があるのかもしれない。二人は、しばらくのあいだ考え込んでしまった。

「そうだ、母とは、大地の女神ガイア様のことではないだろうか。大地の骨なら、きっとこれに違いない」と、デウカリオンが足もとの石を拾って叫んだ。

彼は試しに、その石を自分の肩越しに後方へと投げた。石はたちまち変形をはじめ、柔らかみをまして、いつのまにか人の肉体を形造りはじめた。そして赤い血が通うと、ごく自然に動きだした。

デウカリオンが投げた石は男になったので、次にはピュラが石を拾い、同じように肩越しに投げてみた。それは、女になった。ふたりは無我夢中で石を拾っては投げ続け、そのつどおびただしく新人類がふえていった。

石から誕生したこれらの人間族は、内面のどこかしらに堅いしんのようなものがあった。辛抱強く、生真面目な性格をそなえていたが、いっぽうではまた、かたくなな心をも持ちあわせていた。

しかしともかくも人間が再び地に満ち、生活を営むようになって、デウカリオンもピュラも恐ろしい孤独に苛《さいな》まれずにすむようになった。そして彼らもまた、自分たちの子孫をふやした。

まず最初に、ギリシア人の祖先ヘレネスとされる長男ヘレンが生まれた。彼はニンフのオルセイスを娶ってドロス、クストス、アイオロスらをもうけた。この三人の子はそれぞれ、ドリス、イオニア、アイオロス族の祖になった。

長女はプロトゲネイア（最初に生まれた女）といい、こちらはゼウスに見初められてアエトリオスを得た。この名は今日もデルフォイに隣接する中西部ギリシア地方名アエトリアとなっていて、彼からは月の女神セレネが恋におちた美青年エンデュミオンをはじめ、その子孫にカリュドンとプレウロンの両王家の名だたる神話の主人公らが、名を連ねている。それのみか、アエトリア地方を流れる二つの大河、アケロオスとエウエノス河神、水のニンフらの名も兄弟姉妹として連なり、一大系譜を形造っていく。

人間の種族の起源

人類が、いつ、どのように生じたかについての、明快で統一的な伝承はギリシア神話からはつかめない。紀元前八世紀の詩人ヘシオドスの「仕事と日」によれば、人間の種族は五世代にわたる。一、黄金の種族――クロノス治世のとき、オリュンポスの神々が創造し、死はあったが生前は神々と変わらない暮らしをした。この種族の最後は大地が埋めてしまった。二、白銀の種族――黄金の種族とはまったく異なり、神々を敬わず、互いに傷つけあった。子供時代が長く、成長するとすぐに死んだ。ゼウスにより滅ぼされた。三、青銅の種族――トネリコの木から生じ、青銅の武具を振るって戦い、青銅の家や道具を用いた。戦争を好み、滅ぼしあった。四、英雄の種族――ゼウスにより造られた神々《こうごう》しい半神の種族で、トロイア戦争時代の人々を指す。相つぐ戦争により滅びた。五、鉄の種族――ゼウスにより造られ、滅ぼされた。昼夜をとわず労働し、親子兄弟間の恩愛薄く、悪者が讃《たた》えられる人間関係を築いて自滅した。

Ⅱ．各地の神話伝説

ギリシア神話の発祥地を辿《たど》ってみると、地域により、量的にも内容的にもかなりの差がある。試みに主要神話の分布図を作ると、空白に近い所と書き込みきれない所に分かれるのである。いわゆる〝神話の宝庫〟といわれるのは、中部ギリシアとペロポネソス半島全域で、エーゲ海の島ではクレタ島が挙げられよう。極端に乏しいのが北西部マケドニア地方である。同じ北でも東のトラキア地方は、数こそ少ないがオルフェウスの神話があり、軍神アレスの出身地でもある。このことは、歴史的にみても〝神話時代〟と称されるミュケナイ時代の繁栄地が、北部には少なく中、南部に集中していたことがわかる。

中部ギリシアは内陸に、デルフォイ、プトイオンなどアポロンの予言の地が点在するせいか、重く深く、人間の葛藤《かっとう》や内面を抉《えぐ》る物語が何代にもわたり、連続して語られるところに特色がある。〝オイディプス神話〟を核としたテーバイ王家代々の神話は、ペロポネソス半島のアトレウス王家のそれと並び、ほかに類をみない内容と量を誇っている。

テーバイの西には〝カリュドンの大猪狩《おおいのししが》り〟の神話で知られるカリュドンとプレウロン王家が、東にはヘラクレスの最期を語るオイカリア王家、英雄ペレウスとアキレウス父子《おやこ》のプティア王家、アルゴー丸の神話で名高いイオルコス王家、アドメトス王のペライ王家が連なるテッサリア地方がある。

王家といえばその血縁関係が網の目のように張りめぐらされたペロポネソス半島には、数えきれないほどのミュケナイ時代に栄えた王家の遺跡があって、それらの地に伝わる神話の多彩さには目を見張るものがある。オリンピック発祥の神話で有名なピサ王家は、アルゴス地方のアトレウス王家（ミュケナイ）とも、英雄ペルセウスの系譜につながるティリンスやミディアの王家とも血縁関係にあり、代々の神話が連なっていく。

本土の神話が人間を主体としているのに比べ、エーゲ海や地中海のそれには神々について語った神話が多くみられる。最大の島クレタ島には大神ゼウスの生誕神話やエウロペの神話、デロス島にはアポロンとアルテミス兄妹《きょうだい》神の、キュプロス島にもアフロディテ（ヴィーナス）の各生誕神話がある。

ロドス島に太陽神ヘリオス、サモス島にゼウスの妃《きさき》ヘラ、リムノス島に鍛冶《かじ》の神ヘファイストス、エヴィア島沖には海神ポセイドンの拠点があり、それぞれ個性豊かな神話が残されている。

これら各地の神話伝説は、そのドラマに加え、驚くほどこと細かにその地の風土についても語っている。そびえ立つ山々やうっそうと茂る森の状況、樹々の種類から草花、岩や河の流れ、また数々の神話を産んだ地には必ずある緑豊かな耕地や平原、そこで飼育される馬や羊や山羊《やぎ》のこと。

一方では、各地の町や城壁、塔、街道、港から入り江や洞窟《どうくつ》に至るまで、詳細な地名を挙げて生き生きと説明し、はては住人の由来や気質まで巧みに織り込んで語るのである。

そこには光に満ち、その景観が劇的な変化に富むこの国へのつきぬ愛着と、貴重な情報提供という意図も働き、語りが詳細を極めたのではないかと思われる。ギリシア神話は、風土を語り添えたのではなくて、こうした風土あるがゆえに生まれてきたとさえ思えるほどである。

たとえばミノス王にまつわる謎《なぞ》深い神話が語るクレタ島クノッソスの迷宮、最強の英雄ヘラクレスをか弱い若妻が惨殺するはめになった運命の河エウエノスの河幅の広さ、人の心の闇《やみ》の捨てどころとなった怪異なキタイロン山、船を送る風が立たなかったことから、少女イフィゲニアが犠牲《いけにえ》に捧《ささ》げられたアウリスの浜の、眠ったような波静かな海のありさま、といったふうに、深刻な人間ドラマが引き起こされていく原点に、今日も確認が不可能ではない数々の風土が大切に守られて息づいている。

ヘレスポントス海峡
ヘファイスティア
モスコロス山
アクティ・ミリナ
リムノス島
トロイア
ミティムナ
アンディサ
エレソス
レスボス島
ミティリニ
スポラデス諸島
チャンダル湾
トルコ
ヴロンダトス
エヴィア島
エーゲ海
キオス島
ネア・モニ
ヒオス
イズミール
ピルギ
アテネ
アンドロス島
サラミス島
サモス島
ケア島
ティノス島
イカリア島
エギナ島
サロニコス湾
ミコノス島
キクラデス諸島
パトモス島
シロス島
デロス島
ナクソス島
ナクソス
アポロナ
セリフォス島
カリムノス島
ミロス島
イオス島
コス島
ロドス
イアリュソス
カメイロス
アクロティリ
サントリニ島
アタビュリオン山
リンドス
ロドス島
クレタ海
カルパトス海峡
カルパトス島
イラクリオン
クレタ島
クノッソス
レブカオリ山
イダ山
カソス海峡
メサラ平野
ゴルティス
ディクテ山
0
50
100km
エーゲ海の神話地図

6 エウロペの誘拐（クレタ島）

白　牛

エウロペは、シリアのテュロスの王アゲノールと、母テレパッサの娘だった。ういういしい、花開きかけたばかりの乙女で、三人の兄たちにまじり紅一点、大切に育てられていた。

その日エウロペは、海へと続く広い牧場に出て花摘《つ》みに興じたり、侍女たちと遊び戯《たわむ》れていた。と、いつのまにか、彼女の傍らには目を見張るような白牛がやってきた。長い睫《まつ》毛《げ》にふち取られた大きな眼は穏やかで優しく、飛び跳ねるでもなく、寄りそうように従順にたたずんでいる。

まあ、と感嘆の声を洩《も》らしながら、エウロペは思わず手を差しのべ牛の首筋を撫《な》でた。白牛は、いかにもうれしげになついてくる。初めはおずおずと対していたエウロペも、たちまちその愛らしさに夢中になり、しまいには牛の背にまたがった。

突然、白牛は海に向かって走り出した。エウロペは驚いて助けを求め、侍女らも大声をあげ後を追ったが、牛ははるかな沖に向かって全速力で波間を渡りはじめた。エウロペはもはや、転がり落ちることさえ叶《かな》わず、恐怖にふるえながら白牛にしがみつくほかはなかった。

いともやすやすと大海原を駆け抜けた白牛は、やがてエーゲ海の最南端、地中海と接したところに浮かぶクレタ島に着いた。晴れた日にはアフリカのリュビアを望む南海岸から上陸、地平のかなたまでオリーヴ林が続くメサラ平野に入ると、そのなかほどにあるゴルティスの都までできて、ようやく歩みをとめた。

丘すそには、幾本ものスズカケの大樹が枝を広げ、茂みのなかからは清らかなせせらぎの音が聞こえる。その涼やかな幹の根もとに、白牛は呆然《ぼうぜん》自失しかけているエウロペを優しく下ろすと、いまはじめて正体を現した。

エウロペに魅せられたゼウス

なんとそれは、威風堂々とした神々の王者、ゼウスだったのである。エロスが放った恋の矢に当たったゼウスは、天界から地上を眺めわたしたとき、いとも愛らしいエウロペの姿に魅せられてしまった。なんとか彼女の気に入られようと、白牛に化けて誘拐に成功したのだ。

エウロペには、もはや遠い故郷へ戻る手だてはなかった。すべてはゼウスのもくろみどおり。スズカケの樹の下で愛されたのち、彼女は最初の男子ミノスを産んだ。それからサ

《ゼウス（ユピテル）によるエウロペの誘拐》17世紀の銅版画

ルペドンとラダマンテュス。異郷で、エウロペは三人の男子の母となった。

ゼウスはエウロペに、三つの贈り物をした。エウロペが住むクレタ島の沿岸を警護する青銅の巨人タロス、放てば必ず獲物を捕らえてくる猟犬、そして必ず命中する投げ槍《やり》であった。

ところでエウロペが、あっというまに連れ去られてしまったテュロスでは、四方八方で手をつくして白牛の後を追った。けれどもそのかいもなく、なんの手がかりも得られなかった。

エウロペの兄たち

エウロペの父、王アゲノールは、エウロペの三人の兄に、妹を探し出すまでは国へ帰ってはならないと命じて旅に出した。長子カドモスには、いてもたってもいられない思いの母テレパッサが旅をともにした。

兄弟たちはおのおのの進路をさだめ、三方に分かれた。カドモスと母は船団で地中海からエーゲ海に入り、最初の島クレタに妹がいるとも知らず、テラ（サントリニ）島、ロドス島と島々を北上した。実はゼウスが一行のクレタ島上陸を阻止したのだ。船を、島に向かっていくら漕《こ》いでも、着くことができなかった。

北へ北へと、クレタ以外のすべての島々を探した一行は、ついに北のトラキア地方へ来てしまった。ここで母テレパッサは長旅の疲れが出て、病に倒れ、亡くなってしまった。ひとり残されたカドモスは、はじめトラキア地方最北の島サモトラケにしばらくとどまっていた。

いっぽう、次男のポイニクスは、エジプト、リュビアなどの北アフリカ大陸を、妹を求めてさまよった。しかし手がかりはつかめず、かといってテュロスには戻れないため、ついには故国に近いフェニキアに身を落ち着けた。

三男キリクスは、自国のテュロスと同じ小アジア一帯を旅して探しまわった。しかし前の二人同様、まったく妹の行方はわからなかった。彼は現トルコの南にあるキリキアまで行き、そこに身を置くことになった。

そんなこととも知らぬエウロペは、しばらくして三人の息子を連れて島の支配者であるアステリオスのもとに嫁《とつ》いだ。子供たちは皆、アステリオスの養子になった。

三人の息子は、そろって知恵に優れ、後には法を制定しよく守った。ことに長子ミノスは特別に才気にたけて、彼だけは、九年ごとにメサラ平野北西にそびえるイダ山におもむき、ゼウスからじきじきの教えを受けるほどだった。

こうして、エウロペの息子らはクレタ島に根づいていった。まだ少女の面影を宿していた若きエウロペは、アジアのテュロスから、ヨーロッパに属するギリシアに渡ったことで掛け橋の役目をはたした。その名は、今日の〝ヨーロッパ〟(英語読み)になったのである。

7 ミノス王の迷宮《ラビリントス》（クレタ島）

長ずるにしたがい、治世者の才能をいかんなく発揮しはじめたミノスは、一刻も早く王座に就きたいと願った。そこへ、義父の王アステリオスが亡くなった。幸いにも彼には実子がなかった。心はやるミノスは、すぐにも王座を譲り受けようとしたが、周囲の反対があった。

思いどおりにいかないとみて、ミノスは画策した。人々に、この王国は神々が承認のうえ自らに与えたと主張、神界と通じている証拠を皆に見せようとして、海神ポセイドンに海底から牡牛《おうし》を贈ってほしいと祈ってみせた。「そうなれば、私はその牡牛をポセイドン様の祭壇に捧げましょう」

すると、海神が海底からみごとな牡牛を贈った。人々は感心して、ミノスを王に迎えた。ミノスは得意満面。と同時に、牡牛はあまりにも立派だったので、犠牲に捧げるには惜しくてたまらなくなり、彼はひそかに別の牡牛を用意し、ポセイドンに捧げた。

すべてを見とおす神は、ただちにこれを見抜いた。ポセイドンは、ミノスが惜しんだ牛を狂暴にした。それだけではすまず、ミノスの妻パシパエのようすまでがおかしくなってきた。

パシパエは、太陽神ヘリオスの娘。長子カトレウスのほか三人の男子、アリアドネのほかに二人の娘がある七人の子の母だった。ところがどうしたことか、彼女は急にポセイドンの牡牛に恋情を抱いてしまったのである。

ダイダロスの悲劇

ちょうどその頃、アテナイで不祥事を起こした名工のダイダロスが、クレタに逃れてきてミノス王の宮廷で厄介《やっかい》になっていた。名建築家であり、神像の発明者でもある彼は、直弟子だった甥《おい》が、次々と鋸《のこぎり》や轆轤《ろくろ》台《だい》を発明していくのをみて、彼のただならぬ才能にいまに追い抜かれるのではないかと危ぶみ、その子をアクロポリスの上から突き落とし死なせた。ダイダロスは裁判にかけられ、有罪と決まったためにアテナイから追放された。

そのダイダロスに、思いあぐねたパシパエは牡牛の話を打ち明けた。彼なら、良い工夫があるかもしれないと思ったのである。

ダイダロスは、牡牛に負けない大きな牝牛《めうし》を木でこしらえた。中に王妃パシパエを入れ、彼女は牡牛と交わって想いをとげた。その結果、生まれてきた子は牛と人間との半人半獣だった。

牛頭人身の姿をしており、頭には曲がった角《つの》が生え、不気味な二つの赤い眼と、裂けた口をもち、恐ろしい吠《ほ》え声をあげた。下半身は人間とはいえ毛むくじゃらで、脚には蹄《ひづめ》があった。

ミノス王はダイダロスに命じて、ひとたびその中に入れば、二度とは出てこられない迷宮を造らせた。出来あがるとその奥部屋に、ミノタウロスと名づけられた半人半獣身の子を閉じ込めた。それればかりか、世間に知られるのを防ぐため、ダイダロスも、アテナイから連れてきた彼の息子のイカロスも一緒に迷宮に入れ、外には出られなくしてしまったのであった。

王は後に、アテナイへ出向いたまま死んだ息子アンドロゲオスの復讐《ふくしゅう》と称して、アテナイの都に毎年ミノタウロスの餌食《えじき》として、七人の若く美しい男と同じく女とを要求し、迷宮に投げ込んでは犠牲とした。

イカロスの飛翔

この身の毛もよだつさまを見ていたダイダロス親子は、なんとかして迷宮から逃げ出そうとあがいた。無数の部屋から部屋へとつながった道は、どうたどってみても外へは出られない仕組みである。ダイダロスは、地でなく空へと逃れる手だてを考えた。もとはといえば自分が造った館《やかた》、彼は天井の一部を巧みにはずし、息子ともども外へ逃れた。しかし、島から逃れる手だてはない。

ダイダロスは、無数の鳥の羽を集めた。それらを巧みな技《わざ》でつなぎ、合わせ目を蠟《ろう》で固めて大きな翼を二つこしらえた。二人はそれを背負って飛行訓練に励み、ついに空高く舞い上がった。

快調な、大空の旅が始まった。クレタ島はいまや遠ざかり、青々と波打つエーゲ海には、大小さまざまな島が眼下に現れては消えていく。息子のイカロスは、ぐんぐんと高度を上げ、父を追い抜いた。太陽熱で蠟が溶けるから、あまり高く飛ぶなといった父の言葉も忘れはてて……。

ダイダロスの叫びも空しく、イカロスの翼はばらばらになった。彼はもんどり打って海中へと墜落した。ダイダロスは近くの島に下り、浜辺に流れついた息子の遺体を涙ながらに埋葬した。——以来、この島はイカリアと呼ばれている。

ダイダロスは、それからシチリア島まで飛んで行き、島の王コカロスに庇護《ひご》された。ここでも彼は砦《とりで》や神殿、暖房付きの洞窟を造ってみごとな技を発揮し、王に重宝されていたが、ある日ミノス王とその軍隊が居どころを突きとめ追跡してきた。そしてコカロス王にダイダロス引き渡しを迫った。

王は、ミノスと一行を手厚くもてなした。それからミノス王が風呂《ふろ》につかったとき、湯を急激に熱湯にして殺害した。

ミノス王は死後、弟ラダマンテュスとともに黄泉《よみ》の国の審判者に選ばれるなど、法律の有能者としてきこえた。反面、残忍な性格と好色者としての神話も多く、ミノスは二人いたのではないかとされるほど両極端な人であった。

8 カトレウスと息子（クレタ島）

ミノス王の息子の一人に、カトレウスがある。彼は、ミノス亡きあと王位を継ぎクレタ王となった。カトレウスには三人の娘と、一人息子アルタイメネスがあり、王はゆくゆくは彼に王位を譲るつもりだった。

あるとき、王は自分の生涯がどのように終わるかの神託を伺ってみた。すると、カトレウスは、子供らの一人の手にかかって死ぬであろうという予言がなされたのだ。

王は、固く口を閉ざして誰にもこのことを知られないようにしていた。しかし、息子のアルタイメネスはこれを洩れ聞いてしまった。父王を愛し敬《うやま》っていた彼は悩み苦しみ、自分は父の殺害者にはけっしてなるまいと思った。そのために彼は、ひそかにクレタ島を去り、隣の太陽神ヘリオスの島、ロドス島に渡った。その際、姉妹のアペモシュネがついてきた。

二人は異郷で苦労したが、やがてロドス島の三大都市のひとつ、カメイロスにほど近い所に居を定め、その村を故郷の名をつけてクレティニアと呼んで暮らした。もとはといえば次代のクレタ王になる身のアルタイメネスは、いつか一帯で名を知られる英雄として活躍するようになった。それでも彼はクレタ島が忘れられず、父を恋い、ときどき近くにそびえるロドス一の高山アタビュリオン山に登った。頂上から、なつかしい故国の島影が望めたのであった。山頂に、彼はゼウスの祭壇を造った。

そのような日々に、不幸な事件が起こった。使神のヘルメスが、一緒に連れてきた彼の姉妹のアペモシュネに恋心を抱き、つけまわした。足の速い彼女は、そのつどなんとか神の手から逃れた。

ヘルメスは、アペモシュネが水汲《みずく》みに出かける泉への道に、新しく剝《は》いだ動物の毛皮をこっそりと敷いて近くの草むらに潜み待った。水がめを担いだアペモシュネは、水に気をとられて足もとがおろそかになり、毛皮の上で足をすべらせ転倒した。悪がしこいヘルメスは、まんまとアペモシュネに襲いかかり手ごめにした。

アペモシュネは家に戻るとアルタイメネスにこのことを訴えた。しかし、アルタイメネスは信じなかった。あるまじきふしだらな行いを、神のせいにするとは、と逆上し、アペモシュネを足蹴《あしげ》にし、死なせてしまったのだった。

いっぽう、クレタ島で年齢を重ねていった王カトレウスは、事あるごとに息子を想い、会いたさにじっとしていられなくなった。予言者が宣告したようなことは何ひとつとして起こる気配もない。手もとの娘たちは、次々と結婚していった。このままでは、跡継ぎもなく、自分はいつ命を終えてしまうかもしれない。とにもかくにも、息子に会おう。会えば、山ほどの話も相談もできる。

王はやみくもに決心し、たくさんの従者を連れ、立派な船団を仕立てるとロドス島に向かって出発した。父と息子とを隔てた長い歳月が、つつがない航海でどんどん縮まっていく……。王は心はやった。

哀話

クレタとロドス両島の間は、さして難儀な船旅ではない。幾日目かに、船はロドス西岸の、人気のない港に無事に着いた。そこからカメイロスの港はさほど遠くなかったのに、いきなりの訪問だったためか漕ぎ手たちは少しばかりはずれた、静かな入り江に船を着けたのだった。

それを目撃したのは、ロドスの牛飼いたちであった。彼らはカトレウスの船をてっきり海賊が襲撃してきたものと思った。手に手に杖《つえ》や石を持ち、船に投げつけだした。カトレウスは訳を話そうとして大声を放ったが、牛飼いらの声に、牧羊犬がこぞって吠えたてたため、大混乱に陥り何も聞き取ることはできなかった。

そうこうするうちに、騒ぎは町中へ広まった。アルタイメネスも、海賊と聞き、槍をつかんでその港へ馳《は》せつけた。すでに双方、戦闘状態に陥っている。よもやこのような場所に、突然父王がやってくるとは思いもしない彼は、かなりの距離からえいっとばかり槍を投げた。

槍は、カトレウス王の額を貫いた。

騒ぎが鎮まったとき、すべてが判明した。アルタイメネスは、予言にたがわず父の殺害者になったのだった。世をはかなんだ彼は、神々にもはやこの世にとどまらないでいられるようにと祈った。

大地が裂け、彼はその隙間に姿を消していったと伝えられている。

なお、アルタイメネスにはほかに二人の姉妹があった。そのうちの一人アエロペは、ミュケナイの王アトレウスの妻になった。彼らの息子がアガメムノンとメネラオス兄弟である。兄アガメムノンはミュケナイ王を継いだが、メネラオスはスパルタ王国に婿入りし、絶世の美女ヘレネの夫になっていた。

おりしも、悲劇のカトレウス王の遺体はロドス島からクレタ島に運ばれ、島をあげての葬儀が行われた。このとき、母方の葬儀として、メネラオスはクレタ島におもむいて参列した。留守を預かった妻ヘレネが、トロイアの王子パリスに魅せられて不倫の恋に走ったのは、まさにこの間であった。

9 イドメネウスの誓い（クレタ島）

ヘレネを助けるという誓い

イドメネウスは、心ならずも父カトレウス王を殺すはめになったアルタイメネスの従兄《いとこ》。父はカトレウスの兄弟でデウカリオンといい、祖父がともにミノス王に当たった。

クレタの王位は、本来ならばカトレウスからアルタイメネスに引き継がれるところ。思いがけない事件でこの父子は逝き、かわってイドメネウスに王座がまわってきた。

彼はまだ若かった頃、絶世の美女と讃《たた》えられたスパルタ王家のヘレネに求婚した一人だったが、ヘレネが数多《あまた》の求婚者のなかから現在の夫、ミュケナイ王国から婿入りしたメネラオスを選んだ。そうして、はずれたほかの求婚者一同は、互いに恨みをもつことなく、将来ともにヘレネの身の上に何か起これば、共同してこれを助けるとの誓いを立てて別れたのであった。

いかにも騎士にふさわしいこの誓いが、なんとイドメネウス王もかなりの年になって、突如として効力を発揮せざるをえない事態となったのだ。

ほかならぬヘレネが、トロイアの王子パリスに誘拐されたとして、ギリシアが国を挙げてトロイアを攻略することになってしまった。そこで、かつての求婚者たちは率先して自国の兵を率い、軍艦を仕立て、続々と出航地へと集結した。

イドメネウスもむろんのこと、エーゲ海随一の豊かさを誇り、かつ大神ゼウス生誕地にふさわしい島の代表として出征した。クノッソスをはじめ、ゴルティス、リュクトスなどクレタ七都市から、八〇隻もの船団を調達、これらに兵を満載しての出立であった。

トロイアの戦場では、彼はかなり年輩格の英雄であった。それにもかかわらず若い英雄に負けない奮戦ぶりで、後に詳しく語られるアキレウスの死に際しては、彼の武具分配に関する争いの審判役をつとめるなど、兵士の信望をかち得ていた。おまけにこの戦いに決着をつけた〝トロイアの木馬〟作戦では、木馬の中に身を潜めて敵の城内を突破した精鋭の勇士の一人でもあった。

一〇年目にトロイアは陥落したが、あらかたの英雄は戦場に散り、黄泉《よみ》へと旅だっていた。しかし、イドメネウスは生きて、故国クレタへと凱旋《がいせん》する、戦利品を満載した船の人となったのである。なんという幸運であったことか！

海神ポセイドンへ祈る

心はやるイドメネウスは、順風に乗る船足ももどかしく、一路南エーゲ海を急いでいた。と、幾日目かが過ぎた頃、あと少しでなつかしい島影も望めようかというときになって、にわかに大嵐が起こり、船もろとも木の葉のように揺れだした。

乗組員らは、強風に積み荷もろともさらわれたり、傾いた船べりから海へと転落していく。イドメネウスは、ここまできて我が身も海の藻屑《もくず》と消えるのかと思うと何としても耐え難く、海神ポセイドンに思わず知らずこう祈っていた。

「ポセイドン様！　もしも私が生きて島に凱旋を飾ることが叶いますなら、私は必ず、島に上陸して最初に出会う人間を犠牲として貴方《あなた》様に捧げましょう……」

するとまもなく、嵐は嘘のようにおさまり、海は再び穏やかに凪《な》いだ。イドメネウスは九死に一生を得たのだった。その後の航海は順調だった。ついに、夢にも忘れえなかった、クレタ島の浜辺が、そして港が見えてきた。

トロイアから、生きて王と軍艦が戻ってきたぞ、と、山なす人々が駆け寄ってきた。一〇年間もの永い歳月を戦場の血と砂にまみれて生き抜いてきた男たちは、故郷の山河も人の顔も、流れ落ちる涙でよくは見えなかった。

「父上！　父上！」と、そのとき、逞《たくま》しい一人の若者が、人々をかき分け走り寄ってきた。よく見れば、それはイドメネウスが出征したときは、がんぜない少年だった我が息子ではないか。二人はどちらからともなくひしと抱きあい、再会の歓《よろこ》びにくれた。

次の瞬間、イドメネウスの顔から血の気が引き、王はわなわなとふるえだした。嵐のさなか、ポセイドンに向かって絶叫した、恐ろしい誓いの言葉がよみがえったのだった。

なんという、愚かな誓いをたてたものか。いくら気が動転していたからといって、このような事態を考慮できなかったとは……。いや、神は、最愛の息子を捧げるとわかっていたからこそ、我が身と兵士らとを助け給うたのだ……。

イドメネウスは、市民の歓呼の声も栄誉も、救われた山なすトロイアの戦利品ももはや目にも耳にも入らなかった。いまはただ、どうにかして、罪もない息子を犠牲に供さずにすむ手だてはないものか。それしか頭にはなかった。

しかし、神を欺《あざむ》くことは不可能だ。イドメネウスは、父としてでなく、王としてクレタを守らねばならない。彼は苦しみ抜いたあげく決意し、人生で最も美しいときにあった我が息子を殺して祭壇に捧げたのだった。

時を経ずして、島には疫病が蔓延《まんえん》した。人々は、王の誓いと行為の残虐さを非難し、暴動が起こった。王座を追われたイドメネウスは命からがら、遠く南イタリアの、サレンティーニ国へと落ちのびていった。

10 太陽神ヘリオス（ロドス島）

島を与える

最高神のゼウスは、自ら王権を握った後、多くの神々に領土を分け与えた。すっかり分配を終えたところで、ゼウスは太陽神ヘリオスのことを失念していたのに気づいた。これでは最初からやり直さなければおさまりがつかない。がっくりときている大神に、忘れられてしまったヘリオスが妙案を出した。

「ちょうど今、小アジアの近くで新しい島が誕生しているのを、私は天空で火炎の馬車を操縦していて見かけましたよ。その島を私にくださるのはどうでしょうか」

それを聞いたゼウスは、さっそく女神テミスとの間にできた運命の女神の一柱、ラケシスに確認を求めた。

ラケシスが見たところ、いましもかなり大きな島が、ヘリオスのいうとおり小アジア沿岸に寄り添うように、海中から姿を現したばかりだった。ラケシスを証人として、ゼウスはこの島の領有権をヘリオスに与えた。島は実に、クレタ、エヴィア各島に次ぐ、エーゲ海で四番目の大きさをもっていた。

ヘリオスにはすでに、妻としてオケアノスの娘ペルセイスがいた。夫婦の間には、クレタ島の王ミノスに嫁いだパシパエと、魔女としてきこえたキルケがあった。が、ここでヘリオスは新たに薔薇《バラ》の花に因《ちな》む名をもつロデというニンフを娶《めと》り、新しい島に住まわせた。

ロデの父は海神ポセイドンで、母は同じく海神ネレウスの娘だった。ヘリオスは、この島に妻の名を与えてロドスとし、自らも島の守護神として君臨し、やがてロデとの間には七人もの子をもうけた。

七人の子

七人の子は、すべて男子だった。彼らは成人すると、そろって名高い天文学者になったと伝えられている。ただし、あるとき、四人の兄弟が、最も優れた知識をもっていたテナゲスをねたんで殺害する事件があり、彼らはロドス島を追われて方々へ逃れていった。

そのうちの一人アクティスはエジプトへ逃れていった。もともと優秀だった彼はその地で再起をはかり、ついに新都市を建設、父の名を冠してヘリオポリスとした。またそこで、アクティスはエジプト人に初めて占星術を教えたともいわれている。ロドス島の人々はこれを伝え聞き、彼を讃えて巨像を造ったが、その高さはおよそ四二一メートルもあった。

オキモスとケルカボス

いっぽう、ロドス島に残った二人の兄弟は、オキモスとケルカボスといった。年長のオキモスは、ニンフのヘゲトリアと結婚、最初に島の王となった。そして二人の間にできたキュディッペを弟のケルカボスにめあわせ、ここにリンドス、イアリュソス、カメイロスと、またしてもそろって三人の男子を得た。彼らはそれぞれ、ロドス島三都市の始祖となって都市に名を与え、これらは現在も遺跡が残るだけでなく、東に一都市と西に二都市、海に面した美しい都市の面影を伝えている。

なおカメイロス市は、前述のように、後にクレタの王となったカトレウスと息子アルタイメネスとの悲劇の舞台となったところとしても有名。

こうして新島は発展していったが、ゼウスはなお、ヘリオスに対してシケリア島（シチリア島）を追加して与えた。

この島はクロノスにより金剛の斧《おの》で切断された、ウラノスの生殖器からしたたる血より生じた巨人族――下半身が大蛇でとてつもなく巨大な体軀《たいく》をもつ――と、オリュンポスの神々が戦ったおりに、神々が投げつけた巨岩の一つであったという。

ロドス島

ロドス島についての異説では、この島は以前から存在したが、ゼウスが人間族を滅ぼすために引き起こした大洪水で水没し、水が引いて再び出現した。ここにはテルキネス人が住んでいたが、海神ポセイドンはそのニンフの一人のハリアに恋し、ロデと六人の息子が生まれた。六人の息子は、女神アフロディテを侮辱したために狂気にとりつかれ、手に負えない乱暴と恥知らずの行為を行ったため、母のハリアは海に身を投げた。ポセイドンは彼らを地の奥に埋めた。残ったただ一人のロデが太陽神と結ばれる点は同じである。

11 アポロンとその妹（デロス島）

アポロンとアルテミス

音楽、予言、弓矢、医学など、多くの知的な術を司《つかさど》る美神アポロンと、狩猟の女神アルテミスとは双子である。母はレートーといい、ティタン神族に連なる女神で、コイオスとポイベの娘。ゼウスに見初められ、みごもったときから、彼女はひどい苦労に見舞われた。それというのも、ゼウスの妃ヘラがこのことを知ってしまったうえ、やがて世に生まれ出る子供は、光り輝く強大な存在になるであろうという予言がくだったのである。

嫉妬《しっと》に狂ったヘラは、産み月迫るレートーから、お産の場所をことごとく奪った。「どのようなことがあろうと、太陽の下では子は産ませない」。そういって、ヘラは各地の有力者らに命じ、レートーを受け入れてはならぬと通達させた。レートーは身重《みおも》の身体で方々をさまよい歩き、身を落ちつける場所を求めたが、どこでもすげなく断られてしまう。

これを見たゼウスは、海神ポセイドンに協力してもらい、エーゲ海なかほどの海底に沈んでいた、小さな島を押しあげ浮き島にした。そのまわりを海水の天幕ですっぽりと囲むと、ようやくのことにレートーはヘラの目からも逃れ、お産の場所を得ることができた。

そこは小島も小島。東西がわずか一・三キロ、南北が五キロほどの島で、それでも東側に小山があって、そこから河も流れ、下流には蒲《がま》の生い茂る池と、一本の棕櫚《しゅろ》の樹が生えていた。たちまち、レートーは産気づいた。しかし、こんども、ヘラが自分の娘でお産に立ち会う女神エイレイテュイアを産婦のもとへ行かせないよう謀《はか》ったので、レートーはいつまでたっても出産を果たせなかった。とうとう九日九夜、彼女は池のほとりで棕櫚の樹にしがみついて苦しんだ。しかしこれをみかねたほかの女神らがエイレイテュイアに高価な贈り物を約束したので、女神はデロス島におもむき、一〇日目には、予言どおり立派な双子の赤ん坊が無事に生まれた。その瞬間、あたり一帯はさんぜんと黄金色に輝きわたった。

それでも、ヘラの迫害は終わらなかった。双子の美しい赤子を抱くレートーのもとへ、命を狙って大蛇を送った。この蛇はただの蛇ではなく、大地母神ガイアの子で名をピュトンといい、デルフォイの洞窟に住み、予言をよくする巫女《みこ》的な存在だった。

デルフォイ

このとき、アポロンとアルテミスは生まれてわずか三日目。しかしアポロンはすっくと立ちあがるや、重い黄金の弓を引き絞り、一矢でピュトンを射殺した。

アポロンは大蛇の遺体を灰にすると石棺に納め、自らは北ギリシアと中部ギリシアの東境を流れるペネイオス河の、テンペの渓谷に赴いて血に染まった手を洗い清めた。それからピュトンが支配していた中部ギリシア西のデルフォイに行くと、殺したピュトンの霊を弔い〝ピュティア祭〟という葬礼競技を開催した。その後、石棺は神殿の中、〝オムパロス（へそ）〟と呼ばれる世界の中心を表す石の下に丁重に葬った。

すべてのセレモニーを終えてから、アポロンはピュトンに取って代わり、自ら神殿の主となるや、彼自身が予言の神となることを宣した。以来デルフォイの地はこの神の主要な拠点となり、予言の中心地であると同時にアポロンの常駐所ともなった。

ただし、一ヵ所だけ、この神について回るふしぎな別の地名がある。その名はヒュペルボレイオス人の国、極北の果ての地である。

アポロンはデルフォイに行く以前に、白鳥の曳《ひ》く車に乗り、デロス島からヒュペルボレイオス人の国に行くと、しばらくの間そこにとどまった。この国の人々は熱烈なアポロン神崇拝で知られており、アポロンは後にデルフォイに居を定めてからも、この国に赴き、数ヵ月間をすごしたと伝えられている。さらにまた、アポロンは一九年目にこの国を訪れ、春分のときよりプレイアデス星団の上るまで、毎夜竪琴《たてごと》を弾き、人々の歌うアポロン讃歌《さんか》に聞き入ったともいわれる。

いっぽう双子の妹アルテミスは、やはり兄と同じく弓の名手だった。ただし、恋多きアポロンとはまったく反対で、終生処女神として孤高を守った。ペロポネソス半島の中央部にあるアルカディア山岳地帯を主な拠点とし、毎日弓矢を背負って狩猟に明け暮れた。

アルテミスの仕事は、狩猟と同時に、野獣が必要以上に捕らえられないように保護し、その掟《おきて》を破る者には厳しい罰を与えることだった。また兄妹そろって、一族を脅かしたり侮辱する者に対しては弓矢で対抗、これを滅ぼしたし、アルテミスがあまり心がけのよくない猟師オリオンに恋をしたときなど、アポロンはこれにサソリを送り、逃れようとしたオリオンを獣だといって妹に射させたりして庇《かば》っている。

兄妹神の輝かしい誕生地となったデロスの浮き島は、お産のときポセイドンが海底としっかりと繋《つな》いだので各国の人々が参拝に訪れた。以来、名高い宗教センターとして最初は母レートーが崇拝され、後はアポロンが主役で、歴史時代に入ってからも、ローマ時代に至るまで祭儀の島として栄えた。

12 蟻人間《ミュルミドン》の島（エギナ島）

波静かなサロニコス湾に抱かれた島々……サラミス、エギナ、イドラ、ポロス、スペツアイ。いずれも小島ながら、隣りあうサラミスとエギナの島には、都市国家の跡とともに豊かな神話が語り継がれ、主人公たちはひとつ系譜で結ばれている。

事の起こりは、エギナ島だった。

ゼウスは、河神アソポスの末娘アイギナに目をつけた。アソポス河は、ペロポネソス半島北部の都シキュオンを流れているが、この神には二〇人もの美しい娘があった。ケルキュラ、エウボイア、サラミス、ペイレネと、エーゲ海やイオニア海に浮かぶ島々の名や、泉の名をもつ娘たちで、実はこれまでにも数人がゼウスの手に落ちたため、河神は怒り心頭に発していた。

彼は油断なく娘たちを見張っていたので、末娘がさらわれたときすぐに気づいた。ただちに彼は行動を起こし、アイギナを連れ去ったゼウスをどこまでも執拗《しつよう》に追跡した。コリントスの森まで来たとき、河神はゼウスが木陰でアイギナを手なずけようとしているのを発見した。

血相を変えたアソポス神が迫ってくるのに気づいたゼウスは、とっさに森の中の岩に変身した。そうして河神が通りすぎるのを待ち、攻撃に出た。河神めがけて雷霆《らいてい》を放ち、痛めつけた。アソポス河は焼けこげ、河底が変化してしまった。

河神がひるんでしまったのを見届けると、ゼウスはアイギナをさらって本土を離れ、そこからほど近いオイノネという島に着くと、鷲《わし》に変身してアイギナと交わった。

アイギナは、やがてアイアコスという男子を産んだ。このことは、いつかゼウスの妃ヘラの知るところとなった。

ヘラは、母子《おやこ》が住みついたオイノネ島の流れに一匹の蛇を放った。蛇はたちまち卵をかえし、流れを汚して増えつづけ、島のありとあらゆる泉や河川に入り込んでいった。島は徐々に水の汚染がすすみ、危険が迫っていたが、まだ誰も気がついてはいなかった。

いっぽうアイギナの息子は成長して、サロニコス湾にほど近い本土のメガラからエンディスを妻に迎え、テラモンとペレウス兄弟の父となった。彼は父ゼウスの気性とは似ても似つかぬ、温厚で謙虚な性格の英雄だった。彼はまたこのオイノネ島を、母の名をとりエギナ島（アイギナ島）と呼び名を変えたが、島民の信望はあつく、よき統治者として仰がれていた。

人々が、異様に増えた蛇と水の汚れに生活の支障をきたし始めた頃、ときならぬ南風が数ヵ月間も吹きつのり、やがて大陸から疫病を運んできた。作物は枯死しはじめ、人も動物も病と飢えと渇きに苦しめられ、ついには絶滅寸前にまで追いつめられた。

もはや犠牲に捧げる動物もなくなった祭壇の前で、アイアコスは天に向かって島の惨状を訴え続けた。父なるゼウスの名を叫び、祈りを捧げていた彼は、ある日ふと目の前の樫《かし》の大樹が目にとまった。

たくさんの人間を与えよ

樹の幹や枝には、びっしりと小さな蟻《あり》が群がり、一心に餌を運んでいた。アイアコスは思わず、神よこれらの蟻のように丈夫でよく働く、たくさんの人間を島に与え給えと口にしていた。

四方に枝を広げたその樹は、ほかならぬゼウスの神木であった。樫は、アイアコスの切実な祈りに応《こた》えるかのように葉ずれの音をたててそよいだ。

その夜、アイアコスは夢を見た。

昼間祈りを捧げた樫の樹から、数限りない蟻が地上へと降りそそぎ、人間の姿となって働き出す夢であった。

目がさめたとき、彼は空しい自分の願いが夢となって現れたのだろうと思い、すぐに忘れようとした。ところが長男のテラモンが、おびただしい人々がやってくると叫び、父を館の外に連れ出した。なんとその人々は、アイアコスが昨夜の夢で見た蟻の人々だったのである。

アイアコスはゼウスに感謝を捧げた。それからただちに、新しい民衆に無人と化していた山野や町、家々を分け与えた。彼らは、蟻と同じようにけんめいに働いた。実に辛抱づよく、質素な暮らしを誠実に守った。やがて荒れはてた土地には緑がよみがえり、疫病は終息した。アイアコスもまた、エギナ島の再生に全力を傾けた。彼の謙虚な生き方は神々の間でも知られた。

トロイアの城壁が築かれたとき、アポロンとポセイドンはこれに従事することになったが、加えて人間の代表を誰かとなったとき、神々はアイアコスを選んだ。

さらに今度は本土一帯でひどい旱魃《かんばつ》が広がったとき、人々がデルフォイの神託を伺ったところ、〝アイアコスをして祈らしめよ〟というお告げがあった。

アイアコスは祭司として、エギナ島でいちばん高いパンヘレニオス山に登り、贄《いけにえ》を捧げて旱魃のすみやかな終わりをゼウスに祈った。するとたちまちにして黒雲が山上に集まり、沛然《はいぜん》と大雨が降り出したのだった。

死後、アイアコスは冥界《めいかい》の審判者として、死者生前の行いを判ずる三人のうちの一人に任命された。ほかの二人は、先に述べたクレタ島のミノスとラダマンテュス兄弟である。

13 王テラモン（サラミス島）

たぐいまれな篤志の英雄アイアコスには、妻エンディスとの間にテラモンとペレウス兄弟があった。加えて、海神ネレウスの娘プサマテとの間に、これも男子ポーコスがあった。彼ら一族は、嫡子も庶子もここエギナ島で平和に暮らしていた。

末子のポーコスを、アイアコスはことのほかかわいがっていた。彼は長ずるにしたがい、運動競技に抜群の才能をあらわし始めた。

この頃から、三人の異母兄弟は、嫉妬や争いでもめ事を起こすようになった。それはしだいに露骨になり、危険にもなったので、ポーコスは思いきって他所《よそ》へ移住することにした。彼が住みついたのは、中部ギリシア北部のパルナソス連山を頂くポーキス地方だった。エギナ島から移民団を率いた彼は、精力的にその地を開拓していった。

そうこうするうちに、父アイアコスの使者がやってきた。どうやら、エギナ島の領有権をポーコスに譲るつもりであるらしい。これを知ったテラモンとペレウスは、心穏やかではいられなかった。「そうなれば、島の王はポーコス。おまえたちの居場所すらなくなるかもしれないよ」と、母のエンディスはけしかけた。

ポーコスを跡継ぎに、という父の固い意志を阻止できないと知った彼らは、ポーコスが島へ戻ったときを見はからい、亡き者にしようと謀《たくら》んだ。そうして彼らは、再会したポーコスに五種競技を挑んでみせた。

もとより体育競技に優れた才能をもつ彼は、喜んで義兄弟の挑戦を受けた。円盤投げが行われたときだった。テラモンは、石の円盤を、手もとが狂ったふうにみせかけ、ポーコスの頭めがけて投げつけた。ポーコスは地に倒れ伏し、二度と起きあがらなかった。

アイアコスは、テラモンとペレウス兄弟を、義兄弟殺しの罪で島から追放した。二人の子は、円盤は故意に投げつけたものではないと釈明したが、聡明《そうめい》な父は受け入れようとしなかった。「よいか、二度とエギナの地に足を踏み入れるな。あくまでポーコス殺害の弁解をしたいなら、島から離れた海の上ででもするがよい」

サラミス島

祖母アイギナの姉サラミスが嫁いだサラミス島は、エギナ島のすぐ北にあった。テラモンは、サラミスの息子キュクレウス王を頼り、そこに逃れて身を預けた。それでもなお、海上の船から、エギナ島に向かって声の限り、円盤が当たったのは偶然だったと叫び続けた。しかし波風にさえぎられ、父の耳には届かない。彼は、夜になって〝秘密の港〟とよばれる小さな港に船を入れ、石工に命じて演壇を造らせた。そこについてまたもや弁明を繰り返したが、今度は声が届いたもののアイアコスは納得しなかった。テラモンは、エギナ島での王座をあきらめた。サラミス王の娘グラウケと結婚し、後に跡を継ぎ王となった。

他方、弟のペレウスは、遠くテッサリア地方へと逃れた。彼が身を寄せたプティアの王アクトールは、ペレウスの祖母アイギナが再婚した夫で、同じく遠戚《えんせき》関係だった。以来、彼はこの地を中心に活躍する。（II・40参照）

こうしてエギナ島では三人もいた男子をすべて失ってしまったうえ、ポーコスを殺された母のプサマテは、怒り狂って仕返しをし、最も遠くに追放されたペレウスのもとにも、巨大な狼《おおかみ》を送ってよこし家畜を全滅させた。彼女はその後でアイアコスを捨て、予言力をもつ海神プロテウスと再婚している。

ところでサラミス島の王となったテラモンは、後に本土で起こったさまざまな出来事にかかわっている。なかでも〝カリュドンの大猪狩り〟や金羊皮を求めた〝アルゴー丸の遠征〟などに勇躍参加したが、後者では同じく乗組員になったヘラクレスと意気投合した。そしてこの遠征後には、両者そろってトロイアを攻めた。これは後のトロイアの大戦よりも一世代前の攻防で、テラモンはこのとき、トロイア王ラオメドンの王女ヘシオネをさらってサラミス島に帰国した。

ヘシオネはテラモンの側室にされ、テウクロスという男子の母となった。片や正妻で、先王の娘グラウケとの間には長子アイアスがあって、彼は後に一、二を争う強豪の英雄になる。

この二人は、史実にも名高い第二次のトロイア戦争が勃発《ぼっぱつ》したとき、そろって戦場に出征した。

テラモンは、母の異なる義兄弟を前に、厳しく心得を言いわたした。それは、母の血は異なっても、互いに助け合い最後まで見捨ててはならぬこと、必ずそろって凱旋を果たすこと、というものであった。しかし一〇年にもおよんだ長期戦ではさまざまな思いがけない事件があり、兄アイアスは、亡きアキレウスの武具争いで英雄オデュッセウスに負け、乱心して恥多い行為におよんだ後に自殺した。

このとき義弟テウクロスは偶然に戦場を離れた所におり、兄の苦しみを支えられずに自殺から救えなかった。ギリシア軍は最後に勝利し、九死に一生を得たテウクロスはサラミス島へ凱旋したが、父王テラモンはトロイア人の血がまじる彼を疑い、アイアスを見殺しにしたと言いつのり、約束違反として上陸させなかった。

老王の激しい気性を知っていたテウクロスは、キュプロス島へと流れ、苦難の末その地にサラミスと名付けた国を建設している。

14 オリオンの恋（キオス島）

猟師オリオン

腕ききの猟師だったオリオンは、大地の女神ガイアの息子としてボイオティア地方に生まれ育った。神の子にふさわしい巨人であり、すごみのある美男でもあって、その性格はまさに猟師にうってつけ。獲物を追うのが何より好きで、少々荒々しい気性の持ち主であった。彼はまた、山野を駆《か》けめぐり猟に励むと同時に、恋の絶えまない狩人としても聞こえていた。

そんなオリオンが、しばらくキオス島に渡っていたときのこと。

キオス島の王はオイノピオンといい、酒神ディオニュソス（バッコス）の息子の一人だったが、オリオンはこの王の娘メロペに恋をしてしまった。

それはいつもの、通り雨のような一過性の恋ではなく、オリオンは本気でメロペに求婚してきた。そして次々と狩りで得た貴重な獲物を彼女に貢いだ。

王は、彼の腕の確かさは称賛できても、その性向には危惧《きぐ》を抱いていたし、メロペへの愛着もことのほか深かったので、困りはてた末に一つの条件を出した。キオス島の山野を荒らしていた、手に負えない野獣を完全に退治できたなら、娘をやってもよいというものであった。

オリオンは勇んで出かけ、しばらくは島の方々を旅しながら野獣を追い、得意の腕で一頭、また一頭と仕留めていった。ついに島中の野獣を一掃すると、彼は意気揚々とそれらを担いで王宮へと戻ってきた。それから王が、いつメロペと華燭《かしょく》の典をあげさせてくれるかと、じりじりと焦がれながら快い返事を待ち続けていた。

だが、いつまでたってもその気配はない。オイノピオン王はオリオンが約束を果たしたことについては認めたが、メロペの話となると巧みにかわして避けようとした。

欺かれたと知ったオリオンは、絶望して酒をあおった。そしてとある夜、酔いに乗じてメロペの部屋を襲い、無理やり彼女を犯してしまった。

王の怒りはすさまじかった。オイノピオンは、まずこのことを父なる酒神に訴えた。それから酒神の力を借りて、オリオンを前後不覚になるまでワインで酔わせた。泥酔したオリオンの両眼を、王は突き刺して盲目にしてから海辺に投げ捨てさせた。

オリオン、リムノス島そしてデロス島へ

意識を取り戻したオリオンは、一人の少年の肩にすがりつつキオス島から出ていった。島から島へとエーゲ海をさまよううち、とある所で神託を受けた。それによれば、太陽を

追って東へ東へと向かい、その眼に太陽神ヘリオスの放つ強烈な光を浴びれば、やがては閉ざされた暗闇の世界から解き放たれるであろう、というものだった。それを聞いたオリオンは、少年を彼の大きな肩に乗せ、東へと道案内させながらひたすら歩き続けた。

リムノス島に辿りついたとき、太陽の光を浴びたところ突然視力が戻った。オリオンはすぐさまキオス島へと立ち戻り、オイノピオン王に復讐しようとした。しかし王は、このことを予感してか、鍛冶の神ヘファイストスに依頼して造らせた強固な地下室に逃れたまま、いつまでたっても姿を現さなかった。

今度こそオリオンは、苦しみにみちた思い出を抱いたままキオス島に完全に別れを告げた。

エーゲ海を南へとくだっていき、デロス島に来たとき、彼は女神アルテミスに出会った。アポロンと双子でこの島に生まれた女神は、オリオンと同じように狩りの名手で狩猟の女神、しかも孤高を守る処女神であった。

その気高さ、美しさに呆然としたオリオンは、あのような目に遭ったにもかかわらず、持ち前の恋多き男にたちまち逆戻りしてしまった。彼はアルテミスに急接近した。

サソリを送る

これを目撃したのが兄のアポロンだった。危険な男に、恋を知らない妹神は、どんなに翻弄《ほんろう》されないとも限らない。そう思った神は、すぐさま巨大なサソリをオリオンに送った。オリオンは逃げまどい、サソリにとり唯一苦手な水のある海に飛び込んだ。抜き手を切って逃れていくオリオンを見たアポロンは、何くわぬ顔でアルテミスを呼んだ。そして波を蹴《け》たてていく海上のオリオンを指し、おまえの弓矢であの珍獣を射止めてごらん、と促した。

よもやそれがオリオンとは気づかなかったアルテミスはすぐさま弓を引き絞り、一矢のもとに珍獣を射た。矢は、正確にオリオンの胸をさし貫き、命を奪った。

その後で、アルテミスは、内心憎からず思っていたオリオンを、自らの手で殺害したことを知った。彼女は嘆き哀しみ、オリオンを天に昇らせて星座とした。

サソリはサソリで、アポロンにより昇天させられ同じく星座になった。そんなわけで天界においても、いまだにサソリ座はオリオン座目がけ追いかけているのだと伝えられている。ことに晩冬から春にかけ天を仰ぐと、オリオンに迫ってくるサソリの姿があざやかに眺められよう。

15 海神ポセイドン（アイガイ沖）

エヴィア島

海神ポセイドンの宮殿は、エーゲ海で第二の大きさを誇り、本土の中部ギリシアの東に寄りそうように横たわる、エヴィア島アイガイ沖の海底にあった。

妃はオケアノスの娘アムピトリテで、子供は半人半魚の姿をしたトリトン、ペンテシキュメ、それに太陽神ヘリオスと結ばれたロデだった。

海神はここから、青銅の蹄に黄金の鬣《たてがみ》をもつ四頭の馬に引かせた戦車に乗り、手綱《たづな》と三《みつ》叉《また》の鉾《ほこ》を手に、たくさんの海の怪物を従えて波上を疾走した。

彼は、海の守り神であると同時に機嫌をそこねると嵐を呼び、大地を揺さぶって地震や津波を起こし、泉をあふれさせる気むずかしい神でもあった。

ふしぎなことに、ポセイドンはさまざまな神と諸都市の守護神争いをしており、そのすべてに敗れ去っている。

後に詳しく述べる女神アテナとはアッティカ地方の守護神争いに敗れ、怒って緑豊かな穀倉地帯だったエレウシスの野を洪水で満たした。同じくゼウスの妃ヘラとはアルゴスを争い、敗れると、この地方の泉の水を涸《か》らした。

このとき、幸いにもダナオス王の五〇人もいた娘の一人アミュモネが泉に水汲みに出かけ、ポセイドンと出会った。ポセイドンはなかば強引に婚約者のいたアミュモネを我がものにした。そのことで神は機嫌をなおし、アルゴス地方は水飢饉《ききん》を免れた。

このほかにも、海神はコリントスを太陽神ヘリオスと争い、ナクソス島は酒神ディオニュソスと、エギナ島は最高神ゼウスと争って、すべてに敗れた。おそらくその結果、彼は陸地から海へと領地を変えざるをえなかったのではないかといわれている。

《アミュモネを追いかける
海神ポセイドン》紀元前5世紀の陶器

馬造り

その証拠に、ポセイドンはかつて農耕と深いかかわりをもつ馬造りの神話をもち、馬を操る術《すべ》を人々に授けたことから競馬の神としても名を馳せている。

馬は、古代ギリシアでは最高の動物とされ、歴史時代にも貴族だけの持ち物であった。これを造り出すのに、ポセイドンは大変な苦労をした。というのも、この動物は何度造り直してみても思い通りにいかず、足が短すぎて河馬《かば》になったり、首が長すぎてキリン、鼻が長すぎて象に、といったぐあいに失敗作があいつぎ誕生した。

馬がようやく完成したとき、彼は自ら牡馬《おうま》に変身し、かねてより求愛していて、これも牝馬《めうま》となった大地と穀物の女神デメテルと交わり、想いを果たしたという。

弟のゼウスに負けないほど多情で、数えきれないほどの愛人をもったポセイドンであるが、ゼウスと女たちからは次々と名高い英雄となる子供たちが生まれ出たのに比べ、ポセイドンの愛人はみな変わり者というか個性的というか。生まれた子供たちは圧倒的に異形の怪物か、乱暴者かであり、また馬が多かった。

よく知られている愛人は、見る者を石と化す恐ろしい怪物メドゥサで、頭髪は身をくねらせる無数の蛇でできており、口もとには牙《きば》、背には黄金の翼という奇怪な姿に、いかに好色な神々も誰一人として寄りつかなかったのに、ポセイドンだけは平然と恋仲になった。

メドゥサは、英雄ペルセウスに首をはねられたとき、天馬ペガソスと、双子のクリュサオルを産んだ。

海神ポルキュスの娘で、海の怪物トオーサからは、額に一つ目しかない巨神ポリュフェモスが、またイピメディアからはアロアダイ（オートスとエピアルテスの双子）が生まれた。

このイピメディアはアロエウスの妻だったが、ポセイドンに恋をした。海辺で神を待ちうけ、寄せる波を胸もとに注いだので、神は彼女の求愛に気づいた。ところで先の双子であるが、やはり尋常な子供たちではなかった。

背丈が毎年約二メートル近く高くなり、九歳で早くも一七メートルに達してしまった。そのため彼らはとてつもない野望にとらえられ、神々の住むオリュンポス山の上に、すぐ近くにそびえるオッサ山とペリオン山を積み重ね、天に昇って神々と一戦を交えようとした。

さらには海と陸地を入れかえようとしたり、エピアルテスは大胆にもゼウスの妃ヘラに、オートスはこれまた処女神で孤高を守るアルテミスに言い寄った。かと思えば巨大な荒ぶる神、軍神アレスを縛《しば》りあげ、青銅の壺《つぼ》に一年余りも閉じ込めた。

アレスは使神ヘルメスによって助け出されたが、たまりかねたゼウスは彼らに雷霆《らいてい》を投げつけて制裁し、地獄に落とした。そこでは柱に大蛇を巻きつけて縛りつけられたまま、いまだにフクロウがやってきてはつついて苦しめ続けているという。

このほかにも、若きテセウスに挑戦して敗れたならず者のケルキュオンとスキロン（III・70参照）や、恋の狩人オリオン（II・14参照）など、ひとくせもふたくせもある人物がいる。

唯一、アミュモネとの間にできたナウプリオスは、今日もその名で呼ばれるペロポネソス半島の港町ナウプリオンの創設者となった。

16 音楽家たち（レスボス島）

北エーゲ海に浮かぶレスボスという島は、かつて最古の音楽家オルフェウスの首が流れついた（Ⅱ・42参照）ところとして知られている。島の人々は、その首を丁重に塚に埋葬した。それ以来、この島からは著名な芸術家が輩出しているが、やはりオルフェウスのように詩人にして音楽家が多い。なかでもアリオン、テルパンドロス、サッフォー、アルカイオスらの名は古代世界でよく知られている。そしてここに、アリオンとサッフォーの、それぞれ不思議な神話が残された。

まずアリオンは、オルフェウスに次ぐ大歌手として島で名声を博したが、やがて本土にもそれはおよんだ。彼は方々に出向いてすばらしい音楽を人々に聞かせた。そのうち、コリントスの僭主《せんしゅ》ペリアンドロスの宮廷に呼ばれ、しばらく滞在した。そしてあるとき、彼はそこから南イタリアで開催された音楽コンクールに出場したのである。

そこで、予想どおり優勝を果たしたアリオンは、賞金として山なす金銀財宝を得て、船で再びコリントスへ帰ろうとした。

船は、ペロポネソス半島を回り込もうとしたところであった。突然、乗組員の男たちがアリオンを取り囲んだ。そして今すぐに、賞金を船に残して海へ飛び込め、と詰め寄り威《い》嚇《かく》した。

助けを求めようにも海の上。切羽つまったアリオンは船員らに、それではこの世に別れを告げるまえにいまひとたび、歌を歌わせてくれと哀願した。冷酷な男たちも、さすがにそれだけは承諾した。

イルカに乗ったアリオン

アリオンは愛用の楽器竪琴を胸に抱き、声の限りに辞世の歌を嘆き歌った。するとあまりの美しい声に、海のイルカたちが船べりに集まってきて聞きほれた。

歌い終わるともはやどうしようもなく、アリオンは深い波間に身を躍らせた。船員らは、山なす財宝を得て嬉々《きき》として船を漕ぎ去った。

と、そこへ、先程のイルカがきてアリオンの身体を支えた。彼はイルカの背に乗り、ペロポネソス半島最南端のタイナロン岬《みさき》まで運ばれたのだった。

命からがら、岬に上陸したアリオンは、そこから幾日か旅をして、ようやくの思いでペリアンドロスの宮廷に辿りついた。

そうこうするうちに、船員たちも王のもとへ戻ってきた。彼らは口をそろえ、途中で海賊に襲われたため、アリオンは殺され、財宝はすべて奪われたのだと報告した。むろん、山分けしたアリオンの財宝は洞窟に隠していた。

そこへ、当のアリオンが現れた。王は、船員らを一網打尽にした。これを聞いた人々は、音楽のもつ、すばらしい霊力にいまさらのように打たれたのだった。

サッフォー

さてサッフォーはといえば、こちらは紀元前六世紀頃の最古の女流詩人として、情熱あふれる詩が残っており、いっぽうでは時の政争にかかわった史実があり、同時に晩年には神話伝説をももつ女性である。

あるとき、レスボス島を流れる河の老いた渡し守ファオンのところへ、杖にすがった一人の老婆がやってきた。河を渡り向こう岸へ行きたいと申し出たので、ファオンは快く老婆を船に乗せてやった。

着くと、彼女はお礼にといって、小さな香油壺をファオン爺《じい》さんの手のひらにのせて去った。

老婆に化けていたのは絶世の美女で恋の女神アフロディテであったが、ファオンは少しも気づかなかった。彼は仕事を終え、家路についてから、ふとなんともいえぬ良い香りに誘われ、香油壺の中の液を身体に塗ってみた。

するとどうだろう！　たちまち、彼は若き日の、輝くばかりの美貌《びぼう》を取り戻した。

その後、ファオンは島の貴族出身で、美しい詩をリラに合わせ弾き語るサッフォーに出会った。サッフォーは、史実では夫も娘もあり、島の娘たちの教育者としても詩人としても、すでにかなりの名声をえた中年婦人だったと思われるが、二人はたちまち恋におちた。ことにサッフォーは若いファオンに夢中だった。けれどもしばらくたつと、ファオンは結婚して身を固めることになり、サッフォーから遠ざかるようになった。そして遠く南イタリアへと去ってしまった。

残されたサッフォーは、孤独と嫉妬に悩み苦しんだ。どうしてもファオンが忘れられず、ついに彼女は決意して南イタリアへと後を追った。

再会してみると、ファオンはすでにこの地の娘と結婚し家庭を築いていた。旅路の果て、サッフォーは絶望したまま南イタリアから引き返してきた。そして途次、イオニア海を渡ったときだった。

レウカスという島に、恋の苦しみをすべて忘れさせてくれる断崖《だんがい》があるのを彼女は思い出した。ここから海へ飛び込み、幸運にも死を免れた者は、きれいさっぱりと苦しみをぬぐい去られる、と伝えられていた。

サッフォーは、ドウカト岬と呼ばれる所に来て、その断崖に立った。今生《こんじょう》の別れに一曲、リラを奏で心の限りに歌うと、断崖から逆巻く海へと身を翻《ひるがえ》した。そして、二度とは浮かびあがらなかったのだった。

17 鍛冶の神（リムノス島）

天から落ちたヘファイストス

リムノス島には、古来腕ききの鍛冶の神ヘファイストスの仕事場があった。
火を扱う神の仕事場は、島の北西にある活火山モスコロス山だったが、ヘファイストスはまたこの島全体の守護神でもある。

ヘファイストスは、気の毒な身の上の神だった。父は大神ゼウス、母はその正妻ヘラだったにもかかわらず、生まれてすぐに天界から突き落とされ、九日九夜かかって島の近くの北エーゲ海に落ちた。

理由は、生まれた我が息子を見たヘラが、神々にふさわしい容貌《ようぼう》に欠けているのに腹をたて、放り出したためだった。赤子は幸いにも海の女神テティスに救助されたが、落下で足を痛めたのがもとで身体が不自由になった。しかしリムノス島に来ると、持ち前の職人気質と冴《さ》えた腕で、宝石から武器までみごとな品々を造り出す細工師になった。

彼が島民から敬われ、立派な作品を造り続けるのを知った天界の神々は、どうにかしてヘファイストスを神々のつどうオリュンポス山へ帰還させせようとした。しかし事情が事情

《ヘファイストス（ウルカヌス）の鍛冶場》16世紀の銅版画

だっただけに、ヘファイストスは容易に首を縦にはふらなかった。

神々は困りはて、酒神ディオニュソスに頼んでヘファイストスを酒の力で酔わせてもらった。それから一同やんやとはやしたてながら、彼を驢馬《ろば》に乗せ、なかば強引に天界へと連れ戻した。

面目ない思いで腰が引けていたのは、もちろん彼を突き落とした母親のヘラだった。しかしヘファイストスは、殊勝にも母へのプレゼントを持参していた。輝く黄金の椅子《いす》だった。ヘラは大喜びでさっそくに贈られた椅子に腰かけてみた。すると、腰がはまり込んだまま、二度と抜けなくなったのであった。

しかし、この仕返しはどことなくユ

ーモラスではあるまいか。同じリムノス島のミュリネには、妻らの夫に対する、こちらはいささかユーモラスとはいいがたい復讐の神話もある。

復讐

リムノスの男たちが、本土の北東にあるトラキア地方を攻めたときのことだった。彼らは戦いの後、トラキアから若くきれいな女を連れ戻った。それからは、我が妻は悪臭がするといいたて、誰もかれもトラキアの女を愛して妻は捨ておいた。

一説によれば、リムノスの女たちは愛の女神アフロディテを敬わず、立腹した女神がそのように仕向けたのだという説もある。

真偽のほどはともかく、リムノスの女たちは我慢に我慢を重ねたが、とうとうこらえきれなくなってひそかに集まって対策を相談した。それから、彼女たちはにわかに優しい妻に変貌《へんぼう》した。

各家庭では、いつになく、夫に酒をすすめる妻の姿が見られた。夫たちはほっとして、誰もが深酒をしてしまった。

酔いつぶれた夫を見定めた妻たちは、一斉蜂起《ほうき》して夫の武器を奪った。それでもって、トラキアの女はむろんのこと、夫という夫を、否、リムノス島の、男という男を皆殺しにしたのである。

殺戮《さつりく》が終わると、妻たちは夫の遺体をペタソス（〃投げ棄てる〃という意味）といまも呼ばれている岬から海に投棄した。以来女たちは、生まれた子も男子なら殺害した。かくしてリムノス島は、いつしか女護が島と変わったのであった。

しばらくの間女たちは意気軒昂《けんこう》だった。が、女ばかりでは必然的に人口も減っていく。そのようなおり、偶然にも、金羊皮奪取をめざし、英雄イアソンをはじめ五〇人ものより抜きの英雄が乗った船アルゴー丸が（III・65～69参照）、食糧補給と休養でリムノス島に立ち寄ったのであった。

最初女たちは、イアソンの船の寄港を拒絶しようとした。しかし年老いた女の提案で、英雄たちを歓待し島に子孫を残すことに決議した。

島の女王ヒュプシピュレがイアソンを王宮に招き、以下、女たちは、五〇人もの屈強な選《え》り抜きの英雄たちを各自我が家に招じ入れ、手厚くもてなした。

あまりの居心地よさに、英雄たちは当初の目的を忘れかけた。それでとうとう一年間も、彼らは最初の寄港地へ滞在してしまった。ヘラクレスが各家々の戸を棍棒《こんぼう》で叩《たた》き、出港を促して歩くと、男たちはしかたなくアルゴー丸の船上の人となった。

英雄たちが出航していった後、島には再び多くの子供たちが生まれた。女王ヒュプシピュレも、イアソンとの間にエウネオス、ネブロフォノスの二子をもうけた。

ところがしばらくして、島では別の大事件が起こった。なんとヒュプシピュレが、自分の父に当たるリムノス王トアースだけを殺さずに隠していたことが発覚したのだ。

トアース王は、キオス島の王オイノピオンと同じ両親、つまり酒神ディオニュソスとアリアドネの息子だった。娘ヒュプシピュレは、父を酒神の像に仕立て、海で清めるとみせかけて逃がした。自らも闇にまぎれ島を脱出したが、海賊に捕らえられ、女奴隷として遠くペロポネソス半島ネメアの王家に売られた。そこで乳母として仕えたが、またしても思いがけない事件に巻き込まれていくのだった。

18 愛と美の女神（キュプロス島）

海の泡から誕生

神々も人間も意のまま、恋の虜《とりこ》にする絶世の美女、女神アフロディテは地中海に浮かぶキュプロス島の、海の泡から誕生した。

その場所は、島の南海岸沿いにある最古の都市、パフォスの白亜の岩に寄せる波打ち際。目にしみる青い海原に、白い泡が生じたのは、天空の神ウラノスの生殖器をその息子クロノスが切断したときのことであった。（I・1参照）

切り離された男根は宙を舞って、遥《はる》か地中海に没した。泡はその精液であり、女神はそのなかから出現したという。

すぐさま西風のゼフュロスが、これを島へと運んだ。そこで季節の女神ホーラが美しい衣を着せると、神々のもとへと連れ去ったが、女神が最初に上陸したキュプロス島は、以来アフロディテの島として数々の恋の神話を生むに至った。

女神の美しさはたとえようもなく、神界ではすべての男神が恋をしたという。そのせいか、女神は次々と神々の子を産んだ。

最高神ゼウスとの間には、恋の弓矢を放つエロスを、情人として名高い軍神アレスからは、テーバイ国の始祖カドモスの妻となるハルモニア（調和）やディモス（恐れと敗走）、フォボス（恐怖）を、酒神ディオニュソスとの間にはプリアポス（豊穣）を、使神ヘルメスとはヘルマプロディトス（両性具有）をといったふうに。さらに少年アドニスやトロイアの英雄アンキセスを誘惑し、後者からはローマの建国者・英雄アイネイアスを産んだ。

エロスに黄金の矢を放たせては、神々も英雄も人間も、生きとし生けるものを恋に陥らせ、自らも率先して快楽的な恋にふける奔放なアフロディテにも、正式な夫の存在があった。

正式な夫

それは誰あろう、恋や愛からは最も遠く、およそオリュンポスの神々のイメージからかけ離れた、鍛冶の神ヘファイストスなのだった。

これほど似つかわしくないカップルも珍しい。容姿は華やかさに欠け、屈折した心と、気むずかしい職人気質そのままのヘファイストスは、妻の行いを見て見ぬふりしつつ仕事にばかり打ち込んでいたが、どうにも我慢ならない気持ちにたびたび襲われた。なかでも軍神アレスとの仲はおおっぴらで、ヘファイストスは腹にすえかねていた。

その日も、アフロディテがアレスのもとへ美しくめかして逢《あ》い引きに出かけるのを、へ

《女神アフロディテと軍神アレス（ウェヌスとマルス）》16世紀の銅版画

ファイストスは目撃した。そっと後をつけてみると、まさしく両神は情事の最中だった。

ヘファイストスは、器用な腕によりをかけてこしらえた、目に見えぬ細い黄金の網を、戯れに無我夢中の両神の寝所に張りめぐらした。それから証人として神々を呼び集めた。

神々のざわめきで、ふと我に返ったアフロディテとアレスは、囲われた網の中で身をもがき逃れ出ようとしたが、細かい網目は絡《から》まるばかりで身体の自由がきかない。それを見た神々は両神のあられもない姿を指しつつ笑い崩れた。

海神ポセイドンが、見かねてヘファイストスに両神を解放するように説得した。網が解かれると、さすがに赤面したアフロディテは後もみずにキュプロス島へ、アレスは反対方向のトラキアへと逃げ去った。しかし、これでアフロディテの素行がおさまったわけではなかった。

神々との情事はともかく、女神はときには人間の男たちにも心魅《ひ》かれた。

アンキセス

先に述べたトロイアの英雄アンキセスのときなど、女神は彼がイダ山で飼う羊の番をしていたのを見初め、わざわざ人間のうぶな小娘に化けて接近した。アンキセスが不審がらぬよう、自分はまだ世間知らずの、フリュギア地方のオトレウス王家の娘だと告白、慕い寄るとみせかけて誘惑した。

はじめは慎重にかまえていたアンキセスが誘惑に負けてしまい、女神が想いを果たすと、それまでの数々の誓いや愛の言葉はどこへやら、アフロディテは神としての正体を現した。化けていた小娘の何倍もの背丈と光り輝く神々《こうごう》しい容姿に、アンキセスは肝《きも》をつぶした。そのうえ、打って変わった威圧的な態度で次のように言明したのだった。

「神々と交わりをもった人間の男は精を失い、以後どのような恋も果たせなくなろう。しかしこのたびのことは特別に哀れみ、そうした不幸を味わわずにすむよう取り計らってやろう。ただし、私のことをけっして口外してはならぬぞ」

アンキセスはその後、エリオピスとの間に無事数人の子をもうけることができた。女神との秘密はひた隠しにしていたが、酒に酔ったのがもとであるときうっかりこのことを他人に喋《しゃべ》ってしまった。彼はたちまち雷霆《らいてい》に打たれ、盲目になった。

しかしアフロディテが彼との間に産んだアイネイアスが父とともに暮らし、助けてくれた。ずっと後トロイアの大戦が起こり都がギリシア軍によって陥落したとき、トロイアの人々は王家をはじめ全滅したが、アフロディテが味方についたアイネイアスは父を背負い、幼い息子の手を引き、猛火をくぐって南イタリアへと逃れることができた。

⑲ 彫像を愛す（キュプロス島）

王ピュグマリオン

キュプロス島の王ピュグマリオンは、適齢期をすぎてもいっこうに結婚したがらなかった。どうやら、生身の女性は苦手であるらしい、と人々が噂《うわさ》するようになったのにはわけがあった。

王はアフリカからひとくれの象牙《ぞうげ》を入手して、毎日精魂こめ女人像を彫り始めたのだ。少し彫ってはためつすがめつするうち、その女人像はしだいにピュグマリオン王の好きなタイプに仕上がっていった。

とうとう彫像が完成すると、王はことのほか喜び、明けても暮れてもそれに見入った。それだけではおさまらなくなり、彼は像に向かって生きた女にするようにあれこれと話しかけ、熱い胸のうちを打ち明けるのであった。特別注文をして作らせたすばらしく豪華な洋服も着せてやり、夜ともなればベッドに羽根枕をしつらえてやり、暖かな夜具を掛けてやったり抱きしめたり。

傍目《はため》には、酔狂としか思わずにはいられないピュグマリオン王であったが、本人はいたって真面目で、本気で彫刻の女を愛してしまったのだった。

この像は、キュプロス島の守護女神アフロディテに瓜《うり》二つであった。といっても象牙は象牙。王がいかに手厚く扱い愛を告白しても、されるがままで何の反応もありはしない。

ピュグマリオンは、切ない心でアフロディテの祭壇に立派な犠牲を捧げた。それから一

《像を彫るピュグマリオン王》18-19世紀の銅版画

心不乱に、どうか彫刻に人間の息吹《いぶき》を与え給えと祈り続けた。

するると祭壇の灯が、かすかに三度明るく輝いた。王はアフロディテが承諾を与えたのに違いないと、高鳴る胸を抑え彫像に触れてみた。思いなしか、象牙の頬《ほお》にかすかな赤味がさしている。唇にも、柔らかな暖かみが感じられた。王は、躍りあがって喜んだ。

ピュグマリオン王は、まもなく、優しく恥じらっている彫像の女と結婚した。二人には、やがて市の名となるパフォスが生まれた。

パフォスの息子にキニュラスという名の子があり、彼はやがて王となる。このキニュラス王には、一人娘ミュラがあった。ミュラの美しさときたら、誰とも比べようもない美貌で、人々はひそかに女神アフロディテの再来だと、口々に言いあった。

美少女ミュラ

年頃になると、それこそ周辺国からこぞって求婚者がやってきた。王はうれしい悲鳴をあげたが、肝心のミュラは顔色が冴えなかった。王は、若い娘独特のためらいであろうと察し、できるだけ穏やかに、おまえはいったい、どんな男と結婚したいと思うか、と希望を尋ねてみた。

ミュラはすぐには返事をしなかった。キニュラス王がなおも尋ねると、ようやく蚊《か》の鳴くような声で手短に答えた。

にすぎなかった。

いってよいほど気づかず、ただ自分のような男が理想と娘が思っているのがうれしかった

「お父さまのようなお人」

王は破顔一笑、そうかそうかと満足げにうなずいた。娘の深刻な悩みには、まったくと

ミュラは、ひとり追い詰められていった。

このままでは近々どの男かを選ばなくてはならない。たとえ父親に似た男であろうと、

彼女は結婚などする気には毛頭なれなかった。なぜといって、ミュラが心から求めていた

男、それは彼女の父そのものであったのだから……。

ああ、親子でも夫婦になれる小鳥や獣たちが羨《うらや》ましい、とミュラは心底思うのだった。

それにエジプトの王家では、近親婚が普通だというではないか。……でも、お父様には私

の母がいる。……父を独り占めする母が憎い、とまでミュラは思い、そのような自分に絶

望してた。そして突如、彼女は天井の梁《はり》に帯を掛け、首を吊《つ》ろうとしたのだった。

ミュラの乳母

幸いにも、彼女の乳母は、数日前からミュラの様子がいちだんとおかしいため、ずっと

目を離さずにいたので、すぐに気づいて助け下ろした。

「なんということをなさるのです！」血相を変えた乳母は泣き叫ばんばかりにミュラを問

いつめた。もしも好ましい男がいて悩んでいるのなら、この乳母が一肌ぬいでさしあげましょうし、ご気分がすぐれないなら、魔術師を呼ぶことも薬草を調合することもできるのに、と。

ミュラはいっかな口を割ろうとはしなかったが、乳母の執拗な追及と哀願に負け、ついにはこういった。「私のお母さまは、なんとお幸せなかたでしょう」

乳母は呆気《あっけ》にとられ、それから蒼白《そうはく》になった。やっきになってミュラの気持ちを変えさせようと試みたが、すべては空しいと知ると決然と申し出た。「どうか、私におまかせを」

乳を与え、ここまで育てあげたミュラの死に、とって代わるものは何もない。もはやこうなっては、彼女の願いを叶えるほかはない、と乳母は思った。乳母は、ほどなくやってくる、女神デメテルの祭りを待った。パフォスの女たちすべてが一堂に集まり、数日間潔斎をして、大地の緑と穀物の女神の秘儀に預かる祭儀に、ミュラの母も参加するのだった。

20 アドニス（キュプロス島）

キニュラス王の妃メタルメは、乳母のはかりごとなどよもや考えもせず、例年のように女神デメテルの秘儀に預かるため王宮を後にした。

この祭りは女たちだけで執《と》り行い、霊所一ヵ所におこもりをして潔斎するので、妃は数日間は王宮を空ける。おりから秋の月は細り、闇夜《やみよ》が近づいていた。

乳母は何くわぬ顔でキニュラス王に、近隣の若い女が、貴方《あなた》さまをひどくお慕いしておりますが、と打ち明けた。王妃不在の幾夜かを毎年もてあますキニュラス王は、別段驚きもせずその女を連れてまいれと命じた。

息せき切った乳母は、ミュラのもとへ馳せつけるとその手を取り、せきたてた。「さ、万事うまくいきましたよ」

ミュラは、ふるえおののく足を踏みしめ立ち上がった。乳母に導かれて闇の中を父王の寝所へとよろめき歩むうち、彼女は三度も石につまずいた。不吉な予感と、恥にまみれた胸は早鐘のように打っていたが、それでも引き返そうとはしなかった。

灯を消した王の部屋にミュラを引き入れると、乳母は彼女の手をキニュラスの手に渡し、たちまち姿を消してしまった。何も気づかない王はおじけづいている娘をやさしくいたわりつつ、恐るべき不倫の床へと誘い入れた。

その夜も、次の夜も王は歓楽をつくした。娘のほうもそれに応え、毎夜忍んできた。王はすっかりその娘を気に入った。しかしやがて、王妃が祭儀を終えて戻る日がきた。

前夜、王は、未婚の娘の顔はけっして見ないという日頃の禁を犯し、一目だけでも好ましいその娘の容姿を見たくてならなくなった。枕もとの手燭《てしょく》を、彼は寝入っている娘の顔のほうへそっとかかげた。

王の驚きは、いかばかりだったことか！　あまりのことに逆上しきったキニュラスは、思わず短刀を取ると、ミュラめがけて切りつけようとした。異様な気配にその瞬間目をさましたミュラは、間一髪、刀を逃れると、無我夢中で王の部屋から転がり出た。

（ああ、お父様……）

王宮を出たミュラは涙を流しながら、ただやみくもに、どこまでも闇に包まれたパフォスの町をひた走った。それから幾日も走り続け、旅をして、気がつくと遠くアラビア半島をさまよい歩いていた。

疲れはて、絶望しきったミュラは、これ以上一歩も前へ進めないとわかると、熱砂に膝《ひざ》をついて神々に訴えた。――恐ろしい不倫の罪業を犯した私に、どうか償いをさせてください。私を、人としてではなく、生きてもいず死んでもいない状態にしてください。

没薬の樹

神はミュラの声を聞き届け、彼女を一本の没薬《もつやく》の樹に変えた。アラビアの砂漠地帯に立つこの樹は、それでもなお哀しんで涙を流した。涙は、たちまち白い乳のような樹液となり、乾いてあたりにこぼれ散らばり、それを拾って火にくべると、神秘な香りを放った。

そのうち、樹の幹が異様にふくらむと、ついにはさけて、中から玉のような美しい男の子が生まれた。

アドニスと名付けられたその子は、成長するにつれあまりの美貌にたちまち評判になった。女神アフロディテは、この子がまだ幼い頃、人目に触れさせまいとして、冥界の女王ペルセフォネに養育を頼んだ。ところが当のペルセフォネが、アドニスに夢中になり、アフロディテのもとへ返すのを拒むしまつだった。

女神同士は険悪になり、とうとう大神ゼウスの取り計らいを仰ぐことになった。ゼウスはアドニスに、一年のうち三分の一を冥界で過ごし、残る三分の一はアフロディテのもとで、ほかは自分の好きなところで過ごすように命じた。

青年になりかかった頃、アドニスはちょうどアフロディテのもとで過ごしていた。森に入り、彼の大好きな狩りに夢中になっていたときのことであった。

突然、アドニスの前に一匹の大猪が現れた。そしてまっしぐらに突き進んでくるとみるや、あっというまにアドニスに襲いかかった。大地に倒れ伏したアドニスの額から、深紅の血が流れた。

実はこの大猪、アフロディテとアドニスの睦《むつ》まじい仲に、嫉妬の炎を燃やした軍神アレスが、ひそかに変身し恨みをはらしたのだった。

急をきいて駆けつけた女神アフロディテは、倒れ伏したアドニスを抱えあげ涙にくれたが、彼は二度とその美しい瞳《ひとみ》を見開かなかった。ふとみると、アドニスの血に染まった大地からは、赤い罌粟《けし》の花が咲き出していた。またアフロディテの頬にあふれ出た涙は、薔薇の花と化したという。

アドニスの死を嘆き哀しんだのは、アフロディテだけではなかった。キュプロス島の女たちは、早春ともなれば壺に花々の種をまき、湯を注いで芽生えをせかせた。それらをアドニスの園と呼び、アドニスの春の蘇《よみがえ》りを祝うのだった。そして夏、アドニスの化身《けしん》である植物が花開いた後次々と枯死し、冥土《めいど》へ隠れるのを嘆き哀しむ祭りを行った。

アテネ、アッティカ地方の神話地図

21 子育てをした処女神アテナ

アテネとアッティカ地方の守護神に誰が選ばれるべきか、神々に立候補を求めると、海神ポセイドンと処女神アテナが競って名乗りでた。

アテナは、技芸や戦略などを司る知性あふれる女神で、常に武装した姿で表されるように男まさりの勇敢な性絡。片やポセイドンは、泉や海を司り、津波、地震、洪水など自在に起こし、また鎮《しず》めるスケールの大きな神だった。

両者とも、自分こそがこの晴れやかな地の守護神にふさわしいといって譲らなかったので、神々を審判に立て、互いが技を競ってみせることになった。

ポセイドンが都の最高所アクロポリスに登り、自らが手にしている三叉の鉾を山上に突き立てた。するとそこには、たちまち清らかな泉が湧き出した。

続いて女神アテナが、家から遠からぬ所に、一本のオリーヴの樹を生え出させた。

神々は審判の結果、アテナに守護女神の栄誉を与えた。それというのもこのアクロポリスにはすでに水の湧く洞窟があったが、逆にオリーヴというのはいまだかつてなく、その実は食されるだけでなく多方面に用いられる。実から採る良質な油は医薬や灯油に、幹は家具に、枝葉は薪《まき》のみか競技の勝者の冠としても用いられ無駄なところがひとつとしてない。立派な暮らしの糧《かて》となる。

というわけで、女神アテナの名は歴史時代には首都となるこの町につけられた。女神の贈り物オリーヴは、やがてギリシア全土に広がり、人々の暮らしの命綱ともなったのである。

このようにアテナは恵み深く聡明な女神だったが、人間が神々に対し分をわきまえないふるまいをすると、恐ろしい罰をくだす神でもあった。

女神は、常に命知らずの冒険に挑む英雄たちの傍らにあり、よきアドバイザーの役目をはたすが、他方では女たちのいそしむ技芸にも、たいへんに優れていた。あるとき、まだ年若い少女だったが、アラクネという名の織物の名手がいた。

彼女は周囲の人々から腕前を讃《ほ》めそやされるにつれ、つい慢心して、自分の作品はアテナ様といえどもかないっこない、と言ってしまった。

これを聞きつけた女神はひどく立腹した。傲慢《ごうまん》な口をきく少女を放っておけず、老婆に身をやつしてアラクネの前に現れ、たしなめたが、アラクネは耳を貸そうとはしなかった。そこで、女神は、果たしてどちらの腕が上か、織物を競い合うことにした。

アテナ女神は、オリュンポス十二神を描き、織物の四隅には神々にこらしめられた人間の姿を織り出してみせた。負けじとばかりアラクネは、神々と人間の女たちが、愛にたわむれる姿を一面に描き出した。その腕前は見事としかいいようがなく、どこにも欠点を見いだすことができなかった。

競争には勝ったが、女神はすっかり逆上した。怒りがつのるあまり、アラクネを捕らえると筬《おさ》で打ちすえた。それだけでは気がすまず、アラクネが織りあげた布を引き裂いてしまった。彼女は嘆き哀しみ、天井の梁《はり》に紐《ひも》を吊るし、縊《くび》れ死のうとした。女神は「それほどに織物が好きなら、いついつまでも織るがよい」といいざま、アラクネを灰色の蜘蛛《くも》に

バルトロメウス・スプランヘル
《女神アテナ（ミネルヴァ）》

変えた。

以来アラクネは、いまだにせっせと糸を吐いて織り続けている。

さて、いささか勝ち気で神々とも人間とも技を競わずにいられないアテナ女神であるが、ここに清らかな処女神の身としては少々気の毒な神話も伝わっている。

子育てをしたアテナ女神

女神が、武器の注文をしに鍛冶の神ヘファイストスのもとへ出向いたおりのこと。かねてから妻であるアフロディテの恋多き所業に悩み、ひそかにアテナに恋心を抱いていたヘファイストスは、何を思ったか衝動的に女神に襲いかかった。

女神は手厳しく拒絶し、両者もみあううち、ヘファイストスの精液が女神の脚にこぼれかかった。激怒した女神は、羊毛をつかんで拭《ふ》き取るや、大地《ガイア》に投げ捨てた。

そこから、赤子エリクトニオスが生まれた。いってみればこの子は、ヘファイストスと大地の女神ガイアの子に当たる。しかし成りゆきからアテナは見過ごせず、その子を箱の中に隠し、ひそかに育てて不死身《ふじみ》にしようとした。

女神は、その箱をケクロプスの娘パンドロッソに、けっして中を見てはならないと命じて預けた。が、娘はつのる好奇心に負け、こっそりと蓋《ふた》を開けてみた。なかには、下半身が蛇でとぐろを巻いた赤子がいた。

パンドロッソは、女神の怒りで気が狂い、アクロポリスから投身自殺をしてしまった。女神はしかたなく、山上の女神の神域でエリクトニオスを育てた。

長じて後、彼はケクロプスの跡を継いでアテナイ王となった。そして育ての親であるアテナ女神のために、山頂に神殿を建てた。また歴史時代にも長く引き継がれていった女神のための競技会〝パンアテナイア祭〟を創設し、自らは初めて四頭立ての戦車を駆り、戦車競技に出場した。

彼は水のニンフ、プラクシテアと結婚し、後にアッティカ地方の王となるパンディオンの父となった。

22 プロクネとピロメラ姉妹の悲劇

エリクトニオスの息子パンディオンは、ニンフのゼウクシッペと結婚し、エレクテウスとブティス兄弟、それにプロクネ、ピロメラの美しい姉妹を得た。

パンディオンが王のとき、大国テーバイ王のラブダコスと仲違《なかたが》いしてしまった。ラブダコスは大軍を率いてアッティカ地方からアテナイへと攻め寄せ、町はことごとく劫略《ごうりやく》された。

パンディオンは、北のトラキアの王テレウスに助けを求めた。軍神アレスを父にもつテレウスは冷酷な戦士で、その軍は勇猛だった。果たしてこの援軍が到着するや、テーバイ軍はたちまちにして撃退されてしまった。

パンディオンはお礼にと、長女プロクネを妻としてテレウスに与えた。トラキア市民も王の結婚を盛大に祝い、やがて二人の間には長男イテュスも誕生した。

何年かたって、王妃としての暮らしにもすっかりなれたプロクネは、遠く離れたアテナイの身内が恋しくてならなくなった。ことに、妹で末娘のピロメラとは特別に親密だったので、しばらくぶりで顔が見たくてならなかった。

プロクネは夫のテレウスに、できることなら妹を迎えにやり、しばらくの間でもトラキアに連れてきてもらえないだろうか、と頼んでみた。意外にも夫は、快く承知してくれた。久々に義理の父にも会いたいというので、夫は自ら船に乗りアテナイまで出かけた。

パンディオンは少し年を取っていたが、娘婿の来訪を心から歓迎した。まだ嫁入り前のピロメラが姿を現したとき、テレウスは彼女のあまりの愛くるしさに激しい欲望を覚えてしまった。

彼は、ピロメラを姉に会わせるために大切に守り、すぐにもアテナイへ返すからと、言葉をつくしてパンディオンを説得した。王は、乗り気ではなかった。ピロメラは未婚の娘でことのほか王のお気に入りだったうえ、エーゲ海の果てのトラキアはひどく遠かったからである。

自らの愛欲を隠しながら、テレウスはもっぱら姉妹の愛を王に説いた。事実、何も気づかぬピロメラも、しきりとトラキアに姉を訪ねたがったのである。

旅立ちの朝、パンディオン王はテレウスの手を取り、どうかピロメラを父親にかわって庇護してくれるように、そして姉やその子に再会した後はすみやかにアテナイへ戻してほしいと懇願した。テレウスはうなずいてみせながら、船が岸を離れたとたんに、必ずやピロメラを自分のものにしようと心に誓った。

テレウス

エーゲ海を北上した船は、ようやくのことでトラキアに着いた。漕ぎ手や供の者を皆帰してしまうと、テレウスは有無をいわさずピロメラを深い森の中へと連れて入った。そこは、王宮どころか羊飼いの番小屋であった。

驚き、不安で震えているピロメラに、テレウスは次のようにいった。「実は、姉さんのプロクネは亡くなってしまったんだよ。だが、老いた父上の嘆きを思うと、どうしても言いだせなかった。そこで私はおまえを妻にしたいと思い、あのような作りごとを言って連れてきたのだ」と。

ピロメラが、テレウスの言葉を信じる様子はまったくなかった。「それなら、どうしてこんなところに私を連れてくるの」。彼女はいっそうおののきながら問いただした。もはや問答無用だ。テレウスは欲情に猛《たけ》り狂い、哀れなピロメラを犯すとその家畜小屋に監禁した。その後、深い疑惑と恐怖におののくピロメラの耳に、彼女の番をしている召し使いらの噂話《うわさばなし》が聞こえた。なんと姉のプロクネは、生きていた！

ピロメラは、テレウスに彼の蛮行をののしり、一刻も早く監禁から自由にしてほしいと訴えた。テレウスは自分の悪事が世間に知れわたるのをはばかり、哀れなピロメラの舌を切断した。宮廷に戻り、姉のプロクネから妹の安否を尋ねられると、彼女は死んだと答える始末だった。

口がきけなくなったピロメラは、自由を奪われたまま相変わらず森の番小屋にいた。このままでは死人同然だ。彼女はふと思いつき、機の前に座るとテレウスの悪事を亜麻布に織り込んでいった。出来あがると、召し使いに手真似でこっそりと姉に届けてくれと頼み込んだ。

織物を広げた姉は、あまりのことに言葉もなかった。彼女は無言で、復讐のときを待った。やがてトラキアの女たちが酒と狂乱の踊りで夜を徹して祝う酒神ディオニュソスの祭りがやってくると、王妃のプロクネはいかにも祭りに熱狂しているとみせかけながら、妹が閉じ込められた森の番小屋へと駆けつけた。

その足で妹を宮廷に連れてくると、今度は幼い我が息子イテュスを剣で刺殺した。それを料理すると、破廉恥《はれんち》な夫テレウスの食卓に供し、優しくすすめてたらふく食べさせた。食事が終わったとき、何とピロメラが、イテュスの血まみれの頭を捧げ持って現れた。

テレウスは狂気のように剣を抜き姉妹を追おうとした。すると姉はツバメに、妹はナイチンゲールに突然変身し、テレウスもまたヤツガシラになって飛び立った。それからというもの、ヤツガシラはいまだにツバメとナイチンゲールを追い回しているのだという。

23 青年イオーン、母と再会

アテナイの王エレクテウスは、美しく成長した娘クレウサをことのほか愛していた。ところがある日、アクロポリスの北すそあたりにいたクレウサは、見知らぬ男に素早く洞窟へ連れ込まれてしまった。男は若く、気品にあふれた美しい面《おも》ざしをしていたが、冷酷にも、抗《あらが》う彼女を手ごめにした。

館に戻ったクレウサは、誰にもその秘密を話す勇気がなく、ひとり胸の奥にたたんで暮らしていた。何よりも、彼女は自分を愛してくれている父親に知れるのを恐れた。父が、彼女の弁解を聞き入れるとはとても思えなかったし、ひどい仕打ちをしたあの男は、どこの誰とも知れず、二度と出会うことはなかったからである。

悩み苦しんでいたクレウサに、追い打ちをかける事態が起こった。お腹には、新しい命が宿っていたのである。

十月目《とつきめ》に、彼女は陣痛に襲われると、かつて男が連れ込んだ洞窟に隠れて赤子を産み落とした。見事な男の子であった。しかし、未婚のクレウサは、処置に困りその子を洞窟に置き去りにした。

予言の神アポロン

このさまを、天上から見ていた一柱の神がいた。予言の神アポロンである。彼は、異母兄弟に当たる使いの神ヘルメスを呼ぶとこういった。「アテナイの、アクロポリスのすそにある洞穴まで行ってはくれまいか。そこに私の息子が誕生しているから、私の神託所まで運んできてほしいのだが」

足首に翼をもつ、旅姿のヘルメスはただちに下界へと飛び、洞窟から籠《かご》に入れられた生まれたばかりの赤ん坊をデルフォイへと運んできた。丸々とした元気な赤子はおくるみを着せられ、クレウサのらしい胸飾りをつけてもらっていた。

ヘルメスは、夜のうちに籠のまま、赤子を神殿の前門の前に置いて去った。翌朝、神託を取り継ぐアポロンの巫女が神殿へ入ろうとして、赤子に気づいた。はじめ彼女はそれを取りのけようとしたが、捨て子に哀れみをおぼえ、つい胸に抱き取ってしまった。そのまま、巫女は子供を手放せなくなり、神域内で面倒をみるはめになった。その子は、名をイオーンとつけられた。

他方、クレウサは、洞窟に産み落としたまま放ってきた子供のことが心配で、次の日にはこっそりと見に入った。洞窟の中は空っぽになっていた。きっと、夜の間に野獣に襲われたに違いない……と、彼女は不運な子を思いひとり涙にくれた。

年月が流れて、エレクテウス王は、愛する娘に、デウカリオンの子ヘレンと、ニンフのオルセイスの息子クストトスを婿に選んだ。

クストトスは、テッサリア地方で兄弟間に不和が生じ、アテナイへとやってきていたので、彼と結婚すればクレウサはそのまま父王の膝もとで暮らせる、という計らいもあった。

デルフォイへ

過去を胸に秘めたまま、クレウサはクストトスの妻となった。が、いつまでたっても、二人の間には子がなかった。辛抱しきれなくなった夫婦は、その理由を尋ね、子宝祈願をするためにデルフォイへ神託を受けに行くことになった。

わずかな供の者を連れ、夫婦は長い旅をして、ようやくのことで名高いデルフォイへとやってきた。それからクストトスは身を潔《きよ》め、定められた儀式を終え、アポロンの神託を受けた。

神のお告げは〝この神殿を出《い》でて、最初に出会う者が夫婦の子である〟だった。クストトスが神殿を出ると、そのあたりを掃き清めている一人の年若い青年に出会った。クストトスは思わずその青年に駆け寄り、「我が息子よ!」と叫んだ。クレウサも、なんとはなしに青年を身近には覚えたものの、あまりに唐突な夫のありさまをみると疑惑にかられた。

(もしかすると、夫は結婚前に、どこかの女に産ませた息子を神託を利用して私の王家に引き入れ、乗っ取るつもりだったのでは）クレウサ側の召し使いは、皆彼女に同意した。そこで、イオーンと名乗るみなし子のその青年を消すべく、従者が酒に毒を盛ることになった。

認知の祝宴が、デルフォイの住民も招いて華やかに催されたとき、従者はひそかにイオーンの祝杯に毒をたらした。が、祝杯を挙げたとき、そばにいた召し使いの誰かがふと不吉な言葉を口にしたために、イオーンは祝い酒を捨てて新しくつぎかえさせた。地に捨てられた酒に神殿の鳩が群がり、飲んだところ、突然苦しみもだえて息絶えていった。

陰謀は発覚した。イオーンは激しくクレウサをののしり、デルフォイの住民はこぞってクレウサを石打ちの刑にすべきだと叫んだ。クレウサはこのようなときの唯一の避難所である、アポロンの祭壇にしがみつき助けを乞《こ》うたが、イオーンと住民は彼女をそこから引きずり出そうと息まいた。

騒ぎを聞きつけた巫女が、アポロンの意を受けて一同の前に姿を現した。巫女はその手に、かつて赤子が入っていた籠と、産着と飾りものを持っていた。

それをひとめみたクレウサは、我を忘れていましがた自分に暴力を振るった青年を抱きしめた。「息子よ、あなたはアポロン様と私の子供ですよ」

クストスは呆気にとられたが、初めて妻の過去を知ると、イオーンを後継者に認めた。

24 はじめてのワイン

酒神ディオニュソスは、人々に酒を与えて日々の労苦を癒《いや》す、新しい祭儀を広めようと諸国をめぐり歩いていた。

その日、神は大理石をさかんに切り出しているペンデリコン山の中腹にある、イカリアという村へとやってきた。家々の門口に旅人の姿で立ち、一夜の宿と食事を乞うたが、快く受け入れる家はどこにもなかった。そのようななかで、貧しい農夫のイカリオスだけは、旅人を喜んで我が家に招じ入れた。娘のエリゴネと一緒に、ありったけのものでもてなしたので、神はお返しにとイカリオスに葡萄《ぶどう》栽培と酒づくりを伝授して去った。

イカリオスはさっそく、教えられたとおりに葡萄の苗木を育て、その実を収穫すると搾《しぼ》って発酵させ、はじめてワインを誕生させた。

たまらなく芳醇《ほうじゅん》な香りがたった。一口味わってみて、イカリオスはそれまで経験したことのない不思議な味わいに驚いた。彼はこの飲み物を村の衆にも試してもらおうと思い、羊の皮袋にワインを詰めると、それを背負って村の広場へと出かけて行った。そこで彼は、群がる人々に旅人から習った酒をふるまったのだった。

男たちは興味津々、少しずつたしなむうち、いつしか酔いが回ってきた。なかには目が回り、足もとがふらつきだす者、異様な興奮にかられ、ふだんにはみられない挙動に出る者……。広場は、いつしかパニックに襲われたのだ。

「イカリオスの奴め、毒を盛ったに違いない」と誰かが口にするや、男たちはいきりたった。それまで酒というものを飲んだことがなく、ましてや酔うという体験などなかった男たちは、このような心身の変調を完全に誤解したのだった。

イカリオス自身にも、理解のできない状況だった。むろん毒など入れたつもりはないものの、恐怖に顔をひきつらせている一同に向かって、どんな弁明が彼にできよう。怒り、寄ってたかって殴《なぐ》りかかる人々になすすべもなく哀れにも死ぬはめになった。

男たちはイカリオスの遺体を、とある一本の樹の根もとに埋めた。その頃、娘のエリゴネは、羊の皮袋を担《かつ》いで出たまま、いっこうに戻ってこない父親を案じていた。

エリゴネ

エリゴネは、不安に苛《さいな》まれながら、村の広場へと急いだ。するとついてきた飼い犬のマイラが、突然一本の樹の下で悲痛な鳴き声をあげだした。不審に思い、黒い土が掘り返された跡がある場所を掘ってみると、変わりはてた父の亡骸《なきがら》が現れたのだった。エリゴネは気絶せんばかり。あまりの衝撃に気が狂ってしまった。彼女はその樹に、紐で自分の首を吊り父の後を追った。

こうした事件の後、イカリア村には奇病が発生、娘たちが次々とエリゴネと同じように樹で縊れ死ぬ怪事件が続いた。村人に怒ったディオニュソス神が与えた罰だったが、人々ははじめ理由がわからなかった。そこで使者をデルフォイに送った。アポロンの神託がくだったとき、ようやく真相が判明したのだった。

村ではさっそく、イカリオスを殺した罪人たちに償いをさせ、エリゴネのためには祭りを催し、その霊を慰めた。エリゴネは天に昇って乙女座になり、愛犬のマイラは犬座になった。そして、ペンデリコン山の南の山すそ一帯には、さんさんと輝く太陽を浴びた葡萄畑が、酒神に帰依《きえ》した村人に丹精されて広がっていった。以来イカリアは、ワインの名産地として大いに栄えたという。

なんの予備知識もなく、生まれてはじめて酒の〝酔い〟を体験した人々の素朴な驚きが、この伝承ではよく伝わっているが、イカリアの他にも次のような話がある。

ところは中部ギリシアのカリュドンという町の話。ここは〝カリュドンの大猪狩り〟という名高い神話（II・38参照）の地でもあるが、その主人公である英雄メレアグロスの父、王オイネウスにまつわる話である。

この王は、酒神ディオニュソスから、はじめて葡萄の木を授けられたという。

またあるときには、王の羊飼いが野原で、それまで見たこともない木の若芽を山羊《やぎ》がさかんに食べ、いかにも愉快げに跳ね回るのをみて、その実が熟したとき果汁を搾ってみた。そこへ、カリュドン国の東を流れる大河アケロオス河の水をまぜたところ、これまで味わったことのない飲み物ができあがった。オイネウス王はこれを喜び、自らの名をつけて〝オイノス〟（葡萄酒）と呼ぶようになったとか。

《酒神ディオニュソス（バッコス）》
16-17 世紀の銅版画

ちなみにこの王家には、オイネウス王の妻アルタイアが、酒神ディオニュソスが訪れた際に身をまかせ、娘のディアネイラを産んだという伝承もある。諸国行脚の途次、酒神がイカリアの地と同じようにカリュドンを訪れ、王より手厚いもてなしを受けて葡萄栽培の方法を伝授したのではないかと思えるふしが、断片的に残る神話からうかがえる。

ディオニュソス神の諸国遍歴と布教には、常に熱狂的な女性信者らが付き従っており、これらの女性は、それまで自分が属していた家も子も夫も捨てて、酒による祭儀に心を奪われている。人類にもたらされたはじめてのワインが、殺人にまで至ったことからみても、衝撃的な癒しと解放の手だてだったことがわかる。

25 黄泉への誘拐

春のさかりだった。

南イタリアはエンナの野で、うら若い乙女ペルセフォネが、侍女たちと連れだって夢中で花摘みに興じていた。すると突如、花咲き乱れる大地が音もなく真っ二つに裂けたとみるや、地の底からわきあがるように黒塗りの馬車が出現した。驚いた侍女たちが助けを求めるいとまもなく、車の中から躍り出た陰気な黒装束の男が、泣き叫ぶペルセフォネを抱えあげると、無理やり車に連れ込み、たちまち姿を消した。

侍女らの騒ぎが、ペルセフォネの母で、穀物の生成と大地の緑を司る女神デメテルの耳に達した。

女神はうかつな侍女らを叱りつけたが、すべては後の祭りだった。それでも腹の虫がおさまらない女神は、彼女らを怪物に変えた。それから、半狂乱になり娘を探し歩いた。けれども天界にも地上にも、いとしいペルセフォネの姿はなく、なんの手がかりも得られなかった。

そんなところへ、有力な証人が現れた。天空の最も高い所から、誘拐されるペルセフォネを見た太陽神ヘリオスであった。彼の証言により、娘を奪った当人が自分と同じ兄姉《きょうだい》のハデスだと知った女神デメテルは心底驚いた。それどころか、ペルセフォネの誘拐をともにはかった協力者は、同じく姉弟《きょうだい》に当たる最高神ゼウスだったということも判明した。ことあろうに、ゼウスはペルセフォネの父でもあった。どうして一言の相談もなく、このような忌まわしい事件を起こし、怯《おび》える娘を強引にさらってあの世などに連れ込んだのか！　女神の驚きは、ただならぬ怒りへと変わった。

女神は、自らの職掌をすべて放棄した。すると大地は何ひとつ実りをもたらさず、山野の緑は枯死して、地上には恐ろしい飢饉が襲ってきた。人間も動物も飢え死にする寸前だったので、天界への供えもむろんなく、神々までが飢えに直面した。

これはならぬと、ゼウスはただちに神々を集め協議を行った。その頃デメテルは、老婆に身をやつして地上をさまよい歩いていた。

エレウシス

西アッティカ地方の麦の穂が豊かに実るエレウシスまできた女神は、疲れと哀しみに打ちひしがれ井戸の傍らの石に腰を下ろしていた。そこへ、エレウシスの王ケレオスの王女の一人が水汲みにやってきた。心優しい娘は、老婆を気づかって声をかけた。

どことなく気品のある老婆は、旅の途中で身を寄せるところもない身の上だと答えた。

それなら、と娘は勢い込んでいった。「王宮には、生まれてまもない私の弟デモポンがいて、乳母を探しているところなので、もしよければこれから館に戻り母に聞いてまいりましょう」

老婆が喜んで同意したので、王女は王宮へ急ぎ戻り、王妃の承諾をえてきた。こうしてデメテルは、日夜王子を預かり養育を始めた。

女神は、親切な一族のために、王子デモポンを不死身にしようと考えた。それで深夜、人々が寝静まるのを待ち、赤子を火にかざし死すべき身を焼きつくしてその命を永遠に保つよう取り計らっていた。ところがある夜、偶然に王妃のメタネイラがその場を目撃してしまった。

妃は、我が息子が火に炙《あぶ》られているのをみて絶叫した。宮中は大騒ぎとなり、デメテルは危うく捕らえられて罪を問われそうになった。女神はしかたなく、一同の前に本体を現した。その背丈は宮殿の高い鴨居《かもい》を越えんばかり。全身がまばゆい黄金色の光に包まれ、さしもの広い王宮のすみずみまで満たした。

ひれ伏した人々を前にデメテルは自らの身分を明かし、以後この地に、女神を祀《まつ》る神殿を建て、祭儀を行うようにと命じた。ケレオス王は言われたとおりにエレウシスの最高所に神殿を建てた。こうしてエレウシスは、デメテル崇拝の中心地となったのであった。

一方、仕事を放棄した女神と、どう折り合いをつけるか。協議の末ゼウスは、略奪したペルセフォネを、地上の母のもとへ返すことに決めた。ところが冥界の王ハデスは、お腹を空《す》かせたペルセフォネに、すばやく冥界の食物である柘榴《ざくろ》の実を与えていた。そのため彼女はもはや完全に冥界と縁を切ることが叶わず、一年のうち三分の一はハデスのもとに、残りは現世でデメテルや他の神々のもとで暮らすことに決定した。

デメテルもそれを了承した。女神は、ペルセフォネがそろそろ里帰りする頃になると、うれしさでいっそう精出して職務に励むようになった。

すると田野の緑は芽吹き、やがて母のもとにペルセフォネが戻ってくると、緑はいっそう鮮やかに、花々は咲きほころび、鳥は歌い、万物が豊かに実っていく。

しかしそのうちに、母子の別れる日が近づいてきた。娘が地の奥深くにある死者の世界へ戻らねばならなくなるとデメテルは仕事に打ち込めず、草木は枯死し、不毛のときがやってくるのであった。

かくして、死と再生を繰り返す〝季節〟が生じた。エレウシスの祭儀も、大地の緑の死と再生から転じた、人の命の死からの再生をこいねがう、秘密の儀式であったと伝えられている。

中部・北部地方の神話地図

26 カドモスの国造り

大神ゼウスに連れ去られた妹のエウロペを、父の命令で探しに出かけた兄のカドモスは、サモトラケ島まで来て途方に暮れていた。

妹の手がかりは皆無といってよかったし、父からは「見つけ出すまでは故国へ帰ってはならない」と命じられていたからである。おまけに、カドモスに同行した母は、長旅がもとでこの島で亡くなってしまった。これから、自分はどこへ行けばよいのか……。

アポロンの神託

思い悩んだカドモスは、このようなとき誰でもがするように、デルフォイに赴いた。予言の神アポロンの神託を仰ぐのである。

神託は〃おまえは草原までできて、そこでいまだ軛《くびき》をかけられたことのない牝牛に出会うであろう。その牛の後をつけよ。牛が、草上で寝転んだら、そこに市を建設せよ〃というものだった。

デルフォイから東へと、カドモスが従者たちとパルナソス山のすその道を辿りはじめると、すぐに一頭の牛が草を食《は》んでいるのに出くわした。牛は牝牛で、首には軛がなかった。彼らは牛の歩むままに後をついて行った。山岳地帯をくだり、広大な平原をケフィソス河の流れに沿って行くうち、とある丘の上で牝牛は突然歩むのをやめて身を横たえた。「ここだ！　この地に違いない」と、一同は叫んだ。何はともあれ、大神ゼウスにその牝牛を捧げようと、カドモスは泉に水汲みに行った。大樹が茂った絶壁の陰に、その泉はこんこんと清らかな水をわきあがらせていたが、絶壁の洞窟には、みるも恐ろしい一匹の竜が住みついていた。竜は荒ぶる戦いの神アレスの子だ。

逃げるまもなく、竜は従者らに襲いかかり、次々と食い殺していく。カドモスは、刀を抜いた。刀が竜の厚い鱗《うろこ》にはばまれると、カドモスは大岩を持ちあげ投げつけた。こうして死闘が繰り広げられたが、最後にカドモスは、青銅の槍を振るって迫ってくる竜の口から歯をことごとくなぎ落とした。竜はようやく力つきた。

退治した竜の傍らでカドモスが荒い息を吐いていると、いつのまにか女神アテナが現れていて、竜の歯をすぐに大地に播《ま》くようにと助言した。そうすれば大地から〝播《スパ》かれた者たち《ルトイ》〟が生まれ出よう、と。

スパルトイと都市テーバイ

カドモスはアテナの言いつけを守って鋤《すき》で大地を耕し、そこへ竜の歯を播いた。するとたちまちにして大地の表面が動き、武装した兵士が続々と誕生してきた。彼らは青銅の槍や刀をかざし、一斉にカドモスの方へと向かってくる。

カドモスはとっさに、足許《あしもと》にあった岩を一つ兵士らに投げつけた。と、彼らは投げ込まれた岩をめぐって互いに争いはじめ、大乱闘になった。兵士同士の殺しあいで、大地はおびただしい血を吸った。後に生き残ったのはわずかに五人。

クトニオス、ウダイオス、ペロロス、ヒュペレノール、エキオンと名乗るこの五人は、それ以後カドモスを王に戴《いただ》く、新しい都市テーバイの貴族の祖となっていく。彼らスパルトイの力を得て、カドモスは市の城館カドメイアを築いた。市には、オルコメノスをはじめ近隣の人々も続々とやってきて加わり、新しい市民となった。

都市の基礎を築き終えると、カドモスは妃を娶ることにした。大神ゼウスが、彼にふさわしくすばらしい乙女を与えた。その名は、ハルモニア。絶世の美神アフロディテが、愛人アレスとの間にもうけた娘だった。

婚礼の日、神々はこぞって贈り物を手にオリュンポスの館からテーバイへとやってきて、きらびやかな宴席に連なった。そのときの贈り物はといえば、ゼウスは、夫婦のこれからのあらゆる努力が成功に導かれるという大神の〝同意〟を、デメテルからは、テーバイを取り巻くボイオティアの大地がどこよりも豊かな実りをもたらすよう祝福を、ポセイドンは、近海と河に住む生物の繁殖、とりわけ近くにあるエウボイア島の鯔《ぼら》と、コパイス湖の大鰻《おおうなぎ》の繁殖を約束した。さらにヘラからは宝右をちりばめた玉座が、ヘルメスからは美しい楽の音を奏でるリラが、アポロンからは弓が、アテナからは黄金の長衣が贈られた。そして新妻の母アフロディテは、娘にこの世に二つとない絢爛《けんらん》豪華な首飾りを贈った。そ

首飾り

実はこの首飾りこそ、誰あろう、アフロディテの本当の夫、鍛冶の神ヘファイストスが苦心して金銀にありとあらゆる宝石をちりばめて造りあげたものだった。しかし花嫁の父は、妻の愛人である。ヘファイストスは、鬱屈《うっくつ》した思いでこの首飾りを製作した。そうして、彼はひそかに首飾りに呪いをかけたのであった。

そうとも知らず、ハルモニアの子から孫へと、首飾りは代々の女たちの羨望《せんぼう》の的となった。そのあげく、首飾りを得た女は、それからそれへと不幸に見舞われ、また身内にも苦難をもたらすはめになった。

首飾りの流転とともに展開される女たちのドラマは、カドモスを始祖として、スパルトイら一族をも系譜に取り込みつつ数々のテーバイ神話に、いっそうの彩りと重厚さを加えていく。

27 酒神誕生とその秘儀

カドモス王は、妃ハルモニアとの間に四人の娘と二人の男子に恵まれた。そのうちのセメレは、あるとき大神ゼウスの目にとまった。

ゼウスは夜な夜な、夜風に変身して王宮の厳しい守りを通り抜け、開け放った窓からセメレの寝室へと入ってきた。セメレのほうは、相手がかぐわしい夏の夜風なので、はじめは事態がよくのみこめなかった。

そのうち、夜毎に夢幻のような優しい男が現れ、自分を求めていたのに気づいた。一方、ゼウスがセメレのもとへ通っていることに、いち早く気がついたのは妃のヘラだった。ヘラは嫉妬に狂い、恋敵をなんとか始末しようと知恵をめぐ《かが》らせた。

彼女は、人間の老婆に変身した。杖をつき腰を屈めて近隣の者になりすまし、セメレに話があるといってやってきた。世間話のついでにといったふうに、ヘラは切り出した。

「ところで近頃、そちらにはいい男が通ってくるという噂じゃないか。一体、どこの誰なんだい」

尋ねられても、セメレは答えようがなかった。いい男、に違いはなかったが、その正体は何も知らなかったのである。それを聞くと、ヘラ婆さんは「それはまずい。もしかしたら妖怪《ようかい》かもしれないよ。可愛がったあとで、きっとおまえさんを食い殺すつもりだろう。今夜きたら、必ずその方のお名前をきき、お顔をよく見せておもらいよ」

いわれるまでもなくセメレは、夢心地の反面ずっと一抹《いちまつ》の不安にもつきまとわれていたので、その晩ゼウスがやってくるやいなや、彼の出自を明かしてほしいとせがんだ。ゼウスの方でも、しだいに女に馴《な》れ親しんでいて、「おまえの頼みならなんだって聞いてやる」などとセメレにいっていた手前、拒むに拒めず名を明かした。

セメレは驚いたものの、こう言った。

「それなら、貴方さまが奥方のヘラ様に求婚なさったときと同じ姿で、私のところへもいらしてください」

ゼウスはしかたなく、目もくらむ電光と轟《とどろ》く雷鳴とともに戦車でやってきた。あたりには凄《すさ》まじい雷霆《らいてい》が放たれたので、セメレはあっというまに雷火につつまれて焼け死んだ。

ディオニュソス

ヘラの策略は、まんまと成功した。セメレの胎内には、このときすでにゼウスの子が宿っていた。ゼウスは急いで焼死したセメレの胎内から我が子を取り出し、自分の大腿部《だいたいぶ》に入れて縫いつけた。やがて月満ちて子が生まれ出たとき、その子はディオニュソスと名付けられた。

ゼウスは使神ヘルメスに命じ、その子を隣国オルコメノスの王アタマスと、妃でセメレの姉に当たるイノに預けさせた。彼らはディオニュソスを女の子に変装させて養育し、ヘラの目につかないようにしたが、隠しおおせずヘラが知った。

ヘラは仕返しに王と王妃を狂わせた。アタマス王は自分の息子レアルコスを鹿と思って狩りで殺し、イノはもう一人の息子メリケルテスを大釜《おおがま》に投げ入れて煮殺し、それを抱いてともに海に飛び込んだ。

これを見たゼウスは再びヘルメスに命じ、ディオニュソスを遠いニュサの山に連れて行かせ、ニンフらに養育させた。

ここで無事に成長したディオニュソスであったが、ヘラの迫害を恐れ、彼は生まれ故郷テーバイに安住できなかった。孤独のうちに諸国を放浪し、ついには祖国を出てシリア、エジプト、中近東やアフリカをさまよったが、やがてフリュギアまで来て、大地母神キュベレに出会った。

ここでディオニュソスは、まず女神から葡萄の木の栽培方法を学んだ。続いてその木から収穫した実を発酵させ、葡萄酒を造る手だてを。次に、その酒を用いて人々を酔わせ、笛やタンバリン、カスタネットを打ち鳴らし踊り狂わせるうち、いつしか神と一体になり至福を味わう祭儀を女神から授けられた。ディオニュソスは酒を、貧しい人々や苦悩を抱え苦しむ人々に、自らの苦しみと重ねあわせ与えていった。

祭儀は秘儀として、深夜の山中で執り行われた。酒と音楽を供し、人々は踊り狂ううち神に憑《つ》かれていった。続々と集まる名もなき人々のなかには、男たちはむろんのこと、意外にも家庭の女たちが集まったのである。

往時、もっぱら家の奥でただ日々の家事や子育てに明け暮れるだけで、外出もままならなかった女たちが家を捨て、夫や子供までなげうった。彼女らは一様に束髪《そくはつ》をほどき、背にひるがえしてディオニュソス神の象徴でもある蛇を這《は》わせ、聖杖《せいじょう》を手に、木の皮の仮面をつけて山の中に集結した。彼女たちはまた、ディオニュソスの別名、バッコスにちなみ〝バッカイ〟（バッコスの巫女）とも呼ばれ、酒神にどこまでもつき従っていった。

一団は徐々に勢力をまし、旧体制の王国が保持してきた、貴族中心のアポロン崇拝の祭儀を圧倒していった。それゆえにまた、ディオニュソスへの新たな迫害が各地で始まった。それにもかかわらず酒神は、日々信仰者をふやしながらギリシア本国へと戻ってきた。

酒神とこの一団を蔑《さげす》む王侯貴族たちは、彼らを迫害しようとして次々と狂気に陥っていく。酒神は、やがて生まれ故郷のテーバイに凱旋した。

28 ペンテウス新興宗教と戦う

酒神ディオニュソスが、多勢の男女を引き連れ生まれ故郷のテーバイにやって来たとき、王は始祖カドモスから孫のペンテウスに変わっていた。がカドモスはいまだ健在で余生を楽しんでいた。

そのときペンテウスは、たまたま所用で国を離れていたのだったが、しばらくして王宮へ戻ったところ、思いがけない事件が王を待ち受けていた。

酒神と称する、素性《すじよう》のわからない男が下賤《げせん》の信者を引き連れ、由緒あるテーバイ王国へ乗り込んできていたのだ。彼は、ペンテウスの母アガウエの妹であるセメレとゼウスの子だと名乗り、善良な市民を山に連れて行き、したたかに酒で酔わせ、踊り狂わせ、乱交だの山の小動物の殺傷だの、常軌を逸した行為に煽《あお》りたてているという。

おまけにそのなりときたら、頭に木蔦《きづた》を巻いて香油の匂う金髪を肩まで垂らし、神々の紫衣をまとい、昼日中から酔顔でよからぬ風評をまき散らしながら、女たちを誘ういかさま師とか。それだけでも聞き捨てならないところなのに、その男はすでに宮中にも入りこみ、ペンテウスの母をはじめ、こともあろうに先王のカドモス、名高い予言者ティレシアアスらまでが、新しい神に浮かれ帰依しようとしているともいう。

驚き呆《あき》れ、怒り心頭に発したペンテウスは、これは容易ならぬことと、事態を一掃すべく立ちあがった。彼は臣下に、自分の従兄であるかのように吹聴《ふいちょう》している男を、ただちにひっ捕らえて牢《ろう》にぶち込むよう命令した。

「ゼウスの御子だなどとぬかすとはよくよくの厚顔、恥知らず奴《め》。かつて叔母《おば》のセメレが不審な死を遂げたとき、宮廷では世間の風評をおもんばかってゼウスの来訪などといった話を故意に広めたと聞いている。いかさま師め、思い知らせてやるぞ」

いきりたつペンテウスの前に、これはなんとしたこと。カドモスやティレシアスが今宵《こよい》も祭儀にあずかろうと身仕度をととのえ、聖杖など手に、頭には木蔦を巻いた姿で現れた。先王と予言者は、口をそろえてペンテウスをいさめ、酒神ディオニュソスの秘儀を受けよとすすめる始末だった。ペンテウスは、頑として彼らの言葉を信じなかった。

王の命を受けた臣下の者たちは、ふらついていた当の男を急襲した。男は、まったく抵抗せず素直に縛《ばく》についた。ところがどうしたことか！　縄はいつのまにかほどけてしまう。何度試みてもかいがなかった。しかたなく、従臣らは男や信女らを引っ立て牢に放り込んだ。すると牢の扉は誰も手を触れないのに自然に開き、男の姿は忽然《こつぜん》として消えうせてしまったのであった。

そうした報告を供の者からペンテウスが受けていると、突然に地を揺るがす大音響が発した。続いてカドモスの壮麗な館は、炎をあげて燃え出し、たちまちにして崩れ落ちていった。

そのさまを目のあたりにしたペンテウスは、あまりの驚きですっかり気がふれてしまった。そこへ、ディオニュソスが現れたのだ。神は穏やかに、ペンテウスも今晩、皆が行くキタイロン山へ、祭りを見に赴《おもむ》くようにとすすめた。そしてそこでは、女たちが酒に酔い、あられもない姿で踊り狂っているから、ペンテウスも王の装束で出かけるのはさしさわりがあろう。ひとつ、女装して行き、誰からも怪しまれることなく心ゆくまで物陰から眺め楽しむのはどうか、と。

気の狂ったペンテウス

なかば気の狂ったペンテウスは、喜んでディオニュソスの言葉に従った。彼は一同がすでに祭儀を始めた後から、女の姿となりこっそりとキタイロン山中に案内された。ペンテウスははじめ大木の陰から女たちの狂態を楽しんでいたが、枝が邪魔になり見づらい。ディオニュソスは、いっそのこと立ち木に登れば、祭儀のすべてが見わたせるからとしきりにすすめた。王は、勇んで木に登った。

神のいうとおり、そこでは何もかもが手に取るように見えた。しかし反対に、女たちからもペンテウスの奇妙な姿が見えたのである。なかでもペンテウスの母アガウエは、女たちの先頭に立っていた。しかもペンテウスが女装していたのと、夜の山中だったこともあって、母にはよもや自分の息子が立ち木によじ登り女たちを盗み見しているとは思いもよらないことだった。

おかしな人物が、祭儀に加わるでもなく木の上にいる、と叫ぶ女たちが、あっというまもなく押し寄せてきた。酔った女たちが総出で、掛け声も勇ましくその木を揺さぶりだした。ついに木は押し倒され、ペンテウスはもんどり打って転がり落ちるや、地に叩きつけられた。

わっと女たちが襲った。アガウエがまっさきに、ペンテウスの腕をつかんだ。女たちはてんでにペンテウスの身体を引きちぎり、血まみれの肉塊を宙に放りあげた。そのたびに狂喜乱舞して歓声をあげた。

祭儀を終え、宮中に戻ったアガウエや姉妹らは、無惨に引きちぎられたペンテウスの遺体に対面した。ことにいまや正気に戻った母は、息子への恐るべき神罰を、自らが実践してしまったことに気がついたのであった。

29 牡鹿に変えられたアクタイオン

言い伝えによれば、鍛冶の神ヘファイストスが、自分の妻アフロディテと愛人アレスの間にできた娘ハルモニアに、結婚祝いとして贈った呪いの首飾りは、それを受け継ぐ女たちに思いがけない不幸をもたらした。

すでに述べたように、最初の犠牲者はハルモニアの娘の一人のセメレだった。ゼウスの寵愛《ちょうあい》を受けたためヘラに嫉妬され、欺かれて雷火で焼死した。セメレから首飾りを受け継いだのがイノ。亡きセメレの子をひそかに養育しようとして、ヘラにより発狂させられ、我が子を殺し自分も海に身を投げた。次に同じ姉妹のアガウエが引き継いだところ、やはり気がふれて王位にあった息子を姉妹らと寄ってたかって八つ裂きにし、正気に戻ってから苦しみ抜いた。

四人姉妹のうち残るアウトノエは、このとき皆と一緒に甥に手をかけてしまった。それだけではすまず、次のような事件が起こり悲嘆にくれることになる。

アウトノエは、アポロンの息子で養蜂家《ようほうか》のアリスタイオスと結婚した。二人の間に、息子アクタイオンが生まれた。

アクタイオンは、成長すると狩りに熱中するようになった。その日も、真夏の暑さもいとわずテーバイの近くの山野を、獲物を求め可愛がっていた猟犬らと駆けめぐっていた。途中でさすがに喉《のど》が渇き、汗もひどいので森の中の泉に出かけた。

木《こ》の間《ま》隠《がく》れにその泉が見えてきたとき、ふと見るとたくさんの女たちがそこに群がっていた。どうやら、水浴びをしているらしい。アクタイオンが目を見張った瞬間、女たちに取り囲まれたなかに、ひときわ若く美しい女のうなじから背中のあたりが、ちらりと目に入った。

牡鹿に変身

すると突如として、さわぎ立てる女たちの声に交じり凜《りん》とした女性の声が響きわたった。

「私の裸を見たと、皆に言いふらすがよい」

アクタイオンが後じさりするまもなく、泉の水の飛沫《しぶき》が彼の全身にふりかかった。すると青年は、みるみるうちに頭から大きな角が生えだした。身体中、斑《まだら》の短い毛でおおわれ、あっというまにアクタイオンは牡鹿《おじか》に変身させられてしまったのである。

なんと、怒りで逆上したその女性は、狩猟の女神アルテミス。周囲の女たちは、女神につき添う山のニンフたちだったのだ。

アルテミスは、孤高を守る処女神だったから、恋の噂たえない女神アフロディテの対極にあるような生き方を貫いていた。人間の若者に、水浴中の裸身を覗《のぞ》き見されるなどもってのほか。恥辱と腹立たしさに耐えられなかったのである。そして女神の怒りは、アクタイオンを鹿に変えただけではおさまらなかった。

アクタイオンの猟犬たちに、主人を襲わせたのである。猟犬らは一匹の鹿が出現したのを見て、主人とは知らず本能的に襲いかかった。喉首《のどくび》にかみつき、その身をずたずたに引き裂いたが、アクタイオンはただ、鹿のいななきしか発せられなかったのだ。

大事な息子の哀れな死にざまに、母のアウトノエは、我が身もいっそのことほかの姉妹のように気が狂うか、一瞬のうちに炎に包まれ焼死できたらと願うほどだったに違いない。

母の苦しみに加え、やがてアウトノエは妻としての苦しみも味わうことになった。というのも以前から、夫のアリスタイオスには、自分よりも好きな女性がある様子だった。

なにしろ養蜂のために、夫も息子アクタイオンとは目的は異なるものの方々の山野へと、花の蜜《みつ》を求めて出かけていった。

夫はしばしば、暖かな南ではなく、最北のトラキア地方へ出かけるようになった。その一帯は確かに南とは異なり、深い森林におおわれている。森の中には、さまざまな花が群がり咲いているのであろう。

確かにそうだった。アリスタイオスはある日、トラキアの森の中で、無心に花を摘んでいたうら若い女性に襲いかかったのであるから。

女は、エウリュディケといって木の精で、人妻だった。しかも新婚まもないときで、その夫は歌の天才。アリスタイオスの父なるアポロンが感動して、黄金のリラを与えたほどの名歌手オルフェウスだったのである。

どこで見初めたのか、アリスタイオスはエウリュディケに恋していた。人妻と知りつつ、森の中で女ばかりだったのを幸い、レイプにおよぼうとしたのだ。エウリュディケは、死に物狂いで逃れようとした。足場の悪い森をひた走るうち、運悪く毒蛇を踏んでしまった。鋭い叫びをあげ、転倒したエウリュディケは、みるみるうちに蒼白になり、息絶えていった。ここからオルフェウスの長い悲劇が始まる（Ⅱ・42参照）。

森のニンフたちは怒り、アリスタイオスの飼っていた蜂を全滅させた。彼はその後テーバイには戻らず、酒神ディオニュソスについて遠くインドに行ったり、南エーゲ海で仕事をしたりした話が断片的に残っている。

30 ディルケの苛めと最期

スパルトイの妻たち

カドモスが国を興したとき、大地から誕生し臣下となった〝播かれた者たち《スパルトイ》〟の一族。その一人のエキオンは、カドモスの娘アガウエの夫となった。ここではじめて双方の血族が混ざりあい、彼らの息子がペンテウスだった。

彼が酒神ディオニュソスと争い、惨死した後、王位は遅ればせながらカドモスの息子ポリュドロスに移ったが、この王は短命で、亡くなったとき息子ラブダコスは幼少だった。そこで、ポリュドロス王の妻ニュクティスの父、ニュクテウスを摂政《せっしょう》につかせた。

ニュクテウスも、スパルトイ一族である。彼には二人の娘があった。うち一人はニュクティスだが、もう一人のアンティオペは、世にもまれな美貌の持ち主であった。

天上のゼウスは、ぜひともアンティオペを手に入れたいとまたしても考えていた。そしてあるとき、酒神の従者であるサテュロスに変身して現れ、たまたま屋外に出たアンティオペをまんまと自分のものにした。

アンティオペは、父の怒りを恐れこの事件をひた隠しにしていたが、やがて子供が出来ていることがわかった。彼女は発覚を恐れてひそかにテーバイを出、ペロポネソス半島の北、コリントス湾を挟み向き合った位置にあるシキュオンの国へ助けを求め逃れた。

シキュオン王のエポペウスは、快くアンティオペを庇護してくれたが、このことはすぐに父の知るところとなった。

摂政ニュクテウスは娘の不行跡を恥じただけでなく、スパルトイ一族で初の要職にあっただけにいっそうの責任感で打ちのめされた。彼は、弟のリュコスに摂政の地位を譲り、かつ娘をかくまったシキュオン国を軍隊で攻め、アンティオペを取り返してくれるように頼むと自殺し果てた。この彼は、アンティオペを誘惑したのはゼウスではなく、シキュオン王に違いないと誤解していたふしがある。

というのも当時は、このような不祥事が起こると、娘の相手は変幻自在で多情なゼウスのせいだと吹聴する者も多かったのである。

兄の遺言を守り、リュコスはシキュオン国を攻めた。エポペウス王は復讐のために殺され、問答無用でアンティオペは捕らえられ、テーバイに連れ戻されることになった。

その途中、キタイロン山の南のエレウテライまで軍と一行が戻ったとき、傷心のアンティオペはにわかに産気づいた。そして山の中で双子の男子を産んだ。

子供はただちに羊飼いの手に渡され、アンティオペはそのままテーバイへと引き戻された。新摂政のリュコスは、自分の妻ディルケにアンティオペを渡し、厳しく監視するようといった。

アンティオペを苛める

ディルケは、アンティオペとは正反対の女だった。容貌が醜かっただけでなく、底意地悪い性格で、もともとアンティオペが評判となりちやほやされるのをひどく憎んでいたから、ここぞとばかり苛《いじ》め抜いた。奴隷《どれい》同然に扱い、食物もろくに与えなかったので、憔悴《しょうすい》しきっていたアンティオペはやつれはてた。

時が流れ、これ以上我慢できなくなったアンティオペは、真夜中にテーバイを抜け出した。よろめきつつ、テーバイ市を囲む広大な平原をあてどなく逃れていくうち、いつしかキタイロン山に辿りついた。山の中ほどまで来て、もはや一歩も先へ進めなくなった彼女は、そのまま倒れて動かなくなった。

夜明けに、羊たちを放牧に連れ出そうとした一人の羊飼いが、みすぼらしい女が倒れているのに気がついた。抱き起こし、自分の小屋に連れていって介抱すると、ようやく女は気がついた。アンティオペは、親切な羊飼いの一家に助けられ、一命をとりとめた。しかしはやくも、リュコスと妻ディルケの追っ手がやってきた。彼らはくまなく山中を探すと、アンティオペを発見した。

ディルケは羊飼いたちを前に、アンティオペがいかにふしだらな女だったかを声高に言いつのった。そのうえ、かつてこの山を通ってテーバイへ連れ戻されたとき、産気づき夫のない双子の男子を産んだことまで語り嘲笑《ちょうしょう》した。

話を聞いた羊飼いたちからどよめきが起こった。なんとアンティオペを助けた羊飼いの家には、顔も姿も瓜ふたつの青年が、養親の羊飼いのもとで成長していたのである。

「ゼトスとアムフィオン、この青年たちは、貴女《あなた》の息子にまちがいない」と、老いた羊飼いは証言した。双子の息子は、侮辱され続けてきた母のもとに駆け寄った。それから有無をいわさずディルケを捕らえると、誰がなんといおうと離さなかった。彼らは、二頭の牡牛にディルケを縛りつけた。そして、牛が左右に分かれ走るように鞭《むち》を当てたのである。それから、夫のリュコスも殺した。

無残な死を遂げたディルケを、哀れむ者は誰もいなかった。唯一、酒神ディオニュソスが彼女を泉に変え、忌まわしい八つ裂きの死を清めてやった。

ゼトスとアムフィオン兄弟は、母とともにテーバイに迎えられ、その後まもなくして、アムフィオンは王位についた。

31 子供自慢のニオベとアエドン

アムフィオンとゼトス

アムフィオンがテーバイ王となってまもなく、彼は双子の兄弟ゼトスと力を合わせ、市の城壁を築く決意をした。

巨岩を積み重ねめぐらせる城壁は、常人にとり力の限界を超えた難工事であった。それでも日頃牧畜や武勇において優れた才能をみせるゼトスのほうは何とかこなせたが、王アムフィオンはもっぱら音楽を愛し、力仕事は苦手であった。ゼトスは内心アムフィオンを軽蔑《けいべつ》し、城壁の先行きを危ぶんでいた。

仕事にくたびれたある日、アムフィオンは楽器造りの神ヘルメスから授けられた愛用のキタラを取り出し、妙《たえ》なる音楽を奏《かな》ではじめた。するとどうだろう！　山なす巨岩がひとりでに動き出し、誰の手も借りずに順序よく積み重なっていくではないか。ゼトスはいまさらのように、音楽がもつはかりしれない霊力に打たれ考えを改めた。

兄弟は相談して、キタラの弦が七本張ってあったことから、城壁全体に七つの門を造った。

さて、繊細なキタラの名手、王アムフィオンは、いささか彼に似つかわしくない妻をもらった。否、家柄の点からいえば申し分のない相手。妻ニオベは、リュディア王タンタロスの娘である。

夫婦は七男七女もの子供に恵まれた。ニオベは、この一四人の子が自慢でならなかった。とうとう市の祭りの日に、集まった多勢の女たちを前に、妃は大変な失言をしてしまった。

その祭りは、テーバイでずっと昔から大切に執り行われてきた女神レートーに捧げる祭りだった。しかし他国から嫁入りしたニオベには、ひどく退屈で古めかしい祭りとしか思えなかった。

「だいたいが、レートーなどという古くさい女神なんか祀るに値しないと私は思うのです」

ニオベは地元の女たちに言い放った。さらに、

「レートーなんて、正式な夫ももたずに子供はアポロンとアルテミスだけじゃないの。そこへいくと私など、一四人もの子を産み育てたものだわ」

ニオベの暴言は、たちまち三柱の神の耳に届いた。レートーの息子アポロンと娘のアルテミスはただちに立ちあがり、矢をつがえた。その矢は一矢としてたがえることなく、ニオベの息子らに次々と命中した。

ちょうど市の広場で乗馬を楽しんでいた長男のイスメノスと傍らにいた弟のシピュロス、野原で四つに組み、相撲を取って遊んでいたタンタロスとパイディモスたち……。兄たちが矢に射抜かれて苦悶《くもん》に身をよじらせ、息絶えるのを見た末子のイリオネウスは、天に両手を差しあげてアポロンの名を呼び、私を殺さないで、と哀願した。しかし、矢は放たれた後だった。

子供自慢

兄弟たちの災難の知らせが王アムフィオンのもとへ届くと、彼は絶望して剣を引き抜くと、己が胸を刺し倒れた。妃のニオベはそれまでの強気はどこへやら、子供らの遺体の散らばるあちこちを駆けずり回り、抱きしめては悲嘆にくれた。

「血も涙もないレートーよ！　どんなにか満足なことだろう」

と、そこへ残された娘たちが駆け寄ってきた。その姿を見ると、ニオベはこういった。

「御覧、七人もの子を射殺されても、私にはまだ七人の娘がいるわ。私のほうがおまえより何倍もの子が」

言い終わらぬうちに、恐ろしい弓の弦《つる》が鳴り響いた。七人の娘たちは男兄弟と同じように、次から次へと倒れ、母の懐にしがみついた末娘までが、残酷な死を迎えたのである。それを目《ま》のあたりにしたニオベは、いつのまにか身体全体が硬直し、立ったままだった。

彼女は石と化し、その目からは、涙だけがとめどなく流れ続けた。

こうして、一四人もいたニオベの子供たちは全滅した。ところで、この子らがまだ元気で生きていた頃、アムフィオン王の双子の兄弟ゼトスの妻、アエドンもまた子供のことで事件を引き起こしている。

アエドンはゼトスの先妻テーベが早世したため、後妻として嫁し、イテュロスとネイスという二人の男の子に恵まれた。しかし兄嫁のニオベがことごとに一四人の子供自慢をするのに腹を立て、その子らを亡き者にしてやりたいと内心では思い続けた。

あるとき、ニオベの長男のイスメノスが、仲良しの自分の長男イテュロスのところに遊びにきた。そしてそのまま、イスメノスは泊まっていくことになった。

真夜中、憎悪に燃えるアエドンは安らかに眠っている子供たちの寝室に足音を忍ばせて入っていった。彼女の手には、短刀が握りしめられていた。暗がりを手探りして子供に近づき、アエドンは罪もないイスメノスを一突きした。

騒ぎが起こり、駆けつけた人々が灯《あかり》のもとで確かめたところ、アエドンは興奮のあまり我が子と、ニオベの息子の寝台をとり違えてしまったことがわかった。彼女は半狂乱となり、くる日もくる日も嘆き悲しんだ。そのあげく、彼女は神々に、もはや自分は人間ではないものにして欲しいと訴えた。ゼウスは、アエドンをナイチンゲールに変えたので、彼女はいまだに哀しみのこもった声で、イテュロス、イテュロスと鳴き続けている。

32 オイディプス

短命だったラブダコス、アムフィオンと続いた後、王座はラブダコスの直系ライオスにめぐってきた。

その少し前、スパルトイ一族から摂政が相ついで出、ディルケの事件で思いがけなくもアムフィオンが王座についたとき、直系のライオスはようやく成年に達していた。しかしアムフィオンとゼトス兄弟に勢いがあり、下手《へた》に動けばライオスは身の危険にさらされかねなかった。実際、ライオスは命を狙われていたのである。

そこで彼は、しばらくの間テーバイを離れることになった。ペロポネソス半島の西にある、ピサ王家のペロプス王のもとで世話を受けることになった。

ペロプスは、アムフィオンの妻ニオベの兄である。ニオベと同じくリュディアの生国を出、ピサ王国の一人娘ヒッポダメイアを手に入れたので（II・47〜48で詳述）彼はやがて王座を得た。ライオスがそこへ行ったのであるから、この件に関してはスパルトイ側とカドモス一族とは合意だったとしか思えない。

クリュシッポス

若きライオスは、ともかくそこで厄介になった。彼は、ペロプス王の息子クリュシッポスに、戦車競技のための戦車の操縦方法を教えて王の恩に報いていた。

このクリュシッポスという少年は、正妻ヒッポダメイアの子ではなかった。ニンフのアクシオケとの間にできた子で、しかも王にとり長男に当たった。ヒッポダメイアとの間にも実は後に著名な王となる三人の男子が生まれた。しかしペロプスは、自らも他国からこの王家に婿入りした事情もあり、同時にクリュシッポスが抜きんでて賢く、まばゆいほどの美少年だったこともあり、内心どうやらこの子を跡継ぎにと思っていたふしがある。

美しすぎたがために、クリュシッポスはライオスの愛を一身に受けた。その愛は戦車の操縦にとどまらず、しだいに度をすごし、少年の身に迫ってきた。拒めば拒むほど、ライオスの愛は燃えさかった。ついに分別を失い、少年をレイプするに至ったのである。

クリュシッポスは、自殺してしまった。父王ペロプスの怒りは凄まじかった。ライオスを呪い、彼の子や孫にまで代々の不幸が続くようにと祈った。

さて故国に戻りテーバイ王となったライオスは、遠縁に当たるイオカステと結婚したが、いつまでたっても跡継ぎの子が授からなかった。しびれを切らしたライオスは、デルフォイに参りアポロンの神託を伺った。すると、口にするのもおぞましい次のような神託がくだった――汝《なんじ》がもしも子を持てば、その子は父を殺し、母と交わって四人の子をなすであろうぞ。

ライオスは、それ以来深く用心して、イオカステとの間に我が子を持たぬようにした。しかしあるとき酒に酔い、禁を破ってしまった。待っていたように、イオカステに初めての子が宿った。

やがて生まれ出た子は、玉のような男の子であった。ライオスは恐れおののき、生まれて三日目の赤ん坊の踝《くるぶし》に黄金のピンを刺し通し、動けなくしたうえで羊飼いに命じキタイロン山に捨てさせた。

泣き叫ぶ赤子を野獣の餌食にするため山に担いできた羊飼いは、哀れな子を捨てきれず、ピンを抜くと自分の家に連れ帰った。それから急いで他国の羊飼いに渡し、王には命令を守ったと報告した。

一方、その羊飼いは赤子を連れ、故郷コリントスに戻ると、たまたま男子を欲しがっていた子に恵まれないコリントス王家に持って行った。王と妃のメロペは喜び、傷を負っていた不幸な赤子を〝オイディプス〟（腫《は》れ足）と呼んで可愛がり、育てあげた。

父の罪を背負ったオイディプス

オイディプスは、立派な青年に成長した。そしてある競技会で優勝したときのことだった。祝宴の席で、彼に負けた男が、オイディプスの両親はほんとうの親ではない、と言い放った。町では、そうした噂が流れていた。

オイディプスは両親に詰問した。が、王も王妃も、噂をきっぱりと否定した。それでも、オイディプスは納得できず、悩み苦しんだあげくデルフォイへと向かった。そこで、彼は驚愕《きょうがく》する。なぜならアポロンの神託は、両親が真実かどうかの答えはせず、かつて父ライオスにしたのとまったく同じ内容の返答を繰り返したからである。

オイディプスにわかったのは、この先自分が愛するコリントスの父王を殺し、母のメロペを犯し四人もの子をなすという予告であった。そのようなことなどついぞ考えたこともなかったオイディプスは、悲しみと怒りとで呆然自失してしまった。とにかく、そのような忘恩のふるまいだけは避けねばならない。二度とコリントスには帰るまい、と決意した彼は、いまきた道とは真反対の道を、逃げるように歩きだした。あてどもない無宿の身となったオイディプスは、なかば逆上したままパルナソス山のすそを一路東へと辿って行った。

その道がよもや、生まれ故郷テーバイへとつながっているとも知らずに……。

33 オイディプス王の苦悩

デルフォイの神託所があるパルナソス山のすそ道がつき、ダウリアの村近くまできたとき、オイディプスは三叉路《さんさろ》にさしかかった。そこは非常に狭い山道だった。しかも運悪く、反対方向から供の者に付き添われた立派な輿《こし》が一台やってきて、申し合わせたようにオイディプスの行く手を阻んだ。

怒り

輿には、いかにも気むずかしげな、立派な装束を身につけた初老の男が座っていた。当然のように、供の者の一人がオイディプスに道を譲るように命じた。元来が少々短気な性格だったうえに、予想だにしなかった我が身の変転に気が立ち、心すさんでいたオイディプスは、頑としてその場を動かず相手こそ譲るようにと言い張った。供の一人が、杖を振りあげオイディプスに殴りかかった。

オイディプスの、鬱屈した怒りが爆発した。若さにまかせ、彼は次から次へと供の者に報復した。彼らは五人までが息絶え、残る一人も重傷を負い倒れ伏したまま動かなかった。

それを見た輿の上の男は、オイディプスめがけ手にしていた鉾を頭上から突き立てようとした。オイディプスは男をつかんで輿から引きずり下ろすや、恐ろしい力で大地に叩きつけ死なせた。

吐く息も荒々しく、狂人さながらとなったオイディプスは、足早にダウリアを立ち去っ

ドミニク・アングルに基づく
《スフィンクスの謎を解くオイディプス》

た。東へ、東へ。道はいつしかポーキス地方の山岳地帯を抜け、ボイオティアの広大な平原に出た。オルコメノスからハリアルトスへ。その町を出てすぐに、田野にぽつりとあるスフィギオンの小山にきた。

そこに、旅人を足止めする怪物のスフィンクスが陣取っていた。上半身が乙女の姿、下半身はライオンというこの妖怪は、通行人に謎をかけては、解けなければ谷に突き落としたり、食い殺していた。

オイディプスをみると、スフィンクスはさっそく謎をかけた。――ひとつの声を持ち、四足、二足、三足となるものは何か。オイディプスは、それは〝人間である〟と答えた。人は赤子のとき四足で這い、長じて二足で歩く。老いては杖にすがるので三足となるのだ。初めて謎を解かれたスフィンクスは、絶望して谷底へ飛び込んだ。実はこのスフィギオンからさして遠くないテーバイ国では、被害者が続出したためスフィンクス退治を布告していた。そしてもしもやりおおせた者には、王亡き後に残された王妃イオカステを娶らせようと、王座まで約束していたのだった。

かくして流浪の身となっていたオイディプスは、若きテーバイ国王として市民の歓呼の声で迎えられた。むろんそこが、生まれ故郷であろうとは彼は知るよしもなく、彼とは生まれて三日目に別れたイオカステが気づくはずもなかった。

妃を我が母とも知らず、王座におさまったオイディプスは、またたくまに四人の男女、長男エテオクレス、次男ポリュネイケス、長女アンティゴネと次女イスメネの父となった。しばらくは、安泰な日々が続いた。

それから、疫病がはやりだしたのである。原因不明のこの病は、しだいに猛威をふるいはじめた。市民も動物も続々倒れていき、このままでは国の存亡も問われかねない事態となって、オイディプスはデルフォイへ神託を伺わせに二人の使者をつかわした。ライオス王亡き後に摂政をつとめていた、妃の弟クレオンと、名高い予言者ティレシアスである。彼らが神託を伺ったところ、テーバイには王殺しが、血の穢《けが》れも祓《はら》わず罪も償《つぐな》わずに暮らしている。その犯人を捕らえぬ限り疫病は治らない、というものであった。ライオスと供の者らは、道中で山賊に殺されたと、六人のうちただ一人、命からがら生還した男が証言していたから、予言を知らされた人々は大いに驚いた。

オイディプスも躍起になり、市内に潜んでいる王殺しの犯人追及に乗り出した。すると予言者のティレシアスが、犯人探しは身の破滅となるから、ただちにやめるよう進言した。その言葉に、オイディプスはかっとなった。これはもしかしたら他所者《よそもの》の自分を王座から引きずり下ろすためのクレオンと予言者が仕組んだ罠《わな》だったのかもしれないぞ。神託に名を借りて彼らは自分に罪を着せることを思いついたのだ！

クレオンと争う

クレオンと激しく言い争うオイディプスに、板挟みとなったのは妃イオカステだった。彼女はオイディプスをなだめるうち、ここまできた彼の過去の話を聞き、また自らはライオス王が死に至ったときの男の証言について語った。ダウリアから半死半生で逃げ帰った男が、王座についたオイディプスの顔を一目見るなり、自分を遠くの牧場にやってくれと懇願し、王宮を去った、と。

ダウリアと聞き蒼白になったオイディプスは、すぐにその男を探すよう命じた。そこへ、コリントスから使者が着き、王が病死したのですぐ帰郷してほしいと述べた。オイディプスは、狂喜する。父王が病死なら、父殺しの予言は無効だ。

が、続いてオイディプスをキタイロン山に捨てた羊飼いが出現するに至って、堰《せき》を切ったように彼の素性が次々と明るみに出た。母でありながら妻となっていたイオカステは自殺、オイディプスは真実を見極められなかった己《おの》が目を何度も刺し、盲目となった。

34 テーバイ攻めの七将

オイディプスの息子たち

自らの目を突き、盲目となったオイディプスは、やがてテーバイ王国を追放されていく。杖にすがるかつての王には、娘アンティゴネが寄り添い、父娘《おやこ》はあてどのない旅にさまよい出た。

一方、空いた王座をめぐり、早くも残されたオイディプスの息子たちが争いを始めた。エテオクレスと、ポリュネイケス。彼らは、世にも不幸な運命に弄《もてあそ》ばれたオイディプスに同情もせず、恥多い自らの出生を市民らが噂でもちきりなのに対し恨《うら》みを抱いていた。それで、盲目となった父に人間の食物を与えなかった。

誇り高いオイディプスは、二人の息子に争い続けるようにとの呪いをかけてテーバイを去った。最初に、エテオクレスが王座についた。一年後にはポリュネイケスにその座を譲るとの約束のもとに。しかし、エテオクレスは取り決めを守らなかった。両者は激しく言い争ったが、ついにはポリュネイケスは命が危うくなり、しかたなくテーバイを去った。そうしてアルゴスまで行き、たまたまそこで、カリュドンという国から似たような事情で追放され逃れてきたテューデウスと王家の門前で鉢合わせしてしまった。

両者が険悪になっているのを知らされたアルゴス王アドラストトスは、彼らを中へ招き入れた。わけを聞いた王は、やがて両者に自分の二人の娘をそれぞれ与えることにした。

こうしてポリュネイケスは、はからずもアルゴス王家の人となったものの、兄エテオクレスの横暴に対しては腹の虫が治まらなかった。王座は、どんなことがあろうと、いまに取り返してみせるぞ！

ポリュネイケスは、自国テーバイへの攻略を王をはじめアルゴスの名だたる武将にもちかけた。その結果、アドラストトス王の指揮のもと、ポリュネイケスの王座奪回のため七つの門を攻める七人の将軍と、それらに続くアルゴス軍が立ちあがることになった。

そこへ、厄介な出来事が生じた。七将の一人アムフィアラオスは予言の能力があり、王の妹エリフュレと結婚していたが、彼がこの出征について予知したことは、アルゴス軍は敗走し、王以外の将はすべて死ぬということであった。アムフィアラオスは、みすみす死ぬとわかっての戦いに出征するつもりはなかった。

すると妻のエリフュレが、強引にテーバイ攻略を主張しだした。というのも、かつてポリュネイケスがテーバイから都落ちしたおり、彼はひそかに王家の代々の女人に引き継がれた家宝、かの〝ハルモニアの首飾り〟と〝ハルモニアの長衣〟を持ち出していた。その首飾りをエリフュレに見せ、しぶる夫の出征を促したのだ。この世に二つとない燦然《さんぜん》たる宝飾を目のあたりにしたエリフュレは、一も二もなく承知し首飾りをもらった。おまけに彼女には、万一兄のアドラストスと夫のアムフィアラオスが対立したならば、裁定をまかせるという取り決めが昔からできていた。

アムフィアラオスは、出征前に息子のアルクマイオンを呼び、父が戦死したら母のエリフュレを殺すようにと遺言した。

アルゴス軍とテーバイ

かくしてアルゴス軍は、怒濤《どとう》のごとくテーバイへと攻め上ってきた。これを迎え撃つテーバイは、王エテオクレスが同じように果敢な英雄の中から七将を選び、七つの門の内側に配した。それらを繋ぐ七つの塔にある城壁には、これも内部から屈強な兵士らが、投石用の大石や槍や刀、楯《たて》で武装し待ちかまえていた。

戦いの火蓋《ひぶた》が切って落とされた。熾烈《しれつ》な攻防が繰り広げられ、かのアムフィアラオスは東にあるホモロイダイ門を攻めた。好運にも敵将メラニッポスを討ったまではよかったが、その後はにわかに劣勢となり、追われて城壁のすそを流れるイスメノス河にさしかかったとき、突如としてゼウスの雷霆《らいてい》が炸裂《さくれつ》した。大地は割れ、彼は戦車ごと地中に呑《の》み込まれていった。

戦いは、なかなか決着がつかず、両軍ともにしだいに死者の数ばかりが増えていく。ついに協議の末、張本人同士であるエテオクレスとポリュネイケスの、一騎討ちで決着をつけることとなった。

第七の門ネスタイを挟み、実の兄弟が憎悪に燃え盛り、久々の対面をした。両者河原に出て向きあうや、身も竦《すく》む形相で睨《にら》みあい、互いの眼、顔面を狙って青銅の大槍を投げつけあった。かろうじて楯でそれらを防ぐと、すかさず剣が抜かれた。恐ろしい音をたてて打ちかわすうち、片方の者の足がすべり転倒しかければ、その者はすぐに河原の石をつかみ殴りかかる。

むごたらしい格闘が繰り返されるうち、ポリュネイケスが深手を負い地に倒された。のしかかり息の根を止めようとするエテオクレス。するとポリュネイケスは、最後の力をふりしぼり、下からエテオクレスの内臓を剣で突きあげた。

両軍が見守るなか、打ち重なった兄弟は、みるみるうちともにその顔には死相があらわれた。激戦が再開されると、アルゴス側の武将は次々と不慮の死を遂げた。アルゴス軍は形勢不利とみて遁走《とんそう》し始めた。エレウテライまで逃げてわかったのは、七将のうちでは王のアドラストスだけが生き残っていたことであった。

35 アンティゴネ

命がけの埋葬

アルゴス軍の敗退に、攻められたテーバイ市民は胸をなでおろした。しかし、王エテオクレスが、祖国に向かって弓を引いてきた弟ポリュネイケスと相討ちし果てたので、勝利を祝うどころではなかった。かわって王座には、かつて何度か摂政をつとめた、亡きイオカステの弟クレオンがついた。

彼はさっそくに、テーバイ市中に布告を出させた。そこには、かつての王エテオクレスについては、仕掛けられた戦いを受け国のため戦死を遂げたのであるから、国法において手厚く葬儀を行い埋葬する。しかしポリュネイケスのほうは、謀反を企てテーバイを陥れようとした者。たとえエテオクレスの兄弟とはいえ、その遺体は放置し、野ざらしの刑に処す、とあった。

これを知った妹アンティゴネは、捨ておけないことと立ちあがった。彼女はつい先頃、父オイディプスと放浪のはてにアテナイへ辿り着き、そこで父の最期をみとりテーバイに戻ったばかり。たちまちアルゴス軍が攻め寄せてきた。その結果、彼女は憎みあう二人の兄を同時に失った。河原に倒れ伏した血まみれの遺体を抱き、涙にくれたばかりであった。

いかに謀反人とはいえ、ポリュネイケスは血を分けた兄である。このまま放置しておくなどもってのほかだ、とアンティゴネはいい、妹のイスメネは、自分も気持ちは同じでも、テーバイ市民の一人としては法の定める掟に従わねばならないのではないか、とためらう。姉と妹は言い争い、やがてアンティゴネは家を飛び出していった。

ややあって、王クレオンのもとへ王宮の番人が息せき切ってやってきた。彼はディルケの流れとネスタイ門を望む近くの丘から、ポリュネイケスの遺体の見張り番をしていたが、明け方ほんの一瞬うとうとしてしまった。目をさましてみると、それまでむき出しで横たわっていたポリュネイケスの腐乱しかかった遺体に、いつのまにか土がかけられている。それればかりか若い娘が、泣きながら清めの水を注いでいるのを目撃し、有無をいわさず捕らえてきたというのだ。

王の前に引き出された娘をみると、姉イオカステの娘アンティゴネではないか。クレオンは思わず声を荒らげ、おまえはなにゆえに法まで犯すのかと詰め寄った。すると、

「死者は必ず埋葬されるべし、と仰せられたのは、大神ゼウス様ではありませんか」

アンティゴネは、少しも臆《おく》することなく言い放った。「私には、王のくだされた掟よりもゼウス様の定められた掟のほうが重大ですわ」

クレオンは逆上し、では死刑になってもかまわないのだな、とおどした。だがアンティ

ゴネはなおも平然として、あくまでも己が正義を主張し続け、暗《あん》に王座に君臨した叔父《おじ》への批判をやめようとはしない。

そこへ、王の息子のハイモンが駆けつけてきた。実はアンティゴネは、ハイモンの許婚《いいなずけ》なのだった。彼は、布告をみたテーバイの市民が、こぞって王を非難していることを伝え、王と許婚との対立をおさめようとした。が、かえって王の怒りに火をつけてしまった。クレオンは若い二人が結託し、自分を王座から追い落とそうとしているのではないかとまで疑う。ハイモンは、決然と席を蹴り出て行った。

それをみた予言者のティレシアスは、王に譲るようにと説得を始めた。さもなければ、この先あなたは不幸の追い討ちに会われましょうぞ、とまで予言したが、クレオンは自説を曲げようとはしなかった。

不幸な乙女

布告どおり、アンティゴネは法を犯した罪で捕らえられ、石牢の中に生きたまま閉じ込められて死を待つという、恐ろしい刑をくだされてしまった。

おお、なんという不幸な乙女ではないか。母と息子の間に生を得るという異様な出生を見、運命に弄ばれる父と苦悩をともにし、さすらい人の哀しみを味わった後に、兄弟のいさかいからうら若い女の身で死刑を宣告されるとは……。テーバイ市民は、引かれていくアンティゴネを涙ながらに見送った。このとき、妹のイスメネは自ら王の前に進み出て、自分も姉の共犯だと述べたが、アンティゴネは気丈にも妹の偽証を退けた。

予言者のティレシアスは、王に向かってこういった。「王よ、あなたの頑迷は、あなた自身の子の死によって救われることになりましょう」

常に確かな予言を的中させるティレシアスの言葉が、いまようやくクレオンを動かした。にわかに不安を覚えた王は、アンティゴネを閉じ込めた石牢へと急いだ。

そこには、恐ろしい形相で父を睨みつけ、刀を振りあげ迫ってくるハイモンがいた。その奥には、天井から縊れ死んでいるアンティゴネの姿があった。すんでのところで、切りかかるハイモンの刃《やいば》を逃れた王は、次の瞬間、その切っ先を己が胸に突き立て、くずおれていく息子の最期を見ねばならなかった。

知らせを聞き、王妃エウリュディケが駆けつけてきた。そして無残な姿となった息子とその恋人を見るや、彼女はその場で胸を刃で貫き、息絶えてしまったのであった。

36 ナルキソスとニンフのエコー

テーバイ市から十数キロ西に、テスピアイという町があった。そこに、並はずれた美貌に恵まれたナルキソスという名の少年がいた。

彼の父は、豊かな水量でボイオティアの野を潤しつつ、悠々と流れるケフィソス河の河神、母は森のニンフのレイリオペだった。

ナルキソスが誕生したとき、テーバイの名高い予言者であるティレシアスは、生まれたばかりの赤ん坊をみて不思議な予言をした。

――この子は、己が身を見ないかぎり、長生きするであろう、と。

鏡というものがない時代のこと、ナルキソスは自分の容姿を見ることもなく、すくすくと育った。そうして早くも少年の頃から、人の噂にのぼるほどのたぐいまれな美しさを発揮しはじめた。そのためたくさんの女たち、男たちからも恋い慕われたが、彼は誰に対してもやや尊大な、冷ややかともとれる態度で接し関心をみせなかった。

ニンフのエコー

そんなナルキソスに恋をした者のなかに、森のニンフのエコーがいた。彼女は日夜、彼の面影を胸に思い浮かべては焦がれた。

ところがあるとき、エコーは大神ゼウスが妃ヘラの目を逃れて、とある女性との逢瀬《おうせ》を楽しんでいるのを目撃した。エコーは持ち前のおせっかい癖とおしゃべりな性格から、急いでヘラのもとへ行き、女神の気をそらせようとして喋りに喋った。ヘラがとりとめのないエコーの話に気を取られているうちに、ゼウスはまんまと思いを遂げたのであった。

このことが、後になりばれてしまった。ヘラは怒り狂い、エコーに思い知らせてやることにした。それは、二度と勝手なお喋りができなくなったばかりか、彼女が口をきくときは、相手の言った言葉の終わりを繰り返すだけにしたのであった。

皮肉なことに、エコーがナルキソスと森の中でばったりと出会ったのは、この後のことであった。おりからナルキソスは狩りの最中、仲間とはぐれたので、「おおい」と叫びながらあちこちを探し回っているときであった。

エコーは無我夢中で彼の後をつけた。見れば見るほど、えもいわれぬ彼の輝かしさ、美しさに、彼女は圧倒されかかっていた。しかしなんとかしてこの機会に声をかけ、熱い想いを告げなければ、と勇気を振るったのだ。

「おおい」とエコーはナルキソスを真似た。「誰かいないのか」「いないのか……」「こっちへこいよう」「こいよう……」

驚いたナルキッソスと、目が合った。「君は誰なの」「……誰なの」と語尾を繰り返すエコーをまぶしい瞳で一瞬みつめたナルキッソスは、急いで背を向けると去ってしまった。

エコーは打ちひしがれ、いくら後悔し嘆いてもどうにもならなかった。それでもなお悩み苦しみ、それがもとで日に日に衰弱していった。ついには肉体が消えうせ、声だけが残ったのである。それでいまだに、彼女は森陰や谷間にいて、誰彼となく、人の声が聞こえると末尾を繰り返しては答えている。

ナルキッソスに恋をして、エコーのような目に遭った者は、少なからずいた。しかしナルキッソスは、まったくといってよいほど、彼の犠牲者たちに同情を覚えなかった。

相変わらず森に入り、狩りに熱中していたある暑い日、日ざかりのなかを駆け回った彼は喉の渇きに耐えられなくなり、泉の傍らに身を横たえ水に口をつけようとした。

清らかに澄んだその水の中には、これまで彼が見たこともない青年がいた。青年は同じように大理石の彫像のように美しい身を横たえ、甘美きわまりない唇を彼のほうへと寄せてきた。

ナルキッソスは、思わず知らず水の中へと手を差し伸べた。するとその青年は、あっというまもなく水泡の中へと掻《か》き消えていった。激しい胸の動悸《どうき》をおさえかね、ナルキッソスは深閑とした森の中でしばらく呆然自失していた。生まれて初めて、彼は恋に落ちたのであった。

それからというもの、ナルキッソスは毎日森の泉に通ってきた。大好きだった狩りにすら興味を失い、ましてや彼に言い寄る有象無象《うぞうむぞう》の煩わしさときたら……。氷のように冷淡な男、と以前にもまして彼は批判されるようになった。

ナルキッソスは、それどころではなかった。泉の中の青年への想いは、叶えられないぶんだけさらに募った。泣いても叫んでも、いくら口説いても相手は応えようとはせず、それでいてナルキッソスが訪ねればいつだって水の中に現れ出る。

ナルキッソスは、はた目にもわかるほどやつれていった。とうとうある日、望みを失った彼は泉のほとりに横たわったまま、自殺し果ててしまった。

森のニンフたちは嘆き悲しみ、声ばかりが残ったエコーは、人々の哀悼の言葉を繰り返し続けた。

しかし、葬儀の仕度がととのえられて遺族が棺《かん》を運んできてみると、泉のほとりに彼の遺体はなく、そこには我が身にじいっと見入っているかのような水仙の花が一輪、花開いているばかりであった。

37 アポロンの悲恋

予言を司るアポロンのもとには、年若い多くの巫女が仕えていた。

祈願者がデルフォイへやってくると、巫女は彼がその日に神託を受けてよいかどうかの結果を犠牲獣の様子によって見定め、可となれば授託の仕度を始めた。

カスタリアの泉で身を清め、アポロンの神殿に入る。次に炉で大麦と月桂樹《げっけいじゅ》の葉をいぶし、地下から吹き出す瘴気《しょうき》を吸い込むと、鼎《かなえ》の上にのぼって錯乱状態となり、アポロンのお告げをきれぎれの言葉で口走った。

巫女に失恋

アポロン神とは常に一心同体。しかし、巫女は清らかに身を保つ処女でなければならなかった。それなのに、恋多きアポロンは巫女の一人のシュビレに恋をしてしまった。しかしシュビレは身持ちが固く、言い寄るアポロンをかわし続けた。

業《ごう》を煮やした神は、それでもなおこう言ってシュビレの心をそそろうとした。

「よいか、私はおまえのために永遠の命と永遠の若さを授けてやろう」

シュビレは、それを聞いてもまだ首を縦にふらなかった。アポロンは、冷ややかな怒りに浸《ひた》されながら、シュビレに約束の贈り物をととのえた。その際、神は〝永遠の命〟は与えたが、〝永遠の若さ〟は省略した。

時がたち、シュビレは老いたが、命は終わることがなかった。さしもの美貌もいまはみるかげもなく、親しかった者は次々世を去って、彼女は天涯孤独だった。死にたい、死にたい、というのが口癖になってしまった。

ところで〝不死なる〟神々のうちでも、アポロンは永遠の若さを誇る青年神の姿で常に表される。そのうえ、十二神随一の美しい容姿をもち、かつ理智的な神として崇《あが》められた。そうでありながらなぜか、女性との恋はうまくなく、神の思惑どおりに事が運ばないのである。

美少女ダフネとの恋もまた、切ない成りゆきであった。ダフネは、すらりと伸びた手足はまるで少年のよう。活発で、いつも森の中を走り回っていた。アポロンは彼女を追いかけたが、ことごとく無視されてしまう。

アポロンは強引になってしまい、ついには無理やりダフネを捉《とら》えた。するとダフネは、森を流れる父のペネイオス河神の名を絶叫し助けを求めた。とたんに、彼女の手足から緑の小枝が生え出し、胴体は幹になって、たちまち一本の月桂樹と化してしまった。

それでもあきらめきれなかった神は、月桂樹の枝を折り、自分の額に巻きつけた。

さらにテッサリアでは、コロニスという女がアポロンと恋仲になり神の子を宿した。が、あろうことか、身ごもったコロニスが人間の男イスキュスと通じ、大胆にもふたりは結婚することになった。これを聞いて逆上したアポロンは、ただちに弓に矢をつがえると一矢でコロニスの胸を刺し貫いた。絶命した彼女の胎内から赤子を取り出し、ケンタウロスに養育させたところ、この子は後に医神アスクレピオスとなったのである。

アポロンはまた、トロイアの王女カッサンドラにもまだトロイア戦争が起こる以前に言い寄った。神は、彼女に予言術を授けよう、と囁《ささや》いた。

カッサンドラはたいそう知的な美女だったので、喜んで予言の方法を学んだ。が、技術をすっかり身につけてしまうと、彼女はにわかによそよそしくなり神に背中を向けてしまった。

ここでもアポロンは、冷酷な仕返しをしている。つまりカッサンドラは、予言はできるようになったものの、誰ひとりとしてそれを信じる者はいないようにしたのである。

やがてトロイア戦争が始まった。戦いは膠着《こうちゃく》状態を繰り返し、延々一〇年も続いたが、ついに決着がつけられるときがきた。

英雄オデュッセウスが巨大な木馬を造り、内部に精鋭の兵士を隠し入れ、ギリシアは総退却したという大芝居を打って、トロイア側をだまし討ちにする計略を立てたのである。

（Ⅳ・88参照）

これを知ったカッサンドラは声を嗄《か》らして、木馬を城内へ引き入れるなと叫んだが、トロイアの人々は誰ひとりとして彼女の予言を信じる者はいなかった。

トロイアは陥落し、猛火と殺戮《さつりく》のなかで滅亡していく。そしてカッサンドラは、敵将アガメムノンの妾《めかけ》として分配され、凱旋した彼の居城に辿り着いたところで、待ちかまえた王妃に惨殺された。そのような悲惨な自分の運命をアポロンのせいですべて予知するはめになったのであった。

アポロンの身も心も愛し満たしてくれたのは、アミュクラエの美少年ヒュアキントスであった。

互いにひとめ惚《ぼ》れでたちまち相思相愛の仲になった両者は、片ときも離れなかった。アポロンは身分を忘れエウロタス河で彼と魚取りに興じたり、葦《あし》の茂みのなかで愛をかわしたりした。

タイゲトス山の麓《ふもと》で円盤投げに興じたときのこと。アポロンが投げた円盤が、誤ってヒュアキントスの額を直撃した。大地に倒れた少年はアポロンの腕の中でみるみるうちに青ざめ、帰らぬ人となった。その血が流れた地面には、その名のヒアシンスが咲き出でたのである。

38　カリュドンの大猪狩り

女神アルテミスの呪い

コリントス湾に面したカリュドンの王オイネウスの妃は、名をアルタイアといった。息子のメレアグロスが生まれて七日目のこと、まだ産褥《さんじょく》にあったアルタイアの前に運命の女神モイラが現れ、炉の中でさかんにはぜている燃え木を指すと、これが燃え尽きれば赤子の命も終わるであろうといって消えた。アルタイアは跳ね起きてその火を消し、燃えさしをひそかに箱にしまいこんだ。不吉な予言は、母の胸の奥底で守られ、メレアグロスはつつがなく成長した。彼は武術にたけ、ことに投げ槍にかけては、ギリシア一といわれた。

ある年、王家では、思いがけない事件が起こった。おりしも秋の実りのとき、オイネウス王は、カリュドンの豊かな野で育った初穂を王宮に祀る八百万《やおよろず》の神々に捧げてまわったが、なんとしたことか、狩りの神アルテミスにだけ供物を忘れてしまった。ないがしろにされて怒ったアルテミスは、野に化け物のように巨大な猪を放った。猪は田野を荒らしまわり、家畜や人間を突き倒して殺し、家屋を破壊して人々を恐怖のどん底にたたき込んだ。王はギリシア全土にふれを出し、大猪狩りの勇者をつのり、猪を退治した者にはその皮をあたえると約束した。我こそはとカリュドンに集まった英雄は、スパルタの双子の英雄カストールとポリュデウケス、アテナイのテセウス、イオルコスのイアソン、サラミスのテラモンなど武勇を誇る強者ぞろい。もちろんメレアグロスも、母方のプレウロンからも二人の叔父が加わって総勢一八名となった。

王は遠来の勇士たちを九日間の饗宴《きょうえん》でもてなした。そうしていよいよ出発という段になり、並み居る英雄たちの中へ、アルカディアの山で野生児同様に育った少女アタランテが加わろうとした。「年若い女など、とんでもない足手まといだ」と男たちは口々に反対した。が、手慣れた弓矢と投げ網を持ち、輝くような金髪をひるがえして疾走する、まさに女神アルテミスにも似た美貌に心奪われたメレアグロスは、皆を無理矢理説得してアタランテを一行に加えた。こうして一同は大猪を追い、高台の王宮を取り巻く広々とした野を越え、湖沼を渡り、いつしか昼なお暗いカリュドンの森の中に突き進んでいった。

神話にも「幾百年来斧ひとつ入ったことがない」と語られるカリュドンの森は、今でも、南に陽光きらめくコリントス湾を望む王宮址《あと》の高台があるが、その北に、アケロオスとエウエノスという二つの大河に挟まれ青黒い太古の姿を見せている。

さて、大猪の足跡をつけていた猟犬がはげしく吠えだしたのは、葦や川柳が生い茂った谷底で、一同が振り向くまもなく、想像を絶する巨体が赤い目を光らせ、木々や草をなぎ倒し、犬を蹴散《けち》らして突進してきた。男たちはてんでに、狂ったように走り回る猪めがけて投げ槍を投げつけ、弓を放った。しかし、ある者の槍は空しく地に突き刺さり、ある者の弓矢は、同士や罪もない猟犬にあたり、傷を負わせた。猛り狂った巨体の牙に突きあげられたヒュレウスは、地にたたきつけられて絶命し、それをみて両刃の斧をふりかざしたアンカイオスは、脇腹をえぐられ無惨な姿で息を引き取った。ネストールは槍を杖として大枝にしがみつき、間一髪で命拾いをした。

大猪の最後とその後の悲劇

しかし、ついに最初の矢が命中した。射手は皮肉にも、皆が不承知だった少女アタランテであった。彼女は突進する猪の背後に回り込み、弓を引いた。矢は猪の背をかすめ、首筋に深く刺さった。それをみたメレアグロスは、すぐに二本の槍を放つと、一本が剛毛逆立つ背中を貫いた。さすがの猛獣も口から血の泡を吐き、方向を見失ってその場で回りはじめた。メレアグロスはすかさず剣で深々と止《とど》めを刺した。たちまち皮が剝がされ、頭が切り離された。彼はそれらをうやうやしく少女にさしだしていった。「世にも勇敢な方よ、これこそ貴女への褒美《ほうび》です」

見守っていた勇士の輪の中から、メレアグロスの叔父プレクシッポスが飛び出すと、アタランテの手から猪の頭と毛皮を奪い取った。ほかの男たちもいっせいに不服を述べたてたが、メレアグロスは無礼をはたらいた叔父に飛びかかった。二人は組んずほぐれつして争い、逆上したメレアグロスは、短剣で叔父を突き殺した。一方、大猪をしとめたという噂は、たちまち王宮と町に広がった。母のアルタイアは息子の無事と手柄に有頂天となり、神々に感謝の祈りを捧げようとしていた。そこへ、変わりはてた遺体が次々に運ばれ、その中に里方の兄弟プレクシッポスがまざっているのをみて、仰天した。わけを問うと、こともあろうに若い女が原因で、わが息子が身内を刺し殺したのだという。アルタイアの頭の中が真っ白になった。激しい怒りと恥辱に耐えられず、我を忘れた王妃は、部屋にとってかえすとメレアグロスの命の燃えさしを取り出し、火に投じた。

メレアグロスは突如として倒れた。みるみるうちに死相が顔をおおっていく。王妃は激しい後悔にさいなまれ、息子や兄弟の葬儀もまたずに自ら首を吊り、後を追った。メレアグロスの妻クレオパトラまでが、同じように亡くなり、メレアグロスの姉妹たちは、相次ぐ親しい者たちの死を果てしなく嘆き悲しんだので、女神アルテミスは彼女たちをホロホロ鳥に変えたという。

39 波乱万丈、異郷のペレウス

義兄弟殺しの罪で生地アイギナ島を追放され、遠くテッサリア地方の南にあるプティアに流れていった若き英雄ペレウスは、いっときその地に安住したかにみえた。

というのも、プティア王アクトールの計らいで、息子のエウリュティオンがペレウスの血の穢れを清めてくれたうえ、娘のアンティゴネと領土の三分の一を与えてくれたからだった。二人の間には、娘ポリュドーラが誕生し、久々の平穏が訪れたのであった。

しかしこの後、前述の〝カリュドンの大猪狩り〟が行われたのである。

ペレウスは勇士の一人として、世話になったエウリュティオンと一緒に同じ中部ギリシアの真反対にあるカリュドンにはせ参じた。

そこでは、別れ別れになっていた兄のテラモンもサラミス島から参集していたので、ペレウスは再会の喜びにひたり、意気揚々とほかの英雄とともに大猪狩りに挑戦したのだった。しかし不運なことに、猪を追い続けていた最中、ペレウスが投げた槍は猪に当たらずエウリュティオンを貫いてしまった。エウリュティオンは帰らぬ人となり、ペレウスは心ならずも恩を仇《あだ》で返したことになってしまった。どうあってもプティアの宮廷にはいたたまれず、妻子を残したまま、隣国のイオルコスまで逃れていった。

イオルコスでは、ちょうど先王ペリアスがイアソンの異国妻メディアに殺され（Ⅲ・65～69参照）、その息子アカストスが跡を継いだばかりであった。

アカストスは快くペレウスを受け入れ、すぐにペレウスの血の穢れを祓ってくれたので、彼はおりから亡き王のため催された、大葬礼競技に参加した。各地から名だたる勇士がやってきて、五種競技や戦車競争に出場したが、そのなかに何と、カリュドンでの大猪狩りに加わって男顔負けの働きをし、同時に男たちの争いのもとにもなってしまった紅一点、アルカディア育ちのアタランテがいたのである。

アタランテとペレウスは、パンクラティオン（相撲に似た格闘技）で組みあい、アタランテが勝ってしまった。

そのとき、ペレウスの一挙手一投足を燃える目でみつめている女がいた。新王アカストスの妻アステュダメイアだった。機会を待ち受けていた彼女は、やがてひそかにペレウスに近づき逢い引きに誘った。

しかし、ペレウスにはその気がなく、恩あるアカストスに合わせる顔もないので、アステュダメイアの誘いを断った。彼女はペレウスの冷たい仕打ちを恨んだ。そしてわざわざプティアに残された妻アンティゴネのもとへ書簡を送らせた。そこには、ペレウスがアカストスの娘の一人ステロペと結婚しようとしている、と書かれていた。

兄を殺され、娘と置き去りにされていたアンティゴネは、たびかさなる夫の不始末を嘆き、自殺してしまった。それでも気持ちが晴れなかったのか、アステュダメイアは夫アカストスに、ペレウスが自分に情交を迫ったと訴えた。

これを聞いたアカストスは、宮廷に迎え入れ罪まで清めてやった男に、自らの手をくだすのをはばかり、別の方法で片付けようと思った。そしてペレウスを、すぐ近くにそびえるペリオン山での狩りに誘い出した。

そこで優秀な狩人を集め、獣を捕る競技会を開催した。ペレウスは次々と獣を倒し、その舌を切り取っては袋に入れた。競技者らはペレウスにとてもおよばないとわかったので彼が捕っては放置した獣を自分たちの獲物に加えた。それから、獣を担いでいないペレウスをあざ笑った。が、最後にペレウスがおびただしい獣の舌を出したので、ペレウスの勝利に終わってしまった。

アカストスはまた、ペレウスが山の中で疲れて眠り出すとその刀を牛糞《ぎゅうふん》の中に隠し、彼を置き去りにした。ペリオン山は半人半馬ケンタウロスの住みかだったので、ペレウスは野蛮な彼らに取り囲まれてしまった。が、間一髪というところで、ケンタウロス族の名高い賢者ケイロンに救われた。

ペレウスはようやく、アカストスの陰謀に気づいた。妻のアステュダメイアが仕組んだひきょうな仕返しも発覚するに至り、ペレウスの怒りは頂点に達した。

彼は、復讐の念に燃え一人の英雄を訪ねた。その名は、イアソン。彼はアカストスの父ペリアスに父の王座を奪われ、それを取り戻すために辛酸《しんさん》をなめた。ペリアスが王座と交換条件に出した異国コルキスにあった金羊皮を約束どおり奪ってきたにもかかわらず、ペリアスは王座を渡そうとはせず、怒ったイアソンの妻メディアが王を煮殺してしまった。するとたちまち息子のアカストスが王座を継ぎ、イアソンは王殺しだと喧伝《けんでん》されてしまっていた。

このような事情から、両雄は意気投合した。かつての航海仲間だったスパルタの双子の英雄カストールとポリュデウケスを応援に頼み、彼らはイオルコスの国を破壊しつくした。またアステュダメイアは、八つ裂きにした。ペレウスは彼女の四肢を道に撒《ま》き、その間を軍隊が通り抜けて、市中へと勝利の行進をするよう取り計らったのであった。

40 ペレウス、テティスと結婚

海の女神テティスとの結婚

ペレウスは、イオルコスの町を滅ぼした後再びプティアに戻った。そこには、かつて自分を迎え入れてくれた老王アクトールも息子のエウリュティオンもすでに亡くなり、妻は自殺し果てていた。ペレウスが、いつ、どのようなかたちで王座についたのかはわからないが、少なくとも彼がテティスを見初めたときはプティアの王だった。

テティスは、海の女神である。海洋の古い神で〝海の老人〟と呼ばれるネレウスと、ドリスの娘の一人だった。彼女は両親が海底に住んでいたので、ヘラに愛され、育てられた。たいそう愛くるしく、心優しい娘だったので、実は後にヘラの夫となったゼウスからもポセイドンからも求婚されていた。

しかしゼウスは予言により、テティスとの子はゼウスよりも偉大になると知ったため結婚をあきらめた。一説によれば、テティスが育ての親ヘラに妻の座を譲ったともいわれる。

そこでゼウスは、テティスを人間の男に与えることに決めた。この神意をペレウスが知ったのは、ペリオン山で彼の危機を救ってくれた賢者、ケンタウロスのケイロンに聞かされてのことだった。

ケイロンは彼に、テティスを捕らえるには、どんなことがあろうとどこまでも絡みついて彼女の身体から手を放すな、と教えた。ペレウスがテティスを追いかけたところ、女神はさまざまに変身し、逃れようとした。火、水、それから蛇、ライオンと野獣に変身してしまう。

ペレウスは、ケイロンの教えを守り、変身するテティスにしがみついたまま、てこでも離そうとはしなかった。女神はついに、ペレウスのものになることを承諾した。

ふたりは、ペリオン山中で結婚式をあげた。神々はこぞって集まり、祝宴を張った。アポロンが竪琴を奏でれば九柱のムーサらが踊り、ほかの神々はやんやと囃《はや》し立てた。このときケイロンはペレウスにトネリコ製の立派な槍を贈った。ポセイドンは、双子の神馬バリオスとクサントスを贈っている。

祝宴は華やかななかにも、和気あいあいとした雰囲気のうちに繰り広げられていた。と、そこへ、思いもかけない贈り物が投げ込まれたのだ。

一個の、黄金のリンゴだった。これを投げたのは、当日祝宴に招かれなかった争いと不和の女神エリスだった。一同、何ごとかと見ると、そのリンゴには〝これを最も美しい方へ〟と書かれていた。

すぐさま、ゼウスの妃ヘラが、リンゴは自分のものだと名乗り出た。続いて女神アテナが、女神アフロディテが同じように主張し、互いに争い始めた。せっかくの結婚式の祝宴も台無しになりそうな気配。そこで、使神ヘルメスが、〝最も美しい女神〟の審判者にパリスを選び、彼はアフロディテを選んだ。（この話はⅡ・50に続く）

アキレウス

さて無事に夫婦となったペレウスとテティスに、玉のような男の子が生まれた。その名は、アキレウス。後に、トロイア戦争で最も名を馳せる若き英雄となる。

神なる不死身のテティスは、人間の男の〝死すべき身〟の血を受けたアキレウスを、不死身にしようとひそかに図った。夜な夜な赤子を火にかざし、死すべき身を焼きつくしては神々の食すアンブロシアを塗った。

ある夜、ふと目ざめたペレウスは、赤子が火で焼かれているのをみて大声をあげ、テティスの手からアキレウスを奪い取った。夫婦は激しくいさかい、これがもとでテティスはペレウスを捨てると、水のニンフのもとへと帰ってしまった。

ペレウスはしかたなく、アキレウスをケイロンに預け養育を頼んだ。

テティスは二度とペレウスのもとへは戻らなかったが、アキレウスのことはいつも心にかけた。息子が年頃になりかけた頃、トロイア戦争に駆り出されそうな雲行きとなった。ところが予言を伺うと、彼は戦場に果てるさだめだと出た。テティスは青ざめ、息子を女装させ、王女ばかりのスキュロス島の王リュコメデスに預けた。

　しかし使者となった英雄オデュッセウスがやってきて、王女らへの贈り物を披露してみせたとき、女装したアキレウスがばれてしまった。なぜといってオデュッセウスは、女の好む衣裳《いしょう》や化粧品、お手玉などの中に槍を一本だけまぜておいたのだ。アキレウスは、思わずそれに手を伸ばしてしまったというわけである。

　出陣が決まったとき、テティスは鍛冶の神ヘファイストスのもとへ走り、夜を撤してアキレウスのための最強の武具を注文、完成させた。女神も、母の心は人間と少しも変わらなかったのであろう。

　晩年のペレウスは、孤独だった。アキレウスが戦場で名声を高めていた頃、しきりにアカストスの息子らに命を狙われた。それで、彼はプティアの王宮を去り、コス島に逃れた。そこでアキレウスの息子ネオプトレモスを頼ったとも、アカストスはなお生きていて、彼に捕らえられたのをネオプトレモスに救出され、孫の王国をもらい受けてから世を去ったとも、伝承はまちまちになっている。

41 妻を身代わりにしたアドメトス王

ペライの王

イオルコス王国の南西、二〇キロと離れていないところにあるペライの王は、名をアドメトスといった。

この王には、神アポロンと浅からぬ親交があって、しかも神のほうが下僕《げぼく》として人間の王に仕えるという、珍しい関係であった。

それにはわけがあった。かつて、アポロンの息子の医神アスクレピオスが、いったん死んでしまった人々を次々に蘇生《そせい》させたことから、黄泉の王ハデスは怒り、ゼウスに訴えた。ゼウスは、雷霆を放ち掟を破った医神を滅ぼしてしまった。その雷霆造りにいそしんだ、一つ目巨人のキュクロプスらを、アポロンは復讐のために殺した。ゼウスはアポロンに、罰として一年間、アドメトス王のもとで奴隷として働くことを命じたのだった。

この頃、王はまだ独身であった。屈辱的な立場におかれたアポロンに対し、王は好意的かつ親切にふるまったので、誇り高いアポロンはなんとか一年を乗り切ることができた。

そして王が、後にイオルコスの王座を義理の兄弟から奪うペリアスの娘、アルケスティスと結婚したがっているのを知り、手助けをしてやった。

それというのもペリアスは、娘を望む男たちに難題を持ち出していた。戦車を、ライオンと猪とで一緒に引かせて走らせることのできる男なら、娘をやろうという、とてつもない条件だったのである。

これを聞いたアポロンは、ライオンと猪とを調教した戦車を王に用意してやった。それに乗ったアドメトスは、首尾よくアルケスティスを手に入れることができた。

ところが結婚後しばらくして、王はまもなく若死にする運命であることがわかった。夫婦の子供二人はまだほんの幼子で、王も王妃も狼狽《ろうばい》し、アポロンにまたしても助けてほしいとすがりつくのだった。

神もなんとか救ってやりたいと思ったが、死すべき定めの人間の運命を勝手に左右することは許されない。ゼウスに滅ぼされた我が息子が、よい例であった。

アポロンはそれでも捨ておけないので、思案の末、まず三柱の運命の女神たちを酒で酔わせた。そうしておいて、誰か王の身代わりとなって死ぬ者さえあれば、王の命は助けようという約束を取りつけたのであった。

これをアポロンから聞いた王は、まさに刻一刻と病状が思わしくない方へと変わりつつあったので、必死になり身代わりを探し始めた。まず最初に思いついたのは、日頃、王様のためならいつ何どきであろうと、命など投げ出しても少しも惜しくなどありませぬ、と言い続けている臣下たちであった。

多勢とはいわぬ、たった一人、誰かが申し出てさえくれればそれで済むこと。――それなのに、王が身代わりを頼むと一人残らず理由をつけては辞退を申し出るのだった。口先だけの、頼りにならない奴らめ！　アドメトス王は、このときほど従者の本音を思い知らされたことはなかった。そこではたと気づいたのは、自分の老いた両親のことであった。彼らはそろって毎日のように、自分はもう十分に生きた。この世になんの未練もない身だと言い続けるようになっていたし、若い頃から、愛する我が子のためならたとえ火の中水の中、命を投げ捨てても惜しくはないと、どれだけ口にしたことか。

アドメトス王は、せっぱつまった自分の立場を両親に打ち明けた。するとどうだろう！　父も母もこう言うではないか。

「おまえという奴は、人を何だと思っている。人間年を取ったからといって、この世には生きる楽しみがひとつもないとでも言うのか？」

妻が身代わりに

人の心の表裏を、いやというほど知らされたアドメトス王は、すっかり落ち込んだ。そこへ、若い妃のアルケスティスが現れた。意外にも、妃は自分が王の身代わりに死ぬ覚悟だと述べた。ただし、後に遺《のこ》していく幼い子らの気持ちや将来を思うと、母として断腸の思いであると。一番若くて、未来が開けている自分が進んで犠牲になることを、どうか重々考えてほしい、などとアルケスティスは繰り返し言い立てるのであった。

それを聞いた王は涙を流し、妃の尊い心を未来永劫《えいごう》忘れるものではないと固く誓ったが、彼女の身代わりを引き止めようとはしないのであった。

ちょうどその頃、旅の途次ペライに立ち寄ったのが剛勇ヘラクレスだった。彼が宿を乞うと、王は快く承諾し、ヘラクレスにいつもと少しも変わらぬもてなしを召し使いにさせた。それでも、なんとはなしに屋敷の様子がおかしい。聞けばたったいま、王妃が身代わりとなり亡くなったばかりだという。

「待て！　死神よ」と、ヘラクレスは墓所に向かって猛然と走り出した。死神はいましもアルケスティスを抱え、黄泉へと向かおうとしていた。ヘラクレスは飛びかかり、くんずほぐれつ、墓場で格闘が始まった。そしてついに、英雄はけなげな若妻を死神の腕から奪い返し、王のもとへと連れ帰ったのであった。

42 オルフェウスの愛と死

北ギリシアの東、深い森におおわれたトラキア地方に、世にもまれな美しい声で見事な歌を聴かせる歌手がいた。

その名をオルフェウスといい、父はオイアグロス、母は九人のムーサの一人で抒情詩《じょじょうし》をつかさどるカリオペだったといわれている。

音楽の神でもあるアポロンは、オルフェウスの才能をたたえ、彼に黄金の竪琴《リラ》を与えた。その歌を聴く者は、誰もかれもがいいしれぬ感動に魂を揺さぶられたが、それは人間に止《とど》まらなかった。山に住む猛獣から草木、山や河に至るまで、オルフェウスの歌声に聴きほれるのであった。

オルフェウスは、美声と天才的な音楽の才能に恵まれただけでなく、容姿もじつに美しかった。彼に憧《あこが》れる者は数知れずあったが、やがて森の木のニンフのエウリュディケと結婚した。

ある日、新婚まもない妻のエウリュディケが、森の中をほかのニンフらと散歩していると、ふいにアリスタイオスという養蜂を手がける男が現れ、いきなりエウリュディケを捕らえて犯そうとした。ニンフらは悲鳴をあげて騒ぎ、エウリュディケは危ないところで男の手を逃れると、草むらのなかをいっさんに走り出した。そのとたんに彼女の踵《かかと》は、毒蛇を踏みつけてしまったのであった。

蛇に嚙《か》まれたエウリュディケは、あっけなく世を去った。妻を熱愛していたオルフェウスは、どうにもあきらめがつかなかった。悶々《もんもん》としたあげく、彼は黄泉の国へと旅だった妻を追って行き、この世へ再び連れ戻そうと固い決意をした。

冥　界

冥界では、ひとたび死者を受け入れたが最後、けっしてそこを出ることは許されない。オルフェウスが地の底深く暗闇のなかを辿り、冥界の河アケロンを渡ってようやく着いてみると、死者の国の門はぴたりと閉ざされていた。おまけに門前には、五〇もの頭をもち、青銅の声で吠えたてる猛犬ケルベロスが待ちかまえていた。

しかし、オルフェウスはひるまなかった。彼は愛用の竪琴を取り出すと、美しい声を精いっぱい張りあげ、妻を恋う歌を歌い始めた。するとケルベロスはうっとりとたくさんの頭を垂れ、王宮内の黄泉の王ハデスも、その奥方ペルセフォネも、いつしか感動の涙にくれていた。それればかりではない。冥界のさらに奥にあるタルタロス（地獄）で、恐怖の罰を受けていた罪人たちも同じだった。

ゼウスから大恩を受けながら、妃のヘラを犯そうとしたため、火炎車に縛りつけられたイクシオンの車は、しばしその動きをやめた。神々を試したタンタロスは、苦しんでいた飢えや渇きを忘れていた。死神《タナトス》やハデスを手玉に取った狡猾《こうかつ》なシシュフォスは、運びあげてもすぐ転がり落ちる岩をきりもなく担いで山を登っていたが、岩じたいが動きをやめてしまった。

オーギュスト・ロダン
《オルフェウスとエウリュディケ》

ハデスは、オルフェウスに例外的に一度だけ、妻を現世に連れ帰ることを許した。ただし、地上の光をみるまでは、後をついてくる妻を振り返らない、という条件であった。

オルフェウスは喜び勇んで、冥界を後にした。長い闇の道中、彼の後をついてきているはずのエウリュディケは、ことりとも音をたてなかった。不安に苛まれ、辛抱に辛抱を重ねたオルフェウスは、ようやく地上が近づいたとき、あとわずかで太陽の光が見えるという段になり、思わず妻を振り返った。

その瞬間、エウリュディケは冥界に引き戻された。オルフェウスは駆け戻り、再び哀願したが、彼女は二度と生還することは許されなかったのである。

オルフェウスは打ちひしがれ、人々を遠ざけた。まだ若い彼の、孤独な姿と、歌だけはいよいよ磨きがかかるさまに惚れた女たちが、次々と恋に落ちたが、オルフェウスはそのすべてを拒絶した。

オルフェウスの死

酒神ディオニュソスの祭りの夜、トラキアの女たちは、酒にしたたか酔い、踊り狂ったあげく、集団でオルフェウスに襲いかかった。彼は愛する竪琴を振りかざし我が身を庇おうとしたが、女といえども多勢に無勢。たちまち自由を奪われ、手足を引きちぎられ八つ裂きにされてしまった。

女たちは、彼の竪琴と首は、エブロス河に投げ込んだ。遺された無惨な遺体は、ニンフらが泣きながら埋葬した。河に投げ込まれた竪琴は、なお美しい音楽を奏で続け、首も歌を歌い続けながら流れをくだっていった。広い河口から、北エーゲ海に出たそれらは、波に揺られて、なお歌いながら、レスボス島の北岸、古代アンディサの村の浜辺に流れ着いたのだった。

村人は首と竪琴を拾いあげ、首は酒神ディオニュソスの聖所に、授かった竪琴はアポロンの聖所にそれぞれ塚を築いてねんごろに埋葬した。

それ以来レスボス島からは、詩人や音楽家、画家、歴史家など歴史時代も通じて偉人が輩出しはじめた。名高い音楽家アリオンやテルパンドロス、最古の女流詩人サッフォー、歴史家のヘラニコスらは、現代世界でも大変よく知られた人々である。

ペロポネソス半島の神話地図

43 シシュフォスの罪と罰

シシュフォスは、人間のうちで最も狡猾な男、というありがたくない呼称を授けられた男。風の支配者アイオロスとエナレテの息子で、ペロポネソス半島と本土とを繋ぐ、地峡にほど近いコリントス王国の王だった。

彼は国の創始者として活躍し、アトラスの娘メロペと結婚して、グラウコスら四人の息子の父となった。

あるとき、彼はゼウスが、アソポス河神の娘アイギナをさらってコリントスを急ぎ通って行くのを目撃した。するとその後から、血相を変えたアソポス河神がやってきた。彼はこれまでに娘を次々とゼウスにさらわれており、憤慨していてシシュフォス王に娘の行方を知らないかと尋ねた。

抜けめのない王は、すぐには自分の見たことを教えず、もしも河神がコリントスに泉を湧き出させてくれるなら教えてやってもよいが、と切り出した。

「犯人は、あのゼウスだよ。ここを通って、オイノネの森に向かっている」

シシュフォスは、河神が泉を約束するとすぐに打ち明けた。河神は恐ろしい形相でゼウスを追及して行き、今しもアイギナを手ごめにしようとしている現場を見つけたのに、すんでのところで岩に変身したゼウスに目をくらまされ、まんまと意をとげられてしまった。(II・12参照)

そうして後日のこと、ゼウスはよけいな口出しをしたシシュフォスにいたく怒りを爆発させた。王を雷霆《らいてい》で撃ち殺したうえ、タルタロスに突き落とした。そこで、彼に辛《つら》い刑罰を与えたのである。

それは日がな一日、岩を押しあげながら急坂を登る仕事で、頂上に辿り着くと岩はたちまち転がり落ちてしまう。すると再び同じように、シシュフォスは息切らせながらその岩を転がし上げていく。来る日も来る日も、彼はそうしてなんの甲斐《かい》もない労働に従うのであった。

ところで、この王があらゆる人間のなかで最もずる賢いとされたのには、次のような別伝があるためであった。

シシュフォスが、河神によけいな告げ口をしたのを怒ったゼウスは、彼のもとへ死神《タナトス》を送った。王を捕らえて、黄泉《よみ》の国へ連れていくように命じたのである。しかしシシュフォスは、巧みに嘘をつき死神を騙《だま》すと、逆に捕らえて土牢に繋いでしまった。

死神がとりつかなくなったので、人間たちは誰も死ぬ者がいなくなってしまった。黄泉の王ハデスは、死者がふえその数を数えるのが無上の楽しみであったから、一大事と異議申し立てをした。神々は、軍神アレスをシシュフォスの城に送り込み、死神を解放した。今度こそ、死神はシシュフォスを捕らえると、ただちにハデスの国へと連れ去った。

　ところがどうだろう。シシュフォスはこうなる以前に、万が一の事を考えて妃のメロペに、自分が死んでもけっして遺体の埋葬をするな、と言い置いていた。葬儀も、供物を捧げることも、死者のためにすべきことを一切、行ってはならない、と言明した。

　ハデスは、葬礼を終えていない死体を受け取るわけにはいかないと、ひどく立腹した。神はシシュフォスに、残された妻が埋葬そのほかの礼をつくすように言えと、彼を現世に一時的に帰らせた。

　まんまと地上へ戻ってきたシシュフォスは、何食わぬ顔で王座へ復帰し、いつも通りの生活を始めた。その後長寿を全うし、最後にはコリントス王国の聖所がある、イストモスにきちんと埋葬されたのである。彼が再度黄泉の国へくだったところ、ゼウスは彼をさらに地下の奥深くある罪人たちの地獄、タルタロスに突き落とした。そうして前述のような、空しい所業をいつ果てるともなく命じたので、王はいまだに大岩を運びあげているのである。

サルモネウス

このシシュフォスの兄弟の一人に、サルモネウスがいる。彼もまた、神々を恐れぬ高慢で蛮勇にみちた男として知られている。

サルモネウスは兄のシシュフォスに追われて、はじめはテッサリア地方に住んだが、後に同じペロポネソス半島に移り、アルカディアの山々を越えた北西部のエリスに、自分の都市サルモネを建設した。

そこでアルキディキという女性を娶り、テュロを得た。妻が亡くなると、シデロを後妻に迎えたが、先妻の子のテュロが未婚のまま妊娠し、相手は海神ポセイドンだといったが、シデロはテュロをひどく虐待した。

しかし父親のサルモネウスの高慢は、誰にもおよびもつかないものだった。

彼は自分のことをゼウスだと言い、青銅を敷きつめた道を青銅の釜を戦車で引きずりながら疾走して雷鳴に似た大音響をたて、雷火だと称して燃えさかるたいまつを投げた。そうして、ゼウスらしい行動をさかんに取って人々を迷わせただけでなく、ゼウスへの捧げ物を自分の取り分にしてしまった。

ゼウスは本ものの雷霆でサルモネウスも、彼が建設した都も討ち滅ぼし、兄が苦行に耐えているタルタロスのうちでも、さらに奥深くに閉じ込めたという。

44 ペガソスの冒険

英雄ベレロフォン

悪名高いシシュフォスの孫に当たるベレロフォンは、祖父とは異なりまっとうな青年であった。まだ若かった頃、彼は黄金の翼をもつ、天馬ペガソスを手に入れ、調教したいものだと願っていた。

この馬は、かつて英雄ペルセウスがメドウサの首を切り落としたときに生まれたが(Ⅲ・56〜59参照)、その後は天空や地上を飛び回り、誰の手にも身をゆだねなかった。

ベレロフォンは、どうすればペガソスを自分のものにできるかと、予言者のポリュイドスに尋ねた。予言者は彼に、まずアテナ女神の祭壇の上で一夜を眠るようにと助言した。ベレロフォンがそれを実行したところ、夢にアテナが現れ、彼に黄金の轡《くつわ》を与えた後、馬の神でもありペガソスの父でもある海神ポセイドンに、牡牛一頭を犠牲として捧げよと命じた。

言われたとおりにしたベレロフォンは、コリントスのペイレネの泉のそばを通りかかったとき、そこに念願のペガソスがたたずんでいるのに出会った。彼が馬に黄金の轡をはめると、ペガソスはなすがままになった。このとき以来、彼らは常に一心同体となり、苦楽を共にするようになった。

あるとき、彼は過《あやま》って兄弟のデリアデスを死なせてしまった。そこでコリントスにはいられなくなり、馬とともにアルゴスまでくだって王プロイトスの宮廷に身を寄せた。プロイトス王は、ベレロフォンの血の穢れを祓ってくれ、快く寄宿させてくれた。

そのうち、プロイトス王の妃ステネボイアは、若々しいベレロフォンに恋心を抱くようになった。そしてこっそりと、彼に情交を迫った。しかし、ベレロフォンは気が進まなかったので拒絶した。

ステネボイアは、プロイトス王に、ベレロフォンが自分を犯そうとした、と打ち明けた。王は不快極まりない思いをしたが、客人を殺すのはためらわれた。そこで、彼は一通の書簡をしたためると、ベレロフォンを呼び、妻の里であるリュキアの、義父イオバテスに届けてはくれまいかと頼んだ。

ベレロフォンは快く引き受け、ペガソスに乗って南エーゲ海を横切り、遠くリュキアに旅をした。そして無事にイオバテス王の宮廷に着くと、固く封印されたプロイトス王の書簡を手わたしたのである。

往時の習わしに従い、イオバテス王は九日九夜の宴《うたげ》を催して、ベレロフォンを歓待した。それから一〇日目に、手紙の封印を開けたのであった。

手紙には、ベレロフォンを始末してくれるようにと、書かれてあった。彼を客人としてもてなしたイオバテスは困惑したが、やがて思いついて怪獣退治をさせることにした。

キマイラ退治

怪獣はキマイラといった。頭はライオンで尾は蛇、胴体は山羊《やぎ》の姿をし、口から炎を吐き、リュキアの地を荒らし回っていた。これなら、ベレロフォンはひとたまりもなく死ぬであろう、と王は思ったのである。

ベレロフォンは早速ペガソスにまたがり、上空から暴れるキマイラに向かって矢を放った。キマイラはさかんに火を吐き襲いかかってきたが、天空を自由自在に跳躍するペガソスのおかげで、ベレロフォンに届かず、反対に彼の矢は確かに当たるので、激闘の末に退治できた。

イオバテスは驚いた。そこで次に、王はリュキアと仇《かたき》同士のソリュモイ人の国へとベレロフォンを戦いに出した。だが今回もベレロフォンは勝利したので、さらにアマゾン女族との戦いに行かせた。またもや勝って凱旋してくる途中、王は自国の兵に待ち伏せさせ、ベレロフォン殺害をはかった。しかし、自国の兵は全滅してしまった。

イオバテス王は、つくづく感心し、考えを改めた。ベレロフォンに、初めてプロイトス王からの書簡を見せ、これまでのわけを話した。それから娘の一人のピロノエを妻として与えたばかりか、自国の半分を分け与え、王の死後は後継者として、リュキア国王とすることを約束した。

ベレロフォンは、思いがけない成り行きだったがこれを受け、リュキア王国に留《とど》まることにした。妻ピロノエとの間には、三人の男子に恵まれた。

それがいつのことだったのかさだかではないが、ベレロフォンはアルゴスに一時帰国している。彼は、偽りの訴えで自分を陥れたステネボイアを甘い言葉で誘い、一緒に逃げようといってペガソスに乗せ、空から海中へ真っ逆さまに突き落とした。

その後はリュキアで暮らしたが、晩年になり子供ら全てを戦争と病とで失ってしまった。失意のベレロフォンは、相変わらず向こうっ気だけは強く、ペガソスに乗って天界まで達し、神々と戦おうとさえしたという。

ゼウスは虻《あぶ》を送って馬を刺させた。ベレロフォンは、跳ね上がったペガソスから振り落とされ、怪我で足が不自由になった。しかしその足で、リュキアを出た彼は放浪の旅に明け暮れた。彼が、どこで最期を迎えたのか、誰も語り伝えてはいない。

45 使神ヘルメスと森の神パーン

アルカディア生まれのヘルメスとパーンは親子神。それぞれに一風変わった性格の持ち主で、ときには手に負えないところもある。それでいてユーモラスな、愛すべき神々である。

ヘルメスとパーン

まずヘルメスは、アルカディアのキュレーネ山の洞窟の中で、ゼウスとマイアとの間に生まれた。マイアは、アトラスの長女で、キュレーネ山のニンフともいわれている。

生まれたのは月の四日目で、マイアは彼を襁褓《むつき》でしっかりと巻き、揺り籠に寝かせておいた。するとその日のうちに母の目を盗み、ヘルメスは揺り籠を抜け出すと洞窟を出、山をくだって遠く中部ギリシアのテッサリアのさらに北へ。生まれたばかりの赤子とも思えない確かな足取りで、しかも滑るような速さで向かって行った。

その地はピエリアといい、神々の住まうオリュンポス山のすぐ西麓《せいろく》であった。そこに、アポロンが飼う、たくさんの牛の群れが草を食んでいた。ヘルメスはなんのためらいもなく、それらの牛をごっそりと盗んだ。足跡で追跡されないように、彼は牛をすべて反対方向に向かせ、後ろ向きのまま再びキュレーネ山へと曳いていった。

途中で、ヘルメスはバットスという名の老人が畑仕事をしているのに出くわした。赤子がうしろ向きの牛の大群を曳いている。異様な光景に目を見張った老人を、ヘルメスはおどしつけた。

「この後で誰が問うても、何も見なかったと言え。そうでないと、ひどい目に遭うぞ」

それから彼は、二頭の牛を犠牲に捧げ、自らもその肉を焼いて空腹を満たした。

洞窟に辿り着くと、牛は隠し、急いで揺り籠に入った。ふと見ると、壁を一匹の亀が這っている。彼は素早く捕らえると甲羅《こうら》をはぎ、そこに二本の支柱を立て、横木をさしわたすと、殺した牛の腱《けん》を七本張って、見事な竪琴《ケリュノス》をこしらえた。

とそこへ、血相を変えたアポロンが追ってきた。ヘルメスは首を縮め、産着に隠れ眠ったふりをした。「おまえは、とんでもない悪党だぞ。さ、正直に盗んだ牛のありかを言え。さもないとゼウス様の前に引き出し、お裁きを受けさせてやるぞ」

それでもはじめのうち、ヘルメスは生まれたばかりなのに、とシラを切り通した。が、ゼウスの名を聞くと態度を変えた。

「ねえ、ものは相談だけど。君は僕がこしらえた妙なる楽の音を奏でる竪琴は欲しくないかい」ヘルメスはそういって、ピロロン、ロロンと美しい竪琴の音をあたりに響かせた。

アポロンは思わず心魅かれ、牛泥棒の罪を、竪琴で償うと申し出た赤子を許してしまった。

この日から、この楽器はアポロンの持ち物となり、彼は音楽の神にもなったのである。そしてヘルメスはといえば、器用な手先を生かし、度量衡、物差し、サイコロと、次々に実用品や遊び道具をこしらえ、アルファベットも発明した。口達者なことから交渉事や商取引に秀で、ゼウスに仕える使神ともなった。それで年中、方々を飛び回るから、旅人のかぶるつば広帽子《ペタソス》をつけ、足首には翼が付いている。

彼はまた旅人や泥棒の守り神にもなった。賭博《とばく》の神でもあり、競技の守り神でもあり、死者を黄泉《よみ》に連れていく重要な使者でもあって、こんなにも種々雑多な役目を司るに至っ

《ヘルメス》紀元前５世紀の陶器

たのも、ひとえに多彩な性格によるものであった。

一方パーンは、ヘルメスとドリュオプスの娘との間に、やはりアルカディアで生まれた。上半身は人間の姿ではあったが髭《ひげ》を生やし、額には二つの角が生えていた。下半身は山羊で、蹄のある足で身軽に跳ね回った。

これをみた母親は仰天したが、父親のヘルメスは少しも驚かず、その子を兎《うさぎ》の毛皮でくるむと、オリュンポス山にいき神々の前で披露した。

神々は喜び、ことに酒神ディオニュソスは奇怪な赤子がすべての神々を楽しませたため、その子に〝パーン〟（すべての）という名を授けた。

長じて、アルカディアの森と牧人を守る半獣神となったが、どちらかといえば気紛《きまぐ》れでなまけものだった。昼寝を好み、涼やかな木陰などで寝入っているおりに、誰かがやってきたり物音をたてたりすると、かんしゃくを起こし大音響を発した。後世の〝パニック〟という言葉は、ここからきたという。

純愛物語

そんなパーンにも、いとも悲しげな純愛物語がある。彼は、山のニンフのシュリンクスに恋をしたのである。

けれどもシュリンクスのほうは、言い寄るパーンを避けてばかりいた。パーンはしだいに執拗になり、彼女を追いかけ始めた。シュリンクスは逃れに逃れたものの、あるときラドン河の淵《ふち》まできて、流れが速すぎて飛び込めないことがわかった。

彼女は、いままさにパーンの手が身体にかかるという瞬間、水辺にそよぐ葦と変じてしまった。驚いたパーンは、しばらくの間呆然と葦をみつめていた。すると葦の葉は、風に揺すられて優しい音色をたてた。パーンはその葦を長短に切ると、そろえて紐で結わえ葦笛《シュリンクス》を造った。山の日暮れに、失恋したパーンはシュリンクスを吹きならした。寂しいアルカディアの峰から谷間へ、哀調を含んだ美しい音色がやるせなく吹きわたった。

46 アルカディアの人々

カリスト

カリストは、険《けわ》しい山々の峰がそそり立つ、アルカディアに住む乙女だった。父は、アルカディア王リュカオンといい、たいそう善人だとする伝説と、大悪人としてのそれが残る極端な人である。五〇人もの息子があり、娘もそれに負けないほどあって、カリストはそれらの一人だった。

彼女は、アルカディア一帯の森を支配する狩猟の女神、アルテミスに仕えた。孤高を守る処女神アルテミスは、侍女らにも厳しく処女を守り通すことを命じた。皆は誓いを立てて女神とともに狩猟に明け暮れていた。

しかし運の悪いことに、カリストの容姿の美しさが、ゼウスの目をひきつけてやまなかった。それと気づいたカリストは、ゼウスの誘惑に負けまいと気を配ったものの、相手は名うての女たらし、いつの間にかゼウスの思うとおりになってしまった。

ある夏の午後、山岳地帯とはいえさすがに暑くて、狩りを終えた女神と侍女たちは、とある清らかな泉に入り水浴びを楽しんでいた。……と、仲間の一人が、カリストのお腹を指し大声をあげた。誰の目にも、処女であるはずのカリストが、身ごもっている事実は隠しようもない状態になっていた。

「これはいったい、どういうことです」

女神アルテミスの怒りは只事《ただごと》ではなかった。いまさら弁解のしようもないカリストは、黙ってうつむくばかり。相手がゼウスだということは、一同すぐにわかった。ゼウスは、妃の女神ヘラにこのことが知れるのを恐れていたから、アルテミスが、誓いを破った罰として、カリストを牝熊《めすぐま》に変えたときには内心ほっとした。

熊は山々をさまよい、月満ちて男の子を産んだ。

アルカス

幸いなことに、ゼウスは同じアルカディアにそびえる高山の一つ、キュレーネ山の洞窟で、ニンフのマイアに産ませた使神ヘルメスに命じ、その子をマイアのもとへ運ばせた。アルカス、と名付けられた子は、マイアの養育ですくすくと育ち、後に祖父に当たるリュカオン王の宮廷に引き取られた。

その頃、ゼウスはヘルメスを供に連れ、貧しい労働者に身をやつして、人間界の視察の旅に出た。彼らがアルカディアにやってきたとき、リュカオン王は孫のアルカスを殺し、その臓腑《ぞうふ》をほかの食べ物にまぜこんで煮たものを供した。貧しい食べ物に人肉が混入していると、ただちに見破ったゼウスは大いに怒った。神は食卓を倒し、リュカオンを狼に変えた。またたくさんの息子たちを、最年少のニュクティモスだけ残し、すべて雷霆《らいてい》で打ち殺した。

ゼウスはまた、アルカスをもとどおりに蘇生させた。それ以来少年はつつがなく成長し、やがてニュクティモスから王位を継承した。実は、この国がアルカスの名を冠して、アルカディアと呼ばれるようになったのは、このときからのことで、それまではペラスゴス人の国、といわれていた。

王アルカスは、厳しい自然条件の下にあるアルカディアの民のために、麻から糸を取り、それを紡いで織物を造る産業をさかんにした。また、エレウシスで、穀物の女神デメテルから地上で初めて麦の種を与えられ、栽培方法を伝授されたトリプトレモス（王子デモポンの別名ともいわれる）（II・25参照）から自ら麦の栽培方法とパンの作り方を学び、普及させた。

アルカスは、アルカディアの森の木のニンフのエラトと結婚し、アザンという息子があったが、一方でスパルタに近いアミュクラエの娘レアネイラとの間に、息子アペイダスと娘のエラトスをもうけた。そこで、彼は三人の子供たちに、アルカディアを三等分して領有させてやった。

善き王として、数々の善政を布《し》いたアルカスであったが、とある日、彼はゼウス・リュカイオスの神域に入り込んでいる一頭の牝熊をみつけた。それこそ誰あろう、アルカスを産んだ母カリストの変身した姿であったが、母を知らない彼にはむろん見分けすらつかなかった。アルカスは、聖なる地を荒らす熊と思い、すぐさま弓に矢をつがえその熊を射殺してしまった。

星座

これをみて不憫《ふびん》に思ったゼウスは、カリストを大熊座に、アルカスを子熊座の親子の星座に変え、永久に一緒にいられるようにしてやった。

ところでこのアルカディア地方には、ゼウスを試した先王リュカオンの伝説で、不思議な別伝も残されている。

リュカオンは、ゼウスを崇めてゼウス・リュカイオスの祭壇を建てたが、そこに捧げる犠牲として、いたいけな子供を捧げてしまったのだった。ゼウスは怒り、王を狼に変身させた。

ところがそのときから、祭壇に犠牲を捧げるたびに、人が狼に変身してしまうようになった。この狼人間たちは、もしも八年間のあいだ人間を襲って人肉を食べなかった場合には、再び人間の姿に戻されたのだという。いかにも山深い風土に似つかわしい伝説といえよう。

47 古代オリンピック発祥

アルカディアの険しい山々を越えると、エリス地方の穏やかな平地が広がっている。大河アルフェイオスと、クラウディオス河が合わさるところに、ピサという国があった。

王は、オイノマオス。父は軍神アレスだといわれていた。この王には、妃ステロペとの間にたった一人の娘があった。名は、ヒッポダメイアといい、彼女を王はことのほか溺愛《できあい》した。

ヒッポダメイアが年頃になると、次々に求婚者がやってきたが、王は大事な家付き娘を、おいそれとは若い男たちにくれようとはしなかった。婿となるためには、王との戦車競技に勝たねばならない、とオイノマオスは、布告した。

戦車競技は、ヒッポダメイアを同乗させてピサを出発するとアルカディアの山々を西から東へと越え、コリントス王国の聖所であるイストミアまで走るという過酷なものだった。それにもかかわらず、ヒッポダメイアとその王国を手に入れたいと願う、野心に燃える男たちがひきもきらず挑戦した。

オイノマオス王は、どの求婚者にも、王よりも先に出発させた。自分は悠々とアレスの祭壇に牡羊《おひつじ》を供えたりして儀式をすませ、かなり遅れてから、やおら馬に鞭を当て出発するのが常であった。それでいて、必ずゴールより遥か手前で求婚者に追いついた。

追いつきざま、王は求婚者の首を掻き切った。王の馬は、父なるアレス神から授かった、〝風よりも速い〟馬だったのである。

ただならぬ王の残虐行為に、人々は、オイノマオスとヒッポダメイアとは男女の仲なので、娘を奪おうとする男への憎しみも度はずれているのだとか、神託で、王は婿の手にかかって死ぬといわれたため、娘を結婚させまいとするのだとか噂をしあった。

ペロプス

それなのに、またしても挑戦者が現れた。その頃、王宮には、すでに一二もの男の首が釘付《くぎづ》けにされていた。それをみても、一三番目の求婚者であるペロプスは平然としていた。

小アジアのリュディアから、エーゲ海を渡ってきたこの青年は、幼いときから数奇な運命に弄ばれていた。

ペロプスの父タンタロスは、もとリュディアの王、父親がゼウス、母はニンフのプルートで神々の寵愛を受けていた。しかし思い上がり、あるとき我が子ペロプスを殺して料理し、神々を招いた食卓に何食わぬ顔で出した。

神々はすぐに人肉に気がついたが、穀物の女神デメテルだけは、おりから娘ペルセフォネが行方不明だったため（II・25参照）心ここにあらず、シチューにされていたペロプスの肩肉を食してしまった。

神々は、タンタロスを黄泉の国よりさらに地の奥にある地獄《タルタロス》に突き落とした。——彼はそこで、頭上には熟《う》れた果実があるのに手が届かず、肩まで水にひたりながら口には届かない飢餓《きが》の罰を受け、飢えと渇きに苦しんでいる。そしてペロプスは神々が哀れみ、もとどおりに蘇生させたが、肩だけは象牙で補ってやったのであった。

そのような青年の過去を知ってか知らでか、ヒッポダメイアは、彼をひと目見たとたんに恋に落ちた。なにより、彼の輝くような強い意志を秘めた目のとりこになった。

異変が起こった。それまで求婚者らがひどい殺されかたをするのを目のあたりにしても動じもせず、宮廷に並んだ生首にも感情を動かされもしなかったのに、彼女はペロプスが殺されるさまを想像すると、いても立ってもいられなくなった。初めて、いとしかった父を激しく憎んだ。（あの父を、亡き者にしたい！）

考えた末、ヒッポダメイアは父の御者ミュルティロスのもとをひそかに訪れた。

「あなたがもしも、父の戦車の車輪から、誰にも気づかれないように轂《こしき》を抜き取ってくれたら、私はピサ王国の半分をあげるわ」

御者は驚いて目を見張り、すぐには承知しなかった。「私の、初夜の権利をあげてもいいのよ」

こうして、ヒッポダメイアは御者を従わせた。ミュルティロスは、抜き取った轂のあとに蠟を細工して詰め、人目をごまかした。

ことは、予想どおり運んだ。オイノマオス王は、ペロプスの戦車の後から走り出したが、あっというまに車輪がはずれ、ばらばらになった戦車からもんどり打って落ち、その首に手綱が巻き付き息の根を止めた。

無事にイストミアまで走り抜けたペロプスは、ヒッポダメイアとピサ王国を手に入れた。そして万端抜かりなく、事故で亡くなった王のため、全土から英雄を集めてゼウスを祀る聖所オリュンピアで盛大な葬礼競技を開催した。王の死を悼《いた》むと同時に、婿の存在を天下に知らしめたのであった。この葬礼競技こそが、古代オリンピックの始まりだといわれている。

ペロプスは、ただの入り婿ではなかった。若妻になれなれしく、執拗につきまとう御者ミュルティロスを、視察旅行に連れ出したとき断崖から海に突き落とし片付けた。その後は破竹の勢いで諸国を制圧し続け、ついには半島全土を傘下に置いた。そこで己が名を取り、ペロプスの半島〝ペロポネソス半島〟と名付けたのである。

48 ペロプス、王家離散さす

ピサの王家を継いだペロプスとヒッポダメイアは、七人の子に恵まれ、ペロポネソス半島全域に君臨して隆盛を誇っていた。

七人の子のうち四人もが後継者となりうる男子で、アトレウス、テュエステス、アルカトオス、ピッテウスである。これらの子の母として、王妃として、ヒッポダメイアはなんの憂いもない生涯を送るはずであった。

クリュシッポス

ところが、思いもかけない出来事が発覚した。王ペロプスには、隠された秘密があった。四人の正嫡《せいちゃく》のほかに、いつのまにかニンフのアクシオケという女性との間に、クリュシッポスという男子が生まれていたのだった。しかもその子は、ピサ王家の三人の息子よりも先に誕生していたのである。おまけに、その美しさときたら、あたりを払うようであったという。

美しいばかりか賢くもあったので、ペロプスのこの子への傾倒はかなりのものであった。

幼いときから、よりすぐった教師を招き、学問にも運動競技にも彼につけた。当時、大国テーバイ王家の内紛でいっとき王家を出た若きライオスを宮廷に預かったのも、クリュシッポスに優れた戦車競技を伝授してもらうためでもあった。

外に出来たこの子を、いつのまにかピサ王家の宮廷に引き入れたペロプスは、心ひそかに自分の跡継ぎはクリュシッポスに託したいと願っていた。

このような身勝手が、許されるはずもない。妃で王国の家付き娘であったヒッポダメイアは黙ってはいられなかった。四人の正嫡の子との間も、ぎくしゃくとしてきた。夫婦の間には、いつか冷えびえとした隙間風《すきまかぜ》が吹くようになった。自分を、あれほどまでに愛してくれた父を、異国からやってきた若い男のために亡き者にしてまで添いとげたヒッポダメイアの、後悔と怒りはおさまらなかった。それにこのままでは、王家の跡継ぎも危うくなる。四人もの正嫡の頭を飛び越えて、どこの馬の骨かもわからないクリュシッポスが、王座を奪うなどということがあってたまるだろうか。

ヒッポダメイアは、おりから王宮に寄宿していたテーバイ王家のライオスが、この美少年に心を動かされているのに気づいた。そこで、ライオスをことごとにクリュシッポスにけしかけ、ついに少年を誘惑させるのに成功した。

しかし、クリュシッポスのほうは気がすすまず、戦車の操縦を教わるたびに苦痛を覚えていた。少年が逃れようとすればするほどライオスは心たかぶり、かつヒッポダメイアの

応援もあって、ついには強引な挙動に出たのだった。（II・32参照）

追いつめられたクリュシッポスは、我が身に起こったことを恥じ、自殺してしまった……と、その死は喧伝された。しかし誰いうともなく、庶子に生まれついたこの美少年は、ヒッポダメイアの実子らの手で闇に葬られたという話が広まったのだった。

真相はいまだ不明ながら、この事件を境にペロプスとヒッポダメイアの夫婦仲は完全に決裂した。

おまけに王ペロプスは、実子でもある四人の息子らを、不祥事を理由に全員王家から追放した。

長子のアトレウスと次男テュエステスは、兄妹の一人ニキッペが嫁いだミュケナイ王ステネロスのもとへ庇護を求めた。三男のアルカトオスは、ペロポネソス半島入り口に近いメガラの王、メガレウスのもとへと逃れた。彼は王の息子エウヒッポスを殺したライオンを退治して手柄をたて、王の娘エウアイクメを妻にもらった。そして後には、テーバイのすぐ西にあるオンケストスの王になった。

こちらも、後に英雄テセウスの祖父として、また賢王として名を馳せる末子ピッテウスは、ペロポネソス半島東の、トロイゼン王家に入った。残る娘二人は、英雄ペルセウスの息子たちとそれぞれ結婚した。実は先のミュケナイ王ステネロスもペルセウスの息子の一人だから、三人娘はそろってひとつの王家に嫁いだことになろう。

七人の子供が、ひとり残らずピサの王家を去ると、なんとヒッポダメイアまでが、自らの王家なのにいたたまれず外へ出た。これにはペロプスの凄まじい怒りと放逐作戦があったとみてよい。一説には、この時点で、彼は妻を殺害したともいわれている。かくして入り婿だったペロプスは、王家を乗っ取ったかたちになった。

一方、ピサを出たともいわれるヒッポダメイアは、夫をはじめとしてかつて父への挑戦をものともしなかった若い求婚者らが、戦車で越えていったアルカディアの山々を孤独のうちに越えた。彼女が身を寄せたのは、ミディアの王家。ここは孫娘のアナクソが、ペルセウスの息子エレクトリュオンと結婚し、居を構えたところである。

ミディアと、彼女の長子らが入ったミュケナイとは十数キロの近さであった。ヒッポダメイアは、ここで晩年を送り、死んだ。ペロプスは、神託により妻の遺灰をピサ王国のゼウスの聖所オリュンピアに運び、聖域の中に埋葬した。いまでは、オリンピックの始祖とされるペロプスとともに同一の塚に眠っている。

49 アトレウス一族

ピサ王家から放逐された、アトレウスとテュエステス兄弟が身を寄せたミュケナイ王ステネロスには、唯一の跡継ぎとして息子のエウリュステウスがあった。

彼はヘラの奸計《かんけい》で、生まれおちたときからヘラクレスと対立し、争いがその子孫にまでおよんだ。そしてついには殺されてしまった。そのとき、ミュケナイ王家には、跡継ぎが絶えたため、いかにすべきか神託を伺った。

神託は、ペロプスの息子、つまりピサ王家から来た兄弟を王にすべし、と告げた。アトレウスとテュエステスは、それを知ると激しく王座争いを始めたのだった。

ちょうどその頃、アトレウスが所有する家畜のなかに、黄金の毛をもつ一匹の仔羊《こひつじ》が混じっていた。これに気づいたアトレウスは、仔羊を狩猟の女神アルテミスの祭壇に捧げる誓いをたてた。しかしいざとなると惜しくなり、ひそかに羊を殺し、黄金の毛皮を箱にしまってしまった。

これを嗅《か》ぎつけた弟テュエステスは、まず手始めにアトレウスの妻アエロペと通じ、彼女にこの仔羊の毛皮を持ち出させて奪った。それから、兄弟のいずれかを王にすることで議論が戦わされると、テュエステテスは何食わぬ顔で「黄金の仔羊という得難いものを所有する者こそ、王にふさわしいのではないか」と申し出た。

何も知らないアトレウスは、大喜びで弟の提案に賛成した。するとテュエステテスが、高々と黄金の仔羊の毛皮を掲げてみせ、王座についてしまったのだった。

これをみた大神ゼウスは怒り、使神のヘルメスをミュケナイへ遣わした。王座にいるテュエステテスに、ヘルメスはこういった。「もしも、太陽が西から昇り、東の空へと沈んだなら、王座はアトレウスに譲ると誓いなさい」

テュエステテスは、どうあってもそんなことはあり得ない現象と思い、ヘルメスの命令に従った。ところがその日、太陽は東に沈んだのである。かくして、欺かれたアトレウスが、代わって王座につくことになった。彼は、ただちに弟を追放したが、妻まで彼の手に落ちていたことを知り、腹立ちは治まらなかった。

血で血を洗う

アトレウスは、テュエステテスと和睦《わぼく》を結びたいと申し出た。そして仲なおりの宴会に、彼を招待した。テュエステテスは、喜んでこれに応じた。

アトレウスは、急ぎテュエステテスの子供らのもとへ忍び寄った。子供は、男の子ばかり三人あったが、アトレウスは全員を殺害した。ゼウスの祭壇に逃れ、命乞いをする幼い兄弟らをむごたらしい八つ裂きにし、大釜で煮ると何食わぬ顔で宴会に料理として出した。テュエステスは、気がつくこともなくたらふくわが子らを食した。それを見定め、アトレウスは三つの頭を弟に見せ、彼が何を食べたのかを、思い知らせた。このとき、中天にあった太陽は言語に絶する光景を見て驚きのあまり、にわかにもときた道を引き返したという。この日、太陽はまたしても東の空に沈んだ。

テュエステスは、兄の蛮行にともかくもミュケナイを出て、同じペロポネソス半島北のコリントス湾に面したシキュオン王国の、テスプロトス王のもとへと逃れていった。

この地で暮らすうちに、テュエステスは同行した自分の娘ペロピアと交わり、男子を得ようとした。というのも彼は、三人の男の子をアトレウスに殺されてしまったので、兄に復讐を遂げてくれる者がいない。そこで神託を伺うと、娘との間に子をもうけるべし、とのお告げを得たのだった。

ところが、娘のペロピアがまだ出産前に、アトレウスはペロピアを見初め、庇護者《ひごしゃ》テスプロトス王を動かして再婚にこぎつけた。そのためテュエステスと娘の子アイギストスは、アトレウスを父として生まれてしまい、復讐の芽は摘み取られたかにみえたのであった。

アトレウスは、日頃からアイギストスが実の父を知らないように配慮して育て、かつ彼を憎むようにし向けた。事情がわからないまま成長したアイギストスは、あるときアトレウスからテュエステスを亡き者にするよう命じられ、剣を渡された。

その剣はアトレウスのものではなく、母のペロピアが持参したものだった。アイギストスが、テュエステスに向かってその剣を振りかざしたとき、テュエステスは見覚えのある剣だったのでわけを尋ねた。アイギストスは、そのときはじめて、テュエステスが実の父であること、腹黒いアトレウスがその兄だったことを知った。

アイギストスは、その剣をもったまま養父のもとへ引き返した。おりからアトレウスは、邪魔者だったテュエステスをその息子が片付けるはめになったことに感謝して、神々の祭壇に犠牲を捧げているところであった。

それを見たアイギストスは、無言でアトレウスを刺し殺した。それから父テュエステスを呼び寄せ、母でもあり、姉でもあるペロピアと二人に、ミュケナイの王座を取り戻してやったのであった。しかし、亡きアトレウスには、アガメムノンとメネラオスという、息子たちが残されていた。

50 少女イフィゲニアの供犠

アトレウスの二人の息子、アガメムノンとメネラオス兄弟は、幸いにも親たちのような残酷な争いはしなかった。

兄のアガメムノンは叔父のテュエステスに続き王座を得たが、結婚に際して、テュエステスの後の息子タンタロスを殺してその妻を奪った。

妻の名は、クリュタイムネストラ。スパルタ王家のテュンダレオス王とレダの娘で、絶世の美女ヘレネの義姉妹に当たる。なぜ義理の姉妹かといえば、ヘレネは、白鳥に変身してレダを犯したゼウスが父だったからである。

その縁で、アガメムノンの弟メネラオスはスパルタ王家に婿入りした。そして数多の英雄の垂涎《すいぜん》の的であったヘレネの夫となり、後にテュンダレオスの跡を継ぎスパルタの王となったのである。

しかし、メネラオスの立場は微妙なもので、兄ほど強力ではなかった。何よりも王家の家付き娘ヘレネの、奔放な性格に手を焼いた。

ヘレネの出奔《しゅっぽん》

事の起こりは、トロイアの王子パリスが、艦隊を連ねスパルタ王家を表敬訪問したことであった。夫のメネラオスは、母方の葬儀でクレタ島に出かけ留守だった。好奇心を抑えられないヘレネは、パリスの美貌と華麗な艦隊の噂にじっとしていられず、ひそかに見物に出かけてしまった。

両者は、ひと目で恋に落ちた。パリスにはすでにイダ山にいた時代にオイノネという妻があり、ヘレネには夫ばかりか生まれてまもない娘ヘルミオネがあった。それにもかかわらず、パリスとヘレネとはたちまち手を取りあい、トロイアへ向けて不倫の逃避行に出た。しかも、スパルタ王家の財宝まで持ち出したのである。

帰館したメネラオスの、驚きはいかばかりであったことか。彼はただちに、兄のミュケナイ王アガメムノンに通報した。

アガメムノンは、全土の英雄に、無礼を働いたパリスの国トロイアを攻めるべく招集をかけた。それから使者をトロイアに送り、ヘレネをすぐさま帰すか、戦いを受けて立つか、いずれかの選択を迫った。むろんトロイア王家の人々には、降って湧いたような災難で、異国からついてきた人妻を帰してしまおうとした。

けれどもパリスと甘やかな新婚生活にひたっていたヘレネは、このまま帰されれば、スパルタで石打ちの刑が自分を待っていると身を震わせ、泣き崩れた。花のような美しい面を流れる涙に男たちはどうにも同情を禁じえず、戦いを受けてしまう始末となった。

一方、アガメムノンを総大将にいただいたギリシア軍はその数一〇万人。千艘《そう》の軍艦がアウリスの浜に集結した。各地からそれらの軍を率いて集まった綺羅星《きらぼし》の如き英雄豪傑たち……。さて一同は、今や遅しとトロイアへの船出を待っていた。それなのに船を誘う風がぱったりと止まってしまったのである。いくら待っても、無風状態は変わらなかった。一〇万の兵士らはしだいに苛立《いらだ》ちを募らせ、士気は日々に衰えていく。これはならじと、アガメムノンは従軍司祭であるカルカスに神託を伺わせた。すると、風は、狩猟の女神アルテミスの怒りで止められたことが判明した。

女神の怒りのもとは、アガメムノンが女神の聖獣である鹿を殺したためで、償いとして、長女のイフィゲニアを犠牲として供すべし、と託宣に出た。

アガメムノンの娘

イフィゲニアは、花咲きそめたばかりの未婚の美少女。アガメムノンが、目に入れても痛くない愛娘《まなむすめ》の一人であった。狼狽した彼は、なんとかして娘の犠牲を逃れさせようとしたが、いかなる手だても役に立たない。おまけに兵士らは、一刻も早く自らの失策を償い、船出せよと声をあげた。

追いつめられたアガメムノンは、ついに一通の書簡をしたため故郷へと使者を走らせた。

留守を預かる妃がそれを開いてみると、イフィゲニアを若き英雄アキレウスと結婚させるので、急ぎアウリスに来るように、と書かれてあった。

あのアキレウスさまと!!

母子は驚喜したものの、なぜこのようなときに？　といぶかりもした。しかし急ぎ、高なる胸を抑えかねつつ遠くミュケナイからアウリスへとやってきた。アガメムノンがついた窮余の嘘はたちまちにして露顕した。クリュタイムネストラの挨拶《あいさつ》を受けたアキレウスは、そのような話は聞いたこともない、と言明したのである。

幸福の絶頂から、恐怖のどん底に突き落とされたイフィゲニアは、迫る死に怯《おび》え母にすがりついた。夫に欺かれたクリュタイムネストラは、怒りの形相も凄まじくアガメムノンをなじった。彼女もまた娘のため手をつくそうとしたが多勢に無勢。戦いへとはやりたつ男たちの前には打つ手がなかった。

そのときイフィゲニアが、決然として犠牲になると女神の祭壇に進み出た。神官カルカスの刃がひらめき、喉を掻き切られたイフィゲニアは祭壇を朱に染めて倒れ伏した。と、そこには、一匹の牝鹿《めじか》が血の海の中であえいでいて、イフィゲニアの姿は消えていた。

海原に、心地よい風が立ち始めた。一〇万の男たちは、雄叫《おたけ》びをあげいっせいに船を漕ぎ出した。その声はたちまち遠ざかり、浜には、娘を失ったクリュタイムネストラひとりが残された。

51 クリュタイムネストラの報復

トロイア戦争

トロイア戦争は、思いのほか決着がつかず、おびただしい英雄と兵士らの死を重ねた。その間、およそ一〇年。ミュケナイの王宮で留守を預かる王妃クリュタイムネストラのもとには、次から次へと出征兵士の遺骨が届いた。市民との軋轢《あつれき》は日ましに高まり、血で血を洗う王宮内での陰謀もあって、ひとり身を削る歳月が流れていく。また彼女の心の奥底には、愛娘イフィゲニアの無残な死が焼き付いていた。自分の失策を娘の死で償ってまで総大将の面子《メンツ》を保ち、戦地へ行ってしまった夫へのたぎる怒りと、深い恨みが渦巻いていた。

それを癒そうとするかのように、クリュタイムネストラは、アイギストスと深い仲になった。

アイギストスは、前述のように養父となったアトレウスから実の父テュエステス殺害を命じられ、逆にアトレウスを討った。アトレウスの息子アガメムノンは、後に父の仇テュエステスの息子タンタロスを殺し、その妻クリュタイムネストラを奪ったのだった。当然のことながら、従兄同士の両者は犬猿の仲。アイギストスとクリュタイムネストラには、ともにアトレウス家に対しつきぬ恨みがあった。そのような事態とも知らず、一〇年の後、ようやくトロイア戦争がトロイア陥落によって終結すると（トロイア戦争については、Ⅳ参照）、しぶとく生き残ったアガメムノンは、ついにミュケナイの王宮へと凱旋を果たした。

市民は、こぞって歓呼の声で一行を出迎えた。なかでも妃クリュタイムネストラの歓迎ぶりは、異常とも思えるほどであった。彼女は、山なすトロイアの金銀財宝や、奴隷にとしめた美しい女たち、そのなかでも、妾にしたトロイアの王女カッサンドラを連れ帰った夫の姿をみても、少しの動揺もみせなかった。それどころか、満面にこぼれんばかりの笑みをたたえ、長く恐ろしい戦いと、長旅のはて故郷に無事に辿りついた夫をほめ讃えた。

また一方では、自分がいかに夫不在の王宮で寂しさと気苦労に耐え、貞節に、銃後を支え続けたかを臆面《おくめん》もなく訴えた。

出迎えのクリュタイムネストラが門前であまりに長広舌をふるうので、待ちかねたアガメムノンはそれを制すると王宮に入ろうとした。すると王妃は、王を押し止《とど》め、足許に紫《し》衣《え》を一面に広げた。

「さあ、この上をお歩きになり、王宮へとお入りくださいませ」

紫衣は、神々のみの召し物。いかに勝者とはいえ、それを踏みつけるなどもってのほか、とアガメムノンが尻込《しりご》みすると、「ではもし、トロイア王プリアモスが凱旋したならば、どのようにしたとお思いになりますか」と、王妃は巧みな譬《たと》えを持ち出し、王に紫衣を踏むよう執拗にすすめた。

アガメムノンはしかたなく、それでもサンダルを脱ぐと素足となって紫衣の上を歩き王宮入りを果たした。その後ろ姿を、嘲《あざけ》りつつ見守る王妃の心中に、いったい誰が気づいたであろうか。

クリュタイムネストラはまた、王の輿に乗ってきたカッサンドラにも、王宮へ入るようにと優しくすすめた。けれども予言能力があるカッサンドラは、狂人のような言葉を繰り返すばかり。おびえきり、いっかな門をくぐろうとはしなかった。その夜、ミュケナイの王宮では祝賀の大饗宴が催されることになっていた。アガメムノンは、ようやく旅装を解いた王宮で、疲れを癒そうと風呂につかっていた。

報復

そのとき、風呂場の壁に人影が映った。現れたのは、蒼白の顔をひきつらせた王妃クリュタイムネストラだった。彼女は、湯舟から立ちあがろうとしたアガメムノンの頭上をめがけ、手にした青銅の斧を振り下ろした。

血潮に染まる湯の中でもがく、王の身体にもうひと振り。三度めの打撃で、アガメムノンの身体は完全に朱の湯舟に沈んだ。続いてカッサンドラも、無理矢理引き入れた王宮の部屋で倒された。

急を聞き、王宮に集まってきたミュケナイ市民に向かって、返り血を浴びたクリュタイムネストラは、ひるむことなくこういったのである。――斧に割られたアガメムノンの身体から、ぞくぞくと噴き出す血を存分に浴びたとき、私は、あたかも春の雨でふくらんだ豆のさやがはじけるような、激しい歓びを覚えました。

驚き呆れる人々の、非難の声もクリュタイムネストラには届かなかった。つのる復讐心を遂げた満足感に、狂気のようにひたる王妃。

アガメムノンの王座には、たちまちアイギストスが座った。クリュタイムネストラは嬉々《きき》として、アイギストスを片腕に、王宮を維持しはじめたのである。

しかしここに、アガメムノンを愛してやまない一人の女性がいた。亡きイフィゲニアの姉妹で、次女のエレクトラである。

戦地からようやく生還した父を惨殺し、愛人を王座に引き入れたおぞましい母の行為に、エレクトラは身震いがとまらなかった。なんてお気の毒なお父さま！　なんと恥ずかしい母親だろう！

もはや、クリュタイムネストラは私の母ではない。父のため、あの女を討つのは私の責務だ。肝に銘じたエレクトラは、王のただ一人の後継者で自分の弟オレステスの身を案じ、ポーキス地方にある遠縁にひそかに彼を預けた。

52 母を憎むエレクトラ

母と娘の戦い

アガメムノンを亡き者にした後、妃のクリュタイムネストラは、かねての愛人アイギストスと王座につき、宮廷を支配した。

母への復讐を決意した次女のエレクトラは、しかし来る日も来る日も母の横暴に耐えるほかはなかった。頼みの綱の弟オレステスが、成人してポーキス地方の縁戚《えんせき》から帰還するのはいったいいつの日か。エレクトラの希望は、そこのみだ。

彼女には妹のクリュソテミスがいたが、エレクトラのような強い性格ではなかった。クリュソテミスは体制に従順で、姉のように物事にいちいち怒り、反抗していては成るものも成らず、溝《みぞ》が深まるだけだという。

母親のクリュタイムネストラも、確かに当初は、反抗的なエレクトラをなだめすかし、折り合いをつけていこうとした。しかしエレクトラには、妥協の余地は皆無《かいむ》。母の言動を激しく攻撃し続け、その憎しみは止まるところを知らなかった。

いつかエレクトラは宮廷から疎外され、城外の侘《わび》しい住居に、女奴隷か乞食《こじき》のようななりで虐待されながら暮らしていた。

そのようなある日、旅商人だと名乗る男が二人、ミュケナイの王宮を訪ねてきた。王妃に面会を求めた彼らは、思いがけなくも末子オレステスの事故死を告げたのであった。オレステスは、ポーキス地方のデルフォイでの祭典に戦車競走で出場、クリッサの野で戦馬を駆っていたとき、暴走した馬に引きずられて死んだというのだ。さすがのクリュタイムネストラも、息を呑んだ。王を殺した後、王妃は内心オレステスの存在に怯えていた。悪い夢見にうなされたり、エレクトラの動きに気を配ったりで、心の休まるいとまもなかった。だから、表面では息子の死を嘆き悲しんではみせたが、その目にはありありと安堵《あんど》の気持ちがみて取れ、唇にはいつしかかすかな微笑すら浮かんでいたのだった。

オレステス

エレクトラは、父の墓参に出かける妹からオレステスの悲報を聞いた。母クリュタイムネストラのような余裕は、エレクトラにはなかった。彼女はクリュソテミスから手わたされた弟の骨壺《こつつぼ》を抱きしめたまま地にくずおれ、胸をかきむしって悲しみに身をまかせた。悲惨な生涯でのたったひとつの生きがい、復讐の夢は、あえなくもついえてしまったのであった。

そこへ、顔色を変えた妹のクリュソテミスが慌ただしく戻ってきた。アガメムノンの墓前に、一房の巻き毛が供えられていたのである。

「お姉様、あの巻き毛はあなたとそっくりの色でしたよ」

「だからといって今さら何になるの。オレステスが死んでしまったというのに」

二人が押し問答しているところに、先程の旅商人がやってきた。その一人が、自分たちが持参した骨壺を抱きしめているエレクトラに気づいた。

「貴女は、どなたでしょうか」と彼はまばたきもせずエレクトラに尋ねた。彼女がひどくみすぼらしかったので、不審そうな様子で……。

「オレステスの姉の、エレクトラですわ」

「姉さんですって！」

次の瞬間、二人はひしと抱きあった。旅商人になりすまし、オレステスの死を告げて王宮の様子をうかがっていたのは、当のオレステスと、彼を預かってくれたストロピオスの息子ピュラデスだったのだ。悲嘆のどん底にあったエレクトラは、一転して躍り上がり、これまでの苦しみを弟に語り、一同は復讐を決行する段取りに入った。

一方、アイギストスとともに胸を撫で下ろしたクリュタイムネストラは、再び王宮に現れた旅商人の一人が、突然に刃を振りかざしてきたので呆気にとられた。そしてその男こそが、死んでしまったオレステスだとわかったとき、王妃は思わず床に這いつくばり、衣をはだけると両の乳房を取り出して哀願した。

「オレステス、あなたはこの乳房にすがって乳を飲み、育ったのですよ。私の腕の中で！　産みの母を殺すのが、どんなに大罪か、わかっているのでしょうね」

オレステスの、母の頭上に振りかざした刃は思わず止まった。しかし彼はつい最前、エレクトラから、彼女が受けた母の仕打ちの数々を聞かされたばかりだった。おまけに母は、トロイアから凱旋したばかりの父を惨殺し、愛人を王宮に引き入れて父の王座に座っている……。

「私は母を殺すのではない、ふとどきな女を成敗するのだ！」

叫ぶが早いか、オレステスは刃を振り下ろした。胸をはだけたままのクリュタイムネストラは、血の海のなかでのたうち、こと切れていった。

オレステスは、続いて逃れようとしたアイギストスを討った。

エレクトラは、ほとんど狂人のように喜びに狂い回った。けれどもオレステス――惨劇の始まりとなった長女のイフィゲニアが女神に捧げられたときは事訳《ことわけ》もわからないほど幼く、長じても何ゆえに母に復讐せねばならないかも、心底、納得する機会のなかったこの青年は、しだいに神経を病んでいった。道にはずれた母殺しの不正義を怒る、復讐の女神エリニュスに取りつかれたのだ。

53 さまようオレステス

母殺しのため、復讐の女神エリニュスに追われるオレステスは、狂気にかられたままデルフォイに逃れてきた。

この地には世界の中心であることを示すオムパロス（へその意味）という石が置かれてあったが、オレステスはその上に座った。それから予言の神アポロンによって血の穢れを清めてもらった。しかし彼の重い罪までが消滅したわけではなかった。そこでアテナイに行き、罪人として処罰を受けるか、それとも理由を認められ自由の身になるかの裁判にかけられることになった。

オレステスを罪人として訴えたのは、殺害された母クリュタイムネストラの父に当たるスパルタのテュンダレオス王、そしてクリュタイムネストラと、同じく殺害されたアイギストスとの間にできた娘エリゴネ。いずれもオレステスの身内に当たる人々であったが、法廷では激しい非難を彼に浴びせかけた。

多くの論議が戦わされた末、陪審員《ばいしんいん》らが肯か否かの票を投じた。その結果は、有罪と無罪とが半々に分かれてしまった。裁判長をつとめたのは、アテナイの守護女神でもあるアテナ自身であった。のるかそるかの岐路に立たされたオレステスのために、女神は自分の一票を最後に投じた。それは、無罪の票だった。

オレステスはこうして、晴れて無罪が確定したが、彼の心を掻き乱す狂気の病は完治しなかった。苦しむオレステスに、アポロンは黒海の北にあるタウリスの地から、女神アルテミスの神像を持ち帰れば、狂気は治まるであろうと予言した。

かつて幼いオレステスを預かってくれたポーキス地方の王ストロピオスの息子ピュラデスは、オレステスが父の復讐のためにミュケナイに戻るときから、終始つき添って行動をともにしてくれていた。二人は無二の親友だったので、危険にみちたこの長旅にも、ピュラデスはついてきた。

アルテミス神殿

さてようやくタウリスに着いた青年たちはアルテミス神殿を探そうとした。だが不馴《ふな》れな異国ゆえに土地の者から怪しまれ、王トアスに通報されてしまった。この王は、残虐で狂暴な性格の持ち主だった。王は軍兵を出動させ、二人はたちまち捕らえられた。彼らの弁解も説明も王は聞き入れず、一方的な裁断のもとに二人はアルテミスに犠牲として供されることになった。

探し求めた神像がある、アルテミスの神殿に連行されたものの、もはや自由の身ではなく、死の恐怖と、絶望とが目前に迫っているだけであった。(アポロンは、なぜ自分をこのようなところに行かせたのか……。かつて、オレステスに父の復讐を許したのもこの神であった。神は、その失策を、自分の死で償わせてしまおうとしているのではないか)とオレステスは疑った。

思いまどうオレステスの前に、犠牲式を執り行うための巫女が神殿から現れた。巫女は、異国の若者に、生まれ故郷はどこなのかと尋ねた。オレステスが重い口を開き、アルゴスから、とだけ答えると、彼女は異常なくらいの興味を示し、それからそれへとアルゴス王家の人々の消息を聞こうとした。質問の内容から、その巫女がトロイア戦争の頃の事情に詳しいことがみてとれた。

「実は私も、アルゴスの出なのです。わけあってこのような地に連れて来られ、異邦人を女神の犠牲にする仕事をさせられていますが」

といい、さらに、オレステスから、アガメムノンがとある女に殺害され、その女も復讐の刃に倒されたと聞くと、すがりつくように、後に残された子供たちは生きているかと尋ねるのだった。

やがて固い決意を胸に秘めた巫女は、青年たちにこういった。「お二人のうちアルゴスの出の貴方だけを、私の力で何とかして生かし、ここから逃亡させましょう。貴方はお礼として書簡を故郷の私の身内に届けてください」

巫女が書簡をしたためている間に、青年らは押し問答を始めた。オレステスはピュラデスに、自分のかわりに生き延びて姉のエレクトラと結婚し、王家に子を残してくれといい、ピュラデスは、自分だけが生きるのは許されない、と譲らない。しかしついには、彼はオレステスの説得を受け入れた。

書簡を受け取るとき、ピュラデスは巫女に、万が一無事にアルゴスに辿り着けないか、書簡を失えば、望みは叶わないと承知していてほしい、と念を押した。それならば、いま声で伝えます、と巫女は言い出した。「私の愛する弟オレステスよ！　貴方の姉イフィゲニアは、生きてタウリスにいます。どうか私を救い出し、辛い勤めから解放してください。――」

まさか……、姉さん！　私がそのオレステスですよ。ああ、思いもかけぬ再会を、アポロンは仕組んだのだ。

三人はただちに、王トアスを欺く謀議を図った。すなわち、この人身御供《ひとみごくう》の男たちは特別の儀式で清める必要があるとイフィゲニアは主張し、兵を遠ざけ海上に船を出すのに成功した。王の追っ手を阻んだのは、再びアテナ女神だった。海神ポセイドンの助けも得て、三人はミュケナイに生還した。後に、エレクトラはピュラデスと結ばれた。

54 牝牛になった少女イオ

美少女イオ

アルゴスの豊かな野を流れるイナコス河の河神には、可憐《かれん》な美少女イオがあった。彼女は、アルゴスの守護女神ヘラの神殿に、人類最初の巫女として仕えていた。

ヘラは、イオをたいそう可愛がっていた。が、困ったことに、女神の夫ゼウスは、若く美しいイオに心魅かれ機会を狙っていた。しかし、妻のもとにいる少女をかどわかすのは、ゼウスといえどもひどくむずかしかった。

その頃からイオは、夜休んでいると夢の中で、何者かが大声を放つようになった。「レルネの湖畔へ行け!」と、声はしつこく響きわたった。そのような場所にひとり出かけるつもりは彼女はなかった。毎晩、彼女は我慢していたが耐えきれず、父の河神に打ち明けた。父は何事か察したふうだったが、そのような夢は無視するようにと、きつく言い、娘を外出させなかった。

すると、大河だったイナコス河が干上がり出した。河が水を運ばなくては、豊かな野の作物は全滅してしまう。神託を伺ったところ、娘のイオをレルネに行かせよ、と託宣が出た。

しかたなく、イナコス河神は娘を湖畔にひとりで行かせた。むろんそこには、大神ゼウスが待ちかまえていて、イオを我がものにしようとした。

ちょうどそのとき、奥方のヘラは、巫女が行方不明になったので方々を探していた。ふとみると、大河が乾ききっているのにもうもうと霧が立っている。これはおかしいと感づいたヘラが、湖畔までくると、霧の中に夫が一匹の牝牛を連れているのに出くわした。恐い顔でやってくるヘラの姿をみたゼウスは、慌ててイオを牝牛に変身させたのである。

「まあ愛らしい牛ですこと」と、ヘラは言った。「その牛を、私にプレゼントしてくださらないこと」。おお、やるとも、やるとも、とゼウスは一も二もなく承知せざるをえなかった。絶好のチャンスを逃した神は、胸のうちでは口惜《くや》しさに舌打ちをしながら……。

ヘラは、牝牛のイオを遠く離れた所に引いていった。大樹につなぐと、一〇〇の目をもつアルゴスという怪物に命じ、昼も夜も見張りをさせた。全身に目のあるこの怪物は、夜に大半の目が眠っても、一〇〇のうちのどれかが開いているのだった。つながれたイオは、嘆き悲しんだ。父を呼ぼうにも、声をあげればモーモーとしか発せられず、たとえ駆けつけてくれても、こんな姿では娘だと見分けもつくまい。

使神ヘルメス

ゼウスのほうでは、使神のヘルメスが呼ばれ、アルゴスを早急に片付けよと命じられた。そこでヘルメスは、一本の笛と短剣をたずさえ見張りをしている怪物のもとへ参じた。神は、おそろしく退屈な音楽を延々と奏した。アルゴスの目が一つふさがり二つふさがりするうち、ついには一〇〇の目が閉じた。すかさず剣を振るったヘルメスは、アルゴスを殺しイオの綱を解き放った。それをみたヘラは、イオの耳の中に虻を入れ、刺させた。

イオは狂ったように飛び跳ねながら、全速力で海に飛び込んだ。そのときから海は、イオニア海（″イオの海″の意味）と称されるようになった。彼女は北に向かって泳ぎきるとボスフォロス（″牝牛の渡し″の意味）海峡を通ってアジアへと駆けた。

カウカソスの山（コーカサス山脈）まで来たとき、イオは岩山に、一人の男が鎖で縛りつけられているのに出会った。それはかつて、ゼウスに反逆したティタン神族の神プロメテウスであった。（I・4参照）

イオは相変わらず虻に刺されて飛び跳ねながら、予見に優れた能力があるプロメテウスに向かって尋ねた。――私の放浪の旅は、いつ終わりがくるのですか。この醜い牝牛の姿から解放され、もとの姿に戻るのは、いつのことなのでしょう、と。プロメテウスの答えは、イオの旅はまだ果てしなく続くが、エジプトまで行ったときに終わるであろうというのだった。さらに彼は、意外なことをイオに告げた。それは彼女の子孫の、一五代目に当たる英雄が、プロメテウスをも鎖から解き放ってくれるであろうというのだった。

イオは、ここからまた長い旅をさすらった。最後にエジプトに着いたとき、彼女はまたしても大神ゼウスの手に落ちた。ゼウスはイオをもとの姿に戻し、ナイル河のほとりで愛を交わしてついに想いをとげた。

イオはゼウスとの間に、一子エパポスを産んだ。ところがこれを知ったヘラは、またしても迫害におよんだ。配下のクーレースらに命じ、赤子を奪わせたのである。怒ったゼウスは、雷霆《らいてい》を放ちクーレースらを殺した。隠されたエパポスを、イオはビュブロスで見つけ出した。

イオはエジプトに住みつき、王のテレゴノスと正式に結婚した。ゼウスとの息子エパポスは、成長してナイル河神の娘メンフィスと結婚、リュビアという娘が生まれた。こうして五代目に当たるダナオスとアイギュプトス兄弟のとき、二人は仲違《なかたが》いがもとでイオの故郷アルゴスに帰還した。そこからさらに八代目が、プロメテウスを解放した英雄ヘラクレスだったのである。

55 ダナオスの娘たち

その頃ダナオスは、父ベーロスからリュビア王国を与えられてアフリカに住んでいた。彼には、妻との間以外の多くの女たちからも得た、五〇人もの娘がいた。

ダナオスの双子の兄弟アイギュプトスは、父からアラビア王国を与えられたが、エジプトも征服し、こちらには五〇人の男子ばかりを授かっていた。

兄弟は、それぞれに栄えていたのに仲が悪かった。ことに将来、どちらが父の王座を引き継ぐかについて、ことごとに競《せ》り合うのだった。そうこうするうちダナオスは、たくさんの男子を持つアイギュプトスと争えば負けるに決まっていると悟り、遠くに逃れようと決心した。

女神アテナが知恵を授けてくれたので、ダナオスはまだ誰も造ったことのない船の建造に成功した。五〇人の娘たちをはじめ臣下の者や召し使いを引き連れ、彼はまず地中海を渡った。それからエーゲ海に入り、太陽神ヘリオスのロドス島に立ち寄ると、リンドスの景勝地にアテナ女神のための神殿と立像を建てた。その後、かつて五代前に牝牛となったイオが出奔した、父祖の地アルゴスに辿り着いたのだった。

アルゴス

アルゴスでは、当時ゲラノールが王座についていた。ダナオスが、王となるべく自らの正統性を主張したので、市では論議が持ち上がり、容易には決着しなかった。

最終の論議がなおもつれた夜更け、一匹の狼が山奥から現れるや家畜を襲った。その狼は、牡牛まで倒したので、市の人々は驚嘆した。そしてただ一匹で、いずこからともなく出現した狼をダナオスに見立て、王権を譲渡することになった。

ダナオスは喜び、感謝をこめて〝アポロン・リュカイオス〟（〝狼のアポロン〟の意味）と名付けた神殿を建て奉納した。

アルゴス王となったダナオスは、アルゴスの民を自らの名を取り〝ダナオイ〟と呼ばせようとした。すると、イオの父であるイナコス河神が、この地はもともとヘラのものだから、それは許されないといい出した。

かつて、ヘラとアルゴスの土地争いをして敗れた海神ポセイドンは、これを聞くと腹を立て、泉という泉を涸らしてしまった。そのためダナオスの娘たちまで、他所《よそ》の土地へと水汲みに出かけねばならなくなった。

娘の一人アミュモネは、ある日、遠くまで水汲みに出かけた。途中で、一頭の鹿に出くわした。これを獲《と》ろうと思った彼女は、槍を投げてみたところ、鹿には当たらず近くの草《くさ》叢《むら》で昼寝をしていた山野の精サテュロスに当たった。

むっくりと起き上がったサテュロスは、美しい乙女が狼狽しているのをみて欲情し、襲いかかろうとした。そこへ、ポセイドンが現れた。神はアミュモネを助けてやり、レルネの泉を教えた後、彼女を誘惑するのに成功した。

そうこうするうちに、アイギュプトスの息子たちが、大挙してアルゴスにやってきた。彼らは皆、父親同士の争いを収めたいといい、和睦のために五〇人の娘をそれぞれが妻として迎え、縁を結ばせてほしいと申し出たのである。しかし、追われるようにリュビアを捨てたダナオスの心には、兄弟への深い疑念がぬぐえず残っていた。

が、彼らを敵に回すのは大いに不利だったから、ともかくも申し出には同意した。さまざまな女たちに産ませた五〇人もの娘を、これも母親がてんでに異なるアイギュプトスの五〇人の息子たちに、ダナオスはふさわしい相手をと思案しつつ振り当てていった。そのなかで、ポセイドンと契りを交わしたアミュモネは、エンケラドスという青年に王は振り当てた。

それから、ダナオスは娘たちのために祝いの饗宴を催した。その最中、彼は娘たち全員に短刀を与えた。「よいか、初夜の床で花婿が寝入ったなら、必ずこれで刺し殺すように」

娘たちは勇《いさ》みたち、長い間自分の一族を脅《おびや》かし続けてきた男たちから今こそ自由になれると思い、父の指示どおりの時を待って一斉に短刀を振るった。

ただし、長女のヒュペルムネストラだけは実行しなかった。彼女は、夫として振り当てられた長男リュンケウスを拒んだところ、彼は処女を守ってくれたのであった。

惨劇の後、ダナオスはヒュペルムネストラの裏切りに怒った。王は、彼女を罪人として法廷の裁きにかけたが、市民らは許すべきだと主張した。ダナオスも、後にはこの二人を結婚させてやり、ヒュペルムネストラは一子アバスを産み、夫とともにやがて王位継承者となった。

一方、四九人の息子を刺殺されたアイギュプトスは、さすがに力つきはて隠退を表明した。片や殺人者となったダナオスの娘たちは、花婿の四九の首をレルネの地に葬り、身体は市の前で立派に葬礼に付した。これをみたゼウスは、女神アテナと使神のヘルメスに命じて、娘たちの血の穢れを清めさせた。しかるのちに、ダナオスは四九人の娘たちを、葬礼競技に出場した各種競技の優勝者らに与えた。

この結婚で生まれた子供たちは、後に王が望んだ真の〝ダナオイ〟になったのである。

Ⅲ．英雄たちの生涯

ギリシア神話に数多く登場する「英雄」とは、いったいどのような特徴をそなえた人々であろうか。

彼らは基本的には父か母かが天上の神で、別名「半神」とも呼ばれている。しかし必ずしもそうでないケースが見られ、テセウスやオデュッセウスのように、両親ともに人間という英雄もかなりの数にのぼる。しかし、一族の長い系譜を辿《たど》っていけば、どこかの世代に神の血が混入している、という場合がほとんどといってよい。ただし、それは英雄に限ったことではなく、女性にも、一般人にもあてはまるから、英雄の条件とはならない。

むしろ、スーパー・ヒーローに列せられる大英雄に限って出自が複雑。たとえ片方の親が大神ゼウスの血であろうと、正嫡《せいちゃく》ではなかったり迫害を受けたり、恵まれない境遇に生まれつく傾向がある。そして幼くして自立を余儀なくされ、放浪、冒険の旅に出る。未知の土地で危険にさらされ、幾多の戦いを経験して辛酸《しんさん》をなめ、あるいは厳しい修業に明け暮れてより大きな人間に成長していく。

ここで肝心なのは、彼らの気概である。英雄には受け身の人生はなく、いかなる荒波が襲いかかろうと、不屈の闘争心でもって挑戦する。英雄は嘆かない。極めて不利な状況にあっても、持てる力と英知をふりしぼって戦う。またときには、耐え難い侮辱を受けたり、打ちのめされる場にも遭遇するが、凜《りん》として誇りを失うことはない。しかも修業時代の後は、自らの利益のためではなく、国や他者の正義のために働くことをモットーとする。ギリシア神話が語るこのような英雄像は、いかにも古典的な美意識に貫かれ、理想的にすぎるように思われるかもしれない。が、細部まで読み込めば、そこには地中海人に共通した独特の人間性や慣習を反映していることが見て取れよう。

つまり彼らの主張する正義や英知には、ときとして人を出し抜いたり欺《あざむ》いたり、駆《か》け引きにたけたずる賢さも十分に含まれているし、暴虐的な力の発揮も容認され〝目には目を〟といった根強い復讐《ふくしゅう》心もかいまみられよう。反面、一族郎党においてはこれを庇《かば》いあい、深い愛情で結ばれている。

愛情といえば、女性、男性を問わずややもすれば快楽的な方向にいきやすく、歯止めがかかりにくいこと、妻や妾《めかけ》や愛人のほかに、多くの英雄が同性愛で結ばれており、多彩な愛に貪《どん》欲《よく》でもある。

英雄にはまた、常人のおよばないカリスマ性がなくてはならない。力でも知恵でも弁舌でも、さらに容姿においてさえ無条件に人を魅了する抜きん出たものが必要である。このような条件をそなえていても、のっぴきならない事態に陥ることがあるが、そのようなときには主として戦略の神でもあるアテナ女神が知恵を授けることにより難関を切り抜ける話が諸々《もろもろ》にある。

英雄の生涯は文字通り波乱万丈、息つくひまもないが、多くの人々に崇《あが》められる〝栄誉〟を何よりも重んじる生き方を貫く。そうして、たいていは不幸な死に方——我が子や妻に誤って殺されたり、騙《だま》し討ちに遭ったりして、あっけなく閉じるのも大きな特徴だ。死後、ヘラクレスのように昇天して神界に連なる英雄は極めて少ない。このような「英雄《えいゆう》譚《たん》」がさかんに語られ、人心を高揚させたのは紀元前八世紀頃。英雄叙事詩の作者として名高いホメーロスやヘシオドスが活躍した頃で、おりからギリシアは、貿易、植民、戦争などで海外への挑戦と飛躍が始まったときと一致している。

しかし実際に英雄たちが綺羅星《きらぼし》のごとく登場したのは、紀元前一六五〇年頃に始まり、前一二〇〇年頃と推定される未曾有《みぞう》の大戦、トロイア戦争終結後に滅びた、ミュケナイ文化の時代である。

本項では系譜に従い、古い伝説の順にペルセウス、ヘラクレス、イアソン、テセウスと、その生涯と働きの全貌《ぜんぼう》が把握される四大英雄を取りあげた。

56 ダナエ、黄金の雨を受ける

アルゴスのアクリシオス王には、年頃の一人娘ダナエがあった。が、王位を継ぐ息子には恵まれないでいたので、どうすればよいか、神託を伺うことになった。

ダナエを閉じ込める

すると、思いもかけない託宣がくだった。王にはこの先も跡継ぎは授からないが、ダナエが産む孫は男子である。ただしその子は、やがて祖父を殺すはめになろう、と。

驚いた王は、ダナエを閉じ込め、誰とも結婚させないことにした。さっそく宮殿中庭に地下室を造らせ、屋根も壁もぴったりと青銅でおおって、男はおろか、鼠一匹入りこめないようにした。彼女の世話をする乳母や召し使いには秘密を厳重に守らせ、屈強な見張りまでつけた。

ところが、大神ゼウスは若く愛らしいダナエに恋心をそそられていた。幽閉されてしまった彼女に、なんとかして会う手だてを講じなければならない。

考えた末、神は自ら黄金の雨に変身した。そうして屋根のつぎ目のわずかなすきまから忍び込むや、ぐっすりと眠っているダナエの上に降りそそぎ、彼女を身ごもらせてしまったのである。

時がたった。ある日、それまで何も気づかなかった王は、ダナエを閉じ込めた館《やかた》の中から、ふいに赤子の泣く声を聞きつけた。急いで入ってみると、これはなんとしたこと！ 娘が、生まれてまもない男の子を胸に抱いているではないか。怒り心頭に発した王は、ただちに自分を裏切った乳母や召し使いらに重い罰を与えて追い出し、一方では、娘と赤子を海に流すため大きな櫃《ひつ》を用意させた。

「お父さま、この子は誰あろう、大神ゼウスさまの御子なのです」

ダナエは、櫃に入るまいと必死になり事のてんまつを説明したが、王はふしだらな身持ちの弁解だと、てんで耳を貸そうとはしなかった。何よりも、王は孫を恐れたのだった。

流される母子

かくして若い母と子は、エーゲ海の青い波間を漂う木箱の中で揺られながら、東へ東へと流されていった。ペルセウスと名付けた息子をしっかりと抱きしめたまま、ダナエは生きた心地もしなかった。あまりの恐怖で、涙すら出てこない。ただただ、ゼウスに助けを求め、心の中で叫び続けた。

幾日か過ぎたとき、櫃は幸運にもセリフォスという小島の波打ち際に打ちあげられた。

《大神ゼウス（ユピテル）とダナエ》17 世紀の銅版画

おりから、漁に出ていた漁師ディクテュスの目にとまり、彼が櫃のふたを開けると、中では立派な衣服を身にまとった母《おや》子《こ》が息も絶えだえになっていた。

　ディクテュスは、母子を介抱して我が家にとどまらせ、元気になると引き続きペルセウスの養育まで引き受けてくれた。

　ディクテュスの兄は、島の王でポリディクテュスといった。王はひと目みてダナエの美しさに心を魅《ひ》かれたが、彼女は弟が守っており、子供もいる。王という立場もあるので、おいそれとは手出しもできないまま、それでも機会をねらっていた。

　そうこうするうち、ペルセウスは成長し、いつか気むずかしい思春期にさしかかっていた。

あるとき、王は宮廷に親しい人々を呼び集めた。少年ペルセウスもそのなかにいた。王は一同に、実はピサの王オイノマオスの娘、ヒッポダメイアが結婚することになったので(II・47参照)、祝いの贈り物をしなくてはならない。ついては何かふさわしいものを献上してはくれまいか、と切り出した。

ゴルゴンの首

一同は、それなら駿馬《しゅんめ》を贈るのが最適だと口々に言上した。しかし生意気ざかりで、王をあまり好いてはいなかったペルセウスは、自分なら馬なんかより、ゴルゴンの首でも取ってくるのに、と高言してしまった。

それを聞いた王は、渡りに舟とばかり身を乗り出した。ペルセウスよ、是が非でも、それを取って持参するように。

王の命令に、はたの者は皆青ざめた。なぜといって、ゴルゴンは、恐ろしい怪物で、頭髪は身をくねる無数の蛇でできており、大きな牙《きば》をむき、両手は青銅、それに黄金の翼をもつという奇怪な姿だ。その貌《かお》をひとめでも見ようものなら、たちまち相手を石と化してしまう。父は海洋の神ポントス、母は大地の女神ガイアの間に生まれたポルキュスと、その妹ケートが交わり産んだ三人娘の一人だった。しかもその住みかがとてつもなく遠い。いまさら後に引くわけにはいかず、ペルセウスはそれでも意気揚々と、生まれてはじめての冒険の旅に出ることになった。これで厄介者《やっかいもの》を追い出せるわい。母のダナエに手出しができる願ってもないチャンス到来とばかりに、不心得な、ポリディクテュス王はほくそ笑んだ。

57 ペルセウスの冒険

ゴルゴンの首を取ってくると豪語したペルセウスは、いざ冒険の旅に出たものの、すっかり途方に暮れていた。見る者をたちまち石と化すという怪物をしとめるのに、どんな武器を用意し、旅仕度をしてくれればよかったのやら。それに、どっちを向いて急げばよいのか、方向も道順もわからないではないか……。

やみくもに力んで歩いていると、天の助けか、そこへ威厳のあるアテナ女神の声がした。

「ペルセウスよ、私に従いなさい。まず、ゴルゴン姉妹の姉、グライアイを訪ねるのです」

ゴルゴン姉妹

グライアイたちは、生まれ落ちたときから老婆なのだった。ゴルゴンたちと同じく三人姉妹だが、三人で一つ眼と歯しか持たないので、互いに順ぐりに回し持ちしながら生きていた。

グライアイたちの住みかがある、西の果ての大洋オケアノスへと向かう、気が遠くなるほど遠い旅には、使神のヘルメスが付き添ってくれた。

ペルセウスがグライアイのもとへ辿り着いたとき、三人の老婆は、ちょうど眼や歯を一人から取りはずして交換しているところだった。アテナから教えられたとおり、ペルセウスは素早く一つしかない眼と歯とを奪った。そうして、次に訪ねなければならないニンフたち、ナイアデスの居所を教えるようにと強制した。眼や歯を取りあげられた老婆らは、焦《あせ》って仕方なくその場所を教えたので、約束どおりペルセウスは奪ったものを返した。

河や泉のニンフ、ナイアデスらは、ペルセウスの要求をいれてゴルゴンのいる場所を教えてくれた。それればかりかペルセウスのために、飛行用の特別のサンダル、それをかぶれば我が身を消し去ることができる帽子、それにゴルゴンの首を打ち落としたときに入れるキビシスという袋までくれた。

最後にヘルメスが、金剛の鎌をペルセウスに与えた。こうして彼は、天空をも自由自在に飛び回れるサンダルに履きかえ、キビシスは肩に掛け、帽子をかぶり、鎌を手に、いよいよゴルゴンの住みかへと、さらに西、死者の国の近くまで飛び続けた。

彼がゴルゴンの姿を見つけ出したとき、三人はうずくまり眠っている最中だった。話には聞いていたものの、その姿はさすがにペルセウスをおじけづかせた。巨大な頭で身をくねらせている無数の蛇、猪《いのしし》のような二つの牙はそそり立ち、不気味な青銅の手がにぶく光る。

メドウサ
姉妹のうち、ステンノとエウリアレは不死身《ふじみ》だったが、三番目のメドウサだけが、人間と同じくやがては〝死すべき身の〟存在だったので、ペルセウスは彼女にねらいをつけた。しかし万が一にも目があうと石になってしまうので、アテナ女神の指示にけんめいに従った。まず与えられた銅製の楯《たて》の、光る面にゴルゴンの姿を映し、一心にそれを見つめつつもう一方の手で鎌をふりかざし、じりじりと近付いていったのである。

今だ、という女神の声に、ペルセウスははっとばかり鎌をふり下ろした。メドウサの首は見事に離れた。その瞬間、彼女の胴体からは、黄金の翼をきらめかせた神馬ペガソスと、黄金の剣をふり回しながらクリュサオルとが飛び出してきた。

この神馬と人間は、実は海神ポセイドンが父親なのであった。というのも、メドウサの姿に恐れをなした神々は、みな彼女に近付こうともしなかったのに、海の怪物を数多く造ったポセイドンだけは、ひるむこともなく交わったからである。

さてペルセウスのほうは、大急ぎで顔をそむけながらメドウサの首を拾いあげると、キビシスの中へ放り込んで一目散にその場を離れた。が、物音で目をさました二人の姉妹が、首を取り戻そうとたちまち黄金の翼を駆って追いかけてくる。空飛ぶサンダルを履き、身体を消す帽子をかぶったペルセウスは、全速力で逃れ、ゴルゴンたちは彼の姿を見失った。

重いキビシスをしっかりと担《かつ》いだペルセウスは快調に大空を飛び続けていたが、そのう

《メドウサを殺すペルセウス》17世紀の銅版画

ち大風にあおられて、ちぎれ雲のように吹き飛ばされてしまった。気がつくと、リュビア砂漠の上にいた。と、キビシスの中からメドウサの首からしたたる血が砂上に落ちている。たちまち、それは無数の毒蛇となり這《は》いまわった。

　そうこうするうち、さすがに疲労を感じたペルセウスは、アトラスの国にさしかかったので空から降りて王に一夜の宿を願い出た。王は、すげなくそれを断った。というのも森の中に、竜に守られた黄金の果実の樹々があったので、他所者《よそもの》にそれを盗まれはしないかと疑ったのだ。

　ペルセウスは不親切な王に腹を

立ててこういった。

「あなたは、私に何も与えようとはしない。それなら、私の贈り物を受け取るがいい」

彼はすばやくキビシスの中からメドゥサの首を取り出し、顔をそむけて王に突きつけた。身体がとてつもなく大きかったアトラスの王は、たちまち石となり山と化した。頭髪や髭《ひげ》は森に、両腕は尾根に、頭は高い峰となって、今もアフリカにそびえるアトラス山脈に変わってしまったのであった。

58 ペルセウス、アンドロメダを救う

アトラス王国を飛びたったペルセウスは、やがてアイティオピア王国にさしかかった。海岸近くへ来たとき、彼は異様な光景をみた。海に突き出た岩に、白い大理石像が縛《しば》りつけられ、足もとを波が洗っているのだ。目をこらすと、それは石ではなく、世にも美しい乙女の裸体だった。

不思議に思い、彼が乙女にそのわけや出身地などを尋ねると、彼女は消え入らんばかり。恥ずかしさに、はじめは声もたてずにうなだれた。しかし彼女はやがて、自分が悪業に手を染めてこのような罰を受けているのを青年に思われるのが辛《つら》くなり、重い口《くち》を開いた。

「私の父は、この国の王でケペウス。私は娘のアンドロメダでございます。母は、名をカシオペイアと申しまして……。実はこの母が、皆からいつもほめそやされる美貌《びぼう》の持ち主だったもので、つい口がすべり、海神ネレウスの娘たちよりも自分のほうが美しいと自慢をしてしまいました。怒った娘たちは海神ポセイドンに訴えてアイティオピアに洪水を起こさせ、巨大な鮫《さめ》を送らせました」

鮫を退治する

国は荒れ果て、民は命を落とすに至って、王が救済のための神託を伺うと、アンドロメ

《ペルセウスとアンドロメダ》16 世紀の銅版画

ダを人身御供《ひとみごくう》として鮫に与えよとお告げが出た。王はしかたなく嘆き悲しむ王妃を説得して、アンドロメダを鮫に捧《ささ》げる仕度を終えたところだった。

と話していると、はやくも海が割れ、巨大な鮫が姿を現した。アンドロメダの悲痛な叫び声が轟《とどろ》き渡ると、王と王妃が駆けつけてきて縛られた娘を抱きかかえたが、鮫は刻一刻と近づいてくる。

「私はペルセウス。ゼウスとダナエの息子です。もしアンドロメダの命を助けたら、私と結婚させてくれますか」

「やるとも。娘だけではない、王国全部だって与えようぞ」

せっぱつまった王は、絶叫した。鮫の巨体はすべるように、すでにすぐそばまで接近してきた。ペルセウスは、剣を引き抜くと天空高く舞い上がった。海面に、ペルセウスの影が落ち、鮫はそこへ襲いかかろうとした。その背に、無謀にもペルセウスは飛び降りた。ひと突き、またひと突き。渾身《こんしん》の力をこめ、彼は深く深く剣を鮫の背に刺し通した。海はふき出る血潮で染まった。海水を叩《たた》き荒れ狂う巨体に、ペルセウスの全身も足首の翼も、いつかずぶ濡《ぬ》れになり重くなっていた。

彼は海辺の岩礁に飛び移った。翼を固定し直し、剣を振るって戦い、とうとう大鮫の息の根を止めた。ペルセウスは、ふるえおののいているアンドロメダの鎖を解き、自由にしてやった。

王と王妃、それに王宮のすべての人々が、狂喜してペルセウスとアンドロメダを迎えた。宮廷では、すでに婚礼の仕度がととのえられ、祝杯を挙げるばかりになっていた。

ピネウスと戦う

その豪華な宴《うたげ》もたけなわとなった頃、にわかに王城の門前が騒がしくなった。とみるまに、ケペウス王の弟、ピネウスが、大軍を率いて広間に乗り込んできた。

ペルセウスは知るよしもなかったが、ピネウスはかねがね、アンドロメダを妻にと求婚していた。ところが彼女が犠牲《いけにえ》に供されることになると、助けようとはせず手を引いた。しかしいま、アンドロメダは無事でそれを異国の若者が連れ去ろうとしている。おまけにやがては兄の王座まで手に入れると知って、我慢ならなくなり戦いを挑んできたのだ。

「おまえは、私の婚約者を盗もうとしている」

高く掲げた投げ槍《やり》を、ペルセウスめがけて投げつけようとしてピネウスは叫んだ。

ケペウス王は、立ち上がって制し、弟を叱りつけた。

「私のいとしい娘が鎖で縛られ、むごい姿になったのをみて、身内のおまえは何をしてくれた？　さっさと見捨てたではないか。ペルセウスは命がけで鮫と戦い、娘を救った。縁もゆかりもない男だったのにな」

ピネウスは、何も答えないかわり、えいっとばかりペルセウスめがけて槍を放った。槍は的をはずれて床に刺さり、ペルセウスはそれを引き抜いて投げ返した。すんでのところでピネウスは身をかわし、槍は彼の従者を貫いた。ケペウスが招いた客、従者、ペルセウスらは一団となり、宴席を挟んでピネウスの軍と戦いの火ぶたが切って落とされた。

雨あられと降り注ぐ矢、女たちの悲鳴、大理石の床を濡らす血潮。ペルセウスは柱に身を寄せながら、敵の襲撃を次々とかわしたが、ふいを突かれたケペウス王の側のほうがどうみても不利と判断した。このままでは王もアンドロメダも危ない。

ペルセウスは、味方に向かって大声をあげた。

「皆、顔をそむけてくれ！」

キビシスから取り出したメドウサの首を、彼は手近にいた敵の一人に突きつけた。武器を振りあげたままの恰好《かっこう》で、男はたちまち石と化した。続いてさらに高く首を掲げると、数百人の兵士が石の彫像になった。それを見たピネウスはふるえあがって命乞《いのちご》いを始めた。しかしペルセウスは、容赦しなかった。

「おまえの記念碑を建ててやるぞ」

ピネウスは、おびえきった姿で石像になった。

59 祖父アクリシオスの運命

アンドロメダとともに、ペルセウスはおよそ一年余りアイティオピアの王宮に滞在した。この間、妻は最初の男子を産んだ。

アンドロメダの父、ケペウス王はいまだに健在だったので、ペルセウスはその子を跡継ぎとして王に預け、ひとまず故国へ帰ることにした。なんとしても、セリフォス島に残した母ダナエが気がかりだったのである。

ペルセウス故郷へ

アンドロメダを伴い、島に戻ってみると、事情は彼の想像以上に悪化していた。母を見初めていた島の王ポリディクテュスは乱暴を働くようになっており、ペルセウスが見たのは、王の弟で恩人のディクテュスと母がおりしもゼウスの祭壇にすがり、助けを求めている哀れな姿であった。

神々の祭壇に逃げ込んでそこにすがれば、いかなる権力者であろうと手出しはできない掟《おきて》があった。そこで王は、二人を配下の者らに取り巻かせたまま、食糧を運ぶ道を断ったので、ダナエもディクテュスもいずれは降参するか、餓死するほかなかった。

ペルセウスの怒りが爆発した。とっくに死んだものと思っていた彼の姿をみて仰天した王や、側近の者に、彼はメドウサの首を突きつけた。一同は、驚きと恐怖に引きつった顔のまま、さまざまなポーズであっというまに石像になった。

次にペルセウスは、命の恩人だった王の弟ディクテュスを王座に迎えさせた。王宮も島の民も平穏を取り戻すと、母のダナエは、長い苦労を重ねた旅先でしきりに故郷を恋しがった。「おまえは、れっきとしたアルゴス王家の跡継ぎなのに」と常々母から告げられてきたペルセウスも生まれ故郷はどんなところなのか、訪ねてみたい気持ちが募った。おまけに、自分たちを捨てさせた祖父がまだ存命と知るや、複雑な気持ちではあったが彼は矢もたてもたまらずアルゴスへ帰りたくなった。

母と、妻のアンドロメダも伴い、ペルセウスはアルゴスめざし、エーゲ海を渡ることになった。また帰郷に際し、彼は神々に感謝の生け贄《いにえ》を捧げ、身を隠す帽子、翼のあるサンダル、そしてメドウサを入れた袋キビシスをヘルメス神に返し、メドウサの首は、冒険の指南をしてくれたアテナ女神に奉納した。女神はペルセウスの勇気を讃《たた》え、そのときから自らの戦闘用胸当てにメドウサの首をはめ込んだ。

一方アルゴスでは、孫のペルセウスが生きていて若き英雄に成長し、復讐に戻ってくるとの噂《うわさ》がはやくも町に流れた。老王アクリシオスは、これでいよいよ神託が実現すると思い、パニックに陥った。ペルセウスが着く前に、祖父はアルゴスを脱出し、北へ北へと辿って、遠いテッサリア地方まで逃れた。そしてラリサという地方都市の領主、テウタミデスのもとで厄介になった。しばらくしてテウタミデスは、父親の葬儀があり、葬礼のための競技会を、全土から名だたる王や英雄を集め開催した。祖父がこのあたりに逃れたと聞き、アルゴスから追ってきたペルセウスは、たまたま当地にいたので自分も五種競技に出場した。そのうちの一つである円盤投げの競争で、彼が投げた円盤は、運悪く手からはずれて客席にとび込み、白髪の老人の額を直撃した。

あお向けざまに倒れ、二度と起き上がることなく息を引き取った老人こそ、誰あろうアクリシオス王だった。こうして、予言は成就したのである。

嘆き悲しむ

ペルセウスは嘆き悲しんだ。祖父の遺体とともにアルゴスに帰り、立派な葬儀を営んだものの、そのまま民の要請に応じて王座に座る気にはやはりなれなかった。考えた末、彼はアクリシオス王の双子の兄弟だったプロイトスの息子で、ペルセウスとは従兄《いとこ》に当たるメガペンテスが近くにあるティリンスを治めていたので、もしや互いの王城と領地を交換してはもらえまいかと頼んでみた。

メガペンテスが快く応じたので、ペルセウスはアルゴスを彼にゆずり、ティリンス王となった。生まれ落ちたときから苦難の連続だったペルセウスは、ここでは平穏で幸せな日々を送った。善き王としてティリンスを統治し、近隣には、ミュケナイとミディアの王城を新たに築くという偉業をなし遂げた。異国からきた妻アンドロメダとも仲むつまじく、彼女はアイティオピアに残した長男のほかにも、あらたに四男一女をもうけた。

ところで遠い昔、ペルセウスが贈り物にゴルゴンの首を取ってくると宣言するきっかけとなった、ピサ王国のペロプスとヒッポダメイアの結婚を、思い出していただけるだろうか。

不思議な縁が、その後にもこの夫婦とペルセウス夫婦をつなぐことになった。というのは、ここで生まれた四人の男子のうちの二人が、ヒッポダメイアの娘二人とそれぞれ結婚した。うち一組がミディアの王城に住んだのであるが、そこへ、夫と仲違《なかたが》いしたヒッポダメイアが来て、死ぬまで激動の晩年を送った。そのうえ彼女の二人の息子、後に有名になるアトレウスとテュエステス兄弟は、やはりピサの王宮を逃れてペルセウスのもう一つの城、ミュケナイの城主となっている。

それから、残る二人の息子のうちのエレクトリュオンは、娘アルクメネが後にヘラクレスを生み、ペルセウスはこの大英雄の曾祖父《そうそふ》に当たるのであった。

60 ゼウス、人妻を欺く

ヘラクレスが生まれる少し前のこと。ペルセウスの孫アムピトリュオンは、テレボエス人との領地争いで誤って叔父《おじ》を殺してしまった。

悪いことに、それは従兄同士で結婚した、妻アルクメネの父親でもあった。罪なき人を間違って殺害した場合、当時、一年間は郷里から追放され、異国で暮らして血の穢《けが》れを祓《はら》うしきたりであった。アムピトリュオンは、テーバイで仮住まいさせてもらえることになり、妻を連れてペロポネソス半島を出、中部ギリシアへとやってきた。妻は哀しみに沈みきっていた。そしてせめてもの罪滅ぼしに、夫が自分の父親を殺すきっかけとなった、テレボエス人との争いに決着をつけ、仇《かたき》を討ってほしいと乞《こ》うた。彼は、その地へ遠征に出ることになった。

この様子をみていた大神ゼウスは、かねてよりアルクメネの美貌に魅かれていたので、願ってもない機会到来とばかり、秘策を練り始めた。日頃貞淑な人妻で、しかも喪中のアルクメネを手に入れるのは簡単ではない。

ゼウスは、はやる心を抑え、じりじりと夫のアムピトリュオンが戦場で勝利をおさめるのを待った。さらに諸儀式や公約が交わされる日々を我慢に我慢を重ねて待ち、いよいよ夫がテーバイに戻るという前日、ゼウスはアムピトリュオンに何から何までなりすまし、戦士とともに疲れきって、しかも勝利品や奴隷《どれい》まで連れて帰還した。

アルクメネはさすがに喜び、これで不慮の死を遂げた父の霊も報われると、日頃の生気をとり戻した。その夜は、ゼウスが月の女神セレネにいいつけ、いつもの三倍の時間をかけて銀の船を漕《こ》ぐよう命じたので、夜明けはいっこうにやってこなかった。遠征先での夫の労苦をねぎらおうと、アルクメネは心をつくし、夫は夫で、妻にこまごまと戦いのさまなどを話してやり、夫婦はことのほかむつまじく夜をすごした。

夫の凱旋

翌日、ほんものの夫が凱旋《がいせん》してきた。アルクメネは、狐につままれたよう。妻に勝利の喜びを語り、さぞやいたわってくれるものと期待したアムピトリュオンは、呆気《あっけ》にとられるほど、アルクメネは冷静だった。

「そのお話、あなたは昨夜もなさったではありませんの」などと妻が口走るにいたって、アムピトリュオンははじめて深い疑念にとらわれた。しかし、考えてみてもわけがわからない。彼はすぐさま、名高いテーバイの予言者ティレシアスを呼び、問いただした。

真相を伝えられたアムピトリュオンは怒り、それは容易におさまらなかった。が、やがて妻が双子を身ごもり、ゼウスよりじきじきに「そのうちの一人が、やがては、アルゴスの王者になる」と告げられたため怒りをしずめた。

ヘラクレス

双子は、ともに男子だった。ゼウスの血を引く子はヘラクレス、一夜遅れでアムピトリュオンの血を引く子はイピクレスと名づけられた。が、このときはまだ、誰も見分けられなかった。

ところでここに、人々が気づかない事態がひそかに起こっていた。ゼウスの妃《きさき》ヘラは、王者たる子が他所《よそ》に生まれたのに嫉妬《しっと》し、嫌がらせを企《たくら》んだ。娘で、お産の女神エイレイテュイアにいいつけ、アムピトリュオンのもう一人の叔父ステネロスの、七ヵ月目に入った子を早産させ、ヘラクレスより先に誕生させた。その子、エウリュステウスは将来、ことごとにヘラクレスの前に立ちはだかる存在となる。

さて、ヘラクレスとイピクレス兄弟が八ヵ月になった頃、ヘラは目ざわりな赤子をいっそ始末してしまおうと、赤ん坊が眠っているところへ二匹の毒蛇を送った。蛇が、身をくねらせつつ這い寄っていくのをたまたま目撃した母のアルクメネは、金切り声をあげ助けを呼んだ。アムピトリュオンや侍女が駆けつけると、赤子のヘラクレスは両手を伸ばして二匹の毒蛇をむんずとばかり摑《つか》みあげた。皆が肝《きも》をつぶしかけたとき、ヘラクレスは立ち上がり、高々とあげた両手の蛇を、満身の力で絞め殺してしまった。アムピトリュオンは、このただならぬ子がゼウスの血を引くことに、ただちに気づいた。以来彼は、私情を捨て、ヘラクレスを偉大な英雄となるように、責任をもって養育することを心に誓った。そのためには、鉄は熱いうちに打たねばならない。

幼少期から、アムピトリュオンはヘラクレスのために、方々から一流の教師を招いた。馬と戦車の操縦には自らが教えにたずさわったが、格闘技の練習には王アウトリュコスの指導を受けさせ、弓は名人とうたわれたオイカリアの王エウリュトスに、ほかの武器の扱いにはスパルタの英雄カストールに。また、情操教育である竪琴《たてごと》の演奏と歌唱は、名高い音楽家リノスにと、至れりつくせりの力を注いだ。

　怪力だけでなく、ヘラクレスは並々ならぬ知恵の持ち主でもあった。とても児童とは思えない早熟さだ。しかし同時に、ひどく短気な性格でもあることに、義父は気づ

アルブレヒト・アルトドルファー
《毒蛇を絞め殺す幼いヘラクレス》

かざるをえなかった。

いかなる学問にも、わざの修業にも、忍耐が必要であることを、アムピトリュオンは繰り返し語って聞かせながら、この怪童に彼は一抹《いちまつ》の不安を覚えていた。

61 ヘラクレスの狂気

ヘラクレスは、弓矢でも格闘技でも、戦車の操縦でもできない技《わざ》はなかった。恐ろしく体力があり、かつ賢く、教えたことは何でも一流になった。けれどもただひとつだけ、彼はどうにも好きになれない勉強があった。竪琴である。

細い弦を高く低く、強く、柔らかくと爪弾《つまび》きながら、朗々とかつエレガントに歌わなければならない。彼が指先をもつれさせ、いらいらと演奏していると、師匠のリノス師は、あまりの不器用さについ声をあげて叱りつけた。

とたんにヘラクレスは、辛抱もここまでと、手にしていた竪琴を投げつけた。運悪く、それはリノス師を直撃した。楽器とはいえ彼の怪力にあってはひとたまりもない。師はその場で絶命した。

こらしめとライオン退治

ヘラクレスは殺人罪に問われた。しかし彼は正当防衛であると巧みな主張をして無罪を勝ち取った。それでも義父アムピトリュオンはこらしめとして、ヘラクレスを牛飼場に送った。終日汗まみれで汚い仕事をしたが、彼の輝く目と立派な容姿を見た者は、誰もが彼を牛飼いとは思わず、ゼウスの息子に違いないと噂しあうほどだった。

その頃、テーバイ近くのキタイロン山でライオンが出没し、アムピトリュオンや、近隣のテスピアイ国の王テスピオスが所有する牛を殺した。これを知ったヘラクレスは、牛飼場からテスピアイに出向き、王の宮廷に泊めてもらいライオン退治を引き受けた。

彼は、宮廷に五〇日間滞在し、毎日山へ出かけてはライオンを探し、追った。王は彼の力と勇敢さ、その偉丈夫ぶりにほれぼれとし、毎夜一人ずつ自分の娘を与えた。王の娘は、五〇人もあったというが、一八歳のヘラクレスはいっこうに気にもとめず、毎夜同じ娘がやってくるのだとばかり思っていたという。

そしてとうとう、彼は素手《すで》で戦ってライオンを倒した。記念すべき最初の挑戦に勝ったヘラクレスは、それ以来野獣の皮をはいで身にまとい、頭は兜《かぶと》の代わりに被《かぶ》った。

意気揚々と山から王宮へ戻る途中で、彼は日頃からテーバイ国ともめているこれも隣国のオルコメノスから来た使者たちに出会った。ヘラクレスは有無をいわさず一人をとらえると耳、鼻、手を切り落とし、縄を頸《くび》に結んで、これを王のところへ貢ぎ物として持ち帰れといった。というのも、オルコメノスの王は毎年、テーバイに百頭の牝牛《めうし》を貢ぎ物として要求していたのだった。

ヘラクレスの仕打ちに怒ったオルコメノスの王は、ただちに軍を率いてテーバイを攻めてきた。ヘラクレスは、テーバイ軍の先頭に立ち、王を一騎討ちで倒し、オルコメノス軍を敗走させると、今度は逆に二倍の貢ぎ物を要求した。こうして、早くも輝かしい戦果を打ち立てたヘラクレスだったが、不幸なことに、このときの戦いで義父アムピトリュオンは戦死してしまった。

彼ら一家を受け入れてくれていたテーバイ王のクレオンは、ヘラクレスに結婚をすすめ、娘のメガラを妻として与えた。同時にメガラの妹の方は、ヘラクレスの義兄弟イピクレスに嫁《とつ》がせ、両国を厚い絆《きずな》で結んだ。

メガラは、やがて三人の息子の母となり、ヘラクレスはますます方々に出向いては荒々しい戦いを引き受けるようになった。

狂気にとりつかれる

かねてよりヘラクレスをうとましく思っていたヘラは、毒蛇を送ったものの彼の命を奪うことができず、次なる手を考えた。突然、ヘラクレスは恐ろしい狂気にとりつかれたのである。たまたま一族がそろっていたおり、彼はにわかに三人の我が息子を捕らえて火の中に投げ込んだ。それでも足らず、イピクレスの二人の子供まで同じようにして死なせた。

この混乱ぶりをみかねた女神アテナは、荒れ狂うヘラクレスの胸を強く叩き気絶させた。正気にかえったヘラクレスは、みるかげもなく打ちしおれ、自殺しようとしているところを、アテナイ王テセウスに救われた。妻とも別れたヘラクレスは、我と我が身をテーバイから追放し、あてどなくさまよい歩いた。

アポロンの予言地デルフォイにきたとき、彼は神に、自分はいずこに身を置くべきか尋ねた。神は、ヘラクレスは祖父の地ティリンスに戻れと命じた。そこで、近隣のミュケナイ王となっているエウリュステウスに、一二年間奉仕することにより罪業に報いるように。エウリュステウスから命じられる仕事は、すべて常人にはできない難業ばかりなのだった。

おまけにエウリュステウスといえば、ヘラクレス誕生を嫉妬し、わざと先に生まれさせて優先権を与えた叔父の子である。彼の方でも、なにかとヘラクレスを毛嫌いし、ひどく恐れてもいたから、両者ともしっくりといく間柄ではない。ヘラクレスは、この先わが身にふりかかるであろう命がけの難業にいどむ苦しみよりも、エウリュステウスの僕《しもべ》にならねばならないほうがずっと苦痛だった。それにしても、狂気に捉《とら》えられたとはいえ、自分のした行為はあまりに残虐すぎる。どうあってもその罪だけは償わねばならない。ヘラクレスは、プライドを捨てた。

62 ヘラクレス十二の難業に挑む〔一〕

エウリュステウスが、ヘラクレスに最初に命じたのも人や家畜を襲うライオン退治だった。このライオンは、王の住むミュケナイから一〇キロほど北、古代より芳醇《ほうじゅん》な赤葡萄《ぶどう》酒の産地ネメアの谷に住んでいた。両親はテュポンとエキドナといい、ともに怪物、ライオンは不死身といわれていた。

ネメアへ向かう途次、ヘラクレスは貧しい農夫のモロルコスに宿を頼んだ。善良な農夫は、一頭しかない牡羊《おひつじ》を殺して旅人をもてなそうとした。「三〇日間、待て」とヘラクレスはそれを止めた。もしもライオンを退治できたら、牡羊はゼウスの祭壇に供えるし、自分が死ねば供物にしてほしい。いい置いて彼は谷へと出発した。

やがてライオンを見つけ出したヘラクレスは弓を引いたが、矢が当たってもびくともしない。彼は武器を捨て、オリーヴ樹で造った太い棍棒《こんぼう》だけで後を追った。それからこの猛獣を洞穴に追い込み、棍棒も捨てて素手で格闘し、喉《のど》を締めあげてついに窒息させた。

いつのまにか三〇日がすぎていて、彼がライオンを担いで帰ると、モロルコスが亡きヘラクレスのために犠牲の羊を捧げようとしていた。彼は夢かとばかり喜び、二人は羊をい

アルブレヒト・アルトドルファー
《ネメアのライオンと格闘するヘラクレス》

そいでゼウスの祭壇に捧げかえたのだった。ヘラクレスは、ライオンをエウリュステウスの所へと運んだ。王はそのさまをみておじけづき、ヘラクレスを市の門より内に入るのを禁じた。彼はいざというとき隠れるために、青銅の甕《かめ》を地中に用意させた。

次は、レルネの泉に住む九つの頭をもつ巨大な水蛇退治だった。頭は、うち一つだけが不死だ。ヘラクレスは戦車に乗り、甥《おい》のイオラオスが操縦した。水蛇の住みかまで来ると、彼は火箭《ひや》を放っておびき寄せたが、たちまち大蛇はヘラクレスの足に巻きついた。棍棒をふり下ろしたが役に立たない。一頭を打ちのめすと、二頭が生え出るのだった。

イオラオスが燃え木をつくり、頭のつけ根を次々と焼いて生え出るのを止め、ヘラクレスが不死の頭を切り離した。彼は自らの矢に、水蛇の胆汁を浸《ひた》し毒矢をこしらえた。

エウリュステウスは、イオラオスの助力でなしとげたこの仕事を、十二の一つに数え入れるのをしぶった。そしてすぐに第三の仕事、ケリュネイアの鹿を生きたまま持って来いと命じた。

鹿は、女神アルテミスのもので、オイノエに住み、黄金の角《つの》を持っていた。ヘラクレスは、丸一年間もこれを追い続けてアルカディアの山々を越え、鹿が疲れはてたところを射て、生きたまま担ぎあげた。そこでアルテミス神と出会ってしまい、怒る女神にはエウリュステウスの責任だと主張、言い逃れてミュケナイの王城へ運んだ。

第四の仕事。これも生きたままの猪をエリュマントスの山の中から捕らえて持ち帰らねばならなかった。ところが猪狩りより前にヘラクレスはケンタウロス族ととんでもないもめ事を起こした。

ポロエという所まできたとき、ヘラクレスはケンタウロスのポロスに歓待された。香ばしい焼き肉をふるまわれたので、彼は酒が欲しくなった。ポロスは、酒が一族共有だったので、勝手に飲むのをためらった。「なにかまいはせんよ」とヘラクレスが酒甕《さかがめ》を開けたとたんに、香をかぎつけた一族が襲ってきた。

矢が飛んで来るので、ヘラクレスも弓矢で追い払ううち、同族のなかでも賢者として知られるケイロンに運悪く当たってしまった。傷のため苦しむのに、彼は不死身なので死ぬことが叶《かな》わない。これを知ったプロメテウスがゼウスの許可をえて不死身となったので、ケイロンは死ねるなど、道中で大騒動を引き起こした。

この始末がついた後、ヘラクレスは雪山で巨大な猪を追い、罠《わな》に掛けて仕留めた。

第五の仕事

さて第五の難業は、さすがの英雄も尻込《しりご》みしないではいられなかった。エリュマントス山を仰ぎみる所にある、エリスの王アウゲイアスのもとで、三〇〇〇頭の牛の糞尿《ふんにょう》が三〇年間も掃除されないままの家畜小屋を、たった一日で片付けよというものだ。

ヘラクレスの、捨てたはずの英雄のプライドがずたずたになった。彼は、知恵をめぐらした。王に、報酬として十分の一の牛を約束させてから、彼は汚れきった家畜小屋の土台に二ヵ所穴を開けた。それからそばを流れるアルフェイオス河とクラウディオス河を引き込み、入り口から流れ込んだ水流が自然と出口へと汚物を運ぶように工夫、一日で清掃をやりとげた。しかし王は報酬を支払おうとしなかったので、一説では怒ったヘラクレスはアウゲイアスを殺してしまったという。

第六番目の仕事は、ステュムパロスの怪鳥を追い払うことだった。ここはアルカディアの山々のすそ野にある湖で、背後は深い森だった。数知れぬ猛禽《もうきん》がここに住みつき、青銅の翼、爪、嘴《くちばし》で人間を襲った。

頭上から、払っても払っても襲いかかってくる怪鳥群に、さすがの英雄も手のほどこしようがない。すると、女神アテナが青銅の強力なガラガラを与えた。彼は山上に登ってこれを振り鳴らし、すさまじい音に驚いた鳥たちがまどい逃げ去ろうとするところを、次々に弓矢で打ち落として片付けた。

63 ヘラクレス十二の難業に挑む〔二〕

第七番目の仕事

十二の難業のうち、六つまでを、ヘラクレスはどうにか成し遂げた。これらを行った地は、みな彼の父祖の地ティリンスの周辺で、したがってペロポネソス半島を出ることはなかった。しかしこれ以後の難業は、彼を遠くエーゲ海の島や北ギリシア、諸外国へと連れ出す。

第七番目の仕事は、エーゲ海で最南端に浮かぶクレタ島の牡牛《おうし》を捕らえてくることだった。

この牛は、王のミノスが海神ポセイドンに捧げると約束し、神が海から贈った見事な牡牛だった。ミノスは惜しくなり、神には別の牛を供えた。ポセイドンはこれを見破り、ミノスが自分のものとした牛を狂わせた。ひどい暴れ牛だった。ヘラクレスは最初ミノス王に協力を申し出たが、王が冷淡だったので自力で格闘し、どうにか捕らえてはるばるミュケナイまで連れてきた。エウリュステウスは、これを女神ヘラに捧げようとして拒絶されたため、無責任にも野に放った。牛は方々をさまよったあげく、アッティカ地方のマラト

ンに来て人々を恐怖におとしいれた。（後に英雄テセウスが退治）

第八番目は、人を食う馬を連れて戻ること。本土の最北東部トラキア地方の王ディオメデスは、四頭の人食い馬を飼っていた。軍神アレスを父にもつこの王は、非情で好戦的な性格だった。ヘラクレスは同志を募って船で北上し、手始めに馬の世話係を倒した。馬を率いて逃げるところに、王らが追いついた。ヘラクレスは馬を、愛する少年アブデロスに頼み、応戦したが、馬は少年を引きずって殺してしまった。王ディオメデスを倒し、従者を敗走させた後、ヘラクレスは少年を悼《いた》み、墓を建て、その名をつけたアブデラ市を建設した。その後馬を約束に従いエウリュステウスの許《もと》に連れてきた。王は始末に困り、牛と同じく放逐したので、馬は山で野獣に殺されてしまった。

第九番目は、黒海周辺に住み、武勇で鳴らす女族軍団アマゾンの長、ヒッポリュテの帯を奪い、持ち帰る仕事だった。この帯は、軍神アレスが与えたもの。それを、エウリュステウスの娘アドメテが欲しがったのである。ヘラクレスは志願者を募り、船で当地へと向かったが、航海中に仲間同士の殺傷事件が起こり、一波乱があった。しかし船がようやく港に着いたとき、幸運にも当人のヒッポリュテが現れ、用向きを聞き、帯をくれる約束をした。ところがヘラクレスを憎む女神ヘラは、これをみてアマゾンの一人になりすまし、異国の男たちが、女王を攫《さら》いに来たとふれ回った。女達はいっせいに武装し、馬でヘラクレスの船を襲った。戦闘になり、彼はヒッポリュテと戦い、殺害すると帯を奪い取った。

帰途もトロイアやタソス島で事件や戦いに巻き込まれたが、そのつど切り抜け帯を無事に持ち帰った。

十番目は、またもや牛である。場所は西の果ての大洋、オケアノス近くの島の、エリュティアに住む三人の男の身体が腹部で一つになったゲリュオネスの紅《あか》い牛だった。オケアノスをめざすヘラクレスは、ヨーロッパからアフリカ大陸のリュビアに入り、記念の柱を建てた。ここではあまりにも太陽が激しく照りつけるので、短気なヘラクレスは太陽神ヘリオスに向かって矢を放った。神はかえってヘラクレスの気性の激しさに感心し、大きな黄金の酒杯を与えた。ヘラクレスはこれに乗ってオケアノスを渡り、めざす地に着いた。紅先に番犬と牛飼いを殺し、かけつけた飼い主ゲリュオネスと戦い弓矢で射殺した。紅牛の群れは酒杯に乗せて大洋を渡り、酒杯は神に返した。そこからの帰途、女神ヘラが牛を牛刺す虻《あぶ》を送った。紅牛はちりぢりになったが、一部はエウリュステウスのもとへ連れ帰ることができた。

十一番目の仕事

これまでに、八年と一ヵ月がすぎた。十一番目の仕事は、ヘスペリスの園から黄金のリンゴを取ってくることだった。

樹は、万物の産みの親ガイアが、ゼウスとヘラの結婚祝いに贈ったもので、一〇〇の頭

《猛犬ケルベロスの首輪を摑むヘラクレス》17 世紀の銅版画

をもつ竜と、ニンフのヘスペリスらが守っていた。

ヘラクレスの旅は、再びリュビアを通りエジプトへ。そこからアジアを通過して、黒海の北へと迷走した。道中では限りなく冒険が待ち受けていた。キュクノスとの一騎討ち、アンタイオスとの格闘、そしてブシリスには、犠牲として祭壇に供えられかけたが逃げおおせ、カウカソス山まできて、縛られたプロメテウスの肝臓を食うゼウスの鷲《わし》を射落として彼を自由にした。プロメテウスは礼に知恵を授け、黄金のリンゴは、アトラスが支えている蒼穹《そうきゅう》を引き受け、代わりに彼に取って来させよと教えた。ヘラクレスはアトラスを騙して蒼穹をかついだ後で彼からリンゴを奪い、ついにミュケナイへ持ち帰った。

最後の仕事は、なんと地獄に行き、門番の猛犬ケルベロスを持参せよと命じられた。この犬は三つの頭、竜の尾、背中には無数の蛇が生えていた。ヘラクレスは手始めに秘教会に入会、地下深くにある地獄への道を知った。あの世では、多くの英雄や怪物の死霊と出会い、最後に黄泉《よみ》の王ハデスに面会した。ハデスは、犬を武器で傷つけることなく征服せよと条件をつけた。ヘラクレスは犬の頭を抱え込み、尾の竜に噛《か》まれても力を緩めなかった。かくしてケルベロスをエウリュステウスに見せた後、再び冥界《めいかい》へ連れ戻した。

64 再婚と惨死

イオレとの再婚

十二の難業を克服し、自ら犯した罪業を償《つぐな》い終えたヘラクレスは、さすがに安らぎを欲し、再婚相手にかねてより見初めていた、イオレという女性を求めた。イオレはオイカリア国王エウリュトスの王女で、王は求婚者らに弓の競技に優勝する条件をつけた。実はこの王、弓術の名手でかつて少年ヘラクレスの師でもあった。

イオレへの想いがつのるヘラクレスは、次々に競争相手を負かし、最後には王にも勝って堂々と名乗りをあげてみせた。けれども王は、幼少からのヘラクレスの性格を知り抜いていた。そのうえ、妻子を狂気で死なせている。

王は、娘を与えるのを拒絶した。怒り狂ったヘラクレスは、彼に唯一味方してくれた王の息子イピトスを殺し、その呪いで重い病にかかった。そこでまたしてもデルフォイの神託所を訪ねたが、今度ばかりは巫女《みこ》も応じなかった。

ヘラクレスは神殿を略奪し、神託を行う鼎《かなえ》を奪ったので主のアポロンと格闘になった。ゼウスが雷霆《らいてい》を投げつけて引き分けるまで、彼は神との戦いをやめなかった。罰として、ヘラクレスは三年間奴隷に売られ、リュディアの女王オムパレに奉公することになった。彼はこの地でも、方々で悪人や怪物退治に精を出した。そして病気も治り、年季を終えると、トロイアを攻めた。その後は故国に戻り、各地で戦ったあとで、デルフォイの西にあるカリュドンにやってきた。オイネウス王の娘、ディアネイラを後妻にもらおうとしたのである。

ディアネイラとの再婚

この地には、ギリシア随一の大河アケロオスが流れているが、この河神もまたディアネイラとの結婚を王に執拗《しつよう》に迫っていた。王は、両者が戦って勝ったほうに娘を与えることにした。ヘラクレスとアケロオスは組んずほぐれつ壮絶な格闘を始めたが、ヘラクレスが河神の角を折ったので結着がついた。

こうして、ようやく若く美しい後妻を手に入れたヘラクレスだったが、ここでまたしても不祥事を起こしてしまう。家族が集まり宴会を開いたとき、ヘラクレスは手を洗う水を世話係の少年に差し出された。それが何かの拍子にヘラクレスの膝《ひざ》にこぼれた。彼は少年をたしなめるつもりで軽く打ったのだが、少年は昏倒《こんとう》し息を引きとった。

穢れを祓《はら》うため、ヘラクレスは妻と一緒に一年間、カリュドンを離れねばならなかった。同じ中部地方東にある、トラキス王の厄介になることが決まり、また旅に出た。

二人はすぐに、エウエノス河にさしかかった。西を流れるアケロオス河と並び、たいそう河幅が広い。ヘラクレスはなんなく泳ぎ渡ってしまったが、若妻のディアネイラは、そこで渡し守をしているケンタウロス族のネッソスに担ぎわたしてもらうことにした。ところが、ネッソスは、彼女の妖艶《ようえん》な美貌に悪心を起こし、河の中洲《なかす》まできて犯そうとした。ディアネイラの悲鳴をききつけたヘラクレスは、対岸から弓を引くや、それはただちにネッソスを倒した。息も絶えだえに、ネッソスはディアネイラに囁《ささや》いた。

「私の身体から流れる血を集めておおき。ヘラクレスの下衣に塗れば、彼はけっして浮気ができなくなるのだよ」

ディアネイラは、うすうすヘラクレスの好色ぶりに気づいていたから、すばやく血を小《こ》壺《つぼ》に集めて隠し持ち、旅を続けた。

トラキスの館からも、ヘラクレスは絶えまなく戦いや怪物退治に出た。それらのなかに、すぐ近くのエウボイア島にあるオイカリア国が含まれていたのを、ディアネイラは知るよしもなかった。ましてや、夫がいまなお王女イオレに未練を抱き、裏切った王に深い恨《うら》みをもち復讐の機会をうかがっていたことなどは……。近隣諸国から兵を集めたヘラクレスは、やがて大挙してオイカリアを攻めた。そして王や息子たちを殺し、侍女らとともに王女イオレを捕らえて女奴隷とし、まとめて妻のもとへ送った。女たちを連れてきた伝令のリカスは言葉巧みに彼女らは夫からのディアネイラへの贈り物だと伝えたが、彼女はそのなかの一人がきわだって若く、気品あふれる美しさをそなえているのをみて不安にかられた。彼女は繰りかえしその娘に名を尋ねたが、娘は無言を通した。が、まもなくディアネイラは、事情に通じた土地の古老から耳打ちされ、真相を知った。彼女は、激しく動転した。そうだ、今こそネッソスの血を使うときだ！　彼女はリカスに、勝利の感謝をゼウスの祭壇に捧げるときのためにといって、夫の真新しい下衣にひそかにネッソスの血を塗りつけて乾かし、持たせた。

それを喜び勇《いさ》んで着たヘラクレスは、突然骨髄にまで達する猛烈な痛みに冒されだした。どんな薬石も効かず、かといって死ぬこともできず、彼はただただ恐ろしい苦痛にのたうち回った。ディアネイラはそれを知って自殺した。ヘラクレスは臣下の者や息子に自分を一刀のもとに殺せと迫ったが、誰も彼を斬《き》る勇気がない。ついに彼はオイテ山頂に山なす薪《まき》を積ませてその上に横たわり、山すそを通りかかった英雄ピロクテテスを呼んで弓矢を与え、火を放たせた。

雷鳴が轟いた。剛勇ヘラクレスは、生きながら焼かれて天界へと昇ったのである。

65 イアソン、金羊皮を求めて

テッサリア地方の東にあるイオルコスの王宮では、王位継承をめぐりアイソンとペリアスが争った。兄弟の母親は同じだが、父親が違った。兄アイソンは先王クレテウスの子で直系、弟ペリアスの父は海神ポセイドンで庶子だった。王座は当然ながらアイソンが継ぐはずだったが、ペリアスは義兄が高齢なのでその息子が跡を継ぐまでの間だけ、と兄を騙し、王座を奪った。

アイソンの息子イアソンは、王位継承どころか身の上まで危うくなり、両親と離れペリオン山中に身を隠した。大樹が茂るこの山の洞窟《どうくつ》には、ケンタウロス族の賢者、ケイロンが住んでいた。イアソンは母の言葉を守り、将来は必ずや立派な英雄になり、父の仇を討って王座を奪い返そうと、ケイロンについて武術と学問を熱心に学んだ。

その頃ペリアスは、わけのわからない神託で悩んでいた。それは、片方だけサンダルを履いた男に気をつけよ、というものだったが、どこにもそのような者はいず、真意をはかりかねていた。一方イアソンは見事な美丈夫に成長し、道行く人が思わず振り返って見るほどになった。そしてとある日、彼は意を決し、ペリオン山をくだって、叔父が王座についているイオルコスの王宮へと向かった。真正面からペリアスに立ち向かい、王座を渡すように迫るつもりだった。途中で、市を流れるアナウロス河にさしかかった。と、一人の老婆が河を渡ろうとして、助けを求めている。彼は快く老婆を背負ってやり、河を渡りだしたが、片方のサンダルを流れにとられてしまった。しかし彼は平然とそのまま歩き続けた。死んだものとばかり思っていたアイソンの息子が、成長して王宮に出現したのでペリアスは驚いた。おまけに彼の足もとをみると、片方だけのサンダルを履いているではないか！　彼はただちに神託の意味を悟った。しかしペリアスも、只者《ただもの》ではなかった。彼はイアソンに、快く王座を渡すつもりだといった。

コルキス王国の金羊皮

「それにつけては、一つだけ条件がある。コルキス王国にある、金羊皮を取って来れば、王座はすぐにおまえのものとなろう」

金羊皮は、初めは黄金の毛でおおわれた仔羊《こひつじ》だったが（II・49参照）、ミュケナイからオルコメノスへ、そして黒海北にあるこのコルキス王国へと渡り、そこでゼウスの祭壇に供えられたために黄金の羊の毛皮となり、アレスの聖なる森で竜に守られていた。

ペリアスが持ち出した難題を耳にしたとき、イアソンは内心、叔父が自分を亡き者にしようと企んでいることを感じた。しかし若さ漲《みなぎ》る彼は、王位への強い野望を果たしたい一心で、無謀とも思える冒険に乗り出した。すぐさま、ペリオン山から大樹を切り出し、足速い船の建造に取りかかった。全土から、船の櫂《かい》の数に合わせた五〇人の、命知らずの英雄を集めたところ、思いもかけない強豪がそろって参加してきた。

英雄たち

その最たる人物は、ヘラクレス。続いて後のアテナイ王となるテセウス、サラミス島からはやはり後の偉大な王テラモンとアキレウスの父となるペレウス兄弟、それに名歌手オルフェウスといった綺羅星のごとく著名な英雄が名を連ねた。

さて、船の建造の推進役であった英雄アルゴスの名をとり、アルゴー丸と名付けた五〇もの櫂をもつ大船が完成した。勇気ある英雄たちに常に知恵を授ける女神アテナはこれを祝福し、ゼウスの聖所ドドナから聖木である樫《かし》の木を持ち出し、これを船の舳先《へさき》に取りつけた。この材木は、人間の言葉を話す不思議な木であった。

一同はイオルコス市の港パガサイに集結、厳粛に出航式を行った。盛大な犠牲を惜しみなく神々に捧げて航海の安全を祈願し、その夜は大宴会を催した。明けて、イアソンを隊長に、オルフェウスが歌い奏でるうるわしくも力強い竪琴《リラ》の調べに乗って英雄たちが櫂を漕ぐと、船は見事に波をけたて進んでいった。

イアソンにとってはなつかしい、落葉樹の巨木が生い茂るペリオン山の岬《みさき》を回り、船は一路青くきらめくエーゲ海を横切りつつ北上していく。黒海に通じるヘレスポントス海峡の手前に、リムノス島がみえてきた。船は、ひとまずそこへ最初の寄港をした。

リムノス島

五〇人もの、よりすぐりの英雄たちがやってきたというので、島は大さわぎだった。しかし、騒動のわけはそれだけにとどまらなかった。島全体が、重大な秘密をかかえていたのだ。

アルゴー丸を出迎えたのは、島の王トアースではなかった。王の娘ヒュプシピュレが女王然として現れたのに続き、出てきたのはすべて女たちだけだった。男は、所用で他国へ行っているところだと王女は説明した。そうして彼女が率先して英雄らを酒色でもてなし、大歓待の日々が始まった。

五〇人の英雄らは、妙なこととは思いながら、ついつい女たちのもてなしに溺《おぼ》れ、気がつくと一年近くも島で過ごしていた。ついに、ヘラクレスが一軒ごとに棍棒で激しくドアを叩き、初志を忘れかけている男たちを駆り集めたのだった。

66 アルゴー丸の挑戦

英雄たちが長逗留《ながとうりゅう》のあげく、リムノス島を出航すると、島の女たちは勝利の大歓声をあげた。すでに方々で、子種を得た女の出産が始まっており、イアソンを招いた女王ヒュプシピュレも例外ではなかった。

実は、島の男という男は皆、女たちの手で殺害されてしまっていたのだ。英雄たちがやってくる以前のこと、リムノスの男たちは戦いに出て、トラキアからたくさんの若い女を連れ戻った。そして自分の妻たちは悪臭がすると言いたて（一説によれば、島の女たちが恋の女神アフロディテを敬《うやま》わなかったので女神が仕返しに悪臭を放たせたともいう）他国の女を愛して妻をないがしろにした。

耐えかねた妻たちは一致団結、夫に深酒させたあげく武器を奪い、酔ったところを襲って皆殺しにした。以来、島は女だけで統治していたが、子供が生まれないので困り果てた。そこへ、アルゴー丸の屈強な男らが寄港したので、合意で酒食を提供したのだった。

そんな事情があったとは知らず、予定外の長い休暇を楽しんだ一行は、先を急いだ。このあたりまでは順風満帆の旅だった。しかしやがて、細長いヘレスポントス海峡を通り抜け、プロポンティス海に入ると、沿岸南にあるドリオニアの国に次の寄港をした。キュジコス王に歓待されたのはよかったが、翌日には出航して航海を続けるうちに逆風にあった。知らぬうちに、同じ国へと逆戻りしたのである。折から夜の闇《やみ》の中、ドリオニア人らは他国軍が攻めてきたと勘違いし、王を先頭に戦いを挑み、船の一行はこれを受けて戦ううち、キュジコス王を殺してしまった。

夜が明けてから、アルゴー丸の一同は恩を仇《あだ》で返したことに気づいた。皆は懺悔《ざんげ》して髪を切り、王の葬儀を立派に営んでから出航した。

次の寄港地ミュシアでは、乗組員のヒュラスが水汲《みずく》みに出たまま行方不明となった。彼は年若い美青年でヘラクレスの愛人でもあった。ヘラクレスと水夫ひとりが血まなこになり探し回ったが、どうやら泉のニンフたちに水底へ引き込まれたとみえる。ヘラクレスらがいつまでたっても帰らないため、船は彼らを置き去りにした。ヘラクレスは意気消沈し、そこから故国へ帰還した。

四七人の英雄たちが、ベブリュクス人の国に着いたときには、王アミュコスが一行に自分との試合を強要した。王は旅人を闘わせては負けさせ、殺すのが常だった。しかしアルゴー丸の乗組員には、拳闘の名手ポリュデウケスがいて、反対に王を殺した。

そこを逃れ出ると、トラキア側のサルミュデソスに着いた。盲《めし》いた王ピネウスは、怪鳥ハルピュイアの群れに苦しめられていた。食事を用意すると大半を攫い、あるいは汚して逃げていく。これを退治してくれれば、一行が向かう次なる難関、ボスフォラス海峡での無事なる通過の仕方を教えよう、と王はいう。

乗組員の中には、北風の神ボレアスの息子ゼテスとカライスがいて、二人には翼がある。彼らは早速に食卓を調え、ハルピュイアが襲ってくると、刀を抜いて天空を自在に飛び回り、怪鳥を残らず退治した。王は礼に秘策を伝授した。

秘策を伝授される

いよいよ黒海へと抜けるボスフォラス海峡へ来てみると、王の指摘どおり、海中から突き出た巨大な岩と岩、シュムプレガデスが立ちはだかり、間を通り抜けようとすると、両側からぶつかりあって挟みつけてしまうのだった。そこで一行は、教わったとおり先に船から一羽の鳩を飛ばした。

大岩は大音響を発してぶつかりあい、鳩は尾の端をわずかに切断されたが逃げおおせて渡った。それを見定めた一同、大岩がもと通りに開いた瞬間、全速力で櫂を漕いだ。もしも鳩でも無理とわかった場合は船は不可能だといわれただけに、英雄らは死に物狂いだった。

艫《とも》の先端を失いはしたものの、通過でき、船はほうほうのていでマリアンデュノイ国に着いた。ここで、予言力をもっていたイドモスとティピュスが狩りの最中猪に突かれて亡くなった。

四五人の英雄たちは、ついに黒海の東、カウカソス（コーカサス）山脈がそびえる地のパーシス河の河口に達した。この河をさかのぼれば、コルキス王国がある。アルゴー丸はここで停泊《ていはく》させ、イアソンは単身王宮へと出向いた。そして王アイエテスに、直接叔父ペリアスの命令を伝え、金羊皮を渡してくれるよう申し出た。

王は、ペリアスと同じようにイアソンに難題を持ち出した。王が所有する、世にも凶暴な牡牛と戦って勝ち、軛《くびき》につなぐことができればやってもよい、というのだ。この牡牛は青銅の足をもち、巨体で、しかも二頭いたのだった。おまけに口からは、火を吐くという。しかも、牛を制したら、王が所有する竜の歯を畑に播《ま》くこと。すると大地からは、武装した兵士が生え出るので、これらとも戦えという。

さすがのイアソンも、頭を抱えてしまった。どう考えてみても、勝ち目はなく、王が自分の死を待ち受けているのは火を見るより明らかだった。ここまできて、王位の望みも空しく、巨牛に突かれて異国の土になり果てるのか……。

悩み苦しむ若者を、物陰に身をひそめ、吸い寄せられるように見ている一人のうら若い女がいた。

67 王女メディアの恋

コルキス王アイエテスには、メディアという娘があった。彼女は女神ヘカテの神殿に仕える巫女をつとめていて、薬草の調合に詳しく、沈着で賢い乙女だった。遠くギリシア本国から、四五人ものりりしい英雄が櫂《かい》を連ねてやってきたというので、コルキスではその噂でもちきりだった。むろんイアソンが単身乗り込んできた宮廷でも、侍女らが騒ぎ伝える話に、メディアといえども浮き足立つのをどうしようもなかった。

父王に接見している若者を、彼女はそっと覗《のぞ》いてみた。そしてひとめで恋に落ちてしまった。なんという清々《すがすが》しい美しさと逞《たくま》しさ！

その若者が、父に苦しめられ、生死のほども危うくなっている。なんとかせねば。メディアは焦り、そして父との板ばさみの感情に心迷った。しかし、燃えあがる恋の炎が、彼女を大胆にした。明日はイアソンが、とうてい勝ち目のない猛牛との戦いに挑むという前夜、メディアは念を入れて髪を結い、化粧をととのえ、いちばんのお気に入りの衣を取り出して身にまとった。

明けの星が、白みはじめた空にまだ輝きを残す頃、メディアはこっそりと部屋を抜け出すと、ヘカテ神殿にイアソンを呼び出した。

何ごとかといぶかる青年の手に、メディアは特別に調合した薬草の壺をしっかりと握らせていった。「これを全身に塗ってから、戦うのです。そうすれば、いかなる鋭い爪も刀も、あなたを傷つけることはありません」。そのように告げる乙女の頰《ほお》はばら色に紅潮し、眼は異様にうるみ輝いていた。

その日、放たれた二頭の巨大な牛は、青銅の四肢で激しく土煙をあげながら、イアソンめがけて突進した。口から吐き出される火炎は鉄をも溶かす熱さだったが、イアソンは少しもひるまず堂々と迎え討ち、がっぷりと四つに組みあった。彼が、猛《たけ》り狂う巨体の両の角を素手でむんずとばかり摑んだとき、居並ぶ王や王の軍隊、それに沈痛な面持《おもも》ちで恐ろしい格闘を見守っていたギリシア方の英雄たちは、一斉に驚愕《きょうがく》の声をあげた。いまにもイアソンが全身ずたずたに裂かれ、無残な火傷《やけど》を負い、虫の息になるのではないかと、誰しもが手に汗握りしめていたからである。

ところが彼は、傷一つつかないままに二頭を制し、渾身の力をふりしぼって重々しい青銅の犂《すき》に牛をつなぐや、牛を操って乾いた大地を次々と鋤《す》き起こしはじめた。それから掘り起こされて黒々とした土の上に、兜の中から竜の歯を取り出しては播きはじめた。

すると、かつてテーバイ王カドモスがそうしたときと同じように、武装した兵士たちが、続々と土の中から生え出てきた。彼らはいっせいに、イアソンに向かって槍を振りかざし攻めてきた。

その群れに向かって、イアソンはメディアの指示どおりこれもカドモスがしたと同じように大石を投げつけた。案にたがわず、兵士らは互いを非難しあい、ののしりあって戦い始めた。自らは大楯《おおたて》の陰に隠れ、兵士たちが殺しあって力つきかけるのをみはからっていたイアソンは、群れに飛び込み、刀を振るって生き残っていた兵士の止《とど》めを刺し、完全に制圧してしまった。

「そんなはずはない。勝てるはずはけっしてないのに……」

目前で起こった奇跡的な勝利に対し、アイエテス王は深い疑念にとらわれていた。誰かが、助けたにちがいない。しかし、常人には不可能な業だ。その夜、とつおいつ考えていた王は、まさかとは思いつつ、娘メディアの特殊な技に思い至った。

メディアの特殊な技

一方、不機嫌極まりない父王の様子に、ふるえおののいていたメディアは、まんじりともせず夜をすごしていた。このままでは、イアソンはさらに危険な目に遭わされるだろう。王はもともと、家宝の金羊皮をイアソンに渡すことなど考えてもいなかった。

メディアは誰にも見つからないように、深夜ひそかに王宮を抜け出し、夜道をパーシス河の河口へとひた走った。いちずな恋に陥った彼女の情熱は、もはやとどまるところを知らなかった。息せき切ってアルゴー丸に辿り着くと、メディアはイアソンに危険が迫っていること、自分が金羊皮のある森に一行を案内することを申し出た。

「それについてはお願いがあります」と、メディアは燃えるような目でイアソンに迫った。

「私を皆と一緒に連れて逃げてください」

もはや否《いや》も応もない。イアソンはうなずいた。アレスの森に分け入ると、メディアは竜を薬草で深く眠り込ませた。それから樫の大枝に掛けられていた、まばゆいばかりの光を放つ金羊皮を下ろすと、一行はそれを奪って船へ急ぎ、一斉に櫂を取って河をくだりだした。

しかしすぐに、異変に気づいた王の艦隊が迫ってきた。たちまち十重《とえ》二十重《はたえ》に取り囲まれ、いまにも拿捕《だほ》されるばかりになったアルゴー丸で、メディアはイアソンに進言した。

「艦長をつとめている私の弟アプシュルトスを、和解するとみせかけてアルゴー丸に呼び、宴のさなかに殺すのです。遺体はばらばらにして海に投げ入れれば、艦隊は肉片を拾わねばならないのでその間に逃げおおせます」

身も凍るメディアの提案が、成功した。

68 苦難の旅路は終わらなかった

父を裏切っただけでなく、いとしい弟まで無残な犠牲にして、故国を捨てたメディアは、イアソンに寄り添い英雄らとともに航海を続けていた。しかし罪もないアプシュルトスを殺害し、切り刻んだ遺体を海に投げ捨てたアルゴー丸一行の行為に対し、烈火のごとく怒ったゼウスは大嵐を起こさせた。

そのとき船は、来たときとは異なるルートを航行中であった。海峡などでの難路を避け、黒海から北のダニューブ河をさかのぼり、途中でエリダノス河（ポー河）に移ったところだった。そうやっていったん北海に出、地中海にくだってからエーゲ海に入る予定だった。が、嵐に巻き込まれたために方向を見失い、方々をさまよったあげく、舳先につけたドドナの聖木の指示により、ゼウスの怒りを鎮《しず》めるために魔女キルケが住むアイアイエ島に行くことになった。そこで彼女の手でお祓いを受け、罪を清めねばならないのだった。一行はクロニア海を渡ってケルト人の国に立ち寄り、真冬のテュレニア海に入り込んで苦闘したが、それでもどうにかキルケのもとに行くことができた。

セイレーンたち

お祓いを受けると、海は爽《さわ》やかに凪《な》いだ。どこからか、世にも甘やかな女人の歌声が聞こえてきた。それは上半身が乙女、下半身が鳥の姿をした怪物セイレーンたちだった。心誘う歌声に引き寄せられた船人が海に飛び込み、彼女らの島に泳ぎ着いては餌食《えじき》にされるので、島は遺骸《いがい》で埋まっていた。

アルゴー丸の乗組員も、この声を耳にするや、いち早く船を島へ寄せようとした。名歌手オルフェウスは一同を制し、セイレーンらに対抗し高らかに竪琴を奏《かな》でながら、負けじと美声をふるわせた。双方しばらくのあいだ互いに歌声を競いあったが、ついにセイレーンらの歌声が止んだ。船が無事に去ると、彼女らは次々と海に身を投げて自殺した。しかしこの後も、スキュラ、カリュブディスなど魔女や怪物が待ち受け、避けたはずだったのにまたもや浮き岩の難所などにさしかかった。が、どうやら切り抜けると、イオニア海のパイアケス人の島に辿り着けた。

疲れはてた一行は、島の王宮に迎えられ、しばらく英気を養おうとした。すると何と、これを知ったメディアの父、コルキスのアイエテス王から使者が派遣されてきた。王は、メディアをはじめ一行を引きわたせと、厳しく要求していた。島の王妃アレテは、イアソンとメディアに、神々の前で正式な夫婦となってしまえば、引きわたしは無効になると助言した。メディアにとり、それは願ってもない言葉だった。どれほど、イアソンの口から結婚の申し出を待ち焦がれていたことか。

国の宝だった金羊皮を彼にもたらしただけではなく、帰途の難事においても、メディアは知恵を働かせては、かいがいしくイアソンを助けてきた。それが仕方なくであったのか、彼女への感謝からであったのか、とにもかくにもイアソンは承知した。二人は、晴れて夫婦となった。

新しい門出のはずだった航海は、またもや嵐に見舞われた。イオニア海を、一路南下し、東へ向かおうとして、船はアフリカのシュルティスに流された。そこから、エーゲ海と地中海を分かつクレタ島へ向かうと、青銅人タロスが番をしていた。

これは、鍛冶《かじ》の神ヘファイストスが島の王ミノスに与えたといわれ、不死身だったがただ一本しかない血脈に通じる踵《かかと》に、一ヵ所青銅の釘《くぎ》がはめられていた。タロスは、アルゴー丸を発見するや大石を投げつけて向かってきた。メディアは、これをみてタロスに幻影をみる薬草を調合して与え、彼に釘を抜かせてしまった。

タロスは失血死した。一行はいよいよエーゲ海を北上、エギナ島に寄港した後はいっきに漕いで、故国のなつかしいパガサイの港に入港したのだった。

この間およそ四ヵ月。彼らが生きて帰還しようとは夢にも思わなかった王ペリアスは、イアソンを厄介払いした後で、ついでにその両親も片付けてしまおうと決意した。老父のアイソンは、たびかさなる義弟の虐待に耐えかね、とうとう牡牛の血を大量に飲み自殺を遂げた。それを見た母のアルキメデは、ペリアスを呪いながらやはり縊《くび》れて自殺した。一説によれば、母はイアソンの弟プロマコスを残して死んだため、ペリアスは彼をも殺してしまったという。

しかしいま、四五人の英雄に異国妻まで加わり、燦然《さんぜん》と輝く金羊皮を約束どおり持ち帰ったイアソンを前に、ペリアスは困惑を隠しきれなかった。金羊皮を受け取りはしたものの、言を左右して、いっかな王座をイアソンに譲ろうとはしない。そこへ、彼の留守中の悪事が露見した。

激しい怒りに燃え、失望のどん底に突き落とされていく夫の姿をみて、メディアは黙ってはいられなかった。彼女は何くわぬ顔で、ペリアスの娘たちを前に老いた山羊《やぎ》と薬草を一つまみ釜《かま》に入れて煮て見せた。すると、あれ不思議、釜の中から仔山羊が飛び出した。娘たちは、この事をペリアスに話し、王権維持のためにも若返ってはどうかと勧めた。ペリアスはその気になった。メディアはにこやかに大釜に湯を沸かし、若返りの秘薬は入れず、ペリアスを煮殺して復讐を遂げた。

69 イアソンとメディア流転の地で

約束を守らなかったペリアスを殺しはしたが、それでも王座はイアソンの手には渡らなかった。ペリアスの息子アカストスが、いち早く各地の諸王侯に葬儀の通知をし、王を悼《いた》んで盛大な葬礼競技を催して王位継承を明らかにしたからだった。

コリントスへ

イアソンと、手出しをしたメディアはイオルコスにいたたまれず、流れ者となって遠くペロポネソス半島北のコリントスまできた。見も知らぬ土地だったが、古来この地は処々方々からの人が行きかう大商業都市として栄えていたから、無縁の二人でも暮らしやすかったとみえる。

王位継承が絶望的となったイアソンの心中は察するにあまりあるが、メディアはかえって幸せを感じていた。というのも続く一〇年の間に、彼女は二人の男の子を産み、ささやかながら平和な家庭を守って、良き妻、母としてイアソンを支えた。

この頃、イアソンは、コリントス王家に仕える職を得ていた。元来が、王となるべく教育を受け、英雄としての修業も金羊皮奪取の長い旅で充分に積み、いまや男ざかり。異郷とはいえ、いつのまにか頭角をあらわし、注目される存在となっていた。

コリントス王クレオンには、グラウケという一人娘しかなかった。王は娘婿に跡継ぎを託すべく日頃怠りなく目を配ってきたが、イアソンをしのぐ英雄はどうにも見つけ出せないでいた。しかし、イアソンには家庭がある。異国妻のほかに、二人の男子までもうけている。王はどうしたものかと思案した。

そしてあるとき、イアソンを呼び、妻子を捨てて我が娘と結婚する気はないだろうかとたずねた。幼い頃からただ王になることだけを夢みて辛苦に耐え、それでもどうしても手に入らなかった王座が、突如として転がり込んでくるとは。しかも妃となるのは、若く美しいグラウケである。

イアソンの心は舞い上がり、次の瞬間、重く沈まないではいられなかった。我が子の不《ふ》憫《びん》もさることながら、あの気性激しい妻のメディアがこのような事を承知するはずがなかった。彼は悩んだ。

王にせかされ、イアソンはとうとう妻にことのしだいを切り出した。

「願ってもない栄誉を、王は我々にお与えくださるのだ。私が王位を得れば、子供たちの未来も開ける。そうなれば、おまえだって幸せこのうえない暮らしができるのだよ」

「なにをおっしゃるのです。私は、いまのままで幸せです」

思いもかけない夫の話に、メディアは驚き呆《あき》れたものの、はじめのうちはそれを抑えた。どうか遠いコルキスから身内を捨ててまで異郷へと嫁ぎ、よるべもない女を、可愛い我が子ともども捨てるような話には乗らないでほしい、と哀願した。しかし夫のほうは、この降ってわいた話に並々ならぬ意欲をみせた。そのうえで彼は、こう口走ったのだ。

「おまえも国外に出ていくためには金も要《い》ろう。それなら、何の心配もないぞ」

これを耳にしたメディアは、いっきょに逆上した。煮えたぎる胸のうちを隠しながら、メディアは抗《あらが》ったあげく子供たちだけは父のもとに残し、自分はコリントスを離れることに同意する。

「それでは、いとしい二人の息子の新しい母となられる方へ、私からの贈り物をさせてください。彼らが、少しでも快く王宮へ迎え入れてもらえるように」

贈り物

イアソンが去った後、メディアはコルキスから持参した衣裳《いしょう》の中から花嫁に贈るにふさわしい豪華絢爛《けんらん》とした衣を取り出した。それを、二人の子に持たせ、王女のもとへ挨拶《あいさつ》にいくようにいいきかせた。

「いいこと、王女さまから好意をもたれるよう、うやうやしく差しあげるのだよ」

メディアの二人の息子は、母にいわれたとおりに、贈り物を持参した。若いグラウケは、息子らの姿を目にすると、露骨に顔をそむけた。けれどもかれらが持参した贈り物を見るや、思わず目を奪われて手に取った。立って鏡の前に行き、それを肩から羽織らずにはいられなかった。

我が身に映える金銀綾錦《あやにしき》の衣にグラウケが魅入られようとしたとき、その身にまといつけた衣は突然炎をあげ、じりじりと王女の肉体を蝕《むしば》みだした。絶叫し、つかんで引きはがそうとすると、肉もとれて骨があらわになった。

苦しみもだえるグラウケのうめき声に、かけつけた王クレオンが王女を抱き取ろうとすると、炎は王の身体にも移り、同じように毒が回った。たまらずグラウケは近くの泉屋に飛び込み、井戸に身を投げて死に、王も黄泉《よみ》の人となった。

急を聞いたイアソンがメディアのもとへとかけつけると、そこには形相凄《すさ》まじいかつての妻が、刺し殺したばかりの、血まみれの息子たちを両腕に抱えて現れた。

言葉もなく、その場にへたへたとくずおれた夫の姿を冷ややかに見下ろしながら、メディアはそのまま有翼の竜が引く車に乗り、天高く舞い上がるといずこへともなく去っていった。

70 テセウス――街道の旅と冒険

英雄テセウスの生涯

テセウスの父は、アテナイの王アイゲウスといわれている。だが、彼はアテナイから遠く離れたペロポネソス半島東端に近い、トロイゼンという町で生まれ、育った。未婚のまま彼を産んだ母のアイトラが、トロイゼンの王ピッテウスの娘だったからである。

それには、こんなわけがあった。アイゲウスは二度結婚したが、どちらの妻にも子が生まれなかった。彼は仲の悪い兄弟パラスに跡目をねらわれており、後継ぎが必要だったので、デルフォイに旅をしてアポロンの神託を伺った。すると「アテナイの頂に着くまでは、酒袋の突き出た口を解くなかれ」という、託宣がくだった。

しかしどうすれば子が得られるか、との問いに対する答えとしては、アイゲウスには解しかねる指示だった。

首をひねりながらの帰途、彼はトロイゼンに立ち寄り、ピッテウス王の厄介になった。神託の話を聞いたピッテウスは、彼なりに察して、その夜、娘のアイトラをアイゲウスの寝所へ行かせた。

トロイゼンを発《た》つとき、アイゲウスは巨岩の下に短剣とサンダルを置いた。アイトラにもし男子が誕生したら、彼が一六歳になったときわけを話し、自らの力でこの石を持ちあげて認知の品を取り出し、アテナイへ来るようにと伝えた。

アイトラは予想通り男子を産んだ。テセウスと名付けた子は、祖父ピッテウスに養育され、やがて一六歳になったので、アイトラは彼を巨岩の場所へ連れていった。テセウスはやすやすと大岩を持ちあげ、剣とサンダルを取り出すとアテナイへと向かうことにした。

まだ見ぬ父の面影を胸に、テセウスはサロニコス湾に沿った道を急いだ。右手は明るく穏やかな海、左側からは山々が迫っていた。実は祖父からは、長い陸路をアテナイへ向かうことに反対されていた。道中に、たえず山賊《さんぞく》や怪物が出没し、命が危うかったからである。

海路を行けば、トロイゼンとアテナイとは真向かいに位置している。エーゲ海に浮かぶポロス島やサラミス島を中継できるうえに、船のほうがずっと速い。しかし、テセウスはあえてそれを断った。彼はすり減り塵《ちり》まみれになったサンダルを履き、戦いの血で塗《まみ》れた剣をたずさえて父に会うつもりだった。

しばらくは何事もなかったが、医神アスクレピオスの聖所で名高い、エピダウロスの町が見えてきたとき、近くの森の中から追《お》い剝《は》ぎが現れテセウスの行く手をさえぎった。彼はペリペテスといい、棍棒をふりかざしながら若者に迫った。こうして、たくさんの旅人を殺し、持ち物を奪った。

テセウスは、幼い頃から英雄ヘラクレスを誰よりも尊敬していたので、英雄の持ち物と同じ棍棒を見ると心がはずんだ。「それはヘラクレスの弟子のものだ！」と叫ぶが早いか追い剝ぎに飛びかかり、くんずほぐれつするうち、見事に倒して棍棒を奪った。

第二の悪漢は、ペロポネソス半島を出るところにあるコリントス地峡で現れた。〝松曲げのシニス〟というあだ名のとおり、強力《ごうりき》の彼は通行人をたわめた松の枝に縛りつけてははね返し、殺傷していた。

テセウスが通りかかると、彼はさっそく捕らえて松に縛りつけようとした。テセウスは素早く身をかわすと逆にシニスを捕らえて大枝に縛りつけ、思いきりはね返らせて復讐を遂げた。

クロミュオンで現れたのは、パイアと呼ばれていたたけだけしい野猪《のいのしし》だった。これを退治してまもなく、丘の上に広がるメガラの町に来ると、スキロンという無法者が岩の上で見張っていた。旅人がやってくるとみるや、彼は自分の足を洗えと命じた。しかたなく洗おうとすると、断崖《だんがい》の上から海へ突き落とし大亀の餌食にした。テセウスは油断なくかまえ、格闘して彼を海へ投げて大亀に与えた。

めざすアテナイまであと二〇キロ。女神デメテルの秘儀で知られるエレウシスの町に辿りつこうとしていると、またしても追い剝ぎのケルキュオンという男に出くわした。彼は通行人と取っ組んでは負かし、殺していたので、テセウスは喜んで受けて立ち、組み伏せて殺してしまった。

エレウシスを離れるか離れないかで、奇妙な殺人男プロクルステスに出会った。宿を提供するといって、彼は二つのベッドを示した。ベッドは大小あり、もしも大きい方を選ぶと、寝ているすきに彼は旅人の身体を引き延ばしてサイズを合わせ、小さい方だと、余った身体を切り落としては殺害していた。

テセウスは、彼が巨漢なのをみて小さなベッドにくくりつけた。そして彼がやってきた悪行をそのまま再現して片付けてしまった。

こうして街道にはびこる悪人どもを一掃し終えたテセウスは、長旅の埃《ほこり》と血にまみれてようやくアテナイの都に着いた。父の王宮があるアクロポリスに登るまえに、彼はケフィソス河へとおもむいた。そこには布告者ピュタロスの子孫で人を好遇するピュタリダイがいた。テセウスは彼らの手で血の穢れを祓われ、手厚いもてなしを受けた。その後で、彼はいよいよアイゲウスのもとへ、胸はずませて対面に出向いた。

71 父アイゲウスの認知

一六歳で最初の試練に耐え抜いたテセウスが、胸躍らせてやってきた父の館には、意外な女が妻の座にいた。メディアである。

彼女はコリントスで二人の子を殺し、自分を裏切った夫に復讐した後、アイゲウスに取り入ってアテナイの王宮に入り込んだのだった。彼女はアイゲウスに、薬草で青春の力を取り戻させると約束し、王は喜んで彼女を受け入れていた。

メディアは、いち早くテセウスの来訪を知り、王に、息子を騙《かた》る素性《すじょう》の怪しい若者が来たので、毒殺するようにとすすめた。王はテセウスを見ても我が子とは分からず、食事の際の酒杯に毒を盛らせた。

メディアは、テセウスが酒杯に手を出すのを今か今かと待ち望んでいた。一方テセウスは、何も気づかないでいる父をびっくりさせようと思い、父が認知の品として大岩の下に残した短剣で、先に皿の肉を切ってみせた。その剣を見た瞬間、アイゲウスはテセウスの毒杯を払いのけた。そして彼を質問攻めにした。

テセウスの生い立ちを聞いたアイゲウスは、立って息子を固く抱きしめた。王は、メディアをただちに追放した。

アイゲウスは、テセウスという後継者をえて満足至極だった。しかし、父子《おやこ》はゆっくりと再会の喜びにひたるまもなく、事件が起こった。かねてより王座をねらっていた弟パラスの、五〇人もの息子らが団結して攻めてきたのだった。

この情報は、いち早く他国人からテセウスに伝わった。テセウスは先回りして彼らの潜伏所で不意を突き、五〇人すべてと戦って皆殺しにした。テセウスに非はないものの、アテナイ市民にとっては、彼はまだ王子とは認知されておらず、庶子同然の新参者である。パラス一族のほうがよほど市民にはなじみ深く、皆殺しにあったと聞けばテセウスはどんな非難、排斥に遭うやもしれない。ここでひとつ、人民を救う働きが必要だ。

アイゲウスは、かつてヘラクレスが十二の難業で連れてきた牡牛がマラトンで放たれ、村や町に被害を与えているため、テセウスに退治させようと決心した。

そこでテセウスは勇躍マラトンへ出かけた。野山で家畜や人々を襲い、町にも出没しては家屋を破壊していた猛牛を、彼は格闘で捕らえた。生きたままアテナイへ連れてくると町中を引き回してみせ、その後で犠牲としてアポロンに捧げたので、彼は人民の驚嘆の声に迎えられた。

安堵《あんど》もつかのま、今度はアテナイ市民にとり、このうえなく不幸な季節がめぐってきた。というのもその年は、クレタ島のミノス王のために、最も若く美しい七人ずつの男女を、貢ぎ物として贈る年に当たっていた。彼らは毎年、アテナイから送りだされ、ミノス王の子で半人半牛の怪物ミノタウロスの餌食として供された。こんなことになったのには、わけがあった。かつてミノス王の息子アンドロゲオスは、アテナイへ招かれてパンアテナイア祭の競技に出場し、全競技で優勝した。しかし続いてテーバイでのライオス王の葬礼競技に出場するため当地に向かったところ、アッティカ山中で何者かに妬《ねた》みのために殺害されてしまった。

ミノス王は怒り、アイゲウス王の責任を追及して軍隊を送って攻めさせた。アテナイ側はひたすら謝罪したが、ミノスの怒りは容易におさまらず、残忍非道な犠牲の条件を呑《の》むほか、和睦《わぼく》の手がなかったのであった。

「父上、私がその犠牲になりましょう。一四人の仲間の一人に加わってクレタ島へ渡り、ミノタウロスを片付けます」

テセウスの申し出に、王はうれしさと不安とですぐには承諾できなかった。ミノスという残忍で強大な王のこと、ひとたび中に入れば、二度とは出られない迷宮の奥深くに怪物がいること。せっかく会えた自慢の息子を、事故で失うようなことがあっては……と、王はためらった。

しかし、テセウスは後へ引かなかった。王は後ろ髪引かれる思いだったが、これまで市民の苦しみや怒りの矢面《やおもて》にさらされ続けてきた苦痛もあって、やむなく許可した。果たして、王子がすすんで犠牲の一人に加わったことは、アテナイ市民の心を打った。

クレタ島へ、船が出る日がやってきた。くじ引きにより、不運を引き当てた美しい未婚の少女七人、同じく少年六人、それにテセウスが、喪を表す黒帆を張った船に乗り込むと、王アイゲウスは嘆き悲しんだ。彼はテセウスにはどんなことがあっても自分のもとへ生きて帰ってくるように、そのときには忘れず船の帆を白帆で張るようにと命じた。船は、アテナイ市民の号泣に見送られて岸を離れた。

こうしてエーゲ海の果て、豊かな穀物実るクレタ島についたテセウスは、人質を引き連れミノス王に会見した。ミノスは、テセウスの抜きん出た若さと美貌に一驚した。だが、それ以上に、彼をみて心打たれた者がいた。ミノスの娘アリアドネである。彼女は、このように優れた若者が、義兄弟とはいえ醜悪極まりない怪物の餌食になるのかと思うと、いてもたってもいられなくなった。テセウスのほうは、複雑怪奇な迷宮に圧倒された。いったい全体どうやって抜け出せるのか。

72 王女アリアドネの糸

テセウスとその一行が、いよいよ迷宮の奥深くに送り込まれるというとき、王女アリアドネはひそかに近づいてこういった。

「私を、妻としてアテナイに連れて行くと誓ってくださるなら、その迷宮から生きて出られるように援助しましょう」

一も二もなく、テセウスは誓いを立てた。アリアドネは、テセウスの手に糸を巻きつけた糸玉を手わたし、一端を迷宮入り口のドアに結びつけさせた。テセウスはそこから糸を引きながら、一行を導いていった。部屋また部屋、壁また壁が連なり、あてどのない迷路が続いていく。と、暗闇《くらやみ》のかなたから、身の毛もよだつ吠《ほ》え声が轟《とどろ》きわたった。思わず後ずさりする男女を励まし、突き進むテセウスの目に映ったのは、想像を超える巨体をゆるがし、立ち向かってくる、半牛半人の奇怪な姿であった。

ミノタウロス
鋭く曲がった両の角、小さな赤い目、毛むくじゃらの、牛の蹄《ひづめ》をもつ下半身。テセウスは無我夢中で剣を引き抜き切ってかかったが、ミノタウロスの巨体に深手を負わせるのはとうていむりだった。彼は剣を捨て、もんどり打って組み伏せると、鉄拳をふるって力の限り打ちのめした。ミノタウロスが荒い息を吐き、ついに力つきたとき、テセウスは、背後でふるえおののいている男女を引き連れ、引き返しにかかった。沈着に、アリアドネの糸玉から繰り出した糸をたぐりながら、ようやくのことで迷宮の外に出た。

「さあ一刻の猶予もできません。港に停泊するクレタの船の船底を全部こわし、追っ手を阻んで」とアリアドネ。

アリアドネとテセウスら一行は、まっしぐらに港へと走り、クレタの船をすべて浸水させると、乗ってきたアテナイの船の帆をあげた。夜を徹して漕ぎに漕ぎ、未明にはアテナイとの中ほどに浮かぶディア（ナクソス）島に着いたので、疲労困憊《こんぱい》した一行は上陸して身体を休めた。怪物とはいえ義兄弟殺しに手を貸し、異郷の男についてきたアリアドネは、ここまできてようやく緊張も少しゆるみ深い睡魔に襲われた。

どれほどの時がたったことか。ふと目をさましたアリアドネは、何気なく港のほうをみて我が目を疑った。遥《はる》か沖合を、乗ってきたアテナイの船が遠ざかっていくではないか……。あたりを見回すと、テセウスはおろか、人一人残ってはいなかった。船に向かって、声を限りに叫んでもかいはなかった。アリアドネは、半狂乱になった。（なぜ、どうして、テセウスは恩人の私を置き去りにしたのか）と、いくら考えてもアリアドネにはわからなかった。しかも彼女は、すでにテセウスの子を身ごもっていたのである。

その頃、アテナイの船は快調に波を切って進んでいた。アリアドネを置き去りにしたテセウスは、さすがに胸が痛んだ。が、一方では、アテナイ市民の熱狂ぶりを想像すると胸は高鳴った。皆があれほど恨み、憎んだクレタの王に復讐し、よもやと思われた人質救出を見事果たしたのだ。

船は、アポロンと双子の妹アルテミスの誕生地であるデロス島に着いた。一行は上陸して神の祭壇に感謝の犠牲を捧げた。それから長く連なり、クレタの迷宮の中でミノタウロスを皆で探し、征伐したさまを踊って奉納した。

アテナイへ

あとは一路、アテナイの港めざして急ぐだけ、誰もかれも帰心矢の如しだった。

一方、大事な息子を犠牲に加えさせたアテナイ王アイゲウスは、テセウスの帰りを今か今かと待ちわびた。毎日、アクロポリスから港のかなたの海の水平線を、じっと目をこらしてはみつめていた。するとついに、一艘《そう》の船が、忘れもしない人質を運んだ船が現れた。船は、王との約束をすっかり忘れてしまったテセウスのせいで悲しみの喪の黒帆を張ったまま刻一刻港へ近づいてきた。

「ああっ！」

アイゲウス王は、声にならないうめき声を発し、よろめいた。テセウスは死んだのだ。ミノタウロスの無惨な餌食となって……。若者の姿がすべて消えた、空の船が帰ってくる……。絶望しきった王は、突如アクロポリスの上から身を躍らせ、海中に身を投げた。

まもなくアテナイ市民には、テセウスの凱旋が伝わった。人々は港にこぞって駆けつけ、歓呼の声で一行を迎えた。英雄だ、若き英雄がアテナイに誕生したぞ！　アイゲウス王の死にもかかわらず、誰もテセウスを責めなかった。人質を出した家族は喜びの再会に涙にくれ、テセウスをアテナイ王と呼び敬った。早まったアイゲウス王は、彼が飛び込んでしまった海に、その名を与え、以後〝アイゲウスの海〟（アイガイオン／エーゲ海）と呼ばれることになったのである。いとも若くして王位についたテセウスは、野獣や怪物の征伐だけでなく、王としてのなすべき事業に考えをめぐらした。そして、アテナイを取りまくアッティカ地方で絶えず争っている多くの部族を統一した。守護女神アテナに捧げるパンアテナイア祭を創設して民心を一つにし、海神ポセイドンを祀《まつ》るイストミアでは、後の四大オリンピックの一つとなるイストミア祭を行った。

かくして強大な国家が形成されたのである。

73 妻パイドラーの不倫愛

女族軍団アマゾン

王位を不動のものとしたテセウスは、次にヘラクレスとともに、黒海沿岸一帯で名を馳《は》せている勇猛なアマゾンに向かって遠征を試みた。そしてなかでも美しいヒッポリュテ（あるいはアンティオペ）を奪うと、船に乗せてアテナイへと連れ去った。二人の間には、男子ヒッポリュトスが生まれた。アマゾンたちは仲間が略奪されたので報復の機会をうかがっていた。そこへ、テセウスが、今度はパイドラーという若い女と正式に結婚することがわかった。こともあろうにパイドラーはミノス王の娘で、捨てられたアリアドネの妹に当たった。これはミノス王の死後、テセウスと親友だった彼女たちの兄デウカリオン（プロメテウスの息子とは別人）の仲立ちであった。騎馬隊を編制し、弓矢で武装したアマゾンは、一挙にアテナイに攻めのぼってきた。アクロポリスの西に向かいあうアレスの丘に陣を張り、婚礼のさなかになだれ込んだ。テセウスはただちに大広間の扉を閉ざし、花嫁と客人を守ると、自らは市民とともに、武器を取って戦い、撃退した。このとき、ヒッポリュテはテセウスの手にかかって死に、女軍団は講和を結んで退却した。

テセウスは、死んだヒッポリュテとの間にできた息子ヒッポリュトスを、かつて自分を母とともに育ててくれた祖父ピッテウスのもとに送った。トロイゼンで、賢王と称《たた》えられたピッテウスはなおかくしゃくとしていたので、曾孫《ひまご》の養育を依頼したのだった。

こうしてテセウスは、王妃パイドラーとようやく王宮に落ち着いた。パイドラーは二人の息子を産み、平穏な歳月が流れた。ヒッポリュトスはトロイゼンですくすくと育ち、山野を駆けめぐっては狩りに熱中する健康で素朴な青年に成長した。狩りの女神アルテミスへの信仰あつく、大変な美貌でトロイゼンの女たちの憧《あこが》れの的だったにもかかわらず、浮いた話はひとつもなかった。彼はアルテミスに慣《なら》い、生涯独身でいるつもりだった。

彼はあるとき、エレウシスでの女神デメテルの秘儀に参加するため、トロイゼンを発ち、かつて父テセウスが辿った冒険の旅路を歩いたが、父のように英雄の修行として闘うことはしなかった。

エレウシスでの秘儀が終わると、彼は挨拶のため父に会いにアテナイに立ち寄った。りりしい若者に育ったヒッポリュトスをみたテセウスは安堵し、喜んだが、初めて彼に会った若い王妃のパイドラーはひそかに顔色を変えた。

王妃は何気なさを装い、義母として彼に接したが、その胸は早鐘のように打ち、頭はくらくらとして居ても立ってもいられない（これはどうしたこと！　エロスの恋の矢に当たるなんてなんということをアフロディテ様はなさるの）。

心の中で押し問答をいくら繰り返しても、王妃のヒッポリュトスへの想いは消せなかった。そんなところに、事態が思ってもみない方向へと急転回した。

夫のテセウスがかつて身内の者を殺傷した穢れを祓うために、一年のあいだ故郷トロイゼンに滞在することになったのである。テセウスにとっては、限りなくなつかしく思い出多い土地であったが、パイドラーには苦悩いやます場所だった。一つ王宮内に、あのヒッポリュトスが暮らしている……。

案の定、一家でトロイゼンに移ってからというもの、道ならぬ激しい恋に苛《さいな》まれパイドラーは日に日に衰弱していった。これに気がついた乳母が、心配事があるなら打ち明けてほしいと執拗にたずねる。しかしパイドラーは口をつぐんだまま。いっそ死ぬほうがましだというばかりだった。

おりからテセウスは旅に出て、不在だった。そのことが、パイドラーをいっそう苦しめ、かつ一方ではつい気もゆるんで、ある日つい乳母に本心をもらしてしまった。

さすがの乳母も、これにはあいた口がふさがらなかった。だがこのままでは、パイドラーはほんとうに死にかねない。乳母は一大決心をして、ヒッポリュトスに義母の苦しみを伝えた。

ヒッポリュトスの顔が、冷たい怒りで蒼白《そうはく》になった。「なんという、恥知らずな女だ」——ことあろうに、夫の不在をよいことに義理の息子に言い寄るとは……。汚らわしい、女め！　いったい、女という人種はどうすればそんなことを思いつくのか。

ヒッポリュトスの罵声《ばせい》は、王宮中に響きわたり、誰もがパイドラーのよこしまな恋を知るところとなった。いたたまれず、今度こそほんとうに彼女は死を選んだ。

テセウスが戻ってきたとき、王宮は喪の深い悲しみに包まれていた。彼はてっきり高齢の祖父ピッテウスが亡くなったと思ったのに、若い妻が死んだと知って驚愕した。みるとその遺体の手には、一通の手紙が握りしめられていた。そこには、主人の留守中、ヒッポリュトスから道ならぬ関係を迫られたため、死をもって償う旨がしたためられていた。

激昂《げきこう》したテセウスは、ヒッポリュトスの弁明に一切耳を貸さなかった。

「偽善者め、日頃はいかにも操正しく清らかにふるまいおって、父の留守中に妃を誘惑するとは」

王は、ヒッポリュトスを追放し、海神ポセイドンに息子を罰してほしいと祈った。

74 晩年のテセウス

華やかな冒険

海神ポセイドンはテセウスの願いを聞き入れ、トロイゼンを追われたヒッポリュトスがエピダウロスへ向かって海沿いに馬を駆る最中、海のなかから怪物を送った。襲撃に驚いた馬は暴走し、手綱《たづな》を握っていたヒッポリュトスは、転覆した馬車の下敷きとなって瀕死《ひんし》の重傷を負った。

虫の息のヒッポリュトスは、王宮に運ばれると、テセウスになおも身の潔白を訴え、そこへ女神アルテミスの証言の声も発されてそのことを証明した。いまようやく、意外な真相を知ったテセウスは息子を抱きかかえて嘆き、詫《わ》びたが、ヒッポリュトスはそのまま息を引き取った。こうして妻も息子も失い悲しみにくれるテセウスであったが、その剛勇ぶりは相変わらず全土に知れわたっていた。あるとき、テセウスの評判を聞き知ったラピタイ族の若き英雄ペイリトオスが、ためしにわざとマラトンにいるテセウスの牛の群れを盗んだ。知らせをうけたテセウスが現場に駆けつけたが、これをひと目みたペイリトオスはすぐにテセウスに好意を感じた。ふしぎなことにテセウスのほうも同じだった。たちまち、二人は親友になった。それからまもなく、ペイリトオスは自らの結婚式にテセウスを祝宴に招いた。宴にはペイリトオスの地元テッサリア地方のすべての人々が連なり、新妻の血続としてテッサリアに住む半人半馬のケンタウロス族も加わっていた。彼らは、日頃飲みつけない酒にしたたか酔ってしまっていた。いつか乱れはじめ、ついには花嫁に乱暴狼藉《ろうぜき》を働いたので、怒ったペイリトオスとその一族との乱闘になった。テセウスはむろんのことペイリトオス側につき、ケンタウロスたちを殺傷した。このときからケンタウロス族はテッサリアにいられなくなり、ペロポネソス半島へと逃れていった。

この後、テセウスとペイリトオスは、ともにゼウスの娘と結婚しようという誓いを立てた。テセウスは、その頃一二歳ですでに美貌のほまれ高かったスパルタのヘレネを、ペイリトオスは大胆にも冥界の王ハデスの妃ペルセフォネを望んだ。

テセウスがまず、スパルタに赴いて首尾よくヘレネを奪い、アッティカ地方のアピドナイにいる母のアイトラに預けた。次に二人そろって、地の奥深くにくだって黄泉《よみ》の国へと旅をした。冥界の王ハデスは、彼らを迎え撃つどころか歓待してみせ、実は計略的に忘却の椅子《いす》に腰掛けさせた。この椅子は、ひと度座れば二度と立ち上がることができなかった。二人は、たちまち昏睡《こんすい》状態となり、椅子はぴたりとはりついた。そのうえを、大蛇がしっかりと巻き付いてしまった。時がすぎ、十二の難業に従っていたヘラクレスが、冥界に猛犬ケルベロスを連れだしにやってきた。ヘラクレスは神意によりテセウスだけを助け、ようやくのことでアテナイへ同行した。こうしてテセウスは、長らくアテナイから遠ざかっていた。この間、ヘレネの誘拐が発覚し、彼女の双子の兄弟であるディオスクーロイ、つまりカストールとポリュデウケスがアッティカ地方に攻めてきた。アピドナイの町は攻略され兄弟はヘレネを救い出すと、テセウスの母アイトラもとろもスパルタへ連行した。

他方、不在を続けるテセウスの王位をねらう者が新たに出ていた。アテナイの始祖エレクテウスの曾孫メネステウスは、民衆を煽動《せんどう》してはテセウスへの反感をかき立てていた。そこへヘレネの兄弟が攻め込んできたから、いっそう市民の不安は募った。テセウスが戻ってみると、国は二派にわかれ政局は混乱していた。急ぎメネステウス派を抑えはしたものの、市民の大半の心は彼から離れ、いつ反乱が起こるか知れない不安定な状況が続いた。テセウスは、妃パイドラーの忘れ形見の二人の息子、アカマスとデモポンをエウボイア島のエレペノル王のもとへ行かせ、自らはスキュロス島へ赴いた。父王から相続した大きな荘園《しょうえん》があったからである。スキュロス島の王リュコメデスは、テセウスからその荘園に住むので返還してほしいと申し込まれると、二つ返事で彼をそびえたつ岩山の頂に案内した。そこに立つと、美しく壮大な荘園が一望のもとに見わたせた。

残酷な死

テセウスが感嘆の声をもらして眺めていると、ふいに後方からリュコメデス王が力いっぱいその背中を突いた。テセウスの身体は宙を舞い、岩にぶつかって砕けながら海へと落ちていった。

王の悲惨な最期などまるで知らぬかのように、民は王となったメネステウスに従った。ただし、テセウスの二人の息子たちはエレペノル王のもとで無事に暮らした。三人は後にトロイア戦争が勃発《ぼっぱつ》したとき、そろって英雄として出征し、活躍した。

〔後日談〕

紀元前四九〇年、ペルシア軍がアテナイを攻めたとき、マラトンでの戦いに亡霊が現れてアテナイ軍を勝利に導いた。神託を伺うと、テセウスの埋葬をすべしと出た。千年以上がすぎ遺骨のありかもわからない。が、名高い将軍キモンがスキュロス島を占領したとき、一羽の鷲の導きで立派な塚を見いだした。掘るとただならぬ英雄の棺《ひつぎ》が出た。遺骸はただちにアテナイへ移され、かつての忘恩の市民の子孫たちに熱狂的に迎えられた。

Ⅳ．ホメーロス物語

ホメーロスは、紀元前八世紀頃の人。不朽の名作「イーリアス」および「オデュッセイア」の作者として、西欧文学史上最古、最大の叙事詩人と讃《たた》えられてきた。

生地は北エーゲ海のキオス島、あるいはその対岸に当たる小アジアのスミュルナだといわれる。盲目の吟遊詩人として、彼が「オデュッセイア」の中で語っているような〝鋭い音をたてる〟竪琴《たてごと》の一種フォルミンクスを抱え、各地の王侯貴族の宮廷に招かれたり、放浪の旅をして人々に叙事詩を物語り聞かせたのではないかといわれている。

紀元前八世紀という年は、ちょうどギリシアにアルファベットが入った年に当たるが、まだ一般に普及するには至らず、語り手、聞き手双方にとりこれらの物語は文字を介さない存在であったことを念頭におく必要があろう。

「イーリアス」は、後代文字にして一万五六九三行、「オデュッセイア」は一万二一一〇行。ともに詩形式で韻を踏み、本として全二四巻という膨大な量だ。しかも精緻《せいち》きわまりない描写と高度な質をもつスケールの大きなドラマが連綿と続くさまは、これらを楽器に合わせ語り継ぐことを考えると、ほとんど神技としか思えない。

強靱《きょうじん》な記憶力と美声と、その場に居合わせているような臨場感を聴衆に与える技術、語りがふいに途切れぬことを、往時の吟遊詩人らは誇りにしたと伝えられている。そのため、枕詞《まくらことば》のように常用する詩句、たとえば〝風吹きすさぶイーリオス〟〝遠矢射るアポロン〟〝足速きアキレウス〟など無数のきまり文句がつなぎとして頻出する。それでも内容が多少重なったり、話の前後が矛盾したりといった、〝語り〟ゆえの不備も散見されるが、物語の圧倒的な力がそれを補ってあまりあるのである。

さて「イーリアス」は、紀元前一三世紀末か、前一二世紀初頭に実際に起こったというトロイア戦争での、一〇年目の最後の年の戦いを描きつくしている。膠着《こうちゃく》した戦局のさなか、ギリシア軍の総大将アガメムノンと、若き英雄アキレウスが、略奪してきた神官の娘を争うところから物語は始まる。唐突な、それでいて印象深いこの事件が基軸となり、ドラマは一挙に思いがけない方向へと展開する。娘を取られたために出陣拒否したアキレウスは無二の親友を失うはめになり、彼を討ったトロイア随一の英雄に復讐《ふくしゅう》を誓う。この間、両軍の名だたる英雄たちの乱戦や一騎打ち、それを二手に分かれた天上の神々が応援し、采配《さいはい》を振るい、ときに戦場で傷つくなど、神と人間とが渾然《こんぜん》一体となったドラマの進行のうちに、人々の愛憎や哀歓を彫琢《ちょうたく》するがごとく鮮やかに、細密に描くのである。

物語は、怒れるアキレウスの復讐がなし遂げられ、彼に殺されたパトロクロスの葬儀が厳《おごそ》かに行われるところで終わる。しかし戦闘はなおも続き、やがて〝トロイアの木馬〟によってトロイアは陥落炎上するが、終戦後の諸将の帰国譚《たん》も含め、これらの物語は古代後代の作家たちが書き継いだものであって、ホメーロスの作品ではない。ただしかし、生き残った諸英雄の帰国物語のうち、知謀の将として鳴らしたオデュッセウスに関する「オデュッセイア」だけはホメーロスの作品に帰せられている。

山なす戦利品を船に積み、部下を引き連れ何艘《そう》もの軍船で故郷のイタカ島への凱旋《がいせん》をめざすオデュッセウスは、途中で海神ポセイドンの息子、一つ目の巨人キュクロプスを盲目にしたことから神の怒りに触れ、さらに一〇年間もの間海上を漂流し、苦難の旅を続けるはめになる。

怪物の住む島々での苦闘では、海の民の劇画的な空想世界が次々と出現するが、後半のイタカ島の王宮を中心としたドラマは逆に、人間臭にみちたリアルな世界――つまり主人公不在の一〇年に、王妃との再婚を求めて上がり込んだ近隣の貴族らの横暴、加担する宮廷人、一方では耐えて夫を待つ王妃と息子、わずかな忠僕らが、最後の最後にオデュッセウスの手で運命の逆転をこうむるという、手に汗握るドラマが語られるのである。

筋もさることながら、青銅時代の館《やかた》のしつらえや暮らしの詳細が、ところどころホメーロスの生きた鉄器時代との混同もあるものの、見事に描き出されている。

75 若き英雄アキレウスの怒り

イーリアス

それはトロイア戦争が始まって一〇年目の、とある日の出来事であった。

予言の神アポロンに仕える神官の一人、クリュセースが、莫大《ばくだい》な身代金を船に積み、捕虜になっている自分の娘クリュセイスを自由の身にしてほしいとギリシア軍の陣地にやってきた。

彼ら親子は、トロイアからほど近い港町クリュセーに住んでいた。が、遠征中にたびたび近隣諸国を攻めては食糧や財宝、女たちを略奪するギリシア軍がミュシアのテーバイ国を襲ったとき、娘がたまたまテーバイ王の妹の邸宅に滞在していて、不運にもトロイアに連行されたのだった。

ここでクリュセイスは、ほかの女たち同様、ギリシア方の武将らに分配され、彼女は総大将アガメムノンの側妻《そばめ》になっていた。神官は、アガメムノンをはじめ並み居る武将に「神々の御加護を得てトロイアを攻略されたあかつきには、どうかつつがなく故国へお帰りなさるように」と述べ、ついては娘を、なにとぞ我が手に返してほしい、自分が仕えるアポロン様の御威光を恐れ、つつしんでくれと懇願した。これを聞くとほかの武将らは同意したのに、当のアガメムノンはせせら笑って拒絶した。「おまえの娘は気立てといい、容姿といい、手の技《わざ》といい、自分の妻クリュタイムネストラよりも優れ、気に入っているのでアルゴスへ連れていく。さあ、とっとと帰れ、二度と姿を見せれば、御神《みかみ》の錫杖《しゃくじょう》だとておまえの身の守りにはなるまいぞ」と。クリュセースは黙って身を退《ひ》いたが、ひそかにアポロンに呼びかけ、助けを乞《こ》うた。アポロンはもともとトロイア側に付いていたので、自分の神官を侮辱したアガメムノンに怒り、急ぎ天界から弓矢を携《たずさ》え降りてきた。そこで、ギリシア軍の兵を片端から疫病をもたらす毒矢で射たので、倒れた兵士らの葬儀で陣地は大さわぎになった。

これを見たアキレウスは、軍付きの予言者カルカスにアガメムノンの不敬について語り、カルカスは勇気をふるってアガメムノンをいさめようとした。すると、アガメムノンの怒りは前にもまし「おまえはこれまでろくなお告げをしたためしがない」となじった。確かにギリシア軍が出陣寸前に、アウリスの浜でアガメムノンに愛娘《まなむすめ》イフィゲニアを犠牲《いけにえ》に、と神の託宣を伝えたのは、この神官であった。しかし言うに事欠いたアガメムノンは、それならば、クリュセイスを父に返す代わりに、アキレウスがもらった美しい娘ブリセイスを自分に差し出せ、と言いつのった。

若いアキレウスは、総大将の勝手気ままな言い分にかっとなり、逆上して刀の柄《つか》に手をかけた。天上でこれを見たゼウスの妃《きさき》ヘラは、急ぎ女神アテナを戦場へと遣わした。女神のいさめる声を聞くと、アキレウスはようやく興奮を静めたが、それでも負けずにアガメムノンをののしり、今後いっさいの戦闘から身を退くと宣言した。

ネストール

ピュロスから出征した長老ネストールが、両者の間に割って入り、争いを治めようとした。しかし、アキレウスの怒りは治まらなかった。あまつさえアガメムノンが、神官の娘を帰国させる仕度を終えるや、ただちに二人の使者にアキレウスの幕舎に行かせ、彼のブリセイスを連れ出そうとしたからたまらない。アキレウスは無二の親友パトロクロスに、ためらう娘を行かせるように言い、戦場に背を向けた。アキレウスの母、女神テティスは大神ゼウスのもとへ馳《は》せつけ、トロイアの戦場で命つき果てる運命の息子が、このような耐え難い侮辱ではなく、栄誉を軍から授けられるよう取り計らってほしいと頼み込んだ。

ゼウスは、かつて結婚相手にと望んだほど気に入っていたテティスのために一計を案じた。夢の神を呼ぶと、アガメムノンが尊敬している老将ネストールに変身させ、総大将の夢枕に立てと命じた。そこで、トロイアを一気に攻め落とすのは今だ、と告げさせた。眠っていたアガメムノンは飛び起き、ただちに武将らを集め会議を開いた。老獪《ろうかい》な彼は、夢枕の話とは反対の意見をわざと述べた。それによれば、我々ははや九年もの間異国の戦場で戦い、船も腐りかけ兵もくたびれ果てた。しかも当初の目的は果たされず、故郷では家族が一日千秋の思いで待っている。このうえはすべてをあきらめ、生き残った一同、帰国しようではないか……とまで言ったのである。

これを聞くや、兵士らは先を争い乗船しようとした。アテナ女神にいさめられた知謀の将オデュッセウスが、兵士らを威圧した。本もののネストールは、帰国したい者は帰せ、そうすれば誰が勇敢で誰が臆病者《おくびようもの》かが判るはずだ、と進言した。アガメムノンは大いに感激してみせ、若いアキレウスと娘を争った自分が、どんなに愚かだったかと反省までした。すると、嫌気がさしていた兵士らは一斉に立ち上がり、最後の勝利を得るまでは戦い抜くぞ、と口々に叫び出した。

アガメムノンは、ゼウスのために立派な牛を生け贄《いにえ》として捧《ささ》げた。ネストールやオデュッセウスをはじめとしてクレタ島のイドメネウス、名が同じ二人のアイアスにディオメデス、自分の弟メネラオスらを集め、いよいよ決戦に臨む決意を述べ、一同そろって勝利の祈願をした。その後で大饗宴《きようえん》を催し、全土の船陣を残らず集め、再び心を一つにしたのである。

76 パリスとメネラオスの一騎討ち

ギリシア全土から集結した兵士は、各部族ごとに編隊を組み、再び意気高らかにトロイアの城門をめざし進み始めた。それより早くトロイア軍も喊声《かんせい》をあげ、武具のたてる音も騒々しく、城下に広がるスカマンドロス平原を砂煙をあげて突き進んできた。

両軍が討ち合うばかりの距離に接近してみると、トロイア軍の先陣を切っているのがこの戦いのもと、ヘレネを奪ったパリスだとわかった。

神とも見まごう出《い》で立ちのパリスは、豹《ひょう》の毛皮の楯《たて》を肩に掛け、弓は手に、腰に剣を差し、さらには青銅の投げ槍《やり》、突き槍二本を振りしごいて、さあ誰でもかかってこいと叫んだ。するとたちまち、ギリシア軍の戦車から武具もろとも飛び降りた男がいた。さながら飢えた獅子《しし》が獲物を見つけ飛びかかるといった風情のこの男こそ誰あろう、妻を寝取られ、王宮の財宝まで持ち出されたスパルタの王、アガメムノンの弟メネラオスにほかならなかった。

鬼気迫るメネラオスの姿を見たパリスは、なんと胆《きも》を潰《つぶ》し、仲間の群れの中に身を退いた。これを見た長子ヘクトール、トロイア軍随一の英雄は、腹立ちのあまり思わず弟を叱りつけた。「なんと情けない。みかけ倒しの男よ！　女狂い！　おまえの立派な出で立ちを見たギリシア軍は、実際には武勇も胆力も備えていないと知って大笑いすることだろうよ」

これを聞くとパリスは「兄上の叱責《しっせき》はごもっとも。だが情け容赦もない御言葉だ。どうか私が女神アフロディテ様に約束された贈り物（ヘレネ）のことだけはあれこれ言ってくださるな。そしてどうか、いまは両軍を退かせ、私とメネラオスだけ残して、果たし合いをさせてくれまいか。それにより両軍の勝ち負けを決め、戦争終結としてほしいのだ」

ヘクトールはこれを承諾し、はやりたつ自軍の兵を抑えた。それから両軍に向かってパリスの提案を述べると、ギリシア軍からメネラオスが進み出て言った。「よかろう。奪われた妻と財宝を賭《か》けて、我らは一同の面前で戦おう。いずれかが死んだときに、ほかの者は円満に引き分けてほしい」と。これでようやく戦争が終わる。自分はもはや死ななくてすむと知ると、両軍の兵士は歓声をあげた。ヘクトールとアガメムノンはすぐにそれぞれの伝令を遣わし、戦闘前に大地と日輪に捧げるため、白色と黒色の仔羊《こひつじ》一頭ずつを持参させた。ヘクトールはまた、トロイア王プリアモスを呼ぶようにも命じた。

このさまをみた虹《にじ》の女神イリスは、すぐさまヘレネのもとへ飛んだ。彼女はいましも王宮の自室で、美しい紫紅色の布に男たちの戦いを模様にして織り込んでいるところだった。

女神イリスは、プリアモス王の娘ラオディケに姿を変えてヘレネの側に行き、急を知らせた。自分が見捨てたかつての夫と、現在の夫とが対決したと聞くと、ヘレネはすぐさま麻布のベールを深く垂らし、侍女二人を連れて戦場を一望のもとに見はるかす、スカイア門へと駆けつけた。その姿をみたトロイアの人々は、あらためて女神そっくりのヘレネの容姿に驚嘆するのだった。

しかし同時に、人々は彼女を災いのもとだと囁《ささや》きあった。一刻も早く船に乗せ、彼女をスパルタへ帰したいものよ、と。それに引きかえ、すでに重臣に囲まれ到着していたプリアモス王は、ヘレネを娘よと呼び、優しく自分の前に席を取ってやるのだった。そうして平原にいで立つギリシア軍の、立派な姿をした武将らの名を尋ねたりした。

ヘレネは痛み入り、しきりと己《おの》が業《ごう》——国を捨て、夫を裏切り、娘を置き去りにして異国の王子パリスに従《つ》いてきたことを嘆いた。それから自分の国の、なつかしい英雄たち一人一人について王に説明した。そのうち彼女は、当然従軍しているはずの、自分の双子の兄弟カストールとポリュデウケスの姿がみえないのに気づいた。姉の不行跡を恥じて来られなかったのでは、と彼女は胸を痛めた。実は二人とも、従兄《いとこ》との争いで早死にし、もはやこの世にいないのを、彼女はまったく知らなかったのだ。

そうこうするうちプリアモス王は呼ばれてスカイア門から平原にくだり、アガメムノン、オデュッセウスとともにゼウスに祈りを捧げる厳かな儀式に立ち会ったが、それも終わり、いよいよ一騎討ちが開始されると、王は我が息子が生死を賭け戦うのを見るに忍びず足早に帰館した。がヘレネは、スカイア門上に止《とど》まり皆と死闘を眺めた。

さてパリスとメネラオスとは、両軍見守るなか、籤《くじ》引きで槍投げの順番を決めた。パリスが先となり、威丈高《いたけだか》にしごいた青銅の槍を、えいっとばかりメネラオスめがけ投げつけた。槍は、メネラオスの楯に当たり穂先が突きささった。代わってメネラオス。こちらはパリスの楯を貫き通したばかりか槍は彼の輝く胸甲まで通って肌着を切り裂き、とっさにひねった腰で危うく止まった。すかさずメネラオスは、引き抜いた剣でパリスの兜《かぶと》の星を撃ったが刃がこぼれた。剣を投げ捨てた彼はパリスに踊りかかった。兜の飾りをつかんで首を絞めつけ、そのまま自軍へと引きずろうとした。

あわやとなったそのときだ。女神アフロディテがパリスの兜の緒を切断した。あたり一面に突如として霧が立ち、彼は九死に一生を得た。

77 戦場で血にまみれる神々と英雄

アガメムノン

メネラオスの怒りと力をみせつけられたパリスは、ほうほうのていで館に引き揚げてきた。待っていたのは、ヘレネの冷たい言葉であった。「いっそのこと、私の最初の夫メネラオスに殺されてしまえばよかったのに」とまで彼女は言い放った。にもかかわらずパリスは、次回には必ず勝ってみせるからと、落胆する妻を慰めさえしたのだった。

この頃戦場では、アガメムノンが弟の勝ちを宣し、ヘレネと財宝返還を求めていた。天上ではオリュンポス山上に神々が集まり、黄金の酒杯で神酒を汲《く》み交わしながら、戦争の結末をどうつけるかの会議を開いていた。

議論の末ゼウスは、妃ヘラと娘アテナが、トロイアを援《たす》けるアフロディテに対しひどく不機嫌なのをみて、戦闘を再開し、ギリシアに勝利させることにした。そこで、トロイア側から、休戦協定を破らせることになった。

ただちに戦場に降りたアテナは、トロイアの将パンダロスをそそのかし、なおもパリスを探すメネラオスを矢で射させた。矢はメネラオスの甲冑《かっちゅう》を貫き、腹帯を通って、傷口からはどくどくと血がしたたりだした。兄アガメムノンはただちに軍医マカオンを呼び、手当てをさせた。

メネラオスの傷は幸いにも致命傷には至らなかったが、アガメムノンをはじめギリシア軍の武将らは、この不意打ちによる停戦破りに総立ちとなった。ことにアガメムノンは、武将一人一人を激励して回り、ここに戦場は再び修羅場と化していく。

アンティロコスがトロイア軍の武者エケポロスを討ち取ったのを皮切りに、平原には雄《お》叫《たけ》びと血と、重い武具を打ち合う音、死にゆく者らのうめき声が渦巻いた。

倒れたエケポロスの遺体から、いち早く甲冑をはぎ取ろうと焦《あせ》るエレペノルに気づいたトロイア軍のアゲノールは、敵がかがみ込んだ瞬間に槍を突き刺した。今度はエレペノルの屍《しかばね》を中に挟み、両軍つかみかかり刺し合って、兵士は次から次へと屍と変わりはてていく。

サラミス島の王テラモンの息子アイアスは、軍随一の巨漢で皆から〝大アイアス〟と呼ばれたが、たちまちのうちにトロイア軍の将シモイエスを討った。オデュッセウスはプリアモス王の子デモコオンやピデュテスを、アガメムノンはといえば、エラトス、ディコオン、ボディオスの三人を、と各自奮戦したが、なかでも群を抜く活躍をしたのが剛勇ディオメデスであった。

ディオメデス

彼はまずペゲウスとイダイオス兄弟を片付けてから、メネラオスを不意討ちにしたパンダロスと、女神アフロディテの息子アイネイアスが襲ってくるのに対決した。そのとき、パンダロスの投げ槍は彼の大楯《おおたて》を突き抜けると胸甲にまで達した。パンダロスは勝ち誇ったが、次の瞬間、アテナ女神の力添えで、ディオメデスはその槍を引き抜くと投げ返した。槍はパンダロスの、白く輝く歯並みを突き砕き舌を断ち切った。死の闇《やみ》が、彼の両眼をおおった。

連れのアイネイアスは獅子のように吠《ほ》え、パンダロスの遺体を敵から守ろうとした。ディオメデスは重い石塊でアイネイアスの腰を打ち砕いた。彼が大地にくずおれたとき、母のアフロディテが駆けつけ戦場から連れ去ろうとした。ディオメデスの、青銅の刃《やいば》が女神の手に振り下ろされた。

アフロディテは痛さに半狂乱となり、血まみれの手を見た虹の神イリスが軍神アレスに馬を乞い、オリュンポスの館へと女神を運んだ。アフロディテは、母神ディオネの介抱を受け落ち着いた。ゼウスはアフロディテに、おまえの仕事場は戦場ではあるまい、といった。

一方ディオメデスは、なおもアイネイアスの息の根を止めようと奮戦した。そこに、代わってアポロンが降臨したのを知りながら……。猛《たけ》り狂うディオメデスに、アポロンは軍神アレスを呼び、トロイア軍をもってふるい立たせよと告げた。そうして自らは、倒れたアイネイアスを元通り元気にしてやった。

アレスに励まされたトロイア軍は攻勢に転じ、ギリシア方は死者が続出した。アテナはディオメデスの戦場の傍らに乗り込み、おりから倒れたペリパスの武具を剝《は》ぎ取ろうとしているアレスめがけて疾走した。これに気づいた軍神は、ディオメデスに青銅の槍で突きかかった。アテナはディオメデスに、アレスの下腹を狙わせた。

槍は命中し、アレスは兵士一万人分に匹敵する破れ鐘《がね》のような叫び声をあげつつ群雲とともに天上へ去った。そしてゼウスに、アテナの無法ぶりを訴えた。ゼウスが神々の医者パイエオンに手当てさせると、軍神の傷はまたたくまに癒《い》えた。

下界では、今度はディオメデスが、グラウコスと対決した。いよいよ切りかかるという段で、彼はグラウコスに出自を尋ねた。すると祖先がエピュラ市のシシュフォスとわかり、孫のベレロフォンがリュキアに渡ったことから、何代か後の彼はトロイア側の武将で出陣したこと、しかもディオメデスの祖父と親交のあったことが判明した。二人は武具を置き、手をとりあい、記念の品を贈りあって別れた。

78 ヘクトールとアンドロマケの別れ

スカマンドロス平原では、なおも両軍が交戦中であったが、トロイア軍最高の英雄ヘクトールは、何を思ってか戦列を離れ、スカイア門を通って館に向かおうとした。門まで来ると、トロイア市民が駆け寄ってきた。彼らは戦士の妻、娘、老父母らで、ヘクトールにいち早く身内の消息を聞きたがった。その中には、凶報を聞かねばならない者もかなり混じっていたが、彼は口にせず、神々への祈願を命じると足早に王宮へと急いだ。

宮殿に入ると、母のヘカベが待ち受けていた。彼女は急に戻ってきた息子をいぶかり、戦況を案じた。ヘクトールは母に、どうかトロイアの守護神でもある女神アテナに、自分の衣裳《いしよう》のうち最も美しいものを捧げ、かつ勝利すれば一二匹の仔牛《こうし》を犠牲にすることを誓ってくれと頼んだ。ヘカベはすぐに言われた品を調えると、女神の祭壇にぬかずき、なにとぞギリシア軍の剛勇ディオメデスを倒してくだされと祈った。

その頃ヘクトールは、ヘレネとパリスが住む館の棟に立ち寄った。おりから奥殿に座り込み、のどかに武具の手入れをしていたパリスを見つけると声を荒らげ、すぐさま戦場に出よと叱りつけた。ヘレネが何かと取りなし、ヘクトールをもてなそうとしたが、彼は重

《アンドロマケに別れを告げるヘクトール》18 世紀の素描

装備の武具を輝かせながらすぐに出て行った。

その足で、ヘクトールが最後に立ち寄ったのは自分の館だった。しかし、妻のアンドロマケも、幼い息子のアステュアナクスもいなかった。彼らは、スカイア門上で多くのトロイア市民と戦場を見守っていたのだった。その門から、平原へと出る所で、ヘクトールは妻子に出くわした。喜ぶ妻にも無言で、彼はじっとがんぜない息子に見入った。その様子で、アンドロマケは何事かを察したようだった。彼女はヘクトールに、その勇《いさ》ましい御姿こそが、破滅のもとになるのではないか、と案じた。そしてかつてアキレウスの手で、自分の父、兄たちが皆殺しにされ、孤児同然となってしまった我が身には、もはや夫しか寄るべはないのだと掻《か》きくどいた。

「そのようなことは、すべて心得ている」とヘクトールは答えた。「私とてほかの誰よりも、万が一のときのおまえが気がかりだ。そうかといって、戦いから逃げ隠れできようか。ああ私は、トロイアが滅ぼされ、奴隷《どれい》になって泣き叫びながら敵に引かれていくおまえをみるくらいならその前に、墓土の下に埋もれたいものだ」

ヘクトール再び、戦場へ

こういうとヘクトールは、乳母の胸に抱かれ、星のようなつぶらな瞳《ひとみ》をした一人息子アステュアナクスの方へと両手を差しのべた。息子は武装した父をみておびえ、声をたてて身を反り返し、乳母のふところにしがみついた。ヘクトールは笑い出し、急いで兜を脱いだ。アステュアナクスを抱き取り、高く天に向かって掲げると、彼は大神ゼウスをはじめ神々に祈った。「どうかこの息子が私と同じように武勇に優れ、名を現し、トロイアを力強く統治していけますように」

ヘクトールはこういうと、愛する妻の腕にそっと息子を下ろしてやった。アンドロマケは、涙ぐみながらも夫に微笑んでみせた。「あんまり胸を痛めてはいけないよ。人と生まれたからには何人も死のさだめから逃れることは許されないのだ。さあ家に帰っておまえの仕事をしなさい。戦争は男たちにまかせて」

こう言い置いて再び戦場へと去っていく夫の姿を、アンドロマケは涙にくれながら幾度も幾度も振り返りながら館へ戻った。ヘクトールはまだ元気で生きているというのに、妃を迎えた侍女らは、一様に哀悼の叫びをあげずにはいなかった。

戦場に戻ったヘクトールは、ようやく駆けつけてきた弟のパリスと組み、次々にギリシア兵を倒し始めた。これをみたアテナは急ぎ下界へ降りようとすると、トロイアを助けるアポロンと鉢合わせしてしまった。言い合いの末、二柱の神は、再び英雄同士を一騎討ちさせることにした。トロイアからヘクトール、ギリシアから大アイアスが選ばれた。

巨漢アイアスは、牛皮七枚を青銅で固めた大楯をかざし、これも丈高いヘクトールに立ち向かっていった。

最初に投じたヘクトールの槍は、大楯の牛皮六枚を突き破った。返すアイアスの槍は、ヘクトールの胸甲を貫いた。穂先は脇腹に達したが、すんでのところで身を捩《よじ》り、彼は死を逃れた。次に二人は手槍かざして襲いかかり、ヘクトールの頸筋《くびすじ》が傷を負った。

流血にも、ヘクトールは怯《ひる》まず石塊を投げつけた。アイアスも負けずに巨岩で相手の膝《ひざ》を狙い打ち倒したが、アポロンが加勢し助けた。互角に戦う二人がさらに剣を引き抜いたとき、とっぷりと日が暮れて両軍の使者が両人を引き分けとした。

ヘクトールは、アイアスに歩み寄りその巨体と戦力と、かつ彼の分別を讃えた。そして銀の鋲《びょう》をちりばめた見事な鞘《さやつ》付きの剣一振りを差し出した。アイアスは、深紅に染めた美しい帯をはずしてヘクトールに贈り、返礼とした。

この後、両軍は一時休戦条約を交わした。というのも互いの陣地におびただしい戦死者が横たわっていて、それらを引き取りあい、ねんごろに葬らわねばならなかったからである。

79 パトロクロスの身代わり出陣

暁の女神がサフラン色の衣を広げ、地上にくまなく夜明けの光をそそぐと、大神ゼウスはさっそくにオリュンポス山上で会議を開いた。

席上ゼウスは、集まった神々にことのほか威力をみせつけ、こういった。「よいか、いかなる神といえどもこれ以後、自分勝手に戦場に出て人間どもに加勢してはならない。万が一掟《おきて》を破る神あらば彼は打たれ、面目失墜し、地底のタルタロス（地獄）に幽閉されよう。否、黄金の綱でもって宙吊《ちゅうづ》りにするか。とことん思い知らせてくれよう」

神々一同、神妙な顔つきになった。言い置くとゼウスは黄金の馬車を用意させ、たちまちのうちにトロイアの東南にそびえたつイダ山に着いた。

〝野獣たちの母〟と呼ばれるこの山は、清らかな泉が方々に湧き出で、薬草、牧草に富むが、ゼウスはそのうち神々の祭壇があるガルガロスの嶺《みね》の頂上に座した。そこからの眺めは一望千里。富み栄えるトロイアの城市も、丘の麓《ふもと》の戦場も手に取るように見晴らせた。と、おりから、両軍の兵士たちは朝食を終え、武装を整えると、平原の両端から雪崩《なだれ》のように走り寄ると、恐ろしい呻《うめ》きと武具の音をたて戦い出した。そしておびただしい流血が、大地を赤く染めていくのが見られた。

ゼウスは、黄金造りの天秤《てんびん》を差し出し、二つの皿にそれぞれの運命を置いた。秤《はかり》の中央を大神が持ちあげると、ギリシア軍の皿は下がり、トロイア軍のそれは天に向かってはね上がった。ゼウスはそれを見て、激しい雷鳴をギリシア軍の頭上に放った。

総大将のアガメムノンといえども、耐えられる轟音《ごうおん》ではなく、兵士も馬も陣地に向かって逃げまどった。これとは反対に、トロイア軍は勢いを増した。ヘクトールは陣頭に立ち、獅子《しし》奮迅《ふんじん》の働きでギリシア軍を片端から倒しつつ追い詰めていく。これを天上から見たヘラは我慢ならず、ゼウスの警《いまし》めを忘れたかのように女神アテナともども馬車で下界をめざし始めた。イダ山上になおも居たゼウスは、足の速い女神イリスを呼び、二柱の女神に厳しく警告させた。オリュンポスの館に戻ってみれば、案の定女神らはふくれっ面《つら》だったが、大神は意にも介さない。というのもギリシア軍には、戦列を離れたままのアキレウスが残っていたからである。

ギリシア軍

さて戦況著しく不利となったギリシア軍は、潰走《かいそう》に潰走を重ねパニック状態に陥りつつあった。アガメムノンも胸中は打ちひしがれ、武将を集め作戦会議を開いた。彼は戦闘に嫌気がさしたのか、しきりと手を引き、帰国を提案したが、今度は誰も賛成しなかった。

老将ネストールは、まず一同に充分な酒と料理を堪能《たんのう》させてから、やおらアガメムノンの、アキレウスに対する非礼を指摘した。さすがのアガメムノンも、事ここに至り、自分の傲慢《ごうまん》さを素直に悔やんだ。彼はアキレウスに、山なす詫《わ》びの贈り物をすると公言した。真新しい七個の鼎《かなえ》、一〇個の黄金の延べ棒、二〇個の釜《かま》、一二頭の駿馬《しゅんめ》に七人の美女、むろんその中には、アキレウスから奪った乙女ブリセイスを加えて……。おまけに勝利の暁には、彼の船を青銅と黄金で満たし、さらに二〇人の美女を……。かくしてアガメムノンの使者が、アキレウスの幕舎にたっての出陣を乞いにやってきた。二人の伝令のほかに弁の立つオデュッセウス、アイアス、ポイニクスの三人は、いずれも特別にアキレウスと親しかった。そのとき若き英雄は、無二の親友パトロクロスと一緒にいて、彼は七弦の竪琴を掻き鳴らしつつ、武将の誉れの歌を歌っているところだった。

使者の姿を目にしたアキレウスは、喜んで酒食のもてなしで迎えてくれたが、いざオデュッセウスが戦況の悪化を話し、出陣を乞うと、アキレウスはきっぱりと断った。

「アガメムノンが奪い取ったブリセイスは、仮の妻とはいえ私は心底愛していた。今さら返すの、金品をくれるのといわれても、あの男の心根は知れているのだ。冥府《めいふ》の門と同じぐらい嫌らしい男！　これまで、私が休むまもなく命投げ出して敵軍と渡りあったのにありがたがりもしなかったのに、今となって是が非でもなどといわれたくもない。ヘクトールと戦おうなんて気持ちはもうどこにもない。私は故郷に帰るのだ」

それでもなお使者たちは、言葉をつくしてアキレウスの出陣を促し続けた。しかし、あれほどに機知に富み、弁舌の妙を誇るオデュッセウスといえども、怒りにとらわれたアキレウスを説得するのは叶《かな》わなかった。一同はアガメムノンに、その旨を伝えざるをえなかった。アガメムノンは、その夜眠れぬまま作戦を練った。その結果、ディオメデスとオデュッセウスは次の夜、闇にまぎれて敵のスパイのドロンを捉《とら》え、情報を吐かせてから殺し、トラキアの援軍レーソスの陣営を襲って名馬を奪った。しかし翌日、彼らは次々と負傷。トロイア軍はついに、ギリシア陣営に達した。彼らは塔や門を破壊し、船団に火を放ち始めたのである。老将ネストールはアキレウスの親友パトロクロスに、身代わり出陣を要請した。

これを受けたパトロクロスは、アキレウスから鎧兜《よろいかぶと》、馬、武具のすべてを借り、トロイア軍が最も恐れる、怒れる若き英雄に扮《ふん》し、ヘクトールと戦うべく戦場へと出て行った。

80 パトロクロス惨死

ギリシア軍の船陣に入り込み、燃えさかる火を放ったトロイア軍は、焼け落ちる軍艦に破壊の限りをつくしていた。と、そこへ、土煙をたて疾風《はやて》のように迫ってくる二頭の神馬、クサントスとバリオスが引く戦車に乗ったアキレウスの姿が兵士らの目に止まった。動顚《どうてん》した彼らはどよめきたち、一斉に逃げ道を求めかけた。不意を突かれたトロイア軍兵士らは、まさかそれがアキレウスの武具と馬を借りたパトロクロスだとは見抜けなかったのである。

すかさずパトロクロスは、馬上から投げ槍を放ち、旗頭のピュライクメースの右肩を抜き討ち殺した。トロイア軍兵士の一団は隊列を崩し、焼け焦げた船首あたりから退き始めたが、パトロクロスはなおも次々と敵将を狙い、追い詰めた。むろんそこにはメネラオス、大小のアイアス、イドメネウスやネストールの息子たちも合流し、ともに戦い敵を叫喚《きょうかん》と潰走へと転じさせた。

パトロクロスは、ヘクトールめがけて一目散に戦車を走らせた。途中で、リュキア国からトロイアへの援軍を率いてきた武将サルペドンが、逃げまどう兵を叱咤《しった》しているところへ出くわした。両者すぐさま武具をひっつかんで戦車から飛び下り、二羽の禿鷹《はげたか》のように闘い始めた。

天上からこれに気づいたゼウスは、自らがラオダメイアとの間に産んだサルペドンの死が目前に迫っているのを知り、生きているうちに故国リュキアへと運んでしまおうかと血迷いだした。すると傍らに座す妃のヘラが、死すべきさだめの身である人間サルペドンを助けるなら、いまに神々は皆、自分の血を分けた英雄（半神）を、次々と戦場から連れ出してしまうに違いない、とたしなめた。ゼウスは返す言葉に詰まったが、それでも愛する息子の死に耐えきれず、大地に血みどろの雨を降らせた。

サルペドンは死にぎわ、友人のグラウコスをしきりと呼び遺言したが、当人はギリシア方の武将テウクロスに深手を負わせられ、駆けつけることも叶わない。彼の悲痛な叫びをアポロンが聞きつけた。神はすぐさまグラウコスの傷を癒《いや》してやった。彼は後で、ヘクトールに、援軍をもっと大切にすべきだと訴えた。

これを聞き入れたヘクトールは、サルペドンの敵たちに復讐したが、主を失ったリュキア軍は戦意を喪失した。ゼウスはアポロンを呼び、いとしいサルペドンの遺体をすぐにリュキアへ運び、河で清めてからアンブロシアを塗り、死《タナトス》と眠り《ヒュプノス》の双子神に冥府へ運ばせるようにと言いつけた。

一方、勢いに乗ったパトロクロスは、潰走するトロイア軍を追いかけ、ついに城壁に達した。彼が三度までもその城壁によじ登ったのを見たアポロンは、不死なる御手《みて》でもって彼の楯を押し戻し、四度目には恐ろしい御声《みこえ》で叱責した。神はまたヘクトールの傍らに、母ヘカベの実兄の息子に扮して現れた。そして、パトロクロスに対戦するようにと激励したのだった。

ヘクトールはいっさんに戦車を走らせ、たちまちパトロクロスと向き合った。いきなり、パトロクロスが角張った石塊を投げつけると、石はヘクトールを逸《そ》れ、戦車の手綱《たづな》を取るプリアモス王の庶子ケブリオネスを直撃、彼はどっとばかり戦車から落ちた。これを中に挟み、両雄は青銅の剣を振りかざし、取っ組み合いの戦いを始めた。そこへ両軍の兵士らが雨あられと石塊を投げつけ、矢を射、槍を突き立てあった。ギリシア軍はそうしたなかでケブリオネスの遺体を奪い、引きずり出して鎧《よろい》を剝ぎ取ったが、パトロクロスは奮戦を続け、ヘクトールは逃したが九人の敵将を殺した。

なおも突進しようとしたとき、突如としてパトロクロスの命は終わりを告げたのだ。というのは、厚い霧に姿をまぎれ込ませたアポロン神が、凄《すさ》まじい勢いで混乱する合戦のさなかに突き進み、パトロクロスの背後に立つや彼の雄々しい背中を平手ではったと打ち、兜を大地へと打ち払った。するとパトロクロスの左手に握られた大槍は折れ、楯までもがどっと地面に落ちていった。

そこへ、技にひときわすぐれたトロイアの将エウポルボスが、両肩の中央に鋭い槍を突き刺した。さすがのパトロクロスも持ちこたえられず、自軍の方へとよろめき退こうとしたところを、ヘクトールが下腹に槍を突き通した。地響き立てて倒れ込んだパトロクロスに向かって、ヘクトールはあざ笑った。「パトロクロスよ、武勇を誇るアキレウスも、どうやら役立ちはしなかったようだな。出陣の際には、居座ったまま君にたくさんの注文をつけただろうに」

虫の息の、パトロクロスはこういった。「いくらでも威張るがよい。おまえを助けたのはゼウスとアポロン神だ。御神さえ介入されなければ私は負けはしない。しかもおまえはやっと三番目にとどめを刺したにすぎない。肝に銘じて覚えていろ、おまえの命もあとわずか。アキレウスの手にかかって討たれよう」

いい終えると、彼は冥府へと旅立っていった。魂の飛びすさった遺体に、ヘクトールはなおもいった。……誰が知っていよう、アキレウスとて私より先に命を落とさぬとも限るまいに。彼は足を屍にかけて傷口から青銅の槍を引き抜くと、次なる敵を追いかけた。

81 アキレウスの慟哭

ヘクトールに止《とど》めを刺されたパトロクロスの遺体は、いち早く駆けつけたメネラオスが守ろうとした。しかしトロイア方のエウポルボスが、「獲物は置いて退け！」と迫った。両者口汚く罵《ののし》りあい、怒り心頭に発したメネラオスは、エウポルボスの喉《のど》に槍を命中させて倒した。おりからヘクトールが駆けつけ、パトロクロスの屍から甲冑をはがして奪うや、首を切り離し、遺体は犬にでも投げ与えようとした。メネラオスは巨体のアイアスを呼んだ。こうして両軍でパトロクロスの遺体を奪いあったが、日が暮れる頃、二人はようやくヘクトールを撃退し、僚友の遺体だけをギリシア軍陣地まで運ぶのに成功した。

一方、出陣を拒み船団の傍らで、自分の身代わりに出陣したパトロクロスを案じていたアキレウスのもとへ、足早いアンティロコスが急を知らせに駆けつけた。彼は、熱い涙をこぼしていた。

パトロクロスの痛ましい死を聞いたアキレウスは、いきなり両手に灰をつかみ、頭上から注いで顔も身体もすすけさせ、砂埃《すなぼこり》のなかに打ち伏し、頭髪を掻きむしり、胸を打って、悲痛な叫びをあげ続けた。

身も世もないその声は、海底深く、父なる海神ネレウスの傍らに座していた彼の母の、女神テティスの耳にも届いた。急を聞き多勢集まってきた海のニンフら《ネレイデス》を引き連れ、テティスは急遽《きゅうきょ》アキレウスのもとへ駆けつけた。テティスは、息子の寿命もいまや尽き果てようとしていることを知っていたから、アキレウスの激しい復讐心《ふくしゅうしん》をなだめたい気持ちで一杯だった。しかし息子はただただ、親友を自分の手で守ってやれなかったばかりか、身代わりにしてしまった後悔と、ヘクトールへの復讐しか念頭になかった。どうあっても息子を止められないと知ったテティスは、ヘクトールに奪われた甲冑の代わりを用意せねばと、再び鍛冶《かじ》の神へファイストスのもとへと走った。そこでもの造りにおいては右に出る者のない、職人気質の神に窮状を訴えた。

一方アキレウスは、女神アテナに付き添われ、頭上からは炎を燃え立たせて三度、塹壕《ざんごう》脇でトロイア軍に大音声をあげた。これをみた敵軍は大混乱に陥り、潰走した。

アキレウスの決意

その夜、ギリシア軍陣営では、皆一晩中亡きパトロクロスを悔やみ、嘆き続けた。アキレウスはパトロクロスの胸の上に自分の両手を置き、激しく呻吟《しんぎん》し、哭《な》きやまなかった。「パトロクロスよ、私は必ずヘクトールの首と武具を取ってくる。それまでは君の葬式はすまいよ」と、アキレウスは誓った。それから彼の命令で人々は火の上に大鼎《おおかなえ》を据《す》えて湯を沸かし、死者の血みどろな身体を洗い清めた。オリーヴ油を塗り、傷口には膏薬《こうやく》を詰め、棺《ひつぎ》の中に横たえると麻布でおおい、上に白い帷子《かたびら》を載せて安置した。

暁の女神エオスが東の空にサフラン色の裳《もすそ》を広げる頃、女神テティスは鍛冶の神が夜を徹して造りあげた武具一式を抱え、アキレウスのもとへ戻ってきた。息子はパトロクロスの屍の傍らに倒れ伏し、大声で泣き続けていた。「我が子よ、さあこれをご覧。世に二つとない神様の手になる武具です」

顔をあげたアキレウスの眼は、烈しい憤りに閃光《せんこう》を放《はな》たんばかり。ヘファイストスの贈り物を嬉《うれ》しげに手に取ると、すぐさま甲冑を着けた。それから自軍の武将らを招集した。

彼はまず、負傷しているアガメムノンに向かって、今はすべての怨恨を捨て去ることを宣言した。アガメムノンのほうでも、このたびの事は迷妄《アーテー》の女神のしわざによりアキレウスの女を奪ってしまった、と言いわけし、詫びの贈り物を今すぐ用意するからと答えた。

贈り物はどうでも、早速に出陣を、とアキレウスは心急いだ。するとオデュッセウスが、いかに強い男とはいえ、不眠不休で嘆き続け、断食同然のアキレウスは、このまま終日戦場で戦うのは無理。先に食事をすべきだと主張した。しかし彼はそれを受けなかった。アガメムノンが彼に返した乙女ブリセイスが、その傍らで嘆き悲しんでいるパトロクロスの屍を指し、切り刻まれた親友が葬儀もなく横たわっているというのに物が喉を通ろうか、とばかり、たちまち出陣の馬を用意させた。

先にパトロクロスを曳《ひ》き出陣した愛馬クサントスとバリオス、それに替え馬のポダグレに向かってアキレウスは、もしも自分が討ち死にしても、遺体をパトロクロスみたいに戦場に置き去りにしてくれるな、必ず我が陣地まで連れ帰ってくれ、と言いきかせた。するとクサントスは深くうなだれ「貴方《あなた》様は今度はお帰りになれましょう。でも、最期は切迫しております。それも無情な運命と神々のせい。私たちがパトロクロス様の御遺体を連れ帰れなかったのも、アポロン様がヘクトールの味方をされましたために」と答えたのであった。

これを聞くとアキレウスは不機嫌になった。「なぜおまえは、私の死など予言するのだ。私とてそれは十分に心得ている。愛する両親からも故郷からも、遠く離れて死ぬさだめだ。そうであっても、私はトロイア勢に復讐せずにはいられない」。そういい終えると、父譲りのトネリコ製の大槍をかざし、青銅のような雄叫びをあげたアキレウスは、蹄《ひづめ》の音響かせて勇躍戦場へと駆け出した。

82 アキレウスの復讐

幾重にも峰を重ねるオリュンポス山の高峰では、またしても大神ゼウスが諸神を集め、会議を開いていた。このたびは、全世界から特に河神と森や泉のニンフらを加え、招集されたのも珍しいことだった。

席上ゼウスは、あまりの復讐心に猛り狂っているアキレウスが、一人でトロイアの城壁を破壊しつくすのではないかと案じ、神々は今回は各自自由に両軍を応援し、均衡を保つようにと言いつけた。そこで早速、妃のヘラにアテナ、ポセイドン、ヘルメス、なんと身体の悪いヘファイストスまでがギリシア方へ。アレス、アポロンにアルテミス、その母レートー、アフロディテがトロイア方へと出向いた。

その間にも、アキレウスは戦場で、血眼になりヘクトールの姿を探していた。これに気づいた神アポロンは、英雄アイネイアスに奮起を促し、彼と一戦交えさせることにした。彼らの母は女神テティスとアフロディテ。両雄を、よってたかって神々が応援する。戦場は両軍の兵士で埋まり、その真っ只中《ただなか》で英雄同士が槍をふるいあったが、アキレウスの優勢は誰の目にも明らかであった。アイネイアスが怯むと、すかさずポセイドンが地上にくだった。海神はすばやく、アキレウスの目に靄《もや》を注いだ。またアイネイアスの楯に刺さったアキレウスのトネリコの槍を引き抜くとアイネイアスの身体を宙に引きあげ、遠く戦場のはずれへと投げて命を救った。とたんに両軍は入り乱れての合戦となったが、今度はアポロン神がヘクトールに接近、アキレウスには近づかないようにと注意を与えた。

アキレウスはそうとは知らず、アイネイアスを見失った後もトロイア軍に迫り、次から次へと武将を倒していった。そのうち、彼はプリアモス王がことに愛する末子、最年少のポリュドロスの、胸甲に槍を突き通して絶命させた。

ヘクトール現れる

これを目撃したヘクトールは、弟の危難にアポロンの助言を守れず、アキレウスの眼前に現れた。アキレウスは躍り上がり「さあ、もっとそばへ来い！　すぐに破滅の極みに至らせるぞ」と声をかけると、ヘクトールは落ち着き払い「小童《こわつぱ》みたいにおどしつけようたって、そうはいかんぞアキレウスよ。たとえおまえより私の力が劣っていようとも、槍の穂先は同じく鋭い」

いうが早いかヘクトールは槍を投げつけたが、女神アテナがそれを逆風に乗せた。片やアポロン神がまたしても靄でヘクトールを隠した。アキレウスは腹立ちまぎれに、血も涙もない残酷な殺戮《さつりく》をトロイアの兵士に繰り返した。

鬼畜のような前進を続けるアキレウスは、やがて美しい流れのスカマンドロス河にさしかかると、トロイア軍を二つに断ち切った。急流に追い込まれた兵士らは、たちまち無残な屍体《したい》と化しその数は流れがせき止められるほど。そこでアキレウスは、パトロクロスの霊に供える一二人のトロイアの若者を捕らえると、生きたまま陣地へ送らせた。スカマンドロス河は怒り、アキレウスをなじった。すると彼は、ざんぶとばかり河中に飛び込み、山なす屍を堤へと飛び出させた。河は弟のシモエイス河と共謀、突如高々と盛りあがりアキレウスを襲った。これを見たヘラはヘファイストスに火を放たせ、河を焼きつくさせようとした。神々は互いに激昂《げきこう》し、口汚く罵りあうのだった。

やがてトロイア勢は自らの塁《とりで》に逃げ込んだ。東の間、皆は酒をあおり休んだが、ヘクトールだけは、スカイア門の前でじっと動かなかった。片やアキレウスが疾風のように近づくのを見た塔上のプリアモス王は、愛する息子に声をからして危険が迫るのを知らせた。しかし、ヘクトールは微動だにしない。妃のヘカベは、息子に己が胸もとをはだけて乳房をみせ「ヘクトールよ、おまえが私の子なら、この乳房に免じて憐《あわ》れと思い身を退《ひ》いておくれ」と共々涙ながらに絶叫した。

ヘクトールはなおも耳を貸そうとはしなかったが、眼前に現れたアキレウスが昇る太陽の如き輝きを放ち、荒ぶる軍神《アレス》そのものとも思えるのに思わず身をひるがえした。両者は三度までも城市をめぐり追いつ追われつしたが、そのときゼウスが運命の秤を持ちあげる

《ヘクトールの遺体を引きずるアキレウス》18 世紀の銅版画

と、ヘクトールの皿が黄泉《よみ》に向かって下がった。それを見たアポロンは、もはや手出しを控え、反対にアテナは勇んでアキレウスに付いた。ついに両者は対決し、互いに槍を投げ合った。槍が命中しそこなうと、ヘクトールは剣を引き抜き躍りかかったが、なおも槍で応戦したアキレウスは、鋭い穂先をヘクトールの喉笛《のどぶえ》に命中させた。地にくずおれながらヘクトールは「お願いだ、どうか私の遺体を野晒《のざら》しにせず家に帰してくれ」と哀願した。「償《つぐな》いの黄金も青銅も贈るので」。それを聞くとアキレウスはせせら笑い「何だと、犬めが。おまえは野獣が啖《く》らいつくそう。さっさと死んでしまわんか！」

血塗られた槍を引き抜き、アキレウスはヘクトールの立派な鎧を剝ぎ取った。味方が続々と駆けつけ、遺体をなおも刺し続けた。

「さ、パトロクロスのもとへ戻るぞ」と、アキレウスは遺体の踵《かかと》に穴を開け、紐《ひも》を通すと戦車にくくりつけた。彼が馬にひと鞭《むち》くれるや、ヘクトールの遺体は舞い上がる砂塵《さじん》の中を、もんどり打ちながら引きずられていった。

83 パトロクロスの大葬儀

アキレウスがヘクトールの遺体を、世にも残酷な辱《はずかし》め方で己が陣地へと引きずっていくのを、トロイア方の王をはじめ王妃や、町の人々は塔の上から目のあたりにするはめになってしまった。プリアモス王は声もなく、悲痛なうめき声をもらしながら、泥中に倒れ込み、起き上がると門を出てヘクトールの後を追おうとした。それを押し止める人々の、悲鳴とも号泣ともつかぬ声が響きわたった。

ヘクトールの妃アンドロマケは、おりしも三つの大鼎に湯を用意させ、夫の帰宅を心待ちに一心に織機に向かっていたが、ときならぬ不吉な騒ぎに手足はふるえ、思わず筬《おさ》を手から落とした。立ち上がると、彼女はいきなり塔に向かって走り出した。そうして、我が夫が蹂躪《じゅうりん》されている光景を目にしたとたん、仰向《あおむ》けざまに倒れたまましばらく息が止まってしまった。

一方アキレウスは、陣地へ着くといつものように馬を解き放たず、部下だけを連れ、いまだ埋葬もされていないパトロクロスの屍のまわりを三度、ヘクトールのずたずたになった遺体を引きずりつつ駆けめぐった。「喜んでくれパトロクロスよ、君との約束を俺は果たすぞ」。そういうと、パトロクロスの脇に、ヘクトールの屍をうつ向けに置いた。

その後アキレウスは、一同に法事の食事をふるまった。男たちはようやく青銅の甲冑を脱ぎ、武具を置いた。肥えた牛、羊、猪《いのしし》、山羊《やぎ》が次々屠《ほふ》られ、脂《あぶら》をしたたらせ焔《ほのお》の上に並んだ。その脇では、杯《さかずき》で汲みあげるほどの血が流れていった。武将らはまた、何とかしてアキレウスに彼が浴びた血糊《ちのり》を洗わせようとしたが、彼はパトロクロスの葬儀が終わるまではと、頑として聞き入れない。

パトロクロスの亡霊

酒にも肉にも飽食した人々はやがておのおの幕舎へ引きあげ休んだが、アキレウスは一人海辺に倒れ伏し悲嘆に身をまかせた。ひどい疲労から彼がわずかにうとうとしかけたとき、パトロクロスの亡霊が立ち現れた。「アキレウスよ、一刻も早く私を葬《ほうむ》ってくれ。それと、私の骨は必ず君のと一つ骨壺《こつつぼ》に納めてくれ。母から贈られた、あの黄金製で両耳のある壺にな」

アキレウスは驚き、パトロクロスを抱き寄せようとしたが、捉えることはできなかった。夜が明けると、アガメムノンが騾馬《らば》と兵士らを集め、イダ山に山なす薪《まき》を集めに行かせた。武将らは武装して威儀を正し、頭を捧げ持つアキレウスとともにパトロクロスの屍を葬儀の場所へと運んだ。

　そこで皆がパトロクロスの屍を薪の上に積みあげると、アキレウスはふと思いついて自らの亜麻色の髪を切り取ると、黄泉《よみ》の国へと旅立つ親友の手の中に握らせた。この髪は父のペレウスが故郷のスペルケイオス河に息子の凱旋を祈り、彼が無事に帰りついたら河神に捧げることになっていた。しかし、アキレウスは二度と父のもとへ帰ることは叶わぬさだめなのを知っていたので、ひと足先に逝く友に託したのだった。彼はまた、たくさんの獣が皮を剝がれたものから脂身を取り、パトロクロスの身体を包み込んだ。蜂蜜《はちみつ》とオリーヴ油の壺を並べ置くと、彼は激しく呻吟しながら四頭の馬を追い込み二匹の犬そして一二人のトロイアの若者を青銅の刃を振るって斬《き》り殺し捧げた。

　はがねのような火の勢いを煽《あお》りつつ、アキレウスは「喜んでくれパトロクロスよ。約束の者らはすべて君と一緒に火が貪《むさぼ》ろう。だがヘクトールだけは捧げまい。犬に啖《く》らわせるからな」と叫んだ。それから黄金の酒器からワインを大地に注ぎながら、火の傍らを哀しみにのた打ち回った。

　夜が明けてから、人々はようやく鎮《しず》まった火葬の残り火を消し、灰の中から白い骨を拾い集めた。黄金の壺に納めると脂身を二重に被《かぶ》せ、その上から麻布で包んだ。すぐに大地を円形に仕切ると、土を運んできて墳墓を築いた。

　人々が帰途につこうとしたとき、アキレウスは皆を引き止めると葬礼競技を開催した。船陣から賞品として大釜、三脚の器、馬、騾馬、そして美しい女たちを用意させた。

最初は戦車競争だった。騎士エウメロスにメネラオス、剛勇ディオメデスら五人の武将。天上ではアテナとアポロンが加勢し競い合った。続いて拳闘、相撲《パンクラティオン》、徒競走、槍と楯とで戦う一騎討ち、槍投げ……。アキレウスは次から次へと賞品を繰り出したが、それらの中にはトロイアの武将から奪った武具もたくさん含まれていた。アイアスからオデュッセウスまで、名高い武将もこぞって競技に加わり、勝ち負けの賞品を奪い合って喧々囂々《けんけんごうごう》、夢中になって疲れも知らずパトロクロスの霊をとむらったのであった。

さて、その夜、アキレウスはまたしても眠れなかった。パトロクロスの男らしさや、二人で成した業や旅や、思い出はつきない。彼は跳ね起きると戦車に馬を繋《つな》ぎ、パトロクロスの真新しい塚のまわりを三度、無残なヘクトールの遺体を引きずり疾走した。

憤激に身をまかせ、節度を知らないアキレウスのこうした様子に、さすがに天上の神々は眉《まゆ》をひそめて相談を始めた。その結果ゼウスは、母のテティスを呼び、神々が不快千万に思っていること、彼がもしゼウスを恐れるなら、ヘクトールの遺体は返還せねばならないこと、などを息子に伝えるように命じた。

84 プリアモス王、遺体を乞う

ゼウスは、疾風のように足速い女神イリスに、プリアモス王のもとへ行かせた。そこで女神が目撃したのは、宮中こぞって王の周囲に集まり、亡きヘクトールを偲《しの》んで哭《な》き続けている人々の哀れな様子であった。「さ、元気をお出しなさい。これから息子の遺体をもらい受けに行くのです。贈り物を用意し、御者一人だけ連れて。大丈夫、身の危険はない。ヘルメス神が同行しますから」と、イリスはゼウスの伝言を王に伝えた。

ヘクトールの父プリアモス王単身行く

王は、妃ヘカベに相談した。妃は驚き、これまでさんざん殺戮を行ったギリシア軍陣地へ単身行き、無分別極まりないアキレウスに遺体を乞うなどとは、と押し止めようとした。しかしプリアモス王は「アキレウスが私を殺すというのなら、愛《いと》しい息子をこの腕に抱き、思いのたけ嘆いた後で死のう。それこそいまの私の望むところだ」とまでいい、ひそかに償いの財宝を馬車に積んだ。

ヘカベは仕方なく、ゼウスに捧げる神酒を用意し、吉凶を確かめようと鳥占いをすすめた。万事はうまくいき、城を出た王は道の途中で領主の公子の姿と化したヘルメス神と一緒になった。一行がギリシア軍の船陣に着くと、ちょうど夕暮れのこととて、衛兵らは夕《ゆう》餉《げ》の仕度をしているところであった。

ヘルメスはすばやく彼らに眠りを注ぎかけ、門の扉を開け放つと、アキレウスの陣屋に馬車を導き入れた。その後は、万事プリアモス王にまかせるほかはない。ヘルメスは王に、アキレウスの心を揺すぶり、膝に取りすがって遺体を乞うようにというと、オリュンポス山へと去ってしまった。

王はためらわず部屋に入った。アキレウスは、家来にかしずかれ夕食をとり終えたばかり、食卓の前に座していた。王は、彼の膝を捉え、数知れず自軍の若者を、また王の愛する息子らを殺傷した男の手に接吻《せっぷん》をした。

さすがのアキレウスも供の者らも、神とも見間違えそうな丈高い老王が一人突如眼前に現れたのをみて言葉を失った。「どうか、御父上のことを思い出してください、アキレウスよ。いつかは愛する息子が帰るのを待ち望んでおられましょう……」。王は、自分の息子らも大半はすでに戦いで滅ぼされたこと、なかでもアキレウスが討った長子ヘクトールのことで、自ら足を運んできたこと、莫大な黄金で償いをし、遺体を引き取りたいと申し出た。

二人で哭く

「息子を討った、その方の口もとまで手を差し延べる、不憫《ふびん》なこの身を哀れと思ってくだされ」

アキレウスは、老王の手をそっと押しやり、自分の足元にうずくまって涙する王に、ふと自分を戦場に送り出した老父ペレウスや、亡きパトロクロスのことなどが胸にこみあげ、王に負けないくらい嘆きの声をあげた。二人の泣き声が、家中に響きわたった。

腹の底から存分に哭いたアキレウスは、椅子から立ち上がると、真っ白な髪と顎鬚《あごひげ》をふるわせる哀れな老王の手を取り立ち上がらせた。「気の毒な方。それにしてもよくまあ、自分の息子を殺し、甲冑を剝ぎ取った男の前にたった一人で現れたものだ。さあこの椅子にお掛けなさい」

「それよりどうか、放置されているヘクトールの遺体を……、この身代金と引き替えに」と老王が心せくと、アキレウスはにわかに怒り出した。「わかっているとも。老人よ、あなたにはどの神様が付き、どの神様の命令で遺体を返還せねばならないかくらい私とてわかっているんだ。そうでなければ、どれほど血気さかんな男だって、敵陣の中へ来られもせねば、門のかんぬきだって開くはずもないんだ」

アキレウスは部屋を飛び出すと、従者にヘクトールの遺体を洗い清め、香油を塗って、真新血みどろの悲惨な傷が王の目に触れぬように仕度を命じた。彼らはそれを終えると、しい衣で包み、胴衣を着せると、アキレウスも手伝って磨きあげた馬車に乗せた。(恨《うら》んでくれるなパトロクロスよ、償いは十分に獲《と》ったから、これを君にふさわしいだけ分けるからな)と心の中で詫びながら。

「御子息は、すっかりお返ししてあります」。戻ってくるとアキレウスは王にいった。それから彼は王を励まして夕食をすすめ、夜陰は危険なので暁の光がさしそめたら城へ帰るようにと進言した。彼は手ずから王のために羊を屠《ほふ》り、部下たちが念入りに火であぶり肉をこしらえた。パンもほかの馳走《ちそう》も、そして酒も供された。

ほっとしてひと息つくと、王はいまさらのようにアキレウスの美丈夫ぶりに感嘆し、アキレウスの方でもまた、王の気高さに感じ入った。やがて見事な蒲団《ふとん》や羊毛の上掛けが用意され、王はヘクトールを失って以来幾日かぶりで身を横たえたのであった。彼は警備上安全なところに王を休ませながら、ヘクトールの葬儀には何日の休戦が必要かと尋ねてきた。

九日間の亡骸《なきがら》への哀悼、一〇日目の埋葬、一一日目に市民への饗応《きょうおう》と墳墓の準備、そして一二日目に、やむをえなければ戦闘再開ということに、と王は願い出、アキレウスは快く承諾した。その上に、彼は王が敵陣で一夜をすごすことに不安を抱かないよう、その手首をしっかりと握りしめてやり、共々前広間で寝についた。

85 ヘクトール無言の帰城

人が皆寝静まった頃、使神のヘルメスだけは目を覚まし、プリアモス王らをどうやって帰城させようかと思案していた。神は、敵地の、アキレウスの幕舎で眠りこけている王の枕許《まくらもと》に立つと危険を知らせた。「いくらアキレウスがすすめたからといって、これがほかの武将に知れでもしたらどうする。生け捕りにされた王の身代金は、息子の三倍はかかろうぞ」

プリアモス王は、にわかに恐怖に襲われて跳ね起きた。そして御者をせきたて、神が出発の用意をしてくれた馬車に飛び乗ると、ヘルメスはそれを自在に操ってギリシア軍の幕舎から抜け出していった。美しい流れが渦巻くスカマンドロス河まで、ヘクトールの屍を乗せた馬車を駆ったヘルメス神は、そこで別れを告げオリュンポス山へ帰って行った。

王と御者は、なおも平原を走り王城をめざした。いつか曙《あけぼの》の女神エオスが天上にサフラン色の衣を広げ、朝の光を投げかけていたが、トロイアの町はいまだ眠りの中にいた。しかしただ一人、王女カッサンドラは城山にいて、長兄ヘクトールの寝棺《ねかん》を乗せた馬車に父王が同乗しているのを目撃した。彼女は、泣きながら町中の人にヘクトールの帰城を知らせて回った。

誰一人として、家の中に残る者はいなかった。抑えきれぬ悲しみに涙しながら、城門の傍らに集まり、駆けてくる王の馬車を出迎えた。押し寄せる人々の先頭には、亡きヘクトールの妻アンドロマケ、老母ヘカベ、王女たち、そして打ちしおれたヘレネの姿もまじっていた。そうして馬車が着くや、棺のまわりに駆け寄って涙にくれた。群衆は泣き叫び、このままだと太陽が西の空へ沈むまで動きがとれなくなりそうだった。王は、人々に呼びかけて道をあけさせ、やっとの思いで王宮の中に辿《たど》り着いた。立派な床を用意させ、そこに遺体を安置させると、すぐに泣き女を傍らに座らせて挽歌《ばんか》を歌わせた。

ヘクトールの妃アンドロマケは亡夫の頭を腕で支えながら「こんなにお若いのに、もう世を去られるなんて。あなたの子供はまだ幼児、私もあなたの御両親も、不運に打ちのめされ行く先が案じられます……」と、暗い予感におののきながらかきくどいた。老王妃ヘカベはヘカベで「私のすべての息子のなかで、いちばん大事だったヘクトールよ、アキレウスが引きずり回したというのに、まるで生きているよう」と泣き叫んだ。

微妙な立場のヘレネは、女たちの号泣のなか「ヘクトールさま、義兄弟のなかでもいちばん大切な方、私はここへ連れてこられる以前に死ぬべきでした。あなたは孤立無援の私が、お姑《かあ》さまや小姑《こじゅうと》、義兄弟の嫁らから、とやかくいわれるたび、いつも優しく庇《かば》ってくださいましたのに」と嘆いた。

トロイア中の人々がヘクトールを悼《いた》み終えたとき、プリアモス王は葬儀の準備を命じた。九日間、人々は山に入り薪を集めた。一〇日目の朝、夜明けを待ってヘクトールの遺体を野辺送りし、積みあげられた山なす薪の上に安置して火を投じた。王家の者たち、家臣、トロイア軍の武将や兵士、市民ら総出で火葬場を取り巻き、涙ながらに焼き終えると、きらめく酒をふりかけて火を消していった。亡き英雄の兄弟と友人らは、すすり泣きながら白骨を拾い集め、黄金の筐《はこ》に収めると紫衣《しえ》で包んだ。ただちにそれを地下に掘られた穴に納め、周囲にしっかりと石を敷きつめた。その上から土を盛りあげ、立派な墳墓を築きあげた。四方に警備兵をつかせてから、一同は城へ戻った。プリアモス王は、葬儀にかかわった人々を王宮内で盛大に饗応した。このようにして、亡きヘクトールの弔いは行われたのである。〈「イーリアス」了〉

その後のトロイア軍

さて、ヘクトールを失ったトロイア軍は、ほかにもまだたくさんの英雄が生きていたにもかかわらず意気消沈していた。そんなところに、アマゾン軍団の女王ペンテシレイアが援軍を率いてやってきたのである。

ペンテシレイアの父は、軍神のアレス、母はオトレーレといった。彼女はかつて、アテナイ王テセウスに愛されてヒッポリュトスを産んだ戦友のヒッポリュテを戦闘の最中に誤って殺してしまい、その罪をプリアモス王に清めてもらったいきさつがあった。この弓を使う勇猛な女族軍団は、たちまち戦場で多くのギリシア兵を殺傷し、トロイア側に活力を蘇《よみがえ》らせた。女王ペンテシレイアは、アキレウスを狙っていた。彼はアイアスとともにパトロクロスの墓に詣《もう》でていたところを女王に見つかった。「二人で束になっても、女一人にはおよばなかったと悟れ!」と、ペンテシレイアは突進していった。アイアスは彼女の投げ槍を受けたが、平然とせせら笑いつつ他の戦闘の方へ行ってしまった。そしてアキレウスが投げた槍は、女王の右乳房の上方を貫いた。斧《おの》は手から落ち、彼女は馬上から転り落ちて絶命した。アキレウスは嘲《あざけ》りながら彼女の黄金の胸当てを脱がせようとしたが、血と泥にまみれた死に顔はなおこの世ならぬ美しさをたたえていた。アキレウスは突如、いいしれぬ哀しみに取りつかれ、激しい恋心に苛《さいな》まれた。その様子を見た同僚のテルシテスがからかい、逆上したアキレウスは彼を殺してしまった。娘を殺された軍神アレスは猛り狂い、ゼウスが雷霆《らいてい》を放ち鎮めるはめになった。

86 アキレウス死す、アイアスは自殺

アマゾン軍団を頼みにしていたプリアモス王は落胆し、自分の弟のティトノスに、彼の息子でアイティオピア（エティオピア）王のメムノンの援軍を請うた。肌色浅黒く、絶世の美男のメムノンは、曙の女神エオスがティトノスに恋して（I・2参照）産んだ自慢の息子。アキレウスと同じく、彼も母が特注したヘファイストスの甲冑をつけ、精鋭の軍を率いてきた。

トロイア軍とアイティオピア軍は、さながら嵐に流される乱雲のごとく戦場へと繰り出した。メムノンは、アイアスと戦って引き分けた後で老将ネストールめがけ槍を放った。間一髪、それを遮ったのはネストールの息子アンティロコス。槍は、若い英雄の心臓を貫き倒した。遺体を争う両軍をみた老将は戦車から降り、死を賭《と》して息子の遺体の前に立ちはだかった。「おぬしと戦う気はない」とメムノンは叫んだ。アキレウスが現れた。たちまち両者は四つに組み、どちらも引き下がらず激戦となった。両英雄の母、女神のテティスとエオスは、必死の形相でゼウスに息子の命を乞う。ほかの神々も困惑した。ゼウスは、運命の秤に両英雄をかけた。するとメムノンの皿が下がったのである。かくしてメムノン

は、アキレウスの槍の前に伏した。エオスは涙にくれ、遺体をアイティオピアに運んだ。曙の女神の涙は朝露となり、彼女のあまりの悲嘆ぶりをみたゼウスは、メムノンに不死を与えてやった。

さて天上ではアポロンとポセイドンが、亡きヘクトールをさんざんに侮辱したアキレウスを罰しようと協議した。おりからアキレウスは、トロイア軍を追って城市に迫っていた。そこでアポロンは雲に身を包み隠し、スカイア門の傍らに立ち様子を窺《うかが》った。と、戦闘中のパリスの姿が神の目に入った。神は、パリスが敵に向かって放った矢を、巧みにアキレウスへと導いた。そうして彼の母がうっかりして不死身《ふじみ》にしそこなったアキレウスの右踵に命中させたのであった。苦悶《くもん》のうちに、アキレウスは絶命した。

アキレウス絶命後

アキレウスの遺体を奪いあい、激烈な戦闘が終日続いた。巨漢アイアスは、パリスとグラウコスの手から遺体を奪い返し、雨あられと降り注ぐ敵陣の槍の中を自軍へと引きずれば、駆けつけたオデュッセウスも防戦に身を挺《てい》し、ようやくに守りきることができた。女神テティスは、息子の命が戦場で終わると知ってはいたものの、嘆きはひととおりではなかった。海のニンフのネレイデスらが多勢、トロイアに慰めにやってきた。一七夜の喪中に、九人のムーサらはアキレウスのための挽歌を歌い、総大将アガメムノンをはじめ武将らは涙にくれた。一八日目に遺体は火葬に付され、遺骨が、親友パトロクロスのそれと混ぜ合わされてから、ヘファイストスが手がけた黄金の壺に納められた。塚は、ヘレスポントス海峡を見下ろす、シゲイオン岬《みさき》にパトロクロスのそれと並べて築かれた。

その後、パトロクロスのときに負けず劣らず、葬礼競技が立派に行われた。いまだ健在の英雄たち――エウメロスは戦車競走で、剛勇ディオメデスは徒競走で、アイアスは円盤投げで、その義兄弟のテウクロスは弓術で優勝、それぞれに立派な賞品をもらった。女神テティスは、アキレウスの遺品のうち立派な武具一式を、最高の勇者に与えると申し出た。ただちに、アキレウスの遺体を守り抜いたアイアスとオデュッセウスが進み出て、それぞれが我こそはと主張した。ことにアイアスは、敵軍の攻撃のさなかをアキレウスの遺体を運んだだけに、当然のことと思ったのである。ところがオデュッセウスは、〝知謀の将〟といわれるだけあって、いとも弁舌巧みに、自分こそがトロイア軍に応戦して遺体を守ったのであって、運んだ者よりずっと勇者にふさわしいと述べたてた。

アイアスの自殺

審判者を立てた結果、勝利はオデュッセウスの頭上に輝き、ヘファイストスが造った世にも見事な武具は彼の手に渡った。負かされたアイアスの無念は、はかり知れなかった。性格的にも剛直な彼は、怒りと屈辱感に夜も眠れず、心乱れて、自分に恥をかかせたギリシア陣営の誰かれを襲おうとした。それをみた女神アテナによって狂気の発作にとりつかれた彼は、陣地で飼われているおびただしい牛や羊の群れを武将らと見誤り、その中に飛び込むと次々に殺した。ことにオデュッセウスに味方したアガメムノン、メネラオスらと思った家畜には、罵りつつ残酷なやり方で殺していった。やがて狂気から醒《さ》め、自分がなしたことをみたアイアスは、あまりの蛮行に愕然《がくぜん》とした。彼は、この戦中に略奪し妻としていたテクメッサと幼い息子のエウリュサケスを呼び、この戦いが終わったら義兄弟のテウクロスに故郷のサラミス島へ連れ帰ってもらうように遺言した。その後で妻の制止もきかず、地に突き立てた短刀の上に我が身を伏し、自殺を遂げたのであった。母の血が異なる弟のテウクロスは、そのとき運悪くミュシアに遠征中で留守であった。二人の父テラモンは、息子を戦いに出すとき、必ず助け合ってともに帰還せよと厳命した。兄の自殺を知った弟は、自らも後を追おうとしたが制止され果たせなかった。

87 トロイア滅亡の四条件

アキレウスを失ったギリシア陣営には、長びく戦いの疲労もあって絶望感が漂いはじめた。そのようなおり、いかにすればトロイアが陥落するかという、貴重な予言を得たのである。その予言者は、なんとトロイア陣営のヘレノスであった。

事の起こりはこうだった。ギリシア軍付きの予言者カルカスが、ヘレノスならこれを知っていると言い出したため、オデュッセウスが予言者がこもっているイダ山へ出かけて待ち伏せをし、ヘレノスを捕らえた。彼はやむを得ず、トロイアが滅亡するための、四つの条件を予言したのだった。

それは、一、ペロポネソス半島を征服したピサの王ペロプスの骨を埋葬地から持参する、二、エーゲ海のスキュロス島にいるアキレウスの息子ネオプトレモスが参戦すれば、三、ギリシア軍がトロイアへ向かう途中、リムノス島で重傷を負ったため置き去りにした英雄ピロクテテスを迎えれば、四、トロイアの市の守護神アテナ女神の古像パラディオンを盗み出せば、というもの。早速に手配することになった。

ペロプスの骨を持ってくるのはたやすかったが、あと三つの条件を満たすのはそれぞれ難儀が伴った。まずオデュッセウスとポイニクスが使者となり、かつてアキレウスが出征すまいとして女装して隠されていたスキュロス島の宮廷にきた。ここで多くの王女にまじって暮らしていたとき、アキレウスは王女ディダメイアとの間にネオプトレモスをもうけていた。

遺児は、会ってみるとアキレウスの再来と思われるまでに成長していた。しかし未亡人の母は、息子の参戦を強く拒んだ。が、オデュッセウスの巧みな説得で、ネオプトレモスは出征を快諾した。オデュッセウスは彼に、アイアスと争って得た彼の亡父の武具をすべて与え、自らの面目もほどこしたのであった。

ピロクテテスの場合は、これよりもずっと厄介な事情があった。というのは、軍がトロイアに向かったときのこと。リムノス島に寄港中、毒蛇に足を嚙《か》まれた重傷のピロクテテスを島に置き去りにしたのだ。一〇年もの年月、ピロクテテスは乞食《こじき》同然に飢え、傷に苦しみ通したので、今更彼を必要だなどと誰もいえた義理ではなかった。おまけに軍はいま、彼が所有するヘラクレスの弓（III・64参照）が必要なのだ。

知謀の将オデュッセウスは一計を案じた。ネオプトレモスに、自分はトロイアへ行ったが、父の武具がオデュッセウスに奪われたと知り、憤って帰郷する途中なのだと嘘《うそ》を語らせ、ピロクテテスに同情させた。彼は、それならぜひ不幸な自分もその船に乗せギリシアへ連れ帰ってくれと懇願した。そこへ船長と偽る者が駆けつけ、追っ手が来たと嘘を重ねる。皆で船へ急ぐ途中、いまだ癒えぬ傷に昏睡《こんすい》してしまうピロクテテスは弓を若者に託す。しかし結局はオデュッセウスが現れ、良心の呵責《かしゃく》に耐えかねピロクテテスに弓を返すネオプトレモス。嘘はばれ、険悪な事態となったとき、天上のヘラクレスが、ゼウスの命でトロイアへ、すべての恨みを捨てて出征せよと告げ、ようやくピロクテテスをトロイアへ伴うことができたのだった。

第四の条件、パラディオンを手に入れるために、夜間、オデュッセウスはディオメデスに見張りをさせ、自分は乞食に身をやつして城市内へ忍び込んだ。ところが彼は、ヘレネに出くわしたのである。貧しく汚い身なりであったのに、彼女はすぐにそれをオデュッセウスと見破った。そして自分はスパルタへの帰国を切望している身だと言いわけをし、パラディオンの在りかへの手引きをしてくれたのだった。

こうして四条件がすべて満たされた後、まっ先に効果を発揮したのはピロクテテスの弓であった。一〇年近くも遅れて戦場に来るはめになった彼は、軍医として参戦した医神アスクレピオスの二人の息子のうち、ポダレイリオスによって足の傷を癒されると、戦場に出て多くのトロイア兵を討ち取った。

パリスの死

なかでもこの戦争の起因ともなった、パリスの腰にピロクテテスの弓矢は命中した。ひどい傷を負ったパリスは、それでもすぐには致命傷とならなかったので、必死で傷の手当てをした。けれども悪化するばかりで苦しみが増す一方。そこで神託を伺ったところ、かつてヘレネのために情け容赦もなく彼が捨てた妻オイノネだけが、薬草の知識がありその傷を癒す手だてを知っていることを告げられた。

イダ山で、ともに暮らしたオイノネのもとへ、パリスは身を運んだ。そして治療方法を請うたが、彼女はすげなく断った。パリスは後悔し、言葉をつくしたが、オイノネの心を変えることは叶わなかった。

苦しみにあえぎながら、パリスはイダ山をくだり城市の宮廷に戻ろうとした。その途次、彼はヘレネの名を呼びながら息絶えた。

一方、自分の取った態度に悩み苦しむオイノネは、見捨てたパリスを追って山をくだろうとした。そこで彼女が見たのは、羊飼いが、行き倒れになったパリスの死体を火葬にしているところであった。オイノネは、その火の中に身を躍らせ、ともに黄泉《よみ》の人となった。

88 トロイアの木馬と陥落

トロイアを陥落させるために必要とされた四つの条件を満たした後、オデュッセウスは知恵をしぼった。その結果、巨大な木馬をまず建造することを思いついた。彼は工匠エペイオスに打ち明け、イダ山から材木を切り出させた。それでもって、内部を武装した五〇人の兵士が入れるよう空洞とし、両側には開《あ》きをつけさせた。

木馬が完成すると、ギリシア軍は夜陰にまぎれて陣営を焼き払い、軍艦もろとも出航して近くのテネドス島の沖合に停泊《ていはく》、島影にかくれ様子を窺った。一方、木馬には〝故国帰還の感謝の捧げものとして、アテナ女神に捧ぐ〟との文字を彫りつけた。内部に精鋭の勇士を入れ、無人となった陣地に一人の男を残した。

翌日、トロイアの人々は、ギリシア兵があとかたもなく姿を消したのをみて躍り上がった。ただ一人残されていた男シノンは「戦いに嫌気がさしたギリシア軍は帰国を決めたが、パラディオンを盗み出していたので神罰を恐れ、かわりに木馬と、哀れな私を犠牲に捧げようとして残して行った」と泣き叫び、大芝居を打ってみせた。また木馬が巨大なのは、これをトロイア人が城内で崇拝すれば、以後の戦いは不敗となる運命なので、わざと引き入れ不可能な大きさにしたのだとも説明した。

トロイアの人々は、これを聞くと大歓声をあげ、城壁の一端を毀《こわ》してまで市の中へ引き入れようとした。一方では、この話に疑いを抱く者もないわけではなかった。市にパラディオンはあるもののアテナ女神はギリシア方にばかり援助していることも不信のもとだった。試しに誰かが槍を取り木馬の腹を突くと、内部で武具ががちゃつく音がした。彼らは木馬を、断崖《だんがい》から海へ突き落とせと主張した。

カッサンドラの予言

そして、王女カッサンドラは、この木馬は不吉な予感がする、と、声を嗄《か》らして市民に、城市に引き入れるなと叫んだ。しかし彼女の予言は、アポロンの仕返しで誰ひとり信じることはなかった。同じように、テュムブレのアポロン神殿の神官ラオコオンも反対した。するとと彼が海辺で犠牲を捧げていたとき、突然海中から大蛇が泳ぎつき、あっというまにラオコオンと二人の息子を絞め殺してしまった。これを見たプリアモス王は考えた末、ギリシア軍はすでに総退却し帰国していること、不敗をもたらす木馬への欲望、それに何よりもパラディオンの身代わりを検証するのは神への不敬となるため、城内に引き入れるよう指示した。

さてその夜、トロイア全市は勝利に沸き祝い酒に心ゆくまで酔った。踊り、歌い、狂乱

《木馬を運び入れるトロイアの人々》16世紀の銅版画

の喜びの宴《うたげ》がいつまでも続いた。

しかし夜更け、さすがに人々も疲れて寝静まった頃、シノンの合図で木馬の勇士らは外へ躍り出た。総大将のアガメムノン、その弟で奪われたヘレネの夫メネラオスをはじめオデュッセウス、ディオメデス、イドメネウスらに加え、木馬の設計者エペイオス……彼だけが、木馬の扉を内からのみ開ける技を知っていたので……。

シノンはまたいち早く、シゲイオン岬のアキレウスの塚に立ち、テネドス島で待機する自軍に烽火《のろし》をあげ進軍を知らせていた。全速力で軍艦を漕《こ》ぎ戻った兵士らを、木馬の勇士らが城門を開けて迎え入れた。市はたちまち、略奪と無差別の殺戮に阿鼻叫喚《あびきょうかん》の地獄絵と化していった。多くの市民は酔いつぶれ、安堵《あんど》の眠りをむさぼりはじめたとき。なすすべもなく血の海に倒されていく。そしてアガメムノンらは、プリアモスの壮麗な宮殿に迫った。

人々が逃げまどう館の中、参戦間もない若いネオプトレモスは〝内庭のゼウス〟の祭壇に逃れ、必死で祈るプリアモス王を発見した。何人といえども、神々の祭壇にすがる者を殺してはならない掟であったが、ネオプトレモスはためらいもせず老王を斬った。その首は、彼の誇らしい戦利品として持ち去られた。同じように王女カッサンドラも、アテナ女像の祭壇に逃れかわりに置かれていた木像にしがみついたが、小アイアスは髪をつかんで引き倒し、聖所でこれを犯したのである。

アガメムノンとメネラオスは、火に包まれた宮殿の中を、くまなくヘレネの姿を探し求めた。そうこうするうち、とある寝室で、ヘレネが王の息子の一人ディポボスといるところへ踏み込んだ。彼女はパリスを亡くした後、すぐさまディポボスを三番目の夫とし、今しもただならぬ騒ぎのさなか、歓楽をつくした後だった。

アガメムノンとメネラオスは、その場でディポボスを殺した。ふと見れば、ヘレネはしどけない姿のまま、壁にもたれて悠然と立ったまま、かつての夫とその兄を見つめていた。メネラオスは短刀を引き抜き、自分を捨てた妻にふりかざした。

ヘレネは相変わらず輝くような美しさで、刃が迫っても微動だにしなかった。メネラオスは心打たれ、憎悪を忘れそうになった。これを殺害し去るには、とうてい無理とみたアガメムノンは「まあよいではないか。後でゆっくりと成敗せい」と、弟の急場を救ってやった。彼女はベールを深く垂らしてメネラオスに手を引かれ、ギリシア軍陣地へと連れ去られた。しかし武将や兵たちに迎えられると、さすがに白い足は小刻みに震えていた。

89 トロイアの女人たち

手当たりしだいの略奪と殺戮が徹底的に行われた後、ギリシア軍はさしもの繁栄を誇ったトロイアの城市に火を放った。火柱は九日九夜、エーゲ海の島々や沿岸の国々から眺められたという。

焼け落ちた廃墟《はいきょ》には、血と泥に染まったぼろぼろの衣をまとう女たちが集められていた。武将らは女の身分に応じて、各人の取り分を決めていった。たとえばプリアモス王の王妃ヘカベはオデュッセウスの女奴隷として振り分けられ、カッサンドラはアガメムノンの妾《めかけ》というふうに。若いネオプトレモスには、ヘクトールの妻で、次代の王妃になるはずであったアンドロマケが与えられた。

アンドロマケは、みればその胸に幼児をしっかりと抱きかかえていた。夫ヘクトールの遺児で、彼が戦闘に出陣する前に立派に成長し跡を継ぐようにと託していったアステュアナクスである。

軍の評議会では、その子をどうするかについて討議をした。オデュッセウスは、王家の男子の子孫を生かせば、長じて必ずや復讐するであろうと主張、根絶やしにすることをすすめた。武将のなかには、さすがにためらう者もあったが、予言者カルカスが、もしも生かせば、必ず復讐すると予言したため、その子の運命は決定的となった。泣き叫ぶ子を、命がけで守ろうとするアンドロマケの手から無理矢理もぎ取り、高い城壁の上から投げ落とし死に至らせたのはネオプトレモスだった。

軍の評議会は次に、プリアモス王とヘカベの一番若い王女、ポリュクセネを、アキレウスの墓の上で、生け贄として捧げることに決めた。一説によれば、彼女はアキレウスが、兄のトロイロスを襲い殺害したとき、たまたまその場にいてアキレウスが見初めたのだともいわれている。そして死ぬまぎわ、遺言として生け贄を頼んだためであるとも。

老王妃ヘカベ

どちらにせよ、ポリュクセネは、母ヘカベをはじめ数多《あまた》のトロイアの女たちが断腸の思いで見送るなか、少しも動じることなく連行された。生きて、辱しめられながら奴隷の苦役につくより、ひと思いに死ねる幸せを口にして母を慰めさえしたのであった。

数万の兵士が見守るなか、ポリュクセネは祭壇前で自ら衣をはだけ、雪のような清らかな肌を露《あらわ》にして、堂々と生け贄に捧げられた。その瞬間、兵士らも思わず感嘆の声をあげたほど、潔《いさぎよ》い最期であった。愛児を惨殺され半狂乱となった兄嫁のアンドロマケは、ふりしぼる声でポリュクセネのさだめを羨《うらや》み、死ぬことすら許されない我が身をくやんだ。

このように次から次へと悲惨な運命に弄《もてあそ》ばれていく子や孫や、身内の女たちを目撃し続けたのが老王妃ヘカベだった。ヘカベは、城壁から投げ落とされ、手足が折れ曲がった血まみれの孫アステュアナクスを涙にくれながら撫《な》でさすり、白布でおおってやり、死が後先になった運命を嘆いた。

そのヘカベには、誰にも打ち明けられない秘密――いまやその消息が気がかりでたまらないと同時に、唯一の希望ともなった――を抱えていた。というのは、この大戦が始まったとき末子のポリュドロスは少年で、まだ戦場には出られない年齢であった。プリアモス王とヘカベは相談して、彼に莫大な黄金をつけ、身を預かってくれる王家を探したのだった。

トロイアの対岸にある、ケルソネソス半島の王ポリュメストルがこれを引き受けてくれることになった。王は、プリアモス王の娘イリオネの夫で、両王家は親戚《しんせき》同士でもあった。少年ポリュドロスは、ここで養育され成長しているはずだった。

やがて、山なす分捕り品と女たちを分配し終えたギリシア軍は、それぞれの故郷に向かって旅立って行った。オデュッセウスの持ち物となったヘカベは、船が故国を離れ海峡を渡り、向かいのケルソネソス半島に着いたとき、ひと目なりとも末息子に会い、無事を確かめてから異国へと引かれて行こうと心はやった。

しかし、彼女の夢は、無残にも破られた。水汲みに出かけた老女が、海岸の波打ち際に流れついた、奇妙な遺体をみつけたのだ。四肢を切断されたその遺体は、なんとポリュドロスではないか！……驚愕《きょうがく》した老女は急ぎ遺体を引き揚げて衣で包み、ヘカベのもとへ。

哀れな息子の亡骸をみたヘカベは言葉を失った。トロイアが陥落したのを見届けたポリュメストルは、預かった子を殺し、海に沈めて黄金を奪ったのであった。

アガメムノンの前に出たヘカベは、事情を話し、復讐させてほしいと訴えて黙認を得た。そして王には、陥落したトロイアにはなお隠した黄金があるので場所を教えたい、ついては彼の二人の息子も連れて来てほしいと頼む。二つ返事で、厚顔にも王はやってきた。

ヘカベは、秘密を守るためと称して王を自分のテントに誘い込んだ。待ち受けていたトロイアの女たちは、寄ってたかって彼をとらえ、素手でその目を抉《えぐ》って潰し、息子たちを殺害した。

ギリシアへ帰還する船の中から、ヘカベは牝犬《めすいぬ》に変身し、海に身を投じたという不可解な伝説が残っている。

90 諸将の帰国譚

一〇年にもおよぶ長期戦で、からくも生き残った幸運な武将たちは、トロイアから奪った財宝と女たちを船に乗せ、一路故国をめざした。

全軍団がそろって出発したのとは異なり、帰路は海路を行く者と、船を捨て陸路を辿《たど》る者とに分かれた。

ヘレネの強運

ヘレネを伴ったメネラオスはエーゲ海に出たが、その軍船は、途中でアテナ女神が送った嵐に巻き込まれた。これはトロイアを立つとき、兄アガメムノンが、これまで多くの助力と加護を賜ったアテナ女神に、感謝の生け贄を捧げてから船出しようといったのに対し、風の立つうちに出航しようと心急いだメネラオスは、女神はトロイア市の守り神ではないか、などといい、そのまま出航してしまったためである。

メネラオスは結局、五隻の軍船を残しほかの船も財宝も失った。五隻はそれからクレタ島に流され、そこから故国スパルタの方向からずっと離れたエジプトに漂着してしまった。

ここで多くの出来事があり、一説には巨富も得て、八年間も帰国が遅れた。しかしついには無事にスパルタの地を踏んだ。かつては自分を裏切った妻、ヘレネと再び王座に君臨し、死後はスパルタを一望する霊廟《れいびょう》メネライオンに祀《まつ》られた。冥界《めいかい》に旅立った夫婦はともにエリュシオンの野で暮らしたという。

弟のメネラオスよりずっと早く、アルゴスに華々しい凱旋を飾ったアガメムノンが、到着した夜に妃のクリュタイムネストラに惨殺された（Ⅱ・51参照）ことを思えば、戦争の発火点だったのに処罰も受けず生き延びたヘレネの強運ははかりしれないものがある。

神の祭壇に逃れたカッサンドラを犯した小アイアスは、同じくアテナの嵐に巻き込まれエウボイア島付近で船とともに海に沈んだ。

クレタ島から出征し木馬の勇士でもあったイドメネウスは、故国まであと少しのところでやはり大嵐に遭った。彼は海神ポセイドンに必死で祈りを捧げ、もしも嵐を切り抜けられ、生きて故郷の土を踏んだら、最初に出会った者を犠牲として捧げます、と誓った。

神は嵐を静めた。命からがらクレタ島に着いたイドメネウスの目に入ったのは、凱旋の報に先頭を切って出迎えた我が息子の姿であった。父子《おやこ》は再会の喜びにくれたが、イドメネウスは悩み苦しんだ。彼は息子の似姿をこしらえて犠牲とし、ポセイドンを欺《あざむ》こうとしたとも、息子を実際に供し、残虐な行為だと怒った島民に王座を追放され、南イタリアへ逃れたともいわれている。

嵐だけでなく、先に述べたように戦場で自殺を遂げたサラミス島出身の巨漢アイアスの義兄弟テウクロスのように、無事島に着いて凱旋を果たそうとしたものの、兄を助けなかったとして父王テラモンからの拒絶に会い、故国を後にした武将もいる。彼は後にシリアを経てキュプロス島まで南下し、そこでキニュラス王の庇護《ひご》を受け娘のエウネと結婚した。現在も大遺跡が残るサラミス国は、テウクロスの建設によると伝えられている。

陸伝いの武将ら

一方、陸伝いに故郷をめざした武将らには予言者カルカス、医神の息子で軍医の一人ポダレイリオス、アムピロコスらがいた。

一行はコロポーンの地まで来たとき、別の予言者モプソスの家に招かれることになった。軍付きの予言者として活躍したカルカスには、かねてから彼よりも賢い予言者に出会ったなら、命を終えるであろうという予言がなされていた。

モプソスというのは、父はアポロン神、母は〝千年を生きた〟といわれるテーバイ国の名高い予言者ティレシアスの娘マントオの子で、小アジアのクラロスにアポロンのための予言所を建てた。

カルカスはここで、モプソスと予言の技を競うことになったのである。彼はまずモプソスに一本の野生の無花果《いちじく》の木を指し、その実はいくつあるかと尋ねた。モプソスの答えは一万と一メディムノス（アイギナの枡《ます》で一杯分と一個）だった。カルカスは木の実をすべて数え、モプソスの心眼にまったく狂いのなかったことを知った。

かわってモプソスはカルカスに、一頭の牝豚を指し、豚には何匹の子豚がいて、いつ出産するのかと尋ねた。カルカスにはすぐに答えられなかった。すかさずモプソスが、子豚は一〇匹で、うち一匹が牡《おす》である。明日には生まれてくるであろうといい、そのとおりになったのである。すっかり気落ちしたカルカスは死んでしまった。仲間は、予言者をノテイオンという所に埋葬してから出発した。

ポダレイリオスは、これからの自分の住みかについてデルフォイの巫女《みこ》から予言を聞いた。〝天が落ちてきても恐れなくてよい所へ住め〟との答えに、彼は再びカリアの山々に囲まれたケルソネソス半島へ行き落ち着いた。

アムピロコスも、故郷のアルゴスには戻らず、モプソスとともにキリキアにマロス市を建設、後に争って相討ちで亡くなった。しかし二人の亡霊は仲なおりし、共同で託宣所を開くと、デルフォイをしのぐ評判を得たという。

91 女神カリュプソに囲われる

オデュッセイア

トロイア戦争に勝利した武将たちが、帰心矢のごとくめざした故郷への旅は、いずれも思いがけないドラマに彩られていた。そのなかでも、故国に着くまでさらに一〇年間、海上をさまよい続けねばならなかったのがオデュッセウスだった。

山なす財宝と部下を引き連れ、トロイアを離れはしたものの相次ぐ嵐に出会い、流れついた島でも次々に部下を失った。その原因は、後でオデュッセウス自身が詳しく回想し述べるが、一言でいうと彼が海神ポセイドンの息子を盲目にしてしまったため、神の怒りにふれたせいであった。

その話はさておき、いま、オデュッセウスはオギュギエという島にとどまっている。ここに住む女神カリュプソが、ただ一人漂着したオデュッセウスを介抱し、歓迎してくれたのはよかったが、いつまでたっても彼を手放そうとしなくなったのである。

黒ポプラや糸杉におおわれたカリュプソの洞窟《どうくつ》の中には、美味な食物や酒があり、暖かな寝床があった。それらでもてなしてくれる女神は美しく優しい。女神の愛に溺《おぼ》れるうち、すでに七年の年月がすぎかけていた。

その間、オデュッセウスは故郷のこと、イオニア海に浮かぶ小さなイタカ島の王宮に残してきた、老いた両親と妻のペネロペイア、それに出征するときには、生まれたばかりだった初めての息子テレマコスのことを、一日として思わない日はなかった。

最近では、彼はぽつんと岩場に腰かけ、海を見つめて物思いにふけることが多くなった。カリュプソの愛にも飽きかけていた。

この様子を天上から見ていた神々は、ただ一柱だけ執拗《しつよう》に怒り続けるポセイドン以外は、皆々オデュッセウスに同情を寄せていた。ことに女神アテナは、彼が戦争のさなか幾度もゼウスに盛大な犠牲を捧げたことに触れ、すみやかに帰国させてやってほしいと訴えた。

ゼウスは承知し、使いの神ヘルメスが、オデュッセウスを引き止めているカリュプソのもとへ勧告に行き、アテナはオデュッセウスの留守宅へ、息子のテレマコスに会いに天下《あまくだ》って行った。

オデュッセウスの妃ペネロペイア

女神がイタカの王宮に来てみると、驚くべき光景が女神の目に入った。近隣諸国の貴族らがなんと一二九人も押しかけ、オデュッセウスはもはや帰国するとは思えず、どこかで死んだも同然なので、妃ペネロペイアは自分と再婚すべきだと口々に迫りながら、王宮の侍女らを誘い、毎日牛や羊を屠っては宴会を催し、貴重な食糧を浪費していたのである。まだ一人前とはいえないテレマコスは、苦々しい思いで耐えていた。

アテナ女神は、タポスの人でオデュッセウスの旧友メンテスに変身、テレマコスを励まして母への求婚者らを追放するよう手だてを教えた。

一つは、イタカの人々を集めて年若い彼の権利を守ってくれるよう要請し、不当な求婚者らを弾劾し追放すること、二つ目は、父の行方を探す旅に出よというものであった。

テレマコスは早速に人民の力を借りて厚かましい求婚者を追い出そうとした。しかし彼らは反対に若者を嘲笑《ちょうしょう》し、人民を追い散らしてしまった。アテナ女神は、こんどは王宮の唯一信頼できる側近メントールに姿を変え、テレマコスに船を提供してともども父探しの旅に出た。

彼らが最初に訪ねたのは、トロイア戦役で長老として活躍し、無事に帰国できた数少ない武将ネストールの王宮があるピュロスだった。けれども王は、オデュッセウスのその後についてはまったく知らず、かわりにアガメムノンの悲惨な死を告げたのであった。

翌日、王の息子ペイシストラトスがテレマコスに付き添い、ピュロスにほど近いスパルタへ行くことになった。王メネラオスが、ヘレネを伴って八年ぶりに帰国したばかりだと知ったからである。

メネラオスとヘレネは二人の若者を歓待し、彼らがエジプト滞在中に、予言能力のある老海神プロテウスから聞いたオデュッセウスの漂流と、女神カリュプソの島にとどめられている話をしてくれたのだった。

この頃イタカ島では、突如として旅に出たテレマコスの足どりを求婚者らが嗅《か》ぎつけ、帰途を襲って亡き者にする計画が立てられていた。母のペネロペイアの心痛はひととおりではなく、アテナは彼女の夢に現れて慰め励ました。

一方、使神ヘルメスは、カリュプソのもとへ行き強くオデュッセウスの帰国を求めた。彼女は日頃オデュッセウスに、自分と結婚してくれたなら彼を不死身にすると誓っていたが、それでも帰国したがる英雄にあきらめをつけた。彼女はオデュッセウスに筏《いかだ》を作るように言い、食糧や水、酒など旅立ちに必要なものを積み込ませ、別れを告げた。

再び海を漂流するオデュッセウスを、ポセイドンは波間を疾走する戦車の上から発見した。たちまち嵐が起こり、オデュッセウスは海中深くに沈んだ。海の女神レウコテアがこれを救い、命はとりとめたものの全裸で、気を失ったままパイアケース人の国の島に漂着した。

92 少女ナウシカア

オデュッセウスの回想（1）

身ひとつでパイアケース人の島に打ちあげられたオデュッセウスは、小川のほとりの茂みに身を隠し、枯れ葉で身体を覆うと疲れきって眠り込んだ。翌朝、島の王アルキノオスの娘のナウシカアが、洗濯物を抱えて小川にやってきた。というのは前の晩の夢に、ぜひとも衣類を洗い清めるようにとすすめる友達が現れたためであったが、これは女神アテナの策略であった。彼女は洗い物をすませると岩場に広げて干し、乾きあがるまで侍女たちと鞠《まり》を投げて遊んだ。

と、鞠がはね小川に落ちたため、皆は大声をあげ騒ぎだした。その声で目をさましたオデュッセウスは、あわてふためき木切れなどで裸体を隠し一同の前に現れた。侍女らは一斉に逃げ出したが、ナウシカアだけは慌てず、オデュッセウスの言葉に耳を傾けた。わけを聞くと、彼女は自分の住む宮殿へと道を教えた。年若い女の身で、道案内などして一緒にいるところを町の人に見られてはいけないと判断したのだった。

オデュッセウスは教わったとおり王宮に近づいてみれば、青銅に金をあしらった立派な門や柱が見えてきた。館は美しい彫刻で飾られ、庭園には柘榴《ざくろ》、オリーヴ、リンゴや梨、無花果などの果樹が茂り、花々が香り、泉が湧き清らかな水が流れていた。そこここで、人望あつい王妃アレテーをはじめ侍女らたくさんの女たちが、糸車を回し機織りに精を出し、麦など挽《ひ》いて楽しげに働いていた。

アルキノオス王

オデュッセウスは邸内へ入って行き、王の前にひれ伏すと流転の身の者だと名乗った。しかし、見事な体軀《たいく》といい言葉といい、王にはすぐに彼が高貴の出の者と分かった。王はオデュッセウスを必ず故国へ送り届けようと約束し、いましばらく休養していくようにとすすめるのだった。

翌日になると、王宮では島民が集まって会議が開かれ、その後は宴会となった。そこで、招かれた盲目の吟遊詩人のデーモドコスがトロイア戦争のドラマを詠《うた》いあげた。なかでも彼は、英雄アキレウスや、オデュッセウスの話に触れたので、それを聞くオデュッセウスの目に涙があふれた。彼は与えられた紫のマントを頭から被り、人目をさけたが王だけは涙に気がついた。

アルキノオス王は、歌をやめさせて楽しい競技会を催させた。嵐との戦いで身体が精根つきはてていたオデュッセウスだったが、強くすすめられて仕方なく円盤を投げてみせた。

次に始まったのは若者たちの見事なダンスで、踊りの輪の中心にデーモドコスが座って歌うと、それに合わせて非常に速くしかも美しい拍子がとられ、優美に舞うかと思えば、二人の若者が鞠を用いた舞踏を演じ、オデュッセウスは感嘆の声をあげた。

王はオデュッセウスの感動ぶりをみて喜び、なみいる貴族たちから衣裳や黄金を募るとオデュッセウスに贈った。彼は、王の妃が用意してくれた櫃《ひつ》にこれらをおさめ、しっかりと縄を掛けて旅仕度をととのえた。

宴会はさらに続き、再びデーモドコスがトロイアの木馬とオデュッセウスの功績、そしてトロイア陥落のさまを詠いだすと、彼は耐えきれず落涙した。王は、彼を故国へ送り届けるためにも、今こそ出自を明かすようにと迫った。

そこでオデュッセウスは、初めて自分がイタカ島の出身で父はラエルテスといい、世に名がきこえたオデュッセウスだと明かした。その後、トロイアを後にしてからこれまでの、苦難にみちた海上漂流の旅を回想して語りだした。

漂流の旅を語る

トロイアを離れてから最初に寄港したのが、キコン人の住むイスマロスという町だった。一行は町を襲い、男を殺しその妻を分配した。オデュッセウスは早々に出発しようといったが、仲間は酒盛りをやめずそのうち逆襲に遭った。ほうほうのていで船を出すと、ゼウスはつむじ風を送ったのでマレア岬を回った所で突然風向きが変わった。

キュテラ島のかなたへ流された船は、そのうちロトスの実を食べる〝ロトパゴス〟の国へ着いた。蓮《はす》に似たこの実は、食べると記憶を失うために、これを食した仲間は帰国を忘れた。オデュッセウスは彼らを無理やり船に乗せ全速力で島を離れた。

次に着いたのが、苦難のもととなったキュクロプス人の国だったのだ。誰も耕作しないのに作物は十分にあり、良港に恵まれていて、人々は好き勝手に生きていた。

一行は入り江のすぐ前にある緑豊かで山羊がたくさんいる小島で肉を焼き、たらふく飲食してから小島を離れ、偵察に出た。オデュッセウスは、一二人の部下だけを連れ、残りは船で待たせた。彼は手に、山羊皮に詰めたイスマロスの甘い酒と、食糧を持って出かけた。

岩屋があり、内部にはたくさんの仔山羊の入った檻《おり》や、籠《かご》に山盛りのチーズがあった。主人は留守だった。一行は火をおこし、食物を盗み、神々に犠牲まで捧げたが……。戻ってきた男を見て肝を潰すはめになったのだ。肩に山のような薪をかついだ巨大な一つ目の大男は、巨岩でもって中にオデュッセウスと仲間がいる岩屋の入り口をふさいでしまった。

93 キュクロプスの残虐

オデュッセウスの回想（2）

野蛮な一つ目巨人族、キュクロプスの洞窟内に閉じ込められたオデュッセウスと一二人の部下は、大男が山羊の乳を搾《しぼ》るのを片隅に身を寄せて震えおののきながら見ていた。火を起こしてから、男は侵入者に気づいた。何者かと尋ねる途方もなく低く太い声と巨大な身体に魂も消え失《う》せそうになったが、オデュッセウスは言葉巧みに事情を語り、〝嘆願者の自分たち〟のためにゼウスを恐れ施しをしてくれまいかと頼んでみた。「ゼウスだと！」と男は叫んだ。「ゼウスだろうが神々だろうが、強いキュクロプスは屁《へ》とも思うもんか。さあ、おまえらの乗ってきた船はどこに置いてある」と男は迫った。船はポセイドンが粉々にしてしまったとオデュッセウスが嘘をついたとき、男は立ち上がると彼の二人の部下をむんずと摑《つか》みあげ、地に叩《たた》きつけた。脳髄が流れ出る遺体を切り裂き、彼は肉も骨も、内臓も残すところなく食いつくした。

オデュッセウスらは、目前でなされた見るに耐えない残虐なしわざに両手を差し伸べゼウスに祈ったが、満腹した男はごろりと横になり眠り始めた。鋭い短刀で刺すことも一行は考えたが、たとえ大男を殺したとしても人間の力では戸口の石を動かせるものではない。

朝がくると、大男はまたしても次の部下二人を朝食にしたうえで、羊の群れを追い出し、戸口を石で塞《ふさ》ぐと口笛吹いて出ていった。夕方、男が帰るまでに作戦を立てねば全員が餌食《えじき》になるのは必至だ。

皆は、手分けして生き残りの方策を考え、準備した。まず、オリーヴの生木があったので、その先端を鋭く尖《とが》らせた。それを火で焼くと羊の糞《ふん》の下に隠した。次にくじ引きで、この棒で男の一つ目を突く役目の四人を選んだ。

男は前日と同じように戻って夕食の仕度をすると、またしても次の二人を食った。そのときオデュッセウスは、酒器になみなみとついだイスマロスの甘い酒を大男に持っていった。酒をたいそう気に入った男は、たて続けに三杯もお代わりをした。「お礼に、おまえはいちばん最後に食ってやるとしようではないか」と、非情な男はオデュッセウスにいった。それから男は酒に酔い、オデュッセウスの名前を尋ねた。「〝ウーテス〟（誰でもないの意）だ」とオデュッセウスは機知を働かせ答えた。酩酊《めいてい》したキュクロプスは、小山のような身体を横たえると、すぐに眠り出した。

四人の部下を励まし、オデュッセウスは火の中に入れておいたオリーヴの尖った棒を引き出すと、男の一つ目に向かって皆で突進した。棒を、ぐいぐいと目玉の中に回し込んだ。血が噴き出し、目玉は焼け、恐ろしい叫び声が洞窟を揺るがした。大男は棒をつかんで投げ飛ばし、近隣に住むキュクロプス仲間を大声で呼びだした。岩屋の前には多勢の仲間が集まり、どうしたのかと聞いた。「〝誰でもない〟がおれを殺す!」と彼は叫んだ。

「一人住まいのおまえを殺すのが〝誰でもない〟のだとすると、それは病気にちがいない。病だけは避けようがない。せいぜい御父上のポセイドンにすがるがよかろう」といって、仲間のキュクロプスは立ち去った。

脱出

ところが大男は戸口の石を手さぐりでどけると、見えない目でそこに立ちはだかっていたのだ。羊たちが外に出て行くのをみたオデュッセウスは、急遽毛《きゅうきょ》が深くて体格のよい牡《おす》の三頭ずつを柳の枝で編んだ紐で縛《しば》り、真ん中の一頭の腹に仰向けになって両腕でしがみつくと、両側の二頭で隠して、自分も部下らも次々と外へ脱出した。

彼らは羊の腹から解放されるとその羊を船まで追って行った。生き残り全員が船に乗ってから、オデュッセウスは大声でキュクロプス仲間が呼んでいた彼の名を叫んで嘲った。「おい、ポリュフェモスよ、客人を食った恥知らずの、悪業の報いを神々がくだされたのだ!」

これを聞きつけたポリュフェモスは、山の頂を引きちぎり、あわや船の舳《へさき》に当たるところに投げ飛ばした。船は大波をくらって陸にぶつかるところだったが、部下らはけんめいに櫂《かい》を漕ぎ難を逃れた。

オデュッセウスは部下らが止めるのもきかず、なおも岩山の上にいる大男に向かって叫んだ。「誰か、死すべき身の人間がおまえに盲目となったわけを聞いたらな、トロイアの町の破壊者、イタカ島のオデュッセウスにやられた、というのだぞ」

ポリュフェモスは、かつて彼が聞いた予言どおりに、視力を失ったことに気がついた。彼は大空に向かって両手を差しあげると、海神ポセイドンにこういって呼びかけた。「大地を揺るがす神ポセイドンよ、どうかオデュッセウスがこの先帰国できぬようにし給え。万が一、故郷に帰り着くのが彼のさだめならば、部下は全部失い、他人の船で長い苦労の末に哀れな姿となって帰り着き、彼の館にはひどい難儀が待ち構えていますように」

ポセイドンは、彼の願いを聞き届けた。そしてオデュッセウスは小島で待ち焦がれている別の部下のもとへ帰り着くと、洞窟からの脱出のとき用いた羊をゼウスに捧げたが、神はこの供え物を受けなかった。一行は、酒と肉とで宴を張り、翌日には灰色の海へと漕ぎ出した。

94 風の神アイオロス、魔女キルケ

オデュッセウスの回想（3）

船は、風をつかさどる神アイオロスが住む浮き島にきた。島全体を青銅の城壁が隙間なく取り囲んでいたが、そのなかで彼は、一二人の子供と妻とで毎日盛大な宴を催し、楽しく暮らしていた。それで一ヵ月もの間、オデュッセウスら一行は宮殿に引きとめられ、歓待されたかわりにトロイア戦役の物語を所望され語り続けた。

そこを辞して旅立つとき、彼は西風を送って船を急がせてくれたし、牛の皮袋には、ほえたける幾種類もの風を詰めてくれた。オデュッセウスは九日九夜誰にもまかせずに船の帆の操縦をするうち、ついにイタカ島の海岸の、かがり火が眺められるところまできた。そこで気がゆるんだのか、ついうとうとした間に、仲間たちはオデュッセウスがアイオロスにもらった袋の中身が気になり、おそらくは金銀が詰まっているに違いないと推測した。そしてひそかに、袋の中身を確かめようとしたのである。

皮袋の口を開けたとたんに、突風が起こった。船はたちまち故国から遠ざかり、なんと再びアイオロスの島に戻ってしまったのだ。オデュッセウスは正直に神にわけを話し、風を所望したが、アイオロスは怒り「神々から見放された者を客人として迎えるつもりはない」と、再度の送り出しを拒んだ。

重い櫂を七日間漕ぎ続けた一行は、やがてライストリュゴン人の国へ着いた。輝く凪《なぎ》が広がる見事な入り江に船を入れ、一行は高所から国の様子をみたが、耕地も牛も人の姿もなく何のてがかりも得られない。ただ一ヵ所だけ、煙が上っている所があったので三人の偵察を出すと、町の外で水を汲んでいる娘に出会った。

娘は、王である父の館を教えたので行ってみると、山の頂かと思う丈高い妃がいた。妃は王に知らせた。出てくるが早いか、王は偵察の一人を摘《つま》みあげて食った。ほかの二人は危うく逃げ出したが、すぐに千人もの巨人のライストリュゴン人が追跡してきた。

オデュッセウスらの船はただ一艘を除きすべて砕かれ、大半の部下は串刺《くしざ》しにされ彼らの夕食に供されるべく持ち帰られた。生き残った者だけで一つ船に乗り、仲間の死を悲しみながらも一目散に漕いで島を離れた。

アイアイエ島のキルケ

死神の手を逃れた者たちは、次にアイアイエ島に着いた。島には、魔法を使うキルケという女神が住んでいた。彼女は太陽神ヘリオスと海洋神オケアノスの娘ペルセとの娘で、コルキス王アイエテスやミノス王の妻パシパエと兄弟姉妹だった。

例によって見晴らしのよい所に登り島を見わたすと、深い樹々の茂る森にキルケの館があった。どうしたものかと思案するオデュッセウスの前に、森から出てきた一匹の大鹿が姿を現した。すぐさま青銅の槍をふるい、しとめたあとで、彼は部下らにこれをたらふく食べさせ、その日は酒盛りで日が暮れた。

翌日オデュッセウスは皆にキルケの館を見つけた話をしたが、キュクロプスといいライストリュゴン人といい散々な目に遭った部下らは怖《お》じ気《け》づき、泣き出す始末だった。結局全員を二手に分け、一方の二二人の隊長にエウリュロコスを命じ、他方のそれにオデュッセウスがなってくじ引きをした。エウリュロコス組が当たったので、彼らは泣きながら探検に出た。キルケの館のまわりには、人が薬で変身させられた獅子だの猿だのがうろついていた。大きな織機の前を行ったり戻ったりしながら、大声で歌っている女がいた。勇気を出し訪《と》うてみると、それはキルケ自身だった。彼女は一行を招き入れたが、隊長のエウリュロコスだけは踏みとどまった。テーブルの上に、彼女はチーズと、大麦粉に蜜《みつ》をまぜた酒をならべ、怪しい薬をたらしてすすめた。皆が飲み干すと、彼女は杖《つえ》で客を打ちつけ、豚囲いの中に追い入れた。一同は泣きながら豚に変身したが、心は人間のままであった。これを目撃したエウリュロコスは、一目散に船にとって返し報告した。

オデュッセウスはただちに武装をととのえ、キルケの館へと急いだ。すぐ近くで、彼はヘルメス神に出会った。「不幸な者よ」と神は呼びかけ、彼はキルケの魔法から逃れる方法と薬草を手わたしてくれた。キルケはオデュッセウスを迎え入れ、ヘルメスの説明どおりの粥《かゆ》を作ると薬をたらし、黄金の杯に入れてすすめた。食したオデュッセウスの身体に何の変化もないのを見ると、怒って彼女は杖で打ちすえ「さ、豚箱にお入り！」と叫んだ。オデュッセウスは剣を引き抜き、飛びかかった。キルケは彼の膝にすがりつき、唯一、魔法にかからなかった人の出自を問うた。また、彼を仲なおりと称し寝床に誘った。

ヘルメス神から注意を受けていたオデュッセウスは、先に二度と悪だくみはせぬと女神に誓いを立てさせ、その後で美しい寝床に入った。キルケは心ゆくまで酒食でもてなそうとしたが、オデュッセウスは先に豚に変えられた部下をもとどおりにしてほしいと要求し叶えさせた。彼は船に戻ると、いぶかる部下を引き連れてキルケの館に移った。部下らはすでにキルケからかいがいしく世話をされ宴に連なっていた。一同は合流し、その日から丸一年間というもの、甘い酒とありあまる肉とで宴を続けながら館にとどまったのであった。

95 英雄の亡霊たちに会う

オデュッセウスの回想（4）

魔女キルケの島で一年がすぎ、再び季節がめぐってきたとき、オデュッセウスは彼女に、故国へ帰らせてほしいと頼んだ。

キルケは逆らいはしなかったが、その前に別の旅を済ませねばならないというのだった。行く先は冥界で、すでに他界しているテーバイの名高い予言者ティレシアスの魂に会い、今後についての予言を聞かねばならないと。オデュッセウスはしんからがっかりして、床に伏すと心ゆくまで泣いた。

それから意を決し、こまごまとキルケが指示をしたやり方に沿って、部下を連れ冥界くだりの旅に出発した。

冥界にくだる

まず黒船を海に下ろすと一行に羊を加えて乗せ、櫂は漕がず全員が船に座した。追い風の吹くまま終日航海を続けて夜になると、船はいつかオケアノスの流れの果てに着いていいた。上陸すると、流れに沿ってキルケが指示した場所まで歩き、そこでオデュッセウスが一キューピッド四方の穴を掘った。

穴の傍らで、死者への捧げ物をした。最初に乳と蜂蜜を、次に酒、三番目に水をまぜた酒を注いでから、白い大麦の粉を撒《ま》いた。それから死者たちへの約束――イタカに帰国したら、いちばん立派なうまずめの牡牛《おうし》を捧げること、またティレシアスには、黒い牡羊《おひつじ》を捧げると誓ってから、穴の上方で連れてきた羊の喉を掻き切ると、流れ出る黒い血を求めて死者の魂が続々と集まってきた。

幼女や乙女、花嫁や若者、老人たち。かと思えば槍で傷ついた血まみれの甲冑姿《かっちゅうすがた》の戦死者らの群れ……。聞くも恐ろしい叫びをあげ、血を吸おうとひしめきあう死者の姿におののきつつも、オデュッセウスは短刀を引き抜き、群れの中にティレシアスを見いだすまでは彼らを寄せつけなかった。そこへ、出発寸前にキルケの館で酒を飲みすぎ、屋根から落ちて死んだエルペノルがきて、オデュッセウスへ自分の埋葬を頼むのだった。

黄金の笏《しゃく》を手にしたティレシアスの魂が、先にオデュッセウスを認めると、やってきて予言を始めた。「おまえは、ポセイドンの愛する息子を盲《めしい》にしたがゆえに、大地を揺るがす神の目から逃れることはできず、帰国は困難を極めるであろう。だが、難儀を重ねつつも、不可能ではない。それには家畜を害せず、帰国に専心せよ」

ティレシアスの予言はこのあと、オデュッセウスの故国の王宮の状況から妻のこと、さては彼の晩年と死に至るまで続いた。オデュッセウスは納得した。次に彼の亡き母アンティクレイアから故郷の様子を聞き、ほかの王侯たちの女人からも多くの身の上話を聞いた。それから、妻に惨殺されたアガメムノンの、悲しみにくれる魂が現れた。生け贄の黒い血を飲み干すや彼はすぐにオデュッセウスを認め、声高に泣き涙を流しながら抱きつこうとしたが、もはや力がなくできなかった。オデュッセウスの問いに答え、彼は妃と情人アイギストスに惨殺されたこと、トロイアから連行した王女カッサンドラの、同じように殺された声を耳にしたものの、どうすることもできず逝ってしまったこと、遺体となった自分の目も口も誰も閉じてくれなかったことなどを嘆いた。

亡霊たち

続いてアキレウスと親友のパトロクロス、戦場で無念の自殺をとげたアイアスと、トロイア戦争の武将が次々と現れた。ことにアキレウスは、オデュッセウスが「生前、誰よりも幸多かったあなたを我々は心から尊敬した。死した後も、あなたは死者の王だ、嘆きなさるな」と慰めるとこういった。「死をとりつくろうのはよしてくれオデュッセウスよ！命なき死人になるよりは、生きて、貧しい男の農奴にでもなるほうがましだ」

それから、戦場で亡きアキレウスの輝く武具をオデュッセウスと争い、言い負かされて敗北を喫し、狂気に陥った後で自殺したアキレウスに次ぐ勇者アイアスに対面したオデュ

《冥界のオデュッセウス》17世紀の銅版画

ッセウスは、武具など争ってまでもらわなければよかったのにと後悔した。「アイアスよ、死んでもあの呪われた武具のことで私への恨みを忘れられないのか。我々全軍は君を悼んでいる。君に死のさだめをもたらしたのはゼウスだ。どうか怒りを和らげてくれ」と語りかけたが、アイアスの霊はひと言も答えず、闇の中へと消えていった。

その後は戦争よりもずっと昔に死を迎えた名高い人々の亡霊たち――クレタ王ミノス、絶世の美男猟師オリオン、神々より罰を受けたティテュオスにタンタロス、シシュフォス、くわえて冥界にはいないはずのヘラクレスの幻までが現れた。

そのうちおびただしい死人の群れが集まり出した。恐怖にかられたオデュッセウスは逃げ出し、仲間の待つ船に乗ると、再びオケアノスの流れをくだり現世に戻った。そこからまたキルケの島に着くと、彼女は丸一日中酒食でもてなしてくれたうえで、これからする航海での難所を、いかに切り抜けるかについて教えた。

夜が明けると、語り終えたキルケはすぐに島の奥へと立ち去り、オデュッセウスは事故死したエルペノルの埋葬をすませてから一行に船の出発を命じた。どこからともなくキルケが送ってくれる追い風を受け、帆はいっぱいに風をはらんだ。

96 セイレーンの歌

オデュッセウスの回想（5）

道中、死の運命を逃れるようにと、キルケが注意を与えてくれた事柄をオデュッセウスは皆に話して聞かせた。というのも、まもなく神の御声にも似た美しく甘い歌声で、船人を誘うセイレーンの島を通過する予定であった。この声を、オデュッセウス以外の者は聞いてはならなかった。否、彼自身も、声に誘われて海に飛び込まぬよう、帆柱に身体をくくりつける必要があった。

オデュッセウスはほかの者らの耳に、すべて蠟《ろう》を丸めた耳栓を詰め、自分の身体は帆柱にしっかりと縛りつけさせた。

凪が吹き止み、神々が波を眠らせたかのような凪が訪れた。と、オデュッセウスを讃え、島へと誘う、蜜のような甘い歌声が流れてきた。耳栓をした部下らはけんめいに櫂を漕ぎ、島を通りすぎようとしたが、セイレーンの歌を聞いたオデュッセウスは、帆柱に縛りつけられたまま身をもがいた。部下二人が、さらに彼を厳重に縄で縛った。

こうして難を逃れた一行だったが、すぐにまた海の怪物スキュラが待ちかまえていた。

《オデュッセウスとセイレーン》17 世紀の銅版画

歯が三重に生えており、頭は六つ、足は一二あって、一度に六人ずつの船人を取って食うのだった。そのスキュラが潜む岩と、海峡を挟み相対した所に、一日に三度、やってくる船を海水ごと呑《の》み込み、吐き出して難破させるカリュブディスが渦巻き、しぶきをあげていた。

一行が、カリュブディスが沸き返るたびに咆哮《ほうこう》する岩に怖じ気づいたすきに、いちばん優秀な六人の仲間が、あっというまもなくスキュラの手で、魚のように吊《つ》りあげられたかと思うと、苦しみもだえながら食われてしまった。

オデュッセウスらは、悲惨な仲間の死に打ちのめされたが、やがてそこを切り抜けるとトリナキエ島が見えてきた。この島では太陽神ヘリオスの牛と羊とが肥え太り、のどかに草を食《は》んでいた。美しい島だったが、キルケも冥界で会ったティレシアスも、この島は災いがあるので避けよ、と予言していた。だからオデュッセウスは、皆に食糧は船に積んである物でまかない、絶対に島の動物に手出しをするなと厳命し、その夜だけ港に船を入れた。

ところが次の日から南風しか吹かず、出航できなくなった。それは一ヵ月も続いたので、船にあった食糧は底をつき、男たちは必死で魚や鳥を採った。オデュッセウスは重ねて仲間に注意を与えたが、彼が眠っている間に、飢えに耐えかねた男たちは、太陽神の牛を屠《ほふ》ると焼き肉にした。

太陽神ヘリオスの怒り

これに気づいたオデュッセウスは、天を仰ぎ、父なるゼウスと神々に祈ったが、太陽神は怒り、ゼウスに訴えた。一方男たちは、オデュッセウスの叱責も聞かず六日間もの間、肥えた牛を殺しては食し続けた。

彼らがようやく航海を再開したとたんに、大海原は黒雲におおわれた。西風が荒れ狂い、疾風が船を直撃して、激しい雷鳴がとどろいたかと思うと、ゼウスの雷霆《らいてい》に打たれ仲間は全員海中に投じられてしまった。

オデュッセウスはただ一人生き残った。彼は砕かれた船の竜骨と帆柱とを牛皮の綱で縛り合わせるとその上に座り、猛り狂う風にもてあそばれつつ漂流した。そして再び、恐怖の海峡へと吹き返されてしまったのだった。

カリュブディスの大渦が襲いかかったとき、オデュッセウスは岩に生えた無花果の樹に飛び移り、ぶら下がった。そうしてカリュブディスが、呑み込んだ竜骨や帆柱を吐き出すまで、足場もなく樹にしがみついてがんばった。吐き出された木材を見るやいなやその上に飛び下りたものの的をはずれ、海中に落ちた。それでも死に物狂いで木材にしがみつき、いずこへともなく波間を流されていった。結局、九日間漂流し、一〇日目に、最初に話した女神カリュプソの住むオギュギア島に流れついて、七年間も留《とど》められたというわけだった。

オデュッセウスの物語に、王宮の広間で聞き入っていた人々は、咳《せき》ひとつせず魅《み》せられていた。聞き終えた王のアルキノオスは、これまでオデュッセウスに贈った衣類や黄金に加えて、一同がさらに三脚付きの大釜やほかの釜類を、一人一人が持参するであろうといい、客人も同意した。

さて翌日、オデュッセウスの出立のための船には、いくつもの青銅の大鼎が届けられ、ほかの贈り物と一緒に大切に船のベンチの下にきちんとしまわれた。すっかり準備が整うと、日没を待ってまたもや宴会が開かれた。

王はオデュッセウスのために、牛一頭をゼウスに捧げた。その太腿《ふともも》を焼いて食べかつ飲み、かの歌人デーモドコスがまた竪琴を奏《かな》でつつ神のごとき声で歌い語った。

そのような宴のさなかに身を置きながらも、オデュッセウスの心は帰心矢のごとく、日が暮れるのを待ちかねた。彼は王と王妃とに心から礼を述べ、この国が神々の手で災いから守られることを願った。アルキノオス王はこれに応《こた》え、客人が無事に故国の地に着けることを願って、蜜のように甘い酒を全員の杯につぐと、人々は天上の神々に献酒をした。

オデュッセウスは見送られて王宮を辞し、船上の人となった。

97 オデュッセウスの帰郷

パイアケース人の国を発《た》った船には、衣裳や黄金の詰まった櫃のほか大小の鼎が載せられ、たっぷりと食糧も積み込まれた。王が派遣した護送の漕ぎ手たちが迎えるなか、オデュッセウスは乗船するなり甲板に敷かれた毛布とシーツに横たわり、ぐっすりと眠ったまま夜の海を故郷へと向かうことになった。

船はいともやすやすと、全速力でイタカ島に向かっていった。明けの星が輝き出す頃には、船は島の人々が〝ポルキュス（老海神）の入り江〟と呼ぶ、なつかしい船の泊まり場に入っていった。入り江の口には一本のオリーヴの樹が生え、近くにはニンフの洞窟がある。

腕の確かな漕ぎ手らはそこへ船を半分ばかりも乗りあげて見事に停泊させ、砂の上にいまだ眠り込んでいるオデュッセウスを毛布とシーツにくるまったまま下ろした。数々のパイアケース人からの贈り物は、まとめてオリーヴ樹の根もとに置き、彼らは自分の国へととって返した。

これを見た海神ポセイドンは、パイアケース人が自分の子孫に当たるのに、意に反した行為をし、おまけにオデュッセウスがトロイアから奪った財宝にも増す金品を与えまでして、送り届けたことを不満として、ゼウスの意向を伺った。ゼウスはポセイドンに、海神の意を汲まなかったパイアケース人に罰を与えてもよいと許可した。そこでポセイドンが、自国めざして戻る船を打ちすえると、船はたちまち石と化した。また彼らの町全体を、高い山々で囲んでしまった。

アルキノオス王は、かつて父王の予言にこのことを聞きおよんでいたのを思い出した。すぐさま選《え》りすぐった牡牛一二頭を海神に捧げ、王をはじめ町の長らは神々に祈りを捧げた。

アテナ女神

一方、眠りからさめたオデュッセウスは、自分が今度はいったいどこの国に流れ着いたのかといぶかった。それというのもアテナ女神が、イタカの王宮にあがり込み、オデュッセウスの妃ペネロペイアに求婚し続けている男たちに主人の帰国を気づかれないよう、オデュッセウスと話し合うため、あたりの風景に霧をかけたからであった。

そうとは知らぬ英雄は、傍らに積まれた贈り物を、見知らぬ土地のどこに隠せばよいのか、パイアケース人らは自分をイタカに送り届ける約束を破《やぶ》ったのだ、などと思い、途方にくれた。

と、優雅な羊飼いの姿に変身した女神アテナが語りかけた。「ここをどこかと尋ねるとは、よほどの愚か者か遠国の人であろう」そういってから女神は、イタカの土地柄について方々の説明をした。これを聞いたオデュッセウスは飛び上がって喜んだ。今こそ故国へ、自分は帰ってきたぞ！

だがオデュッセウスのほうも用心深く、身分を隠し、自分はトロイア戦争に出征したクレタ島の者だが、王イドメネウスの息子を殺してしまったため逃走中の身だと作り話をして聞かせた。すると眼前の羊飼いが、たちまち丈高く輝かしいアテナ女神の姿にかわった。女神はオデュッセウスの手を撫で、ほほえみながら「おまえは相手が神であっても、よほどの者でなくては対抗できまい。呆《あき》れた人だ。いかさまの作り話をやめないとは」といいつつも、自分とオデュッセウスはともに知恵と策略に満ち、弁舌に富む存在だと認めた。また王宮内の惨状について、彼がこれからどうすればよいかを指示すると約束した。

女神は、あたりにたちこめた霧を払い、オデュッセウスの眼前には夢にまで見た山野が現れた。彼は狂喜し、大地にひざまずいて接吻し、神々に感謝の祈りを捧げた。それから彼は、みすぼらしい乞食に姿を変えられ、先に忠実な豚飼いの従僕エウマイオスを訪ねることになった。森の中を辿ると、おりよくエウマイオスは家の戸口に座っていた。番犬らが一斉に襲いかかろうとするのを追い払うと、彼は汚い乞食を家の中に招じ入れてくれた。

王宮内のこと

オデュッセウスが礼をいうと、エウマイオスはこういった。「他国者《よそもの》も物乞《ものご》いも、みなゼウス様がよこされたものだ。施しは、たとえわずかでも我々のような下僕にはうれしいもの」

オデュッセウスは、彼から温かな酒食のもてなしを受けたばかりか、王宮内で何が起こっているか、詳しく聞くことができた。すでに三年もの間、近隣の屈強な貴族らが従者を引き連れて王宮にあがりこみ、妃のペネロペイアにオデュッセウスはもはや死んでいる、と再婚を迫りながら、侍女らに手を出し、食糧を浪費し、厚顔無礼な振る舞いで息子を嘲笑し、日夜宴会を催しているというのだった。

オデュッセウスは激しい怒りを隠し、なおも自分はクレタ島の出でイドメネウスと共にトロイアで戦ったことや、戦後をエジプト、フェニキアと流浪したなどとでたらめを話し、ついでにオデュッセウスの消息も少々つけ加えてみせた。

日が暮れると、ほかの下僕らも戻り、エウマイオスは客人のためにと、立派な豚を一頭屠って神々に捧げた。皆は酒とパンと上等の肉で夕食をしたため、オデュッセウスはその夜、家に泊めてもらった。が、忠僕エウマイオスだけは、外で豚たちを守るべく岩陰で休んだ。

98 テレマコスの帰郷と父子の再会

息子テレマコス

女神アテナは、スパルタのメネラオスの王宮へと急いだ。ここにオデュッセウスの一人息子テレマコスが、父の消息を求めて滞在していたからである。

夜、眠りについている息子に女神は、帰宅を急ぐようにと忠告した。彼の母ペネロペイアに求婚し続けている男たちの一人のエウリュマコスが、結納金を増やしているほか、もしかするとテレマコスの同意もなく、母とともに王宮の財産を持ち出すかもしれない、と。その上、他の求婚者らが帰路のテレマコスを殺してしまおうと、イタカ島の海峡で暗殺団に待ち伏せさせているという不穏な情報までつけ加えた。テレマコスは、ともに旅をしてくれたピュロスのネストールの息子ペイシストラトスに帰国の話をし、ただちにメネラオスにも告げて、盛大な見送りのうちにスパルタを辞した。二人はピュロスまで馬で戻り、そこからテレマコスは自国の人々が待つ船に乗った。彼らは道中に気をつけたが襲撃にも遭わず、無事にイタカに戻り着いた。テレマコスは王宮には行かず、先に豚飼いの忠僕たちがいる森の家を訪れた。乞食姿のオデュッセウスもまじえ、朝食の仕度をしていたエウマイオスは、突然の帰宅に驚いて手から酒器を落とした。テレマコスはわざわざこちらに来たのは、王宮の中の様子を忠実な彼の口から聞きたいがためだといった。母のペネロペイアが、責め苛まれながらも、いまだ再婚に踏み切っていないと聞き、彼は安心した。

オデュッセウスは、そうとは気づかぬ息子にうやうやしく席を譲ろうとした。「じいや、この客人は誰？　どこから来られたのか」と彼は問うた。それからオデュッセウスのみすぼらしいなりを見て、客人には下衣《キトン》と上《ヒマティオン》にはおる衣、一本の刀を差しあげるようにと命じた。

オデュッセウスは若い主人に感謝してみせた後で、自分は王宮のひどい話を聞きおよんだが、貴方はいたずらに眺めていてよいのか、と迫った。テレマコスは、あてなく夫を待ち続け、求婚者らに財産を食い潰されるか、それとも再婚すべきか迷う母の立場もあること、自分自身は生まれてすぐ父が出征したため、弱い立場を男らにつけ込まれていることなどを打ち明けた。

再　会

エウマイオスが、老王ラエルテスとペネロペイアのもとにテレマコスの帰還を知らせに出かけると、女神アテナが現れ、オデュッセウスに今こそ息子に真実を打ち明け、闘うべきだと忠告した。女神が黄金の杖で触れると、オデュッセウスはたちまち若返り、立派な体格の持ち主に戻った。それを見たテレマコスは、神かとばかり驚愕し、父から目をそらせた。「私は神ではない。おまえの父だ」こういうと、オデュッセウスは涙を流して息子に接吻した。テレマコスはなお信じられず、父と子は押し問答を繰り返すしまつであった。やっと納得した彼は、父に抱きつきともに泣いた。

オデュッセウスは今はじめて、息子に真実をすべて語った。そしてすぐにも、王宮にあがり込んでいる無法者を二人して片付けねばならないというと、テレマコスは「父上はいったい、彼らがどれほどの数なのかご存じか」と、サメーやザキュントスなど近隣から押し寄せた貴族とその従者を数えあげてみせた。歌人まで入れると、他所者は一一六人にものぼった。

「それでも我々には、ゼウス様の御子《みこ》アテナ様が付いていてくださる」と、オデュッセウスは彼の最も得意とする策略の数々を息子に打ち明けた。そうして自分の帰郷をたとえ母ペネロペイアといえども知らせてはならぬ。また自分が再び乞食となって王宮に入り、彼らからどんな侮辱を受けてもじっと我慢して〝そのとき〟を待つようにといい含めた。

さて王宮では、豚飼いのエウマイオスが来て、妃のペネロペイアにテレマコスの帰還を告げた。母は喜んだが、なみいる求婚者らは落胆した。彼らは内庭を通って外に出ると、門前で興奮さめやらず議論を始めた。有力者のエウリュマコス、若いアンティノオスらも口々に、テレマコスがなぜ陸にも海上にも張りめぐらせた暗殺者の網をかいくぐり、死なずに戻ってきたのかと口惜《くや》しがった。「こうなったからには、ここで殺《や》るべきだ。あいつがいると、事が捗《はかど》らないからな」

彼らのうちで、アムピノモスという男だけは、テレマコスを殺す案に真っ向から反対する意見を述べた。「王族を殺害するのはよくない。もし、神々が承諾されれば話は別だ。それなら私も加担しようではないか」と。

他方、愛息が死の危険にさらされているのを察知したペネロペイアは、男らが広間に戻ると輝くベールで顔を隠し、柱の傍らに姿を現した。「アンティノオス！」と彼女は、求婚者のなかでいちばんの悪賢さを誇る男の名を呼び非難した。「なぜテレマコスを殺すのですか。かつてあなたの父上がのっぴきならぬ事件で民衆に追われたとき、助けたのはオデュッセウスでした。その館にあがり込み、私たちを苦しめるのはやめてくれませんか」。

エウマイオスが使いから戻った家で、女神アテナは素早くオデュッセウスをもとどおりの乞食姿にした。父子はその夜、忠僕たちとしっかりと食事をとり、いよいよ明日の決戦に備えた。

99 復讐の大弓

曙の女神が東の空を染めるやいなや、テレマコスは起き出て大槍《おおやり》を取り、豚飼いの家から急ぎ王宮に戻った。父オデュッセウスもそこから町へ出て王宮に行き、再びもとの姿に戻って乞食らしく物乞いをしてみせ、その後で合流する手はずを整えた。ピュロスから王宮に戻ったテレマコスを、乳母のエウリュクレイアや侍女たち、母のペネロペイアは涙を流して喜び迎えた。オデュッセウスの消息を聞きたがる母に、テレマコスはすぐには語ろうとせず「沐浴《ゆあみ》をして身だしなみをととのえ、ゼウス様が求婚者らに報復してくださるなら、一〇〇頭牛《ヘカトンベ》の犠牲を捧げますと祈ってほしい」というのだった。広間で相変わらず狼藉《ろうぜき》を働いていた求婚者らは、暗殺しそこなったテレマコスを見て、彼が以前よりずっと力強く、魅力を増した若者に変わっているので驚いた。

一方、忠僕エウマイオスと連れだち町へ急ぐオデュッセウスは、泉の近くで、求婚者らに供する羊を引いていくかつての下僕に出会った。この男は、主人にまったく気づかず、オデュッセウスを罵り、蹴《け》りあげた。オデュッセウスは、じっと忍耐し、ぼろをまとった姿のまま、自分の王宮近くまできた。門の内側で牛糞《ぎゅうふん》の中に打ち捨てられた老犬が、蚤《のみ》だらけで横たわったまま耳を立て、尾を振っているのに気づいた。それは出征前に彼が育てた優秀な猟犬のアルゴスだったのだ。待ち焦がれた主人の帰還をひとめ見た老犬は、その場で息絶えた。

オデュッセウスはそのまま、杖にすがりながら館の中へ入って行った。広間で、食事が始まるところだった。テレマコスは何食わぬ顔でエウマイオスを呼び、乞食にパンと肉の施しをさせた。求婚者一同がたらふく食事を終える頃を見はからい、女神アテナはオデュッセウスに囁いた。「さ、彼らにパンのかけらを乞い歩き、邪悪な者と心正しい者を区別しなさい」

右に左にと手を差し出しながら彼が求婚者らの間をめぐり出すと、果たせるかな見知らぬ乞食を連れこんだことで言い争いが始まった。が、傲慢なアンティノオス以外の者は何がしかのパンや肉をくれた。アンティノオスは、乞食に足台を投げつけた。妃のペネロペイアは、乞食が方々を流浪した身で、オデュッセウスは必ず帰還すると語ったと聞くにおよび、ぜひ話を聞きたいと所望した。すると彼は「日暮れまでお待ちを」と答えた。

日暮れまでに一騒動があった。町から若い別の乞食がやってきて、オデュッセウスに無礼極まる口をきいたのがもとで、乞食同士殴りあいの対決をさせられるはめになった。オデュッセウスはむろんのこと若い乞食を倒したが、そのときぼろ着のすそがめくれ、彼の鍛《きた》えぬかれた下半身が人目を奪った。おまけになみならぬ口達者な乞食という印象を一同は受けたが、まだ見破られはしなかった。ペネロペイアは、夜を待ちかね老乞食と対面した。オデュッセウスはまたしても言葉巧みに自分の素性《すじよう》を語り、彼女の夫はまもなく帰還すると強調した。これを聞くとペネロペイアは、自分が三年間もの間、求婚者らに「老いた舅《しゆうと》ラエルテスの死に装束を織り終え、嫁としての務めを果たしたら再婚しましょう」と言い、昼間布を織っては夜中にほどきしてきたが、侍女の密告でばれ、窮地に追い込まれていることを打ち明け涙を流した。

ペネロペイアは彼を大切な客人として扱い、王宮に泊めることにした。乳母のエウリュクレイアが青銅の水盤に湯を張り、客人の足を洗った。と、そのとき、彼女は昔からよく知っている彼の足の傷に手を触れた。はっとして手を放したので、足は湯の中に落ち水盤が傾いた。「オデュッセウス様！」。あふれる涙で喉をつまらせた乳母は、絞り出すような声で叫んだ。「黙っていろ！」と乞食は叱責した。

大弓競技会

翌日、ペネロペイアはかねてから決意していた大弓の競技会を開いた。出征前の夫が、よく弓を引いて、一二本の並べ立てた斧の上部にあけられた小さな穴を見事に射通していたので、これを完璧《かんぺき》にやりおおせた男と再婚することにしたのである。彼女に、そのような思いを吹き込んだのは女神アテナだった。

ペネロペイアが嘆き悲しみながら蔵の中からオデュッセウスの大弓を取り出してくると、息子のテレマコスが一本の溝《みぞ》を掘り、斧を整然と並べ立て土を固めた。彼は最初に弓を試してみたが、三度ともできなかった。

求婚者らが奥から順番に立ち上がった。レオデースは、強弓に矢がつがえられなかった。アンティノオスは業をにやし、弓に脂を塗り火で温めて試したが駄目だった。皆が困惑している間に、オデュッセウスはいったん外庭に出、豚飼いのエウマイオスと牛番の男ピロイティオスにだけ真実を打ち明けた。二人は抱きついて涙を流した。それから三人は、何食わぬ顔で広間に戻った。おりから日頃威張っているエウリュマコスが弓を張ろうとして、失敗したところであった。アンティノオスは、弓を止《や》めて酒盛りをしようと提案した。一同が酒を浴びるほど飲んだところへ、乞食姿のオデュッセウスが、私にも弓を張れるか試させてくれと申し出た。「わきまえのない男め！」と、求婚者たちは口々にオデュッセウスを罵った。

100 求婚者、一網打尽となる

皆に嘲笑されている乞食に、誰ひとり弦《つる》すら張れなかった大弓を貸してやるようにととりなしたのは、妃のペネロペイアだった。

「まさか矢がつがえられたからといって、この方が私に求婚なさるとは思えませんわ」と聡明《そうめい》な彼女はいった。「万が一アポロン様がこの方に名誉を授けられるのなら、そのときはどこへなりと、お帰りの所へお送りさせましょう」

するとと息子がこういったのだ。「母上、この弓の権利は私にあるのです。どうかすぐにご自分の部屋へお戻りになり、機織りでもなさってください」と。テレマコスの断固とした口調に、妃は驚いてその場を離れた。彼女は、よもやその弓による復讐のときが、刻一刻迫っていようとは知らなかったのだ。

求婚者らの怒号とおどしつけのさなか、エウマイオスは弓を乞食の前に置いた。そしてすでに真相を知ってしまった乳母のエウリュクレイアに、各部屋の扉のかんぬきをしっかりと掛け、阿鼻叫喚やうめき声が外部へもれないようにと指示し、また召し使いは、いつもどおりの仕事に精出すようにと伝えた。忠僕の牛飼いピロイティオスは、中庭の扉を厳重に閉ざした。

オデュッセウスはひさびさに手にする愛用の弓を調べ終わると、苦もなく大弓に弦を張った。弦を爪弾《つまび》くと、燕《つばめ》のさえずりのように軽やかな音を立てた。求婚者一同の顔色が変わった。

突如として天空で、ゼウスの雷霆《らいてい》が轟《とどろ》きわたった。オデュッセウスは椅子に座したままで一本の矢を手に取り、弓につがえると、はっしとばかり斧に向けて放った。矢は、一二本の斧の上部にあいた小さな穴すべてを貫通した。息子のテレマコスは、手には青銅の槍、腰には太刀《たち》を差し、武装姿で父の傍らに立った。

アンティノオスの最期

オデュッセウスは、乞食のぼろ着をかなぐり捨てた。箙《えびら》から矢を取り出し足もとにばらまくと「大弓の競技会は終わりだ。次は、誰も射抜いたことのない的に狙いを定めよう」と宣言したかと思うと、鋭い矢が、いましも黄金の酒杯を片手に酒を口に含もうとしていたアンティノオスの頸《くび》を射抜いた。酒杯は手から落ち、彼は鼻から血潮を噴き出しつつ横ざまに倒れ、食卓は蹴倒《けたお》され、パンや肉が血に染まった。求婚者は一斉に叫び声をあげて立ちあがったが、彼らの所持していた武器は隠されどこにもみつからなかった。「他所者め、イタカ島一の殿を殺したな。禿鷹の餌食にしてやるぞ！」と彼らは怒鳴《どな》り散らした。

「犬め！　神々の怒りを忘れ、よくも俺の館の財を食い潰し、妻に求婚などしたな。いまおまえたちすべての者に破滅が訪れたのだ」とオデュッセウスが叫ぶと、男たちは青ざめ、いち早く逃げ口を探そうと焦った。そのなかで狡猾《こうかつ》なエウリュマコスが「オデュッセウスの後釜《あとがま》に座ろうとした張本人はアンティノオスだった。今度の事の責任は皆彼にある。その男がいま死の制裁を受けたからには、ほかのあなたの民どもは許してもらいたい。これまで浪費した王宮の財は弁償する」と述べたてた。

「たとえおまえたちの全財産に父祖の財宝まで加え差し出そうと、殺戮の手をゆるめることはないのだ。絶体絶命の死は逃れられない」とオデュッセウスが返すと、エウリュマコスは居直った。「皆の者！　この男は我らを皆殺しにしようとしている。こうなったら団結して闘うのだ」

いうが早いかエウリュマコスは諸刃《もろは》の刀を腰から引き抜くと、オデュッセウスに襲いかかった。が、一瞬早く、矢が彼の胸を射た。刀は手から落ち、身体はくの字に曲がり、食卓にかぶさるように倒れていった。しかし背後からアムピノモスが、太刀を振りかざして突進してきた。すかさずテレマコスの槍が、彼の肩から胸に貫通し、うつ伏せに床に倒した。

テレマコスは、父の矢がつきぬうちにと蔵に取って返し、さまざまな武器を運んできた。そこへ、アテナ女神が父の旧友メントールに変身して降り立ち、求婚者らが一斉に投じた槍をそらせた。二人の忠僕も加勢した。

乳母のエウリュクレイアが呼ばれて広間にきてみると、オデュッセウスはさながら牛を食いつくして立ち去る獅子のごとく、顔も胸も血にまみれ床には死体が散乱していた。彼女はここで、王妃を馬鹿にし、求婚者らと通じた一二人の侍女の名を挙げた。彼女らは先に血の海と化した床掃除をさせられ、終わると中庭に連れ出され並んで首吊《くびつ》りの刑に処せられた。

オデュッセウスは、広間を硫黄で清めた。それからたくさんの侍女、召し使いらが現れ主人との再会に涙を流した。乳母は喜びにもつれる足で階上で眠る妃のもとへ走り、事の次第を語った。ところがペネロペイアは、いっかな信じようとはしなかった。求婚者の死は、夫によるのではなく、神罰がくだったのだと言い張るのだった。

彼女は広間に降り立った。が、黙したままぼろ着姿のオデュッセウスを見つめた。彼は衣類をすべて王のに取り替えてみせた。妃は半信半疑だった。そこで彼は、出征前に、根付いたままのオリーヴ樹で造った、世に二つとない夫婦の寝台の話を持ち出した。とたんにペネロペイアは泣き出し、夫に駆け寄り抱きついて接吻した。夫婦は手を取りあい、思い出の寝室へと入っていった。

本書は、二〇〇一年十一月に刊行された『ビジュアル版　ギリシア神話物語』（講談社刊）に加筆・修正し文庫化したものです。

ギリシア神話《しんわ》物語《ものがたり》

楠見《くすみ》千鶴子《ちづこ》

平成30年 4月25日　初版発行
令和6年 11月25日　6版発行

発行者●山下直久

発行●株式会社KADOKAWA
〒102-8177　東京都千代田区富士見2-13-3
電話　0570-002-301（ナビダイヤル）

角川文庫 20907

印刷所●株式会社KADOKAWA
製本所●株式会社KADOKAWA

表紙画●和田三造

◎本書の無断複製（コピー、スキャン、デジタル化等）並びに無断複製物の譲渡および配信は、著作権法上での例外を除き禁じられています。また、本書を代行業者等の第三者に依頼して複製する行為は、たとえ個人や家庭内での利用であっても一切認められておりません。
◎定価はカバーに表示してあります。

●お問い合わせ
https://www.kadokawa.co.jp/（「お問い合わせ」へお進みください）
※内容によっては、お答えできない場合があります。
※サポートは日本国内のみとさせていただきます。
※Japanese text only

©Chizuko Kusumi 2001, 2018　Printed in Japan
ISBN978-4-04-400381-4　C0198

角川文庫発刊に際して

角　川　源　義

第二次世界大戦の敗北は、軍事力の敗北であった以上に、私たちの若い文化力の敗退であった。私たちの文化が戦争に対して如何に無力であり、単なるあだ花に過ぎなかったかを、私たちは身を以て体験し痛感した。西洋近代文化の摂取にとって、明治以後八十年の歳月は決して短かすぎたとは言えない。にもかかわらず、近代文化の伝統を確立し、自由な批判と柔軟な良識に富む文化層として自らを形成することに私たちは失敗して来た。そしてこれは、各層への文化の普及滲透を任務とする出版人の責任でもあった。

一九四五年以来、私たちは再び振出しに戻り、第一歩から踏み出すことを余儀なくされた。これは大きな不幸ではあるが、反面、これまでの混沌・未熟・歪曲の中にあった我が国の文化に秩序と確たる基礎を齎らすためには絶好の機会でもある。角川書店は、このような祖国の文化的危機にあたり、微力をも顧みず再建の礎石たるべき抱負と決意とをもって出発したが、ここに創立以来の念願を果すべく角川文庫を発刊する。これまで刊行されたあらゆる全集叢書文庫類の長所と短所とを検討し、古今東西の不朽の典籍を、良心的編集のもとに、廉価に、そして書架にふさわしい美本として、多くのひとびとに提供しようとする。しかし私たちは徒らに百科全書的な知識のジレッタントを作ることを目的とせず、あくまで祖国の文化に秩序と再建への道を示し、この文庫を角川書店の栄ある事業として、今後永久に継続発展せしめ、学芸と教養との殿堂として大成せんことを期したい。多くの読書子の愛情ある忠言と支持とによって、この希望と抱負とを完遂せしめられんことを願う。

一九四九年五月三日

角川ソフィア文庫ベストセラー

神曲　地獄篇
ダンテ
三浦逸雄＝訳
闇の森に迷い込んだダンテが、師ウェルギリウスに導かれ、生き身のまま地獄の谷を降りてゆく。壮大な叙事詩の第一部。全篇ボッティチェリの素描収録。「これはダンテが遺した文字の時限爆弾だ」（島田雅彦）

神曲　煉獄篇
ダンテ
三浦逸雄＝訳
地獄を抜けたダンテは現世の罪を浄める煉獄の山に出る。罪の印である七つのPを額に刻まれ、ベアトリーチェの待つ山頂の地上楽園を目指す第二部。「父・逸雄が挑んだ全人類の永遠の文化財」（三浦朱門）

神曲　天国篇
ダンテ
三浦逸雄＝訳
永遠の女性ベアトリーチェと再会し、九つの天を昇りはじめたダンテ。聖なる魂たちと星々の光が饗宴する中、天上の至高天でついに神の姿を捉える第三部。「文学の枠を越え出た、表現の怪物」（中沢新一）

古代ローマの生活
樋脇博敏
現代人にも身近な二八のテーマで、当時の社会と日常生活を紹介。衣食住、娯楽や医療や老後、冠婚葬祭、性愛事情まで。一読すれば二〇〇〇年前にタイムスリップ！　知的興味をかきたてる、極上の歴史案内。

聖書物語
木崎さと子
キリスト教の正典「聖書」は、宗教書であり、良質の文学でもある。そのすべてを芥川賞作家が物語として再構成。天地創造、バベルの塔からイエスの生涯、そして黙示録まで、豊富な図版とともに読める一冊。

角川ソフィア文庫ベストセラー

イスラーム世界史
後藤　明

肥沃な三日月地帯に産声をあげる前史から、宗教としての成立、民衆への浸透、多様化と拡大、近代化、そして民族と国家の20世紀へ――。イスラーム史の第一人者が日本人に語りかける、100の世界史物語。

乳房の神話学
ロミ
訳・解説／高遠弘美

稀代の趣味人にして大収集家・ロミ。彼が集めたポスターや絵画など莫大な資料とともに、あっと驚く乳房表象の歴史をたどる。古来人々が乳房に見てきたものは、豊饒か、禁忌か……空前絶後の乳房学大全！

聖なる木の下へ
アメリカインディアンの魂を求めて
阿部珠理

アメリカインディアンのスー族に伝わる祈りの儀式や占術……。神秘的な伝承を貫くものは、大地を敬い、勇気を重んじる「心の文化」である。比較文明学者がインディアンの精神世界を丁寧に読み解く瞠目の書。

アラビアンナイト
バートン版　千夜一夜物語拾遺
大場正史＝訳

世紀を超えて語りつがれ、人々の胸を躍らせてきた、夢とロマンスと冒険の絢爛豪華なファンタジー。最も親しまれてきた「アラジン」「アリ・ババ」の物語を含む拾遺集。長大な本篇への入門書としても最適！

大人のための世界の名著50
木原武一

『聖書』『ハムレット』『論語』『種の起原』ほか、世界の文豪や知識人たちが著した知の遺産を精選。独自の「要約」と「読みどころと名言」や「文献案内」も充実。一冊で必要な情報を通覧できる名著ガイド！

角川ソフィア文庫ベストセラー

世界の名作を読む
海外文学講義

工藤庸子・池内　紀・柴田元幸・沼野充義

『罪と罰』『ボヴァリー夫人』などの大作から、チェーホフやカフカ、メルヴィルの短篇まで。フィクションを読む技法と愉しみを知りつくした四人が贈る、海外文学への招待。原典の新訳・名訳を交えた決定版！

生きるよすがとしての神話

ジョーゼフ・キャンベル
訳／飛田茂雄・古川奈々子・武舎るみ

『神話の力』『千の顔をもつ英雄』などの著書で知られる神話学の巨人による不朽の名著。身近な出来事から文学、精神医学、宇宙に至るまで、広範な例を挙げながら神話と共に豊かに生きる術を独自の発想で語る。

クラシック音楽の歴史

中川右介

人物や事件、概念、専門用語をトピックごとに解説。時間の流れ順に掲載しているため、通して読めば流れも分かる。グレゴリオ聖歌から二十世紀の映画音楽まで。「クラシック音楽」の学び直しに最適な1冊。

ミレーの生涯

アルフレッド・サンスィエ
井出洋一郎＝監訳

「芸術は命がけだ」――〈種まく人〉〈落穂拾い〉をはじめ、農民の真の美しさを描き続けた画家ミレー。感動の名画を生んだのは、波乱と苦難に満ちた生涯だった。公私共に支えた親友が描くミレー伝の名著！

愛欲の精神史1
性愛のインド

山折哲雄

ヒンドゥー教由来の生命観による強力な性愛・エロスの世界。ガンディーの「非暴力」思想の背後にある「性ののり越え」の聖性と魔性など、インドという土壌での禁欲と神秘、「エロスの抑圧と昇華」を描く。

角川ソフィア文庫ベストセラー

愛欲の精神史2 密教的エロス　山折哲雄

両界曼荼羅と空海の即身成仏にみる密教的エロス、これに通底する『源氏物語』の「色好み」にみられる「空無化する性」。女人往生を説く法華経信仰と「変成男子」という変性のエロチシズムについて探る。

愛欲の精神史3 王朝のエロス　山折哲雄

「とはずがたり」の二条をめぐる五人の男との愛の呪縛と遍歴。これと対比される璋子の野性化する奔放な愛欲のかたち。愛執の果ての女人出家、懺悔・滅罪について描く。王朝の性愛をめぐる増補新訂付き。

世界を変えた哲学者たち　堀川　哲

二度の大戦、世界恐慌、共産主義革命――。ニーチェ、ハイデガーなど、激動の二〇世紀に多大な影響を与えた一五人の哲学者は、己の思想でいかに社会と対峙したのか。現代哲学と世界史が同時にわかる哲学入門。

歴史を動かした哲学者たち　堀川　哲

革命と資本主義の生成という時代に、哲学者たちはいかなる変革をめざしたのか――。デカルト、カント、ヘーゲル、マルクスなど、近代を代表する11人の哲学者の思想と世界の歴史を平易な文章で紹介する入門書。

若者よ、マルクスを読もう 20歳代の模索と情熱　内田　樹　石川康宏

『共産党宣言』『ヘーゲル法哲学批判序説』をはじめとする、初期の代表作5作を徹底的に嚙み砕いて紹介。その精神、思想と情熱に迫る。初心者にも分かりやすく読める、専門用語を使わないマルクス入門！

角川ソフィア文庫ベストセラー

ペリー提督日本遠征記（上）
M・C・ペリー
編纂／F・L・ホークス
監訳／宮崎壽子

喜望峰をめぐる大航海の末ペリー艦隊が日本に到着、幕府に国書を手渡すまでの克明な記録。当時の琉球王朝や庶民の姿、小笠原をめぐる各国のせめぎあいを描く。美しい図版も多数収録、読みやすい完全翻訳版！

ペリー提督日本遠征記（下）
M・C・ペリー
編纂／F・L・ホークス
監訳／宮崎壽子

刻々と変化する世界情勢を背景に江戸を再訪したペリーと、出迎えた幕府の精鋭たち。緊迫した腹の探り合いが始まる――。日米和親条約の締結、そして幕末日本の素顔や文化を活写した一次資料の決定版！

三万年の死の教え
チベット『死者の書』の世界
中沢新一

誕生の時には、あなたが泣き、世界は喜びに沸く。死ぬ時には、世界が泣き、あなたは喜びにあふれる。「死者の書」には人類数万年の叡智が埋蔵されている。生と死の境界に分け入る思想的冒険。カラー版。

リンドバーグ
第二次大戦日記（上）
チャールズ・A・リンドバーグ
新庄哲夫＝訳

アメリカの英雄的飛行家リンドバーグによる衝撃的な日記。ルーズベルトとの確執、軍事産業下の内幕、南太平洋での凄惨な爆撃行――。戦後25年を経て公開、大量殺戮時代の20世紀を政権中枢から語る裏面史。

リンドバーグ
第二次大戦日記（下）
チャールズ・A・リンドバーグ
新庄哲夫＝訳

零戦との一騎打ち、日本軍との壮絶な戦闘、アメリカ兵による日本人捕虜への残虐行為――。戦争とは何かが問われる今、アメリカの英雄でありながら西欧批判も辞さないリンドバーグの真摯な証言が重く響く。

角川ソフィア文庫ベストセラー

アメリカの鏡・日本　完全版
ヘレン・ミアーズ
伊藤延司＝訳

近代日本は西洋列強がつくり出した鏡であり、そこに映るのは西洋自身の姿なのだ――。開国を境に平和主義であった日本がどう変化し、戦争への道を突き進んだのか。マッカーサーが邦訳を禁じた日本論の名著。

妖怪　YOKAI　ジャパノロジー・コレクション
監修／小松和彦

北斎・国芳・芳年をはじめ、有名妖怪絵師たちが描いた妖怪画100点をオールカラーで大公開！　古くから描かれてきた妖怪画の歴史は日本人の心性の歴史でもある。魑魅魍魎の世界へと誘う、全く新しい入門書。

和菓子　WAGASHI　ジャパノロジー・コレクション
藪　光生

季節を映す上生菓子から、庶民の日々の暮らしに根ざした花見団子や饅頭まで、約百種類を新規に撮り下ろし、オールカラーで紹介。その歴史、意味合いや技などもわかりやすく解説した、和菓子ファン必携の書。

根付　NETSUKE　ジャパノロジー・コレクション
駒田牧子
監／渡邊正憲

わずか数センチメートルの小さな工芸品・根付。仏像彫刻等と違い、民の間から生まれた日本特有の文化である。動物や食べ物などの豊富な題材、艶めく表情など、日本人の遊び心と繊細な技術を味わう入門書。

千代紙　CHIYOGAMI　ジャパノロジー・コレクション
小林一夫

眺めるだけでも楽しい華やかな千代紙の歴史をひもとき、「麻の葉」「七宝」「鹿の子」など名称も美しい伝統柄を紹介。江戸の人々の粋な感性と遊び心が表現された文様が約二百種、オールカラーで楽しめます。

角川ソフィア文庫ベストセラー

ジャパノロジー・コレクション
盆栽 BONSAI
依田 徹

宮中をはじめ、高貴な人々が愛でてきた盆栽は、いまや世界中に愛好家がいる。文化としての盆栽を、名品の写真とともに、その成り立ちや歴史、種類や形、見方、飾り方にいたるまでわかりやすくひもとく。

ジャパノロジー・コレクション
京料理 KYORYORI
千 澄子
後藤加寿子

京都に生まれ育った料理研究家親子が、季節に即した京都ならではの料理、食材を詳説。四季折々の行事や風物詩とともに、暮らしに根ざした日本料理の美と心を、美しい写真で伝える。簡単なレシピも掲載。

ジャパノロジー・コレクション
古伊万里 IMARI
森 由美

日本を代表するやきもの、伊万里焼。その繊細さ、美しさは国内のみならず海外でも人気を博す。人々の暮らしを豊かに彩ってきた古伊万里の歴史、発展を俯瞰し、その魅力を解き明かす、古伊万里入門の決定版。

ジャパノロジー・コレクション
金魚 KINGYO
岡本信明
川田洋之助

日本人に最もなじみ深い観賞魚「金魚」。鉢でも飼える小ささに、愛くるしい表情で優雅に泳ぐ姿は日本の文化の中で愛でられてきた。基礎知識から見所まで、美しい写真と共にたっぷり紹介。金魚づくしの一冊！

ジャパノロジー・コレクション
切子 KIRIKO
土田ルリ子

江戸時代、ギヤマンへの憧れから発展した切子。無色透明が粋な江戸切子に、発色が見事な薩摩切子。篤姫愛用の雛道具などの逸品から現代作品まで、和ガラスの歴史と共に多彩な魅力をオールカラーで紹介！

角川ソフィア文庫ベストセラー

ジャパノロジー・コレクション
琳派 RIMPA
細見良行
雅にして斬新、絢爛にして明快。日本の美の象徴として、広く海外にまで愛好家をもつ琳派。俵屋宗達から神坂雪佳まで、琳派の流れが俯瞰できる細見美術館のコレクションを中心に琳派作品約七五点を一挙掲載！

ジャパノロジー・コレクション
刀 KATANA
小笠原信夫
名刀とは何か。日本刀としての独自の美意識はいかに生まれたのか。刀剣史の基本から刀匠の仕事場、信仰や儀礼、文化財といった視点まで――。研究の第一人者が多彩な作品写真とともに誘う、奥深き刀の世界。

ジャパノロジー・コレクション
若冲 JAKUCHU
狩野博幸
異能の画家、伊藤若冲。大作『動植綵絵』を始め、『菜蟲譜』や『百犬図』、『象と鯨図屏風』など主要作品を掲載。多種多様な技法を駆使して描かれた絵を詳細に解説、人物像にも迫る。これ1冊で若冲早わかり！

ジャパノロジー・コレクション
北斎 HOKUSAI
大久保純一
天才的浮世絵師、葛飾北斎。『北斎漫画』『富嶽三十六景』『諸国瀧廻り』をはじめとする作品群から、独創的な構図や、スケールを感じさせる風景処理などの特色と観賞のポイントを解説。北斎入門決定版。

ジャパノロジー・コレクション
広重 HIROSHIGE
大久保純一
国内外でもっとも知名度の高い浮世絵師の一人、歌川広重。遠近法を駆使した卓越したリアリティー、繊細な表情、鋭敏な色彩感覚などを「東海道五拾三次」「名所江戸百景」などの代表作品とともに詳説。